궁핍한 시대의
한국문학

궁핍한 시대의 한국문학

김욱동 지음

세계문학을 향한 열망

연암서가

지은이 김욱동

포스트모더니즘을 비롯한 서구문학 이론을 국내에 소개하고 그 이론을 토대로 우리 문학 작품과 문화 현상을 새롭게 읽어 내어 주목을 받아 왔다. 『번역과 한국의 근대』, 『은유와 환유』, 『문학 생태학을 위하여』, 『소설가 서재필』, 『「광장」을 읽는 일곱 가지 방법』, 『모더니즘과 포스트모더니즘』, 『눈솔 정인섭 평전』, 『세계문학이란 무엇인가』, 『이양하: 그의 삶과 문학』, 『비평의 변증법』 등의 저서가 있다. 역서로는 어니스트 헤밍웨이의 『노인과 바다』, 마크 트웨인의 『허클베리 핀의 모험』, 시어도어 드라이저의 『아메리카의 비극』, J. D. 샐린저의 『호밀밭의 파수꾼』, F. 스콧 피츠제럴드의 『위대한 개츠비』, 하퍼 리의 『앵무새 죽이기』 등이 있다. 현재 서강대학교 인문대학 명예교수로 있다.

궁핍한 시대의 한국문학

2022년 12월 15일 초판 1쇄 인쇄
2022년 12월 20일 초판 1쇄 발행

지은이 | 김욱동
펴낸이 | 권오상
펴낸곳 | 연암서가

등 록 | 2007년 10월 8일(제396-2007-00107호)
주 소 | 경기도 고양시 일산서구 호수로 896, 402-1101
전 화 | 031-907-3010
팩 스 | 031-912-3012
이메일 | yeonamseoga@naver.com
ISBN 979-11-6087-104-3 03800

값 25,000원

이 책을 쓰는 동안 나는 여러모로 '궁핍한 시대'를 살았던 우리 스승들과 선배들의 문학에 대한 정열이 참으로 대단했다는 생각을 좀처럼 뇌리에서 떨쳐버릴 수 없었다. 식민지 통치를 받던 암울한 시대 자국문학이 아직 성장하고 발전하는 단계에 있었으므로 더더욱 그럴 터이지만 그들이 외국문학에 보여 준 관심과 열의는 참으로 대단하였다. 주머니를 털어서라도 외국 서적과 잡지를 구해서 읽으려고 애썼고, 열악한 조건에서도 바다 건너에서 일어나는 이런저런 문학 활동에 귀를 기울이려고 노력하였다.

일제 강점기 문예지 《금성》에서는 '바이론 특집호'를, 《삼천리》에서는 '푸슈킨 탄생 100년 기념호'를, 《문예월간》에서는 '괴테 특집호'를, 《시원(詩苑)》에서는 '위고 특집호'를 낼 정도로 외국문학에 자못 큰 관심을 보였다. 한일병탄이 일어난 1910년 11월 레프 톨스토이가 타계했다는 소식이 식민지 조선에 전해지자 육당(六堂) 최남선(崔

南善)은《소년》21호를 아예 톨스토이 서거를 추도하는 글로 잡지를 도배하다시피 하였다. 종합 월간잡지가 이렇게 한 호 지면을 통째로 한 외국 작가에게 할애한 경우는 외국에서도 좀처럼 볼 수 없는 특이한 현상이었다.

이러한 현상은 비단 잡지만이 아니어서 당시 카페도 한몫을 톡톡히 하였다. 물론 일본 '다이쇼(大正) 데모크라시'의 문화적 유산이라고 할 카페가 식민지 조선에도 생겨나면서 여급을 둘러싼 향락 문화가 사회 문제가 되기도 하였다. 그러나 이 무렵 카페는 문인들이 모여 문학을 논하는 담론의 공간으로서의 의미가 훨씬 더 컸다. 가령 이상(李箱)이 오늘날의 종로 1가에 문을 연 다방 '제비'는 프랑스 파리의 살롱처럼 문인들과 예술가들이 모여 고전음악을 감상하며 문학과 예술을 논하는 문화 공간으로서의 역할을 톡톡히 하였다. 화가 이순석(李順石)이 지금의 소공동에 운영하던 카페 '낙랑파라'에서는 '투르게네프의 밤'을 열고, 오늘날의 충무로에 해당하는 혼마치(本町) 한 다과점에서는 '괴테의 밤'을 열었다. 이러한 모임에는 우익 문인들과 좌익 문인들이 첨예하게 대립하던 문학적 이데올로기를 잠시 접어두고 함께 참석하여 성황을 이루었다. 요즈음 같으면 중고등학교 문예반에서나 열 만한 그런 모임이었건만 그들은 조금도 유치하다고 생각하지 않았다.

해방을 분수령으로 그 이전의 문인들과 오늘날의 문인들을 비교해 보면 여러모로 큰 차이가 난다. 해방 이전의 문인들이 '거인'이라면 그 이후의 문인들은 거인의 어깨 위에 올라타 있는 '난쟁이'와 같다는 생각이 든다. 최근 작가들의 활동은 겉으로는 무척 풍성해 보이는데 어딘지 모르게 속 빈 강정처럼 실속 없는 것처럼 보인다. 해방 전의 문인과 그 후의 문인들은 아날로그 시대와 디지털 시대에 빗댈 수도 있을 것이다. 디지털 방식은 아날로그 방식과는 비교도 되지 않을 만큼 편리하고 정확하지만 후자는 전자에게 양도할 수 없는 그 나름대로 장점이 있다.

　해방 이전의 문인들은 신문지 한 장이나 잡지 한 권을 그토록 소중하게 여겼다. 모든 물자가 부족하던 시대에 읽을거리가 별로 없었기 때문이기도 하지만 그들은 글을 무척 소중하게 생각하였다. 그러나 요즈음 젊은 세대들은 신문이나 잡지는커녕 좀처럼 책을 읽으려고 하지 않는다. 아침에 눈을 뜨기 무섭게 휴대전화나 태블릿 PC 같은 디지털 기기를 열어보면서 하루 일과를 시작하는 것이 디지털 세대의 일상이다. 그러고 보니 아날로그의 활자 매체를 밀어내고 그 자리에 디지털의 이미지 왕국을 세운 지도 벌써 몇십 년이 지났다. 논리적 사고는 이미지보다는 활자 매체에서 좀 더 효과적으로 얻을 수 있다는 것이 나의 판단이다.

　이 책은 졸저 『세계문학이란 무엇인가』(소명출판, 2020)의 제5장 '한국문학과 세계문학'에서 미처 깊이 있게 다루지 못한 부분을 좀 더 폭넓고 깊이 있게 다룬 것이다. 이 주제는 무척 중요한데도 세계문학 전반을 조감하다 보니 조금 소홀히 다룰 수밖에 없었고, 책을 출간하고 난 뒤에도 늘 그 점이 목에 걸린 가시처럼 마음에 걸렸다. 그래서 부족하거나 미진한 내용은 자세히 부연하였고, 애매하거나 모호한 부분은 좀 더 명료하게 다듬었으며, 사실에 어긋나거나 잘못된 부분은 바로 잡았다.

더구나 이 책은『세계문학이란 무엇인가』뿐 아니라 더 나아가『외국문학연구회와《해외문학》』(소명출판, 2020),『아메리카로 떠난 조선의 지식인들』(이숲출판, 2020),『이양하』(삼인출판, 2022),『비평의 변증법』(이숲출판, 2022),『《우라키》와 한국 근대문학』(소명출판, 2022) 같은 저자의 또 다른 졸저의 연장선에서도 이루어졌다. 지금 펴내는『궁핍한 시대의 한국문학』은 위에 언급한 졸저와 마찬가지로 일제 강점기에 외국문학을 전공한 조선인 젊은이들이 어떻게 한국 현대문학이 꽃을 피우는 데 비옥한 토양 역할을 했는지 밝히는 데 주력하였다. 이 무렵 외국문학을 전공한 학생들은 비단 외국문학 연구 그 자체에만 무게를 두지 않았다. 그들은 외국문학 연구를 발판으로 삼아 조선문학을 좀 더 발전시키려고 노력하였다. 어떤 의미에서 당시 그들은 오늘날의 외국문학 전공자들보다도 훨씬 더 세계문학을 갈망하고 있었던 것 같다.

이 책의 제목을 '궁핍한 시대의 한국문학'이라고 거창하게 붙였지만 어딘지 모르게 조금 과장되었다는 생각이 든다. 좀 더 정확히 말하자면 이 책에서 다루는 '한국문학'은 일제 강점기와 해방 전후의 한국문학을 말한다. 나는 이 무렵 한국 작가들이 세계문학을 어떻게 바라보았는지, 세계문학의 광장에 나아가려고 어떠한 준비를 했는지 등에 초점을 맞추었다. 여러모로 궁핍한 식민지 시대를 살면서도 문인들은 늘 세계문학을 향한 창문을 활짝 열어놓고 있었다. 시인 월파 (月波) 김상용(金尙鎔)은 "남으로 창을 내겠소. / 밭이 한참갈이 / 괭이로 파고 / 호미론 풀을 매지오"라고 노래하였다. 이 서정시는 세속적인 욕망을 모두 떨쳐버리고 자연과의 합일을 추구하려는 의지로도 읽을 수 있고, 삶을 달관한 채 전원에서 안분지족(安分知足)하려는 모습으로도 읽을 수 있으며, 일제 식민지 시대 어두운 터널을 무사히 빠져나가 광복의 밝은 미래를 맞이하기를 간절히 바라는 염원으로도 읽을 수 있다.

그러나 세계문학에 탐닉해 있는 나에게는 척박하다면 척박하다 할 문화적 토양에 굳건히 뿌리를 내린 한국 작가들이 세계문학으로 향한 창을 활짝 열어놓고 세계정신을 호흡하고 싶은 열망으로 읽힌다. "강냉이가 익걸랑 / 함께 와 자셔도 좋소"라는 구절은 한국문학이 세계문학의 대열에 합류하여 옥수수 알처럼 알알이 열매를 맺는 날, 지구촌 주민이 함께 모여 벌일 풍성한 문학의 향연으로 읽어도 좋을 것이다.

이 책을 쓰면서 나는 그동안 여러 사람과 여러 기관에서 크고 작은 도움을 받았다. 먼저 여러 작가와 관련한 귀중한 자료를 구해 준 서강대학교 로욜라도서관과 울산과학기술원(UNIST)의 학술정보원 관계자들에게 감사드린다. 여러 자료를 구해 준 이진승 선생에게도 이 자리를 빌려 고마움을 표한다. 마지막으로 어려운 출판 사정에도 이 책의 출간을 흔쾌히 허락하신 연암서가의 권오상 대표님, 이 책이 햇빛을 볼 수 있도록 여러모로 도와준 편집진에게도 이 자리를 빌려 감사드린다.

2022년 겨울
해운대에서
김욱동

누구든 그 자체로서 온전한 섬은 아니다.
모든 인간은 대륙의 한 조각이며,
전체의 일부일 뿐이다.

— 존 던 John Donne

문화는 높은 데서 낮은 곳으로 번져간다.
발달된 선진국의 문화가 후진국에 영향을 주는 것이다.
문학도 마찬가지다.
다른 나라와 인연을 끊고 혼자 고립하여 있을 수는 없다.

— 이하윤 異河潤

제1장

세계문학의
지형도

19세기 말엽 동아시아의 지배 담론은 다름 아닌 문명개화였다. 특히 서구 문물을 받아들이는 교두보 역할을 한 일본에서는 더더욱 그러하였다. 에도(江戸) 막부는 사회 안정을 최고의 국시로 삼고 쇄국 정책을 펼쳐 외부 세력들의 출입을 막았으며, '와(和)'를 기반으로 한 통합 정책들을 폭넓게 실시하였다. 그러나 일본이 메이지(明治) 시대를 맞아 그동안 굳게 닫아 놓았던 빗장을 활짝 열어젖히자 지식인들은 '오이쓰케 오이코세(追いつけ 追い越せ)', 즉 '추격하자 추월하자'라는 구호를 마치 주문처럼 외면서 서유럽과 미국을 따라잡는 데 온 힘을 기울였다.

섬나라인 일본은 지정학적으로 서구 문물을 받아들이는 데 중국 같은 대륙 국가나 한국 같은 반도 국가보다 여러모로 유리하였다. 일본이 서양을 처음 만난 것도 다름 아닌 도서(島嶼) 국가였기 때문에 가능하였다. 가령 1543년 표류하던 포르투갈 상인들이 규슈(九州) 남쪽 다네가시마(種子島)에 도착한 것도 섬나라가 아니었더라면 좀처럼 일어나기 어려운 일이었다. 1571년 일본은 나가사키(長崎) 항구를 개방하고 포르투갈과 무역에 나선 것을 시작으로 영국과 에스파냐와 네덜란드 등과 교역을 시작하였다. 그러나 이러한 지정학적 특징을 염두에 두지 않더라도 일본의 근대화는 동아시아의 다른 국가들과 비교하여 몇 가지 점에서 달랐다. 이러한 특징이 근대기 일본의 운명을 중국과 조선의 운명과 가르는 분기점이 되었다.

첫째, 일본은 중국이나 조선보다 시기적으로 일찍 서양을 받아들였다. 메이지 유신이 시작한 시기에 대해서는 아직도 여러 주장이 있지만 1868년을 그 원년으로 삼는 것이 보통이다. 둘째, 일본은 17세기 에도 시대부터 막부는 네덜란드와 정기적으로 교역하면서 나가사키의 데지마(出島) 상관을 통하여 서구의 정세와 기술, 문화에 관한 정보를 수집하였다. 그것을 바탕으로 일본은 다른 어떤 동아시아 국가들보다 발 빠르고 정확하게 서구 문물을 받아들일 수 있었다. 셋째, 일본은 다른 동아시아 국가들보다 훨씬 적극적으로 서구 문물을 받아들였다. 가령 일본 정부는 1871년(메이지 4)부터 1873년(메이지 6)까지 이와쿠라(岩倉) 사절단을 유럽과 미국 등 12개국에 파견하여 직접 서구 문물을 경험하도록 하였다. 넷째, 일본은 분명한 목적과 방향성을 염두에 두고 근대화를 추진하였다. 일본은 그동안 취해 오던 '화혼한재(和魂漢才)'를 버리고 곧바로 '화혼양재(和魂洋才)'로 선회하였다. 화혼양재는 서세동점(西勢東漸)에 맞서 조선이 내세운 동도서기(東道西器)나 중국이 내세운 '중체서용론(中體西用論)'보다 훨씬 더 적극적이었다. 다섯째, 일본은 서구의 물질적인 것 못지않게 정신

16

적인 것을 받아들이는 데도 게을리하지 않았다. 마루야마 마사오(丸山眞男)의 지적대로 일본 근대화는 물질 혁명 못지않은 정신 혁명이었다.

특히 일본 근대문학에서 서양 문학이 차지하는 몫은 흔히 생각하는 것보다 훨씬 크다. 메이지 유신 이후 일본 문학은 서양문학의 영향을 많이 받았다. 눈솔 정인섭(鄭寅燮)은 "외국문학 연구에 영향되어서 창작한 작가와 작품을 제하면 일본은 옛날의 협소한 범위의 소위 말하는 '야마토 문학(大和文學)'이란 것밖에 남지 않을 것이다"라고 말한 적이 있다. 그러면서 그는 계속하여 "일본의 문학자들 또는 작가들은 누구를 막론하고 외국문학 연구의 영향을 받지 않는 이는 없다"고 잘라 말하였다.[1] 비록 정도의 차이는 있을망정 이러한 사정은 한국의 근대문학의 경우도 크게 다르지 않았다. 다만 한국 작가들은 일본을 통하여 간접 수입 방식으로 받아들이는 경우가 많았다.

서구문학의 교두보로서의 '마루젠'

그동안 250년 넘게 일본을 지배해 온 사회질서와 신분체제가 흔들리는 가운데 1853년 미국 매슈 페리 제독의 함대가 에도 앞바다에 쏘아올린 함포는 그동안 깊이 잠들어 있던 일본을 일깨우고 새로운 역사적 전환을 알리는 신호탄이었다. 메이지 유신을 처음 설계한 요시

---

1   정인섭,「'가갸날'과 외국문학 연구」,『한국문단논고』(서울: 신흥출판사, 1959), 40쪽.

다 쇼인(吉田松陰)은 흔히 '메이지 유신의 심장'으로 일컫는다. 요시다를 비롯한 마지막 사무라이들은 칼을 버리고 대신 붓과 펜을 들었다. 19세기 영국의 극작가 에드워드 불워-리턴은 "펜은 칼보다 강하다"고 말했듯이 최후의 사무라이들도 일본 칼보다 더욱 힘이 센 것이 바로 붓과 펜, 그리고 그 붓과 펜으로 서양 문물을 기록한 책이라는 사실을 깊이 깨닫기 시작하였다.

일본 조슈번 출신의 사무라이이자 사상가요 교육자인 요시다 쇼인. 그와 그의 제자들이 메이지 유신에서 중추적 역할을 하였다.

도쿄 중심가에 자리 잡고 있던 마루젠(丸善)은 당시 일본 근대화의 지형학을 보여 주는 더할 나위 없이 좋은 공간적 기호였다. 이 서점은 계몽사상가 후쿠자와 유키치(福澤諭吉)의 제자요 의사인 하야시 유테키(早矢仕有的)가 1869년(메이지 2)에 창업한 것으로 알려져 있다. 이곳에서는 일본 서적과 서양 서적을 비롯한 외국 신문과 잡지, 사무용 기계와 기구, 일반 문방구 용품, 잡화 및 화장품 등을 판매하였다. 마루젠은 오늘날의 교보문고나 영풍문고 같은 대형 서점처럼 서점을 겸한 종합 문구점의 성격이 짙었다.

다이쇼(大正) 시대의 대표적인 작가 아쿠타가와 류노스케(芥川龍之介)는 흔히 '일본 근대문학의 아버지'로 일컬을 만큼 후대 작가들에게 큰 영향을 끼쳤다. 도쿄제국대학 영문과 재학 중 그는 나쓰메 소세키(夏目漱石)의 제자로 동료 구메 마사오(久米正雄)와 기쿠치 간(菊池寬) 등과 함께 잡지 《신시초(新思潮)》를 발간하면서 작가로서의 길을 내디뎠다. 1927년 7월 서른다섯의 젊은 나이에 수면제 과다 복용으로 음독 자살을 기도하기 전 아쿠타가와는 친구 구메 마사오에게 「어느 바보의 일생」이라는 작품을 건네주었다. 여기서 '어느 바보'란 두말할 나위 없이 아쿠타가와 자신을 말한다. 그러므로 이 작품은 말하자면 친구에게 보내는 유서 형식의 자전적 소설인 셈이다. 아쿠타가와는 삽화처럼 구성되어 있는 이 작품의 첫 글 '시대'를 이렇게 시작한다.

그것은 어느 서점의 이층이었다. 스무 살의 그는 책장에 걸쳐 놓은 서양식 사다리에 올라가 새로운 책을 찾고 있었다. 모파상, 보들레르, 스트린드베리, 입센, 쇼, 톨스토이……

그러는 사이에 해가 저물기 시작했다. 하지만 그는 열심히 책 등에 찍힌 글자를 읽어갔다. 그곳에 진열된 것들은 책이라기보다 오히려 세기말 그 자체였다. 니체, 베를렌, 공쿠르 형제, 도스토옙스키, 하웁트만, 플로베르……

그는 침침한 어둠과 싸우며 그들의 이름을 헤아려갔다. 하지만 책은 어느덧 나른한 그림자 속으로 가라앉기 시작했다. 그는 마침내 더는 버티지 못하고 서양식 사다리를 내려오려고 했다. 그러자 갓이 없는 전등불 하나가 갑자기 그의 머리 위에서 번쩍 켜졌다. 그는 사다리 위에 멈춰선 채 책들 사이로 움직이고 있는 점원과 손님들을 내려다보았다. 그들은 묘하게 작게 보였다. 그

서구 근대문학의 산실이라고 할 도쿄의 마루젠 서점. 1869년에 창업되었다.

뿐 아니라 너무나 초라하게 보였다.

"인생은 보들레르의 시 한 줄에도 미치지 못한다."

그는 한동안 사다리 위에서 그런 그들을 바라보고 있었
다.……[2]

여기서 '어느 서점'이란 다름 아닌 도쿄 중심부에 있던 마루젠을
말한다. 아쿠타가와 작품의 주인공 '그'에게 이 외서 서점은 당시
서구문학을 만날 수 있는 더할 나위 없이 소중한 공간이었다. '그'가

---

2 아쿠타가와 류노스케, 「어느 바보의 일생(或阿呆の一生)」, 『芥川龍之介全集 6』(東京:
筑摩書房, 1987); 박성민 역, 『어느 바보의 일생』(서울: 시와서, 2021), 9~10쪽. 이 작품의 첫
장면은 일본의 서구 근대문명의 도입 과정과 관련하여 서양 학자들도 자주 인용해 왔다. Seiji,
Lippit, *Topographies of Japanese Modernism* (New York: Columbia University Press, 2002), p. 52;
James Dorsey, *Critical Aesthetics: Kobayashi Hideo, Modernity, and Wartime Japan* (Cambridge:
Harvard University Press, 2009), p. 41; Irmela Hijiya-Kirschnereit, "On Bookstores, Suicides,
and the Global Marketplace: East Asia in the Context of World Literature," in *Approaches to
World Literature*, ed. Joachim Küpper (Berlin: Akademie Verlag, 2013), pp. 133~145.

마루젠 서점이 들어 있는 현대식 아오조빌딩. 마루젠이 1층부터 4층까지 사용한다.

서양식 사다리를 타고 올라가 책을 찾고 있던 서가에는 프랑스 작가 기 드 모파상, 프랑스 상징주의 시인 샤를 보들레르, 스웨덴의 대표적인 극작가요 소설가인 아우구스트 스트린드베리, 근대극의 막을 처음 올린 노르웨이의 극작가 헨리크 입센, 아일랜드의 극작가 겸 소설가 조지 버나드 쇼, 흔히 '19세기 러시아의 양심'으로 일컫는 레프 톨스토이 등 그야말로 서구문학을 대표하는 작가들의 작품이 마치 경쟁이라도 하듯이 꽂혀 있다.

그밖에도 '시대'의 주인공 '그'의 눈에는 마루젠의 서가에서 19세기의 이단아요 흔히 '망치를 든 철학자'로 일컫는 프리드리히 니체를 비롯하여 프랑스 상징주의 시를 이끈 폴 베를렌, 19세기 후반 프랑스 사실주의와 자연주의 문학을 지도한 에드몽 드 공쿠르와 쥘 드 공쿠르 형제의 작품이 들어온다. 또한 톨스토이와 함께 19세기 러시아 문학의 쌍벽을 이루던 표도르 도스토옙스키, 독일의 극작가 게르하르트 하웁트만, 프랑스 리얼리즘의 선구자 귀스타브 플로베르 같은 작가들의 작품도 눈에 띈다. 주인공 '그'는 어느덧 날이 저무는 줄도 모르고 서가에 꽂혀 있는 외국문학 작품에 그만 온통 정신이 팔려 있다.

여기서 한 가지 찬찬히 눈여겨볼 것은 서가에 꽂혀 있는 책들이 이미 정전의 반열에 올라 있는 문학 작품이 아니라 아직 활동하고 있는 생존 작가들의 작품이 대부분이었다는 점이다. 당시 마루젠에서는 외국문학 작품을 수입하되 '죽은' 고전이 아니라 '살아 숨 쉬는' 동시대 작가들의 작품을 수입하여 판매하고 있었다. 이 작품의 서술 화자가 "거기 꽂혀 있는 것은 책이라기보다는 차라리 세기말 그 자체였다"고 말하는 점도 주목해야 한다.

이렇듯 서술 화자에게 그 책들은 19세기 말엽 세계 문단을 화려하게 장식하던 서유럽과 북유럽과 아일랜드 출신 작가들의 개별 작품 이상의 큰 의미가 있었다. 그들은 19세기 말엽, 좀 더 정확히 말해서 1880년~1890년대 유럽을 휩쓸던 시대정신과 깊이 관련되어 있었다. 그 시대정신은 주인공 '그'가 "인생은 보들레르의 시 한 줄만도 못하다"고 혼잣말처럼 생각하는 데서 단적으로 엿볼 수 있다. 세기말은 권태·냉소·염세·퇴폐의 분위기가 짙은 안개처럼 유럽 사회를 온통 뒤덮고 있던 시대였다. 한편 세기말은 문 앞에 바짝 다가온 20세기에 대한 기대와 함께 새 세기에 대한 전망을 암중모색하던 시기이기도 하였다.

주인공 '그'가 외국문학 작품에 정신이 팔려 있는 동안 어느덧 날이 저물어 어둠이 서점 안에도 찾아든다. 그런데 '그'가 힘이 빠져 이제 그만 사다리를 내려가려고 하는 바로 그 순간 갑자기 서점 안이

온통 환해진다. "갓이 없는 전등 하나가 마침 그의 머리 위에서 번쩍 불을 밝혔다"는 문장에서 볼 수 있듯이 날이 어두워지자 서점에서 전깃불을 밝혔던 것이다.

그런데 '그'의 머리 위에서 이렇게 갑자기 전등이 켜지면서 번쩍 빛이 들어왔다는 것은 자못 상징적이다. '빛'은 무지와 몽매의 어둠을 몰아내고 지식과 계몽을 불러들이는 수단이다. 메이지 시대 일본 지식인들이 만들어낸 신조어 '게이모(啓蒙)'는 영어 'Enlightenment'나 프랑스어 'Lumières', 독일어 'Aufklärung' 등처럼 '빛으로 어둠을 걷어 내다'라는 의미다.

이마누엘 칸트는 인간이 미성숙 상태에서 벗어나 성숙한 상태로, 미완성 상태에서 완성 상태로 나아가는 것을 '계몽'이라고 불렀다. 그렇다면 「어느 바보의 일생」의 주인공 '그'에게 갑자기 머리 위에 들어온 불빛은 넓게는 서구의 눈부신 문물을, 좁게는 세계문학의 도래를 알리는 신호탄 역할을 한다고 보아야 한다. 그러므로 아쿠타가와가 이 에피소드에 '시대'라는 제목을 붙인 것은 결코 우연한 일이 아니다.

그러고 보니 주인공 '그'가 왜 아직 서양식 사다리 위에 선 채 책들 사이에서 움직이고 있는 점원들이나 손님들을 내려다보며 그들이 "이상스레 작아 보였다"고 말하는지 알 만하다. '그'는 그들이 작아 보일 뿐 아니라 심지어 아주 초라해 보인다고 말한다. 서구의 문물이나 문학과 비교해 보면 이제 막 빗장을 열어젖히고 받아들이기 시작한 일본 근대화의 모습은 왜소하고 초라하게 보일 수밖에 없을지 모른다. '그'가 무심코 내뱉는 "인생은 보들레르의 시 한 줄만도 못하다"는 말도 아쿠타가와가 느끼던 시대의 불안이나 예술지상주의를 천명한 고백으로만 받아들일 수 없다. 그것은 곧 일본 근대 지식인이 서구문학과 세계문학에 느끼는 경외심으로 받아들여도 크게 틀리지 않는다.

이렇게 마루젠에 20세기 초엽 일본이 서구문학을 받아들이고 서구와의 관계를 맺던 문화 기호로서의 상징적 의미를 부여한 것은 아쿠타가와 류노스케가 처음이 아니었다. 그보다 10년 전 일본 자연주의 문학의 대표 작가 중 한 사람인 다야마 가타이(田山花袋)는 회고록 『도쿄의 30년(東京の三十年)』(1917)에서 "19세기 유럽 사상의 거친 조류가 마루젠 2층을 통과하여 이 외딴 동아시아 섬 해변에 밀려오고 있었다"[3]고 밝혔다. 여기서 다야마가 아쿠타가와처럼 마루젠 건물 중에서도 유독 2층을 언급하는 것은 외국 서적부가 바로 2층에 위치했기 때문이다.

마루젠을 교두보로 삼아 외국문학을 받아들인 것은 비단 일본인 문인들이나 학자들에만 그치지 않았다. 이 점에서는 1915년 보성중학교를 졸업한 뒤 일본 도쿄관립외국어학교에서 러시아어를 전공한 조선인 유학생 최승만(崔承萬)도 크게 다르지 않았다. 그는 1918년 '재일본동경조선유학생학우회'가 펴내는 기관지《학지광(學之光)》의 편집위원으로 활약하고 이듬해 문예지《창조(創造)》의 동인으로 활동하면서 1922년에는 도쿄조선기독교청년회의 기관지 월간《현대

---

3   Hijiya-Kirschnereit, "On Bookstores, Suicides, and the Global Marketplace," 136쪽에서 재인용.

(現代)》의 주간을 지냈다. 최승만은 당시 도쿄 유학생 중에서 지도적 위치에 있던 최팔용(崔八鏞) 등과 1918년 여름방학 때부터 자주 만나 비밀리에 독립운동을 추진하여 마침내 1919년 2·8독립운동을 거사하는 데 주동적 역할을 하였다.

이렇듯 도쿄 소재 학교에 재학하면서 서구 문화에 관심이 많던 최승만으로서는 마루젠 서점을 모를 리가 없었다.《학지광》17호에 '극웅(極熊)'이라는 필명으로 기고한「돈」이라는 글에서 그는 "마루젠이나 나카니시(中西) 책사(冊肆)에 가서 보면 탐나는 책이 수업지만 침만 꿀덕﹏하고 뒤통수치며 도라오니 다다미(畳) 우헤서 머리 글그며 하는 소리 '몹쓸 돈'이라는 것 뿐이엿슴니다"[4]라고 말한다.

도쿄에서 외국문학을 전공하던 조선인 유학생들도 최승만과 크게 다르지 않았다. 예를 들어 이하윤(異河潤)은 경성제1고등학교(오늘날의 경기고등학교)를 졸업한 뒤 일본에 건너가 1923년부터 1929년까지 6년 남짓 도쿄 호세이(法政)대학 예과와 본과에서 프랑스문학과 영문학을 전공하였다. 그는 도쿄 유학 시절을 회고하며 "별로 유족(裕足)한 학비는 아니었으나 헌 책사 뒤지기와 마루젠 양서부의 방문이 우리들의 공통된 취미. 우리들은 상당수의 서적을 구입하는 데 학비의 태반을 계상하였다"[5]고 말한다. 여기서 '우리들'이란 이 무렵 일본에서 외국문학을 전공하던 조선인 유학생들, 그 중에서도 특히 도쿄에서 외국문학을 전공하던 조선인 학생들이 조직한 '외국문학연구회'

---

4   극웅,「돈」,《학지광》17호(1919. 1), 47쪽.

5   이하윤,「나와《해외문학》시대」, 서울대학교 사범대학 국어과·동문회 편,『이하윤 선집 2: 평론·수필』(서울: 한샘, 1982), 185쪽.

에 속한 회원들을 말한다. 그는 연구회 회원 중에서도 특히 같은 대학에서 영문학을 전공하던 장기제(張起悌)와 함께 시간 날 때마다 마루젠을 자주 찾았다.

이하윤이나 장기제보다 한두 해 늦기는 하여도 도쿄제국대학에서 영문학을 전공하던 이양하(李敭河)도 그들과 크게 다르지 않았다. 다만 차이가 있다면 이하윤과 장기제가 주로 마루젠을 드나들었다면 이양하는 진보초(神保町)와 간다(神田)의 헌책방 거리를 자주 드나들었다. 이곳은 대학 캠퍼스와 가까운 데다 이와나미쇼텐(岩波書店), 슈에이샤(集英社), 쇼가쿠칸(小學館) 같은 유명 출판사와 대형 서점과 전문서적을 취급하는 작은 서점, 헌책방이 즐비하게 늘어선 곳으로 책을 좋아하는 젊은 학생들에게는 그야말로 천국과 같은 곳이었다. 이양하는 한 수필에서 "나는 궁상스런 그러나 내가 무척 좋아하고 자랑하던 [조지] 기싱을 본받아 짧은 겨울날이면 점심을 먹지 아니하고, 고본 서사(書肆)를 찾아다니며 그 점심 값으로 기싱의 『라이크로프트의 수기』, 『인생의 아침』, 또는 『민중』 같은 책을 사곤 하던 것을 기억한다"[6]고 말한다. 마루젠에서 구입한 책 중 일부는 이런저런 사정으로 진보초와 간다의 헌책방으로 흘러들어 왔다. 그리고 가난한 유학생들은 마치 추수하고 난 밭에서 이삭을 줍듯이 헌책방에서 외국문학 작품을 구입했던 것이다.

---

6   이양하, 「내가 만일 다시 대학생이 된다면」, 송명희 편, 『이양하 수필 전집』(서울: 현대문학, 2009), 140쪽. 김욱동, 『이양하: 그의 삶과 문학』(서울: 삼인출판, 2022), 38쪽.

경성 혼마치의 '마루젠'

마루젠을 통하여 서구의 근대문명과 문학을 받아들인 것은 식민지 조선도 크게 다르지 않았다. 일본 작가들처럼 조선 작가들에게도 마루젠을 비롯한 외국서적 서점은 서구 문물을 받아들이는 교두보요 창구였다. 예를 들어 춘원(春園) 이광수(李光洙)는 한국 근대문학에서 흔히 최초의 장편소설로 일컫는『무정』(1917)의 한 장면에서 주인공 이형식이 마루젠에서 서양 책을 구입하는 것을 언급한다.

형식은 책을 사는 버릇이 있어 매삭(每朔) 월급을 타는 날에는 반드시 일한서방(日韓書房)에 가거나, 동경 마루젠(丸善) 같은 책사(冊肆)에 사오 원을 없이하여 자기의 책장에 금자(金字) 박힌 책이 붙는 것을 유일의 재미로 여겼었다. 남들이 기생집에 가는 동안에, 술을 먹고 바둑을 두는 동안에, 그는 새로 사온 책을 읽기로 유일한 벗을 삼았다. 그래서 그는 붕배(朋輩)간에도 독서가라는 칭찬을 듣고 학생들이 그를 존경하는 또한 이유는 그의 책장에 자기네가 알지 못하는 영문, 덕문(德文)의 금자 박힌 책이 있음이었다. 그는 항상 말하기를, 우리 조선 사람의 살아날 유일의 길은 우리 조선 사람으로 하여금 세계에 가장 문명한 모든 민족, 즉 우리 내지(內地) 민족만한 문명 정도에 달함에 있다 하고, 이리함에는 우리나라에 크게 공부하는 사람이 많이 생겨야 한다하였다. 그러므로 그가 생각하기를, 이런 줄을 자각한 자기의 책임은 아무쪼록 책을 많이 공부하여 완전히 세계의 문명을 이해

하고 이를 조선 사람에게 선전함에 있다 하였다.[7]

　일본 유학을 마치고 경성학교의 영어교사로 근무하는 주인공 이
형식은 자아의 각성은 말할 것도 없고 민족의 각성을 추구하는 근대
적 인물이다. 주색잡기에 빠지지 않고 월급 때마다 일정 금액을 책 사
는 데 사용하는 그는 일한서방과 마루젠의 단골손님이다. 도쿄 중심
부에 위치한 마루젠과는 달리 일한서방은 식민지 조선에 있는 서점
이었다. 오늘날의 충무로에 해당하는 혼마치(本町) 2쵸메(丁目) 10번
지에 있었다. 1910년 이전에 창업한 상점으로 일본과 외국의 신간서
적을 비롯하여 잡지와 교과서 등을 주로 판매하였다. 이형식이 두 서
점에서 구입하는 책은 주로 영어와 덕문(독일어) 원서들이다.

　20세기 초엽 서구문학이 성난 파도처럼 밀려오는 것은 식민지 종
주국 일본뿐 아니라 식민지 조선과 대만도 마찬가지였다. 일본의 마
루젠 본사는 1930년(쇼와 5) 6월 오늘날의 을지로에 해당하는 황금성
에 경성 출장소를 열었고, 그해 10월 황금정에서 혼마치 2쵸메 3번
지, 오늘날의 중구 충무로 2가로 이전하였다. 마루젠은 그동안 도쿄
의 중심부 니혼바시(日本橋) 마루노우치(丸の内)에 본사를, 오사카(大
阪), 교토(京都), 나고야(名古屋), 요코하마(橫濱), 후쿠오카(福岡), 센다

7　이광수, 『무정』(서울: 문학과지성사, 2005), 98쪽. 이광수가 '서포'나 '서점'이라는 낱말
대신 '책사'라는 낱말을 사용하는 것이 흥미롭다. 조선시대에는 '서사(書肆)'나 '책사'를, 대
한제국 시대부터 일제 강점기에는 '서포(書鋪)'나 '책포(冊鋪)'라는 낱말을 자주 썼다. 자본
주의 냄새를 풍기는 '서점'이라는 말이 통용되기 시작한 것은 해방 이후였다. 책을 팔고 산다
는 것은 학문의 발달과 지식에 대한 욕구뿐 아니라 수요·공급·유통·소비의 자본주의 경제 구
조에서 가능하다.

이(仙台)에 지점을 두고 있었다. 그러다가 고베(神戸)와 삿포로(札幌)에 이어 식민지 조선의 경성과 타이베이(臺北)에도 출장소를 두었다. 이 무렵 외국 서적의 수요가 그만큼 늘어났기 때문이다.

그런데 이광수는 "책장에 금자 박힌 책이 붇는 것을 유일의 재미로 여겼었다"는 문장에서 주인공의 지적 허영심을 보여 주기보다는 오히려 서구 문물에 대한 관심을 보여 준다. 위 인용문의 뒷부분을 보면 더더욱 그러한 생각이 든다. 이형식은 "우리 조선 사람의 살아날 유일의 길은 우리 조선 사람으로 하여금 세계에 가장 문명한 모든 민족, 즉 우리 내지 민족만한 문명 정도에 달함에 있다"고 생각한다. 여기서 '내지 민족'이란 두말할 나위 없이 식민지 조선의 한민족과 대립되는 식민지 종주국의 일본 민족을 가리킨다.

이형식은 한민족도 일본 민족이 이룩한 문명 정도에는 이르러야 한다고 생각한다. 조선이 일본 제국주의의 식민지 지배를 받는 상황에서 그의 생각은 어찌 보면 지나치게 낙관적이고 이상적이라고 판단할 수도 있다. 그러나 이형식은 비록 일제가 조선의 몸을 빼앗을지언정 그 혼까지 빼앗을 수는 없다고 생각하는 것 같다. 실제로 칼(무)을 중시하는 일본과는 달리 조선은 붓(문)을 중시하였다. 오늘날 전 세계에 걸쳐 큰 힘을 떨치고 있는 한국의 '소프트 파워'도 궁극적으로는 칼보다는 붓을 소중하게 생각해 온 결과다.

식민지 지식인 이형식이 책을 구입하는 이유는 무엇보다도 "완전히 세계의 문명을 이해하고 이를 조선 사람에게 선전"하는 데 있었다. 상업자본주의에 세뇌된 현대 독자들에게 '선전'이라는 말이 목에 걸린 가시처럼 조금 마음에 걸릴지도 모른다. 그러나 이광수는 이 말

오늘날의 충무로에 해당하는 혼마치에 위치한 마루젠 경성 지점 내부와 여직원들 모습.

을 "주의나 주장, 사물의 존재, 효능 따위를 많은 사람이 알고 이해하
도록 잘 설명하여 널리 알리는 일"이라는 사전적 의미로 사용하였다.
이형식의 이러한 태도는 동료들과 학생들에게도 직간접으로 큰 영향
을 줄 것이다.

　마루젠은 『무정』 이후 1930년대에 이르러서도 문학 작품이나 신
문잡지에 심심치 않게 오르내렸다. 가령 1938년 1월 종합잡지 《삼천
리》에서는 《조선중앙일보》 사장으로 있다가 신문이 폐간되는 바람에
집에서 쉬고 있던 여운형(呂運亨)과의 인터뷰 기사를 실었다. 질문자
가 그에게 "독서는 대개 하루에 몇 시간가량 어디서 하십니까? 도서
관에는 종종 단이시는지요?"라고 묻는다. 그러자 여운형은 "뭐 도서
관엔 별로 가지 않읍니다. 집에서 틈 있는 대로 읽지만 나는 대개 혼

마치 마루젠서점(丸善書店)에 가서 합니다. 경제 문제로 신간서를 일일히 사 보는 수는 없고 환선서점엘 가면 거기는 그 전 중앙일보 사장 시절에 래[왕래]가 많았던 관계로 특별히 친절히 대해 주군하더군요. 그래 거기서 의자를 하나 빌려 가지고 점두에 앉아서 읽구 싶은 책을 마음대로 한 서너너덧 시간씩 읽습니다. 대개 새로 한 시쯤까지 가서 다섯 시쯤까지 있지요"라고 대답한다.

질문자가 다시 "남의 상점 가운데 가서 그렇게 계시기 거북지 않으세요?"라고 묻자 여운형은 "좀 거북하긴 하지요만 그만 것이야 참을 수밖에 없지요. 마치 술 먹는 사람이 돈 없으면 선술집에 가듯이 돈이 없으니 서점에 가서 다치요미(立讀)라도 하는 수밖에 없지요"라고 대답한다.[8] 오늘날의 대형서점처럼 당시 몇 안 되던 서점들도 책을 구입하는 곳일 뿐 아니라 책을 살 형편이 안 되면 서서라도 책을 읽는 곳이기도 하였다. 당시 서점은 이처럼 지식인들에게는 필수적인 공간이었다.

이렇듯 마루젠을 비롯한 서점은 이 무렵 신문학과 근대화 과정에서 서구 문물을 받아들이는 아주 중요한 문화 공간이었다. 그래서 당시 작가들이 공간적 배경이나 작중인물의 동선을 설정하는 데도 서점은 결정적인 역할을 하였다. 가령 김남천(金南天)은 이 문제와 관련하여 단편소설 「가로(街路)」에서 이렇게 말한다.

---

8 「여운형 씨는 무엇하고 계시나」,《삼천리》(1938. 1). '다치요미'란 글자 그대로 서점에서 책을 구입하지 않고 서가에 서서 책을 읽는 것을 말한다.

그래 생각 끝에 조선은행 앞을 잡아본다. 별로 의식하지 않고 작중 인물의 청년 남녀는 이곳을 여러 번 내왕하게 된다. 지드 권(卷)이나 펄 벅 권이나 읽히려면 마루젠으로 보내야 할 게고, 코티나 맥스맥터 곽이나 사재도 백화점으로 끌고 가야 할 테고, 커피 잔이나 소다수 잔을 빨린다든가 극장 파한 뒤에 페데니 뚜 비비에니 콜다니 하고 잔수작을 시키재도, 한번은 이 광장을 통과시켜야 한다.[9]

김남천이 1938년 5월 《조선일보》에 발표한 이 작품은 '소설에 관한 소설'이라고 할 메타픽션이다. 그는 이 작품을 "이야기의 주인공을 거리로 끌고 나오면 그를 가장 현대적인 풍경 속에 산보시키고 싶은 충동을 느낀다. 대체 어디로 그를 끌고 갈 것인가? 종이 위에 붓을 세우고 생각해 본다"라는 문장으로 시작한다. 김남천은 이렇게 글쓰기 행위 그 자체를 작품의 주제로 삼는다. 서구에서도 아직 포스트모더니즘이 고개를 쳐들기 훨씬 전 김남천이 이미 메타픽션을 시도했다는 것이 여간 놀랍지 않다.

위 인용문에서 지드와 펄 벅은 두말할 나위 없이 각각 프랑스와 미국 소설가 앙드레 지드와 펄 벅을 말한다. 코티와 맥스맥터는 분과 향수 같은 고급 화장품 이름이다. 당시 그러한 화장품을 사게 하려고 작가가 작중인물을 '끌고 가야 할' 백화점이라면 아마 지금의 신세

---

9   김남천, 「가로」, 『김남천 전집』(서울: 박이정, 2000), 66쪽. 김남천은 「가로」에서 언급하는 작중 인물의 가상 동선을 자세하게 지도로 그린다.

계 백화점 본점 자리에 위치한 미쓰코시(三越)일 것이다. 커피 잔이나 소다수 잔을 기울이면서 시간을 보낼 장소는 아마 경성 부청 맞은편 하세가와쵸(長谷川町), 오늘날의 소공동에 있던 '낙랑파라' 카페일 것이다.

극장이 파한 뒤 영화를 두고 수다를 떠는 대상이라고 할 페데는 벨기에의 배우이자 작가요 영화감독인 자크 페데를 말하고, 뚜비비에는 초창기 프랑스 유성영화 시절 한 페이지를 화려하게 장식한 프랑스 영화감독 쥘리앙 뒤 비비에를 말한다. 콜다는 아마 미국의 키네틱 아티스트로 연극 무대 장치를 한 알렉산더 콜더를 말하는 것 같다. 일제 강점기에 남대문통 조선은행 앞 광장은 그야말로 일제의 상권과 근대성을 보여 주는 랜드마크요 상징적인 공간이었다. 모든 길은 로마로 통하듯이 이 무렵 경성의 문화는 조선은행 앞 광장으로 통하다시피 하였다. 일제 강점기 '센간마에(鮮銀前) 광장'이라고 부르던 이곳은 금융가와 상가로 자리 잡았다.

당시 경성에는 일서와 양서를 취급하는 서점으로는 마루젠 말고도 다른 서점들이 더 있었다. 이광수가 『무정』에서 마루젠과 함께 언급한 일한서방도 그중 하나다. 이태준(李泰俊)은 자전적 단편소설 「장마」에서 일한서점과 대판옥(大阪屋)을 언급한다. 소설의 서술 화자요 주인공인 '나'는 장마철에 말동무가 그리워 집을 나서 '낙랑파라' 카페에 들린다. 1930년대 흔히 '모보'라고 일컫던 모던 보이들이 자주 드나들던 이 카페는 이태준이 도쿄 시절에 사귄 '눈물의 기사' 이순석(李順石)이 지금의 소공동에서 경영하던 카페였다.

구보(仇甫)도 이상(李箱)도 나타나지 않는다. 비는 한결같이 구질구질 내린다. 유성기 소리가 나기 시작한다. 누구든지 한 사람 기어이 만나보고만 싶다. 대판옥이나 일한서방쯤 가면 어쩌면 월파(月坡)나 일석(一石)을 만날지도 모른다.[10]

구보는 『소설가 구보씨의 일일』(1934)을 쓴 소설가 박태원(朴泰遠)이고, 이상은 두말할 나위 없이 '박제가 되어 버린 천재' 김해경(金海卿)이다. 이태준은 두 사람과는 같은 '구인회' 멤버로 친하게 지냈다. 월파는 시인 김상용(金尙鎔)을 말하고, 일석은 국어학자 이희승(李熙昇)을 말한다. 당시 이화여자전문학교에서 교편을 잡고 있던 두 사람은 혼마치에 있는 카페와 서점에 자주 들렀다. 이태준은 언급하지 않았지만 '낙랑파라' 카페에는 김상용과 이희승 말고도 이양하도 자주 들렀다.

이왕 카페 이야기가 나왔으니 말이지만 이희승은 이 부렵 연희전문학교 교수로 있던 이양하와도 친하게 지냈다. 두 사람은 이웃 학교에서 근무할 뿐 아니라 커피를 좋아하는 등 취향이 서로 비슷하였다. 이양하에 대하여 이희승은 "형과 나와는 연령으로도 비슷한 세대였으며 전공 분야가 문학이란 점에서 정서 생활에 공명·공감되는 바가 많았었다"고 밝힌다. 그러면서 이희승은 "또 나는 술을 마시지 못하고 커피를 즐겨하는 탓으로 다방 출입이 잦았는데 형의 기호도 나와 비슷하여 일주일이면 3, 4차씩이나 다방에서 만나게 되었든 것이다"

---

10 상허학회 편, 『이태준 전집 2: 돌다리 외』(서울: 소명출판, 2015), 69쪽.

1930년대 초 오늘날의 소공동에 화가 이순석이 운영한 카페. 문인과 예술가들이 자주 드나들었다.

라고 말한다.

길모퉁이마다 커피숍이 있는 오늘날과는 달라서 일제 강점기에 다방은 경성 시내에 서너 곳밖에 없었다. 그래서 이희승이 혼마치의 '메이지 제과'의 다실이나 '금강산'에 들르면 으레 그곳에서 이양하를 자주 만나곤 하였다. 그런데 이 다방은 김상용도 자주 들르는 곳이어서 세 사람이 함께 만날 때가 많았다. 이희승은 "내가 시를 쓰느니 수필을 쓰느니 하는 데 다소라도 영문학으로부터 받은 영향이 있다면 이것은 온전히 이 형과 월파 두 분의 덕이 아닐 수 없다"[11]고 회고

---

11 이희승, 「이양하 형을 추모하며」, 정병조 외 편, 『이양하 교수 추념문집』(서울: 민중서관, 1964), 191쪽. 이희승은 이양하와 나이가 비슷하다고 밝히고 있지만 실제로는 1896년에 태어난 이희승이 이양하보다 여덟 살 더 많다. 김욱동, 『이양하』, 63~64쪽.

한 적이 있다.

그러나 「장마」의 1인칭 서술 화자요 주인공인 '나'는 낙랑파라 카페 도착하지만 김상용과 이희승의 모습이 보이지 않는다. 그래서 '나'는 낙랑에서 나와 이번에는 비 내리는 포도를 따라 진고개 쪽으로 발길을 돌린다. 당시 마땅히 갈 곳이 없는 문인들은 카페에 있지 않으면 흔히 서점에 있게 마련이었다.

대판옥 서점으로 들어섰다. 책을 보기 전에 사람부터 둘러보았으나 아는 이는 한 사람도 없다. 신간서도 변변한 것이 보이지 않는데 장마 때에 무슨 먼지나 앉았을라고 점원이 총채를 가지고 와 두드리기 시작한다. 쫓기어 나와 일한서방으로 가니 거기도 아는 얼굴은 하나도 없는 듯하였는데 그 아는 얼굴이 아니었던 속에서 한 사람이 번지르르한 레인코트를 털면서 내앞으로 다가왔다.[12]

'대판옥호 서점(大阪屋號書店)', 흔히 줄여서 '대판옥'으로 일컫던 곳은 혼마치 1쵸메 28번지에 있던 서점이다. 일한서점처럼 주로 일본 서적과 양서를 취급하고 출판사를 겸하여 단행본을 출간하기도 하였다. 대판옥에서 쫓겨나다시피 나온 '나'는 이번에는 근처 일한서방으로 들어가고 그곳에서 뜻하지 않게 중학 때 같은 반이었던 '강군'을 만난다.

---

12 상허학회 편, 『이태준 전집 2』, 71쪽.

앞에서 언급했듯이 뒷날 일본 호세이대학에서 영문학과 프랑스문학을 전공하는 이하윤도 대판옥을 자주 드나들었다. 1920년대 초엽 경성을 회고하며 그는 "교과서나 사전류를 사려면 진고개[泥峴]로 가야 했다. 지금의 충무로 1가 혼마치 1쵸메, 그 1쵸메에 대판옥호서점이, 그리고 2쵸메에 일한서방이 있으며 뜨문뜨문 자리 잡은 고본옥(古本屋)이 우리들을 유혹하고 있었다"[13]고 말한다.

일제 강점기 마루젠과 함께 양서와 일서를 판매하던 일한서방.

여기서 '유혹'이라는 낱말이 유난히 눈길을 끈다. 이광수가 『무정』에서 주인공 이형식이 일한서방이나 도쿄의 마루젠에서 금으로 제목을 새긴 외국 서적을 사 모으는 것을 '유일의 재미'로 삼았다고 묘사한다는 것은 앞에서 이미 언급하였다. 이형식은 다른 사람들이 기생집에 가거나 술을 마시고 바둑에 빠져 있는 동안 돈을 아껴 새로 구입한 책을 읽는 것을 '유일한 벗'으로 삼는다. 이광수처럼 이하윤에게도 유혹의 대상은 여성이 아니라 서양에서 수입해 들여온 책이었다. 이렇듯 당시 경성의 일본 거주 지역에 있던 외국 서점과 헌책방은

---

13 이하윤, 「문단과 교단에서」, 『이하윤 선집 2』, 149쪽.

이광수나 이하윤 같은 외국문학에 갈증을 느끼던 청년 지식인들에게 그야말로 사막의 오아시스 같은 역할을 했던 것이다.

세계문학전집과 '엔본(円本)'

독일의 일본학 연구자 이르멜라 히지야-키르슈네라이트는 서구 문물과 서구문학은 일본에 단순히 풍문으로만 전해진 것이 아니라 오히려 자본주의 문화 시장에서 구체적인 상품의 형태로 전해졌다고 주장하여 관심을 끌었다. 그녀는 "여기서 우리의 관심을 끄는 것은 서구문학이 점점 상업화되는 문화 시장에서 아주 구체적인 상품으로 그 나라[일본]에 들어간다는 점이다"라고 지적한다. 그러면서 히지야-키르슈네라이트는 계속하여 "아쿠타가와와 그의 세대는 여전히 상상력과 초월의 세계로서의 예술의 아우라 속에서 도피처를 찾았는지 모른다. 그들은 정전(正典)에 오른 서구 작가들의 이름을 환기시킴으로써 그들 자신을 구분 짓고 현대 예술가로서의 정체성을 확립하였다. 또한 그들은 자연주의·상징주의·모더니즘 같은 문학 운동과 스타일을 동화하여 실질적으로 서구에 일어난 그러한 운동의 발전과 어깨를 겨루었다"고 주장한다.[14] 이러한 문학의 서구화 과정에서 마루젠 같은 외국서적 전문 서점의 역할은 흔히 생각하는 것보다 무척 컸다.

---

14 Hijiya-Kirschnereit, "On Bookstores, Suicides, and the Global Marketplace," 136쪽.

한편 서점이 문화 상품을 소비자에게 판매하는 유통 공간이라면 출판사는 그러한 상품을 만들어내는 생산 공간이다. 생산 없이 유통과 소비가 있을 수 없듯이 외국문학 작품을 수입하거나 번역하여 출간하는 출판사가 없다면 아마 마루젠 같은 서점은 존재이유가 없을 것이다. 세계문학이 학자들이나 지식인들의 전유물이 아니라 일반 독자들에게 널리 읽히려면 출판과 판매가 무엇보다도 중요하다. 문

일본 다이쇼 시대의 대표적인 작가 아쿠타가와 류노스케. 그는 마루젠 서점 양서 코너에서 서구 근대를 맞이하였다.

화 상품도 여느 다른 공산품과 같아서 생산과 유통과 소비 중 어느 하나라도 부실하거나 없으면 제대로 작동할 수 없다.

20세기 초엽 일본에서 외국문학 작품이 서점을 통하여 일반 독자들에게 널리 전달되는 데는 세계문학전집의 역할이 무척 컸다. 그동안 여러 나라에서 발행해 온 이러한 문학전집은 세계문학의 이해와 확산과 관련하여 매우 중요하였다. 번역의 질을 떠나 그러한 전집이 출간되었다는 사실만으로도 한 국가가 세계문학에 보여준 관심을 가늠할 수 있기 때문이다.

예를 들어 1917년 볼셰비키 혁명으로 제정 러시아를 무너뜨린 소비에트 연방에서는 혁명에 성공하자 곧바로 오늘날 여러 나라에서

볼 수 있는 형태의 세계문학전집을 발간하기 시작하였다. 당시 문화정치에서 막강한 힘을 떨치던 막심 고리키를 중심으로 본격적으로 세계문학전집을 출간하여 민중에게 볼셰비키 공산주의 혁명의 이념을 심어 주는 반면, 그동안 제정 러시아의 로마노프 왕조의 억압과 빈곤에 지친 민중에게 세계정신을 호흡할 수 있도록 해주었다.

동아시아 국가 중에서는 소비에트 연방보다는 10년쯤 뒤늦었지만 일본이 가장 앞장서서 세계문학전집을 간행하기 시작하였다. 메이지 시대에 뿌린 서구 문화의 씨앗이 배태되고 자라나 마침내 다이쇼 시대에 이르러 꽃을 피우고 열매를 맺었다. 한편 중국에서도 '바오펀(寶芬)'이라는 필명으로 널리 알려진 중국의 문학사요 연구가인 정전둬(鄭振鐸)가 1922년 세계문학을 주창하면서 세계문학전집 발행을 처음 추진하였다. 그러나 아쉽게도 중국에서는 일본처럼 실행에 옮겨 제대로 결실을 보지는 못하였다.

경성 혼마치의 서점과 관련하여 앞에서 언급한 이하윤은 호세이 대학 예과에서 프랑스어와 프랑스문학을 공부했지만 같은 대학 법문학부 문학과에 진학해서는 분야를 바꾸어 영문학을 전공하였다. 그는 도쿄 유학 중 아테네 프랑세에 다니면서 프랑스어를 계속 공부했을 뿐 아니라 도쿄외국어대학 야간부에서 이탈리아어를, 도쿄제1외국어학원에서는 독일어를 공부하였다. 이렇듯 이하윤이 6년 넘게 도쿄에서 유학하는 동안 외국어에 남달리 깊은 관심을 기울인 것은 외국문학을 좀 더 체계적으로 공부하기 위해서였다. 그는 당시 대학 강의 못지않게 중요한 것이 독서였다고 밝힌다.

신쵸샤(新潮社)의 '근대문예 12강', '근대사상 12강', '근대극 16강', '소설연구 16강' 등이 굶주린 독서욕을 채워주었으며, '세계문예전집'의 대제(大題) 밑에 계속 출판되는 세계 명작과 웨르테르 총서의 연애소설들은 우리를 매료케 하였다. 그리하여 아르스사의 '태서명시선'과 신쵸샤의 '근대시전집'은 세계 시단으로 우리를 안내하는 지침이 아닐 수 없었다. (…중략…) 가이조샤(改造社)의 종합 월간지《가이조》는《주오코론(中央公論)》과 함께 일본 잡지계에 군림하고 있었다. 뒤에 가이조샤에서는 '현대일본문학전집'을, 신쵸샤에서는 '근대세계문학전집'을 간행하여 한동안 '엔본'(1권 1엔) 전집의 붐을 일으켰으며, 이와나미(岩波) 서점의 '세계문학'과 신쵸샤의 '세계문예강좌'는 젊은 문학도들에게 큰 환영을 받는 권위 있는 지상 문과대학이기도 하였다.[15]

이하윤이 첫 문장에서 언급하는 신쵸샤는 '새로운 물결'이라는 이름에 걸맞게 일본에서 최초로 외국문학 작품을 번역하여 출간한 출판사였다. 그가 언급하는 '근대문예 12강', '근대사상 12강', '근대극 16강', '소설연구 16강' 등은 제목 그대로 강의 형식으로 서구의 문학과 사상을 소개하는 총서였다. 학교 강의로써는 외국문학을 충분히 이해할 수 없던 외국문학 전공학도들에 이러한 강의 형식의 책은 당시 서양문학에 '굶주린 독서욕'을 채워주기에 충분하였다. 이하윤이 이 무렵 단행본으로 간행되던 일련의 강좌를 '권위 있는 지상 문과대

15　이하윤,「문단과 교단에서」,『이하윤 선집 2: 평론·수필』, 158~159쪽.

학'에 빗대는 것도 그다지 무리는 아니었다. 그렇다면 외국문학 관계 서적을 주로 출간한 신쵸샤를 비롯한 출판사는 대학의 역할을 톡톡히 했던 셈이다.

이러한 강좌에 이어 신쵸샤를 중심으로 다른 출판사들도 세계문학전집을 발간하기 시작하였다. 신쵸샤가 8편 9책으로 '근대명저문고'를 출간한 것이 1913년이었다. 그 뒤를 이어 여러 출판사들이 이러한 간행물을 잇달아 출간하였다. 1914년부터 1928년까지 일본에서 간행된 외국문학 전집이나 총서는 다음과 같다.

1. 國民文庫刊行會, '泰西名著文庫' 20卷 (1914)

2. 國民文庫刊行會, '泰西近代名著文庫' 24卷 (1916)

3. 博文館, '近代西洋文芸叢書' 12卷 (1916)

4. 新潮社, '世界文芸全集' 32卷 (1920~1926)

5. 國民文庫刊行會, '世界名作大觀' 50卷 (1925~1928)

6. 世界文豪代表作全集刊行會, '世界文豪代表作全集' 18卷 (1926~1928)[16]

일본에서 '세계문학'이라는 용어를 맨 처음 사용하기 시작한 것은 신쵸샤에서 '세계문예전집'을 간행한 이듬해 1927년 '세계문학전집'

---

16 https://ja.wikipedia.org/wiki/%E4%B8%96%E7%95%8C%E6%96%87%E5%AD%A6
%E5%85%A8%E9%9B%86. 일본에서는 세계문학전집 말고도 세계사상전집에도 관심을 기울여 1927년 슌쥬샤(春秋社)에서 '세계대사상전집'을 출간하였고 이듬해에는 가이조샤에서 '마르크스·엥겔스전집'을 출간하였다.

을 출간하면서부터였다. 모두 57권으로 간행된 이 전집은 1927년부터 1932년까지 6년에 걸쳐 출간되었다. 그 뒤에도 신쵸샤에서는 ① '현대세계문학전집'(46권, 1952~1958), ② '신판세계문학전집'(33권, 1957~1960), ③ '현대세계문학전집'(46권, 1952~1958), ④ '세계문학전집'(50권, 1960~1964), ⑤ '신쵸세계문학전집'(48권, 1968~1972) 등을 잇달아 출간하였다.

이 무렵 세계문학전집을 간행한 것은 비단 신쵸샤만이 아니어서 가이조샤에서는 '세계대중문학전집'(80권, 1928~1931)을 출간하였다. 그런데 '대중문학'이라는 이름에 걸맞게 『로빈슨 크루소』(1719)와 『걸리버 여행기』(1726)를 비롯하여 에드거 앨런 포의 단편소설을 번역하여 소개한 것이 눈에 띈다. 세계문학전집 출간에 후발주자로 비교적 뒤늦게 뛰어든 가와데쇼보샤(河出書房)에서는 놀랍게도 태평양 전쟁이 막바지에 접어들던 중에도 '신세계문학전집'(23권, 1941~1943)을 출간하였다. 전쟁이 끝난 뒤 이 출판사에서는 '세계문학전집 19세기편'(60권, 1948~1955), '세계문학전집 고전편'(27권, 1951~1956)을 출간하였고, 다시 19세기편과 고전편을 합쳐 '세계문학전집 결정판'(80권, 별권 5권, 1953~1959)을 내놓기도 하였다.

위 인용문에서 이하윤이 "가이조샤에서는 '현대일본문학전집'을, 신쵸샤에서는 '근대세계문학전집'을 간행하여 한동안 '엔본'(1권 1엔) 전집의 붐을 일으켰으며⋯⋯"라고 말한다는 점을 주목해 보아야 한다. '엔본(円本)'이란 이하윤의 말대로 단행본 한 권 값이 1엔밖에 하지 않던, 저가 전집류 출간을 두루 일컫는 용어다. 1926년(다이쇼 15) 가이조샤에서 '현대일본문학전집'을 출간하면서 엔본 전략을 처음 시도하였다. 한 해 뒤에는 신쵸사에서도 '세계문학전집'을 출간하면서 처음으로 한 권 책값을 1엔이라는 균일 염가로 판매하였다. 이 두 출판사에서는 말하자면 대량생산·대량유통·대량소비에 박리다매의 마케팅 전략을 세웠고, 그들의 계획은 예상 밖으로 큰 성공을 거두었다.

1920년대 중엽 1엔이라면 과연 어느 정도의 가치가 있었을까? 일본은행의 조사통계국에서 발표한 자료에 따르면 쇼와 시대 1엔은 2020년 기준으로 636엔에 해당한다. 원화로 대충 계산해 보아도 6,000원이 조금 넘는 액수다. 대학 졸업자가 취직하여 직장에서 받는 월급의 2퍼센트 정도에 해당하는 금액이었다. 이렇게 엔본 제도가 성행하면서 서적 시장은 활성화되었고 독자층의 저변도 확대되었다. 특히 세계문학전집이 일반 독자들에게 널리 읽히는 데 큰 역할을 하였다. 뒤늦게 뛰어든 출판사에서는 심지어 책 한 권에 1엔 이하의 가격으로 판매하는 경우도 더러 있었다.

일본문학에 관심을 둔 가이조샤와는 달리 유독 세계문학에 관심을 기울인 신쵸샤는 1927년 1월 도쿄에서 발행하던 도쿄의 《아사히신문(朝日新聞)》에 대대적으로 2면에 걸쳐 전면 광고를 실었다. 이러한 광고는 일본 신문 광고의 역사에서 일찍이 볼 수 없던 그야말로 획기적인 마케팅 전략이었다. 당시 이 광고를 보고 세계문학전집을 예약한 부수가 무려 58만에 이르렀다. 신쵸샤는 1927년 3월 첫 배본으로 도요시마 요시오(豊島与志雄)가 번역한 빅토르 위고의 『레미제라블』(1865)을 출간하였다.

신쵸샤가 성공을 거둘 수 있었던 데는 이 분야의 선두주자라는 이

신쵸샤 세계문학전집을 대대적으로 광고한 《경성일보》. "일책 일엔"이라는 문구가 눈에 띈다.

점도 있었지만 번역에도 세심한 주의를 기울였기 때문이다. 신쵸샤와 오래 전부터 인연을 맺고 이 전집에 러시아문학 번역가로 참여한 나카무라 하쿠요(中村白葉)는 "이 전집에 의하여 세계 각국의 뛰어난 작품의 번역도 거의 갖추어져서 러시아는 말할 것도 없이 스페인, 이탈리아 등 어학적으로 친숙하지 않은 나라들까지 중역이 아니라 직역을 하게 되었다는 것은 특히나 값지다"[17]고 말하였다.

　메이지와 다이쇼 시대 일본의 근대화 과정이 흔히 그러하듯이 가이조샤와 신쵸샤의 마케팅 전략도 일본의 독창적인 제도라기보다는 서구 제도를 흉내 내거나 그것을 변형한 것이었다. 신쵸샤는 한 광고 문구에서 "본 전집은 우리 출판계를 세계적 수준으로 끌어올렸다. 영국의 대중판 에브리맨 총서와 동일한 내용·정가. 일책 원고지

17　新潮社,『新潮社七十年』(東京: 新潮社, 1966), 84쪽; 함동주, 「신조사판 엔본 『세계문학전집』의 출간과 서양문학의 대중화」,《일본학보》104집(2015. 8), 328쪽에서 재인용.

1300장, 상제(上製) 5백 페이지. 가격은 겨우 1엔. 좋은 번역만이 원작을 살린다. 이 명번역의 자격을 보시오. 인생의 이모저모를 다 담은 인간학의 대교과서는 이것이다. 일인 일책! 세계인의 자격에 필수적인 획기적 대출판"이라는 온갖 미사여구로 독자들을 유혹하였다.[18]

여기서 '인간학의 대교과서'니 '세계인의 자격'이니 하는 구절이 특히 눈길을 끈다. 이하윤이 외국문학 강좌나 세계문학전집을 '지상 문과대학'이라고 불렀다는 점을 다시 한 번 떠올리는 것이 좋다. 또한 '인간학'과 '세계인'이라는 말에서 엿볼 수 있듯이 20세기 초엽 일본 지식인들은 벌써 문화적 배타주의나 국수주의의 늪에서 벗어나 세계 시민을 꿈꾸고 있었다.

이 광고에서도 볼 수 있듯이 엔본 형태의 판매 전략은 이미 영국에서 시행되고 있었다. 광고에서도 언급한 영국의 '에브리맨스 라이브 러리'가 바로 그것이었다. 1905년에 런던의 출판업자 조셉 덴트는 저렴한 가격에 세계문학 1,000권을 출간할 계획을 세우고 이듬해 총서의 일부로 단행본 50권을 출간하였다. 독학자로 책 제본공이었던 덴트는 총서 이름 '에브리맨'에서도 엿볼 수 있듯이 문학적 감식력이 뛰어난 문화 엘리트들은 말할 것도 없고 학생들과 노동자들에 이르기까지 모든 계층을 목표 독자로 삼았다.

더구나 덴트는 한 권에 1실링밖에는 하지 않는 저렴한 가격으로 세계의 고전을 출간하려고 하였다. 그는 "몇 실링으로 불멸의 고전을 책꽂이 하나를 가득 채울 수 있으며, 몇 파운드로 백 권의 책을 손에

18　新潮社,『新潮社七十年』, 81~82쪽; 함동주, 위의 글, 332쪽에서 재인용.

넣을 수 있는 독자는 평생 지적으로 풍요롭게 될지 모른다"고 밝혔다. 이 무렵 고전의 대중화의 깃발을 내걸고 다른 출판사들도 염가 책을 출간했지만 덴트의 '에브리맨스 라이브러리' 총서처럼 그렇게 큰 성공을 거두지는 못하였다.

덴트의 '에브리맨스 라이브러리' 총서는 출판 평론가들로부터도 찬사를 받았다. 예를 들어 존 그로스는 『문인의 발흥과 몰락』(1969)에서 "다른 재판 출판사들은 단순히 이미 출판된 책을 다시 출간할 뿐이었다. 그러나 에브리맨스 라이브러리는 한 제도요, 한 친절한 존재요, 한 십자군이요, 신념의 한 행위였다"[19]고 극찬한다. '에브리맨스 라이브러리' 총서로 출간하는 모든 책의 속표지에는 "모든 사람이여, 나는 그대와 함께 가고, 그대의 안내자가 되며, 그대가 가장 도움이 필요할 때 그대 옆에서 함께 걷겠노라"라는 모토가 적혀 있다. 이 모토는 바로 중세 도덕극 『에브리맨』에 따온 구절이다. 총서의 첫 권으로 제임스 보스웰의 『새뮤얼 존슨의 생애』(1791)를 출간한 것도 자못 상징적이다.

에브리맨 총서가 얼마나 인기를 끌었는가 하는 것은 1930년대 일본 유학생 김기림(金起林)을 보아도 잘 알 수 있다. 보성고등보통학교를 졸업한 뒤 그는 일본의 니혼(日本)대학에서 영문학을 공부하다 중퇴하였다. 귀국하여 《조선일보》 학예부 기자를 지내던 김기림은 두 번째로 일본 유학을 떠나 이번에는 센다이(仙臺) 소재 도호쿠(東北)

---

19 John Gross, *The Rise and Fall of the Man of Letters: A Study of the Idiosyncratic and the Humane in Modern Literature* (New York: Macmillan, 1969), p. 207.

도호쿠제국대학 재학 시절의 김기림.

대학에서 영문학을 전공하였다. 1936년 12월《조선일보》에 기고한 글에서 그는 "어저께는 에브리만 문고의 플라톤을 옆구리에 끼고 다이넨지(大年寺) 숲속 길을 혼자 걸었다"[20]고 적었다. 태평양 건너 서양 문학을 갈망하던 김기림이 서구 철학의 할아버지 플라톤의 책을 옆구리에 끼고 대학 근처 사찰 숲 속 길을 걷는 모습이 눈앞에 선하다.

덴트 출판사의 '에브리맨스 라이브러리' 총서 말고도 당시 영국에는 저가 단행본 총서들이 출간되었다. 가령 '에브리맨스 라이브러리' 총서와 같은 해 출범한 '옥스퍼드 세계 클래식' 총서가 바로 그것이다. 다만 차이가 있다면 이 총서는 개인 출판사가 아닌 대학 출판사가 간행하는 만큼 학구적 성격이 좀 더 강하였다. 예를 들어 본문 텍스트 말고도 ① 서문, ② 자세한 작품 해제, ③ 주석, ④ 연보, ⑤ 참고문헌 등 텍스트 외적인 자료에도 세심한 주의를 기울였다. 또한 기존에 발간된 작품을 다시 발간하는 데 그치지 않고 신간을 발굴하여 출간하기도 하였다.

---

20   김기림, 「수방 설신(殊方雪信)」, 김학동·김세환 공편, 『김기림 전집 5: 소설·희곡·수필』 (서울: 심설당, 1988), 318쪽.

그런데 신쵸샤의 엔본 출간은 영국 출판사뿐 아니라 독일의 '레클람' 출판사를 본 딴 것이기도 하였다. '레클람'은 독일뿐 아니라 전 세계에 걸쳐 흔히 문고판의 대명사로 부른다. '맥주 한잔 값의 문고'라는 기치를 내걸고 출발한 레클람 출판사는 지난 200여 년 동안 9천 종 넘는 문고판 책을 출간하였다. 판매만도 무려 3억 5천여만 권의 기록

요한 페터 에커만과의 대화에서 세계문학을 처음 부르짖은 요한 볼프강 폰 괴테.

을 세우면서 명실공히 독일 문화의 산실로 자리 잡았다. 1828년 스물한 살의 안톤 필립 레클람은 자기의 이름을 따서 '레클람' 출판사를 설립하였다. 1828년이라면 요한 볼프강 폰 괴테가 제자요 비서 격인 페터 에커만에게 '세계문학' 시대가 마침내 왔다고 설파한 지 겨우 1년밖에 지나지 않은 때였다. 토마스 만은 일찍이 "'레클람' 없는 독일 문화는 상상하기조차 어렵다"고 말할 만큼 독일 문학과 문화는 이 출판사의 토양 위에서 성장하고 꽃을 피웠다.

이처럼 엔본이 외국문학의 보급과 세계문학의 도입에 끼친 영향은 참으로 컸다. 메이지 유신과 더불어 시작된 서구 근대화는 부국강병과 맞물려 주로 정치와 군사, 경제 사회 분야에서 이루어졌다. 그래서 메이지 시대 정책 입안자들은 문학과 예술을 비롯한 문화 분야에까지 관심을 기울일 여유가 별로 없었다. 설령 외국문학 작품을 소

개한다고 하여도 쥘 베른의 『80일간의 세계일주』(1872)나 에드워드-불워-리턴의 『어니스트 몰트러버스』(1837)와 『앨리스』(1938)를 번역한 『가류슌와(花柳春話)』 같은 다분히 흥미 위주의 작품이 고작이었다. 좀 더 진지한 문학 작품은 전역(全譯)이나 완역(完譯)의 형태가 아닌 축역(縮譯)이나 경개역(梗概譯) 또는 번안 소설의 형태로 소개하기 일쑤였다.

그러나 엔본 제도가 널리 확산되면서 이제는 문화 영역에서도 좀더 본격적으로 문학 작품을 소개하기 시작하였다. 메이지 시대 근대화는 어디까지나 도쿄와 오사카 같은 대도시를 중심으로 이루어졌을 뿐 지방까지는 영향을 미치지 못하였다. 그러나 엔본 시대를 맞이하면서 서구 문화는 도시는 말할 것도 없고 지방까지도 전파되기 시작하였다. 말하자면 엔본은 일본을 문화적으로 통일하는 결과를 낳았다.

더구나 엔본 제도가 도입되면서 일본에서 서양의 문학과 문화는 이제 일부 지식인층에 그치지 않고 웬만한 중산층들도 향유하는 단계에 이르렀다. 단행본 판매 부수가 기껏해야 1만 부 정도였던 것이 엔본 붐 시대에는 30~40만 부를 넘어설 수 있었다는 것은 독자층이 그만큼 크게 확대되었다는 것을 뜻한다. 이를 달리 말하면 다이쇼 시대에 이르러 일본인의 교양 수준이 메이지 시대보다 훨씬 높아졌다는 것이 된다. 물론 교양 수준의 함양은 일본인의 자발적 행위로 이루어졌다기보다는 출판사가 상업적으로 부추긴 측면이 적지 않았다.

신쵸샤에서는 일간신문 광고에서 "세계문학에 친숙해지는 것은 아침에 기차나 전차를 이용하고, 저녁에 활동사진이나 라디오를 즐기는 자의 의무다. 옥상에 안테나를 설치하고 서재에 엔본 전집을 갖추지 않은 것은 치욕이다"[21]라고 홍보하였다. 독자들은 '치욕'을 당한다는 생각이 들지 않기 위해서라도 아마 세계문학전집을 구입하려고 노력했을 것이다. 그 이유야 어찌 되었든 다이쇼 시대에 이르러 일본인들은 그런 대로 교양을 갖추고 서구문학을 어느 정도 이해하는 단계에 이르렀다.

이렇게 엔본이 일본 출판계에 새로운 바람을 불러일으키며 외국문학과 세계문학을 널리 소개할 수 있었던 데는 일본 정부의 역할이 적지 않았다. 메이지 시대를 거치면서 서구 근대화를 어느 정도 이룩한 정부는 다이쇼 시대에 들어서기 직전 서양 문학을 좀 더 체계적으로 소개할 필요성을 느꼈다. 그래서 국가적 차원에서 번역 사업을 지원하려고 1911년 '문예위원회'를 설치했지만 2년 만에 폐지되고 말았다. 그러자 외국문학 전집이나 총서 출간과 관련하여 앞에 인용한 '국민문고간행회'가 문예위원회의 역할을 일부 이어받아 세계문학전집을 출간하였다. 또한 이 무렵 정부는 '예약출판법'이 공포하여 출판사에게는 보증금을 미리 받음으로써 안정적으로 자금을 확보하고 독자들에게는 저렴한 가격으로 책을 구입할 수는 제도적 장치를 마련하였다.

엔본 제도는 1930년 초엽부터 그 열기가 점차 수그러들었지만 영향은 일본 문화에 깊숙이 자리 잡았다. 그동안 대량으로 쏟아져 나온

---

21 《朝日新聞》(1927. 2. 15). 함동주, 「신조사판 엔본 『세계문학전집』의 출간과 서양문학의 대중화」, 335쪽에서 재인용.

엄청난 양의 문학전집들이 원가인 1엔보다도 훨씬 싼 가격으로 도쿄의 간다와 진보초 또는 교토의 혼노지(本能寺)를 비롯한 고서점이나 심지어 노점에서 헐값으로 팔려 나갔다. 그래서 1엔조차 없어 미처 책을 구입하지 못한 가난한 도시 노동자들이나 농민들도 이제 헐값에 책을 사서 읽을 수 있게 되었다.

한국의 세계문학전집

일본에서는 세계문학을 받아들이기 전에 예비 단계로 자국의 문학전집을 먼저 출간하였다. 엔본과 관련하여 앞에서 지적했듯이 신쵸샤에서 '근대세계문학전집'을 출간하기에 앞서 가이조샤에서는 '현대일본문학전집'을 먼저 간행하였다. 그러나 식민지 종주국 일본과는 달리 식민지 지배를 받던 조선에서는 아직 그럴 만한 여건이 마련되지 않았다. 기미년 독립만세운동 이후 조선의 민심을 달래기 위하여 이른바 문화 정책을 펼쳤지만 일본 제국주의는 어떤 의미에서 그동안 칼로 휘두르던 강성 권력을 문화라는 연성 권력(軟性權力)으로 바꾼 것에 지나지 않았다.

여러모로 열악한 환경에서도 1930년대 말엽부터 식민지 조선에서도 문학전집이 출간되기 시작하였다. 최초로 발간된 문학전집은 1937년에 박문서관에서 간행한 『현대걸작장편소설전집』으로 알려져 있지만 서지목록에서만 확인할 수 있어 실제로 발간되었는지는 아직 미지수로 남아 있다. 1938년에는 조선일보사 출판부인 조광사에서『현대조선문학전집』(전 7권)을 비롯하여『조선아동문학집』,『여류단편걸작집』,『신인단편걸작집』등을 출간하였다.

특히『현대조선문학전집』은 ① 시가집, ② 단편소설집, ③ 평론집, ④ 수필·기행집, ⑤ 희곡집 등 장르별로 나누어 편찬한 것이 눈에 띈다. 이 전집은 모든 문학 장르를 두루 망라하여 당대 중요한 작가의 주요 작품을 엄선하여 편찬했다는 평가를 받았다. 조광사의『현대조선문학전집』에 이어 한성도서에서도『현대장편소설전집』(전 10권, 1938~1939)을 간행하였다. 그러나 1940년대에는 특정 장르나 단일작가 또는 작품에 치중하여 문학전집을 발행하기 시작하였다.

- 『현대조선여류문학선집』. 조광사, 1940년
- 『현대조선문학전집』(전 7권), 조광사, 1940년
- 『신선(新選)문학전집』(전 4권), 조광사 1940년
- 『조선야담전집』(전 3권), 조광사, 1940년
- 『임꺽정(林巨正)전집』(전 8권), 조광사, 1940년
- 『신선(新選)역사소설전집』(전 5권), 박문서관, 1940년
- 『박용철전집』(전 2권), 동광당서점, 1945년
- 『호암전집』(전 3권), 조광사, 1946년
- 『현대조선문학전집』(전 7권), 조광사, 1946년
- 『조선대표작가전집』(전 27권), 서울타임스, 1948년
- 『조선문학전집』(전 10권), 한성도서, 1948년
- 『임꺽정(林巨正)』(전 10권), 을유문화사, 1948년
- 『역사소설전집』(전 10권), 승문사, 1948년

- 『박종화 역사소설전집』(전 7권), 을유문화사, 1948년

- 『세계문학사대계』(전 7권), 조선문학사, 1949년

- 『장편소설전집』(전 14권), 박문출판사, 1949년

- 『현대시인전집』(전 2권), 동지사, 1949년

- 『심훈전집』(전 7권), 한성도서, 1949년

- 『문학총서』(전 2권), 문경사, 1949년

- 『희곡총서』(전 2권), 정음사, 1949년[22]

　　한편 1935년 삼천리사에서 기획하고 홍명희(洪命憙)와 한용운(韓龍雲) 등 무려 문인 12명이 편집인으로 참여하여 『춘원 이광수 전집』(전 10권)을 기획했지만 『그 여자의 일생』(1934) 한 권만을 출간하고 중단되었다. 최재서(崔載瑞)가 경영하던 인문사도 1939년 '전작 장편소설 총서'를 기획했지만 역시 유산(流産)되고 말았다.

　　이렇게 식민지 조선에서는 조선문학전집 못지않게 세계문학전집에도 관심이 컸다. 이러한 세계문학전집 중에서도 1940년 3월 명성출판사가 12권 규모로 출간할 예정이었던 '세계문학전집'은 특히 눈여겨볼 만하다. 출판사에서는 1권이 나올 무렵에는 전 12권 작품 목록을 《동아일보》에 대대적으로 광고하기 시작하였다. 이 광고에는 "위대한 세계문학의 정화(精華) / 우뢰 가튼 환호의 보옥편(寶玉篇)"라는 구절과 함께 "조선에 문화운동이 일어난 후 30여 년 세계 명작을 조선말로 소개한 것은 한 권도 업다. 이제 본사에서 비록 초역(抄

22　강진호, 「한국의 문학전집 현황과 문제점」, 《문화예술》(2002. 11), 151~163쪽.

譯)이나마 전 12권의 '세계문학전집'을 발행하는 것은 그 의의가 적지안타 하겟다"고 천명한다. 명성출판사에서는 1회 배본과 관련하여 "전세계 인류의 최대의 상찬(上讚)을 밧고 수백만 부수를 매진한 명작 중 명작인 팔쎅 여사의 『대지』와 『어머니』와 또는 에바 큐리의 『큐리 부인전』을 노춘성 씨의 유려한 필치로 번역한 것은 실로 크나큰 자랑이 안일 수 업다"고 밝힌다.[23] 두 작가의 작품을 한 권에 모은 1권은 『금색의 태양』이라는 제목으로 출간되었다.

일본 신쵸샤의 광고와 판매 전략에 암시를 받았는지 명성출판사의 소유주로 베이징의 민궈(民國)대학에서 영문학과 중국문학을 전공한 정내동(丁來東)은 인맥과 영향력을 총동원하다시피 하여 세계문학전집 출간을 대대적으로 홍보하였다. 가령 소설가 방인근(方仁根)은 '위대한 세계문학의 일대 금자탑'이라는 제호의 추천사에서 "이런 책은 누구나 절대로 아니 볼 수 업는 책이며 동시에 자녀나 자매에게 안심하고 읽힐 수 있는 책이다"라고 못 박아 말하였다. 그러면서 그는 "다소 전역(全譯)이 아니요 초역(抄譯)이라고 하나 그 정수를 잃지 안코 그 역문이 유려한 것은 실로 금상첨화이다"라고 밝혔다. 비평가 홍효민(洪曉民)은 정내동의 부탁으로 한 일간신문에 쓴 서평에서 찬사를 늘어놓았다.

어찌 되었든 일간신문 광고문 그대로 명성출판사의 세계문학전집 출간 기획은 조선에서 일어난 신문화 운동 이후 처음 있는 획기적

---

23 《동아일보》(1940. 4. 23). 노춘성은 1920~1930년대 낭만적 감상주의의 시 작품과 소녀 취향의 산문 문장으로 크게 이름을 떨친 노자영이다.

인 일임이 틀림없다. 비록 초역의 형식을 빌리는 데다 일본 번역을 중역한 것이 거의 대부분이지만 일제 강점기에 이렇게 세계문학전집을 출간한다는 것은 출간 그 자체로 여간 의미 있는 작업이 아니었다.

이로써 지금까지 독자들은 세계문학을 산만하게 단편적으로 읽었다면 이제는 좀 더 체계적으로 읽을 수 있게 되었다. 이 전집의 번역에 참여한 사람들은 영문학의 정인섭, 프랑스문학과 영문학을 전공한 이하윤, 러시아문학 전공자 함대훈(咸大勳), 독일문학 전공자 김진섭(金晉燮) 등 1920년대 중엽 도쿄에서 외국문학을 전공하던 조선인 유학생들이 결성한 '외국문학연구회' 회원들이 거의 대부분이었다. 김상용과 정내동도 비록 창립 회원은 아니었지만 이 연구회에서 나름대로 활약하였다.

외국문학연구회를 창립하면서 회원들은 중국문학과 일본문학의 전공자가 없이 지나치게 서구문학 중심으로 구성된 것에 불만을 품고 있었다. 정인섭은 "외국문학연구회의 주창은 세계 각국의 문학을 다 망라하려고 했기 때문에 각국 어학의 분야를 생각 아니 할 수가 없었다. 그래서 그때까지 영·불·독·노까지는 전문가를 망라했으되, 중국문학은 정내동에게 교섭하기로 하고, 그동안 문제시하지 않던 일본문학의 분야를 가입시키느냐 하는 데는 동인들 가운데 의견이 서로 엇갈려 있었다"[24]고 밝힌 적이 있다. 이 무렵 중국문학을 전공하

---

[24] 정인섭, 「나의 유학 시절」, 『못 다한 인생』(서울: 휘문출판사, 1989), 59쪽. 한편 외국문학연구회에서는 일본문학 전공자로는 도쿄제국대학에서 일본문학을 전공하던 함일돈(咸逸敦)을 영입하였다. 정래동과 함일돈은 외국문학연구회의 '동반자 회원'으로 볼 수 있다. 이 점에 관해서는 김욱동, 『외국문학연구회와 《해외문학》』, 470~471, 521~522쪽 참고.

고 있던 조선 사람으로는 양건식(梁建植)을 제외하면 정내동이 거의 유일하다시피 하였다. 이러한 인연으로 외국문학연구회 회원들을 잘 알고 있던 정내동으로서는 자연스럽게 연구회 회원들을 세계문학전집 번역가로 교섭했을 것이다.

그러나 아쉽게도 명성출판사가 야심차게 기획한 세계문학전집은 첫 번째 한 권을 출간하고 난 뒤 출간을 접을 수밖에 없었다. 야심 찬 기획이 이렇게 용두사미로 끝나고 만 데는 여러 이유가 있을 터다. 그 중에서도 앞에서 언급했듯이 일본 제국주의가 태평양 전쟁 준비로 광분해 있던 시기라서 이렇게 매머드급 전집을 출간하기란 종이 부족 등 여러모로 힘에 부쳤다. 더구나 실질적인 편집자라고 할 노자영(盧子泳)은 1940년 마흔한 살의 젊은 나이로 요절하였다. 엎친 데 덮친 격으로 그동안 동아일보사에서 근무하던 정내동은 1941년《동아일보》가 강제 폐간당하자 보성전문학교의 중국어 전임강사로 직장을 옮겼다. 만약 이 명성출판사의 기획이 성공을 거두었더라면 아마 한국에 세계문학이 좀 더 앞당겨 소개될 수 있었을 것이다.

명성출판사에 이어 조광사에서도 '세계걸작 탐정소설전집'과 '세계명작 장편전집'을 출간하려고 기획하였다. 그러나 전자는 가까스로 출간했지만 후자는 이런저런 이유로 끝내 미완성으로 끝나고 말았다. 한국에서 세계문학전집 발간이 좀 더 본격적으로 이루어진 것은 역시 일제 식민주의의 굴레에서 벗어나고 한국전쟁이 끝난 1950년대에 접어들면서부터다. 가령 1958년에 동아출판사에서는 『세계문학전집』(전 12권, 1959)을, 을유문화사에서는 『세계문학전집』(전 100권, 1959)을, 정음사에서는 『세계문학전집』(전 50권, 1959)을, 동국문화사에서는『세계명작문고』(전 50권, 1959)를 출간하여 세계문학전집 시대를 열었다.

세계문학전집 붐은 1960년대도 그대로 이어졌다. 가령 삼중당에서는『세계로오망전집』(전 20권, 1961)을, 동국문화사에서는『세계시인선집』(전 8권, 1961)을, 학원장학사에서는『세계명작문고』(전 60권, 1961)를 출간하였다. 1962년은 여러 유형의 세계문학전집이 한꺼번에 발간된 풍성한 한 해였다. 예를 들어 을유문화사에서는 1959년에 이어『세계문학전집』(전 60권, 1962)을, 정음사도 1959년에 이어『세계거작전집』(전 18권, 1962년)을, 보진재에서는『세계추리소설명작집』(전 7권, 1962)을, 문선각에서는『세계추리문학전집』(전 3권, 1962)을, 신구문화사에서는『세계전기문학전집』(전 12권, 1962)을, 계명문화사에서는『세계명작순례』(전 8권, 1962)를 출간하였다. 또한 휘문출판사에서도『세계문학100선집』(전 5권, 1963)을, 계몽사에서는『세계단편문학전집』(전 7권, 1966)을 간행하였다.

이러한 사정은 1970년대에 들어와서도 예외가 아니어서 동화출판공사가『세계의 문학대전집』(전 34권, 1970)을, 상서각에서는『세계단편문학대계』(전 30권, 1971)를, 동서문화사에서는『세계문학전집』(전 36권, 1973)을, 대양서적에서는『세계문학전집』(전 30권, 1973)을, 한림출판사에서는『영원한 세계의 명시집』(전 41권)을 출간하였다.

그러나 1974년 삼성출판사에서 전 100권 규모로『세계문학전집』을 간행하면서 세계문학전집 전성시대를 활짝 열었다. 중앙일보사에서는『오늘의 세계문학』(전 30권, 1982)을, 학원사에서는『주우(主友) 세계문학전집』(전 100권, 1982)을, 한길사에서는『한길세계문학』

(전 14권, 1982)을 출간하였다. 또한 금성출판사에서는 『세계문학대전집』(전 100권, 1982)을, 삼성출판사에서는 『세계현대문학전집』(전32권, 1982)을, 태극출판사에서는 『세계문학대전집』(전36권, 1983)을 간행하였다.

한편 기존의 세계문학전집과 구별 짓기 위하여 제호를 바꾸기 시작하여 금성출판사에서는 『애장판 세계문학대전집』(전 100권, 1983)을, 삼성당에서는 『파라다이스 세계문학대전집』(전 36권, 1983)을, 동서문화사에서는 『에버그린 세계문학대전집』(동서문화사 전 36권, 1983)을, 신영사에서는 『신편 세계문학대전집』(전 36권, 1983)을 출간하였다. 또한 교학사에서는 『세계명작전집』(전 35권, 1984)을, 삼성출판사에서는 『세계문학전집』(전 50권, 1984)을, 지학사에서는 『오늘의 세계문학』(전 24권, 1986)을 간행하였다.

그러나 1950년대 말엽의 '을유세계문학전집'과 '정음세계문학전집'의 바통을 이어받아 세계문학전집을 본격적인 궤도에 올려놓은 출판사는 민음사를 비롯하여 을유문화사, 열린책들, 문학동네였다. 민음사에서 "세대마다 문학의 고전은 새로 번역되어야 한다"는 기치를 내걸고 1998년부터 세계문학전집을 발간하기 시작하여 2021년 여름 현재 400여 권에 이른다. 한편 1959년 국내 최초로 세계문학전집을 출간한 바 있는 을유문화사가 2008년부터 새롭게 선보이는 을유세계문학전집은 '정통 세계문학전집의 부활'이라는 깃발 아래 뛰어난 문학적 가치를 지닌 작품을 엄선하여 소개한다. 을유문화사보다 한 해 늦게 출범한 문학동네는 고전 작품보다는 현대 작품에 초점을 맞춘다. 러시아문학을 전문으로 출간하던 열린책들에서도

2009년부터 세계문학전집을 출간하되 전통적인 종이책 못지않게 전자책에도 관심을 둔다.

외국문학과 세계문학

지금까지는 '외국문학'과 '세계문학'을 서로 엄밀히 구별하지 않고 사용해 왔지만 이제는 이 두 문학을 구분 짓고 넘어가는 것이 좋을 것 같다. '외국문학'이란 글자 그대로 자국 문학이 아닌 문학을 두루 일컫는 말이다. 여기서 '자국'은 정치적 개념의 국가보다는 동일한 언어 공동체를 뜻하는 문화적 개념이다. 즉 국가는 달라도 같은 문화권에 속해 있으면 얼마든지 '자국'의 범주에 들어갈 수 있다. 가령 영문학은 이러한 경우를 보여 주는 더할 나위 없이 좋은 예다.

물론 영문학의 범주를 어떻게 설정할 것인가 하는 문제는 얼핏 보는 것처럼 그렇게 간단하지는 않다. 영어를 모국어로 사용하는 사람이 영어로 쓴 문학을 영문학으로 간주할 것인가? 그렇지 않으면 작가의 인종과 국적에 관계없이 영어로 쓰인 모든 문학을 영문학으로 간주할 것인가? 이 문제를 두고 그동안 적잖이 논란이 있어 왔지만 지금은 작가의 인종과 국적에 관계없이 영어로 쓰인 모든 문학을 통틀어 영문학이라고 부르는 것이 보통이다. 그래서 조셉 콘래드는 폴란드에서 태어났지만 영어로 쓴 그의 작품은 영문학에 속하고, 도미니카의 카리브해 섬에서 태어난 진 리스의 작품도 영문학에 속한다. 마찬가지로 러시아에서 태어나 미국에서 활약한 블라디미르 나보코프의 작품은 좁게는 미국문학, 좀 더 넓게는 영문학에 속한다.

'영문학'은 잉글랜드, 북부 아일랜드, 웨일스, 스코틀랜드를 포함하는 영국, 그리고 미국과 아일랜드를 포함하는 영국의 식민지에서 쓰인 문학을 가리키는 용어다. 그러나 이렇게 영문학을 포괄적으로 앵글로스피어, 즉 영어권에 속한 문학으로 규정지어도 여전히 문제는 남는다. 미국문학은 넓은 의미에서는 영문학의 하부 유형이지만 미국문학을 독자적으로 간주하려는 학자들도 적지 않기 때문이다. 같은 영어 문화권이라고 하여도 아일랜드를 비롯하여 캐나다와 오스트레일리아와 뉴질랜드의 문학은 어떻게 해야 할 것인가? 미국을 제외하고 영국 본국과 함께 캐나다, 오스트레일리아, 뉴질랜드 등 옛날 영국의 식민지였던 50여 개의 국가로 구성된 국제기구인 영국연방에 속한 국가의 문학은 흔히 '영연방 문학'으로 부른다.

더구나 엄밀히 말해서 영문학은 '영어로 쓴 문학'과는 조금 다르다. 물론 영문학은 반드시 영어로 쓰이지만 영어로 쓴 문학이라고 하여 반드시 영문학에 속하는 것은 아니다. 가령 같은 케냐의 응구기 와 티옹오와 나이지리아의 작가 월레 소잉카 같은 아프리카 몇몇 작가들은 자국어 대신 영어로 작품을 써 왔다. 또한 영어가 아닌 다른 언어로 쓴 작품을 영어로 번역한 작품도 영문학이라고는 할 수 없다. 한마디로 영문학은 영국 문화를 반영하는 반면, 영어로 쓴 문학은 영국 문화가 아닌 다양한 문화를 반영하게 마련이다.

이번에는 한국에서 태어난 작가로 좁혀보기로 하자. 예를 들어『초당』(1931)을 출간하여 한때 미국과 서유럽에서 큰 관심을 받은 영힐 강(姜鏞訖)을 비롯하여 한국 태생의 작가로 최초로 노벨 문학상 후보에 오른 리처드 E. 김(金恩國), 《뉴요커》잡지가 지정한 '40세 미만의 대표적인 미국 작가 20인' 중 한 사람인 창래 리(李昌來), 최재서의 손녀 수전 최(崔仁子), 최근 '제2의 제인 오스틴'으로 미국 문단에서 호평을 받고 있는 민진 리(李敏珍) 등은 하나같이 한국에서 태어났지만 미국문학 작가로 융숭하게 대접받는다. 그들 말고도 한국인이나 한국계 미국인으로 미국에서 활약하는 작가는 열 손가락으로 모두 꼽을 수 없을 정도다. 그들에게는 비록 흔히 '한국계'라는 꼬리표가 붙어 있지만 미국문학의 아이콘이라고 할 어니스트 헤밍웨이나 윌리엄 포크너처럼 엄연히 미국문학 작가에 속한다.

세계문학의 범주를 규정짓기란 외국문학보다 훨씬 더 어렵다. 무엇보다도 먼저 자국 문학은 외국문학과는 대립되는 범주지만 그 일부는 얼마든지 세계문학의 반열에 오를 수 있기 때문이다. 그동안 세계문학에 큰 관심을 기울여 온 미국 학자 데이비드 댐로쉬는 『세계문학이란 무엇인가』(2003)에서 "번역된 작품이든 원래 언어로 된 작품이든 기원의 문화를 벗어나 유통되는 모든 문학 작품"을 세계문학으로 규정짓는다.[25] 여기서 '번역된 작품이든 원래 언어로 된 작품'이라는 구절을 좀 더 꼼꼼히 뜯어보아야 한다. 한 문학이 세계문학이 되려면 반드시 번역이라는 관문을 통과해야 한다. 이 관문을 통과하지 않고서는 문학은 세계문학의 광장에 나설 수 없다. 특히 소수 언어로 쓴 문학은 영어를 비롯한 세계어로 번역되지 않고 세계문학의 대열에

---

25 David Damrosch, *What Is World Literature?* (Princeton: Princeton University Press, 2003), p. 4.

합류하기란 거의 불가능하다.

그러나 지구가 한 촌락으로 변해 버린 세계화 시대에 세계어가 되다시피 한 영어 같은 언어로 쓴 문학 작품은 굳이 번역이라는 관문을 통과할 필요는 없다. 댐로쉬가 "원래 언어로 된 작품"이라고 말하는 것은 바로 그 때문이다. 물론 영어를 해독할 수 없는 독자를 위해서는 자국어로 번역할 필요가 있을 것이다. 댐로쉬는 고대 로마의 시인이요 흔히 최고의 라틴어 문학가로 일컫는 베르길리우스를 한 예로 들면서 그의 작품은 서양에서 오랫동안 라틴어로 읽혔다고 지적한다. 그의 장편 서사시『아이네이스』가 유럽에서 다른 언어로 굳이 번역하지 않고 라틴어 그대로 읽힐 수 있었던 것은 라틴어가 오랫동안 유럽에서 세계어로서의 역할을 해 왔기 때문이다. 로마 제국이 멸망한 뒤에도 라틴어는 서양 세계의 지식인 사이에서 '링구아 프랑카', 즉 서로 다른 모국어를 사용하는 화자들이 의사소통을 위하여 사용하는 공통어였다.

이렇듯 라틴어는 16세기 전까지만 하여도 유럽에서 절대적인 위치를 차지하고 있었다. 가령 영국의 대표적인 르네상스 휴머니스트인 토머스 모어는『유토피아』(1551)를 영어가 아닌 라틴어로 썼다. 유럽에서 라틴어 사용은 한문(고전 중국어)이 19세기 말까지 중국을 비롯한 한국, 일본, 베트남 같은 동아시아 지역에서 문자 언어로 두루 쓰인 것과 같았다.

댐로쉬는 이번에는 야구에 빗대어 "가장 광범위한 의미에서 세계 문학은 본루(本壘)를 벗어나는 모든 문학을 포함한다"고 잘라 말한다. 여기서 본루란 한 작품이 쓰인 모국어와 그 문화권을 말한다. 세계문학이란 자국 문화권에 속해 있는 한 세계문학으로서는 제대로 기능을 발휘할 수 없다. 야구선수가 본루에서 벗어나 다시 본루로 돌아와야 비로소 득점할 수 있듯이 세계문학도 모국어라는 본루를 벗어나야 한다. 물론 전 세계 인구 중 10억 명이 넘는 사람이 사용하고 세계어로 대접받는 영어 같은 언어는 굳이 본루를 벗어나지 않아도 될 때가 더러 있다. 그러나 사용 인구가 무려 14억이 넘는 중국어로 쓴 문학 작품은 영어를 비롯한 중심 언어로 번역하지 않고서는 세계문학의 대열에 나설 수가 없다.

더구나 댐로쉬는 본루를 언급하는 앞 인용문 바로 다음에 "기옌이 조심스럽게 실제 독자들에 초점을 맞추는 것은 이해가 된다"고 말한다. 그리고 난 뒤 곧 이어 댐로쉬는 "한 작품은 원천 문화의 문학 체계를 벗어난 문학 체계 안에 역동적으로 존재할 때면 언제나, 또 그렇게 존재하는 곳이라면 어디든 세계문학으로서 '효과적인' 삶을 영위할 뿐이다"라고 지적한다.[26] 여기서 기옌은 두말할 나위 없이 스페인 태생의 미국 비평가 클로디오 기옌을 말한다. 내로라하는 비교문학 연구자인 그는 미국의 샌디에이고대학교를 비롯하여 프린스턴대학교와 하버드대학교에서 강의하였다. 하버드대학교에서 강의할 무렵에는 로만 야콥슨과 쌍벽을 이루는 교수였다.

댐로쉬에 따르면 한 문학 작품은 그것이 본래 쓰인 언어나 문화권에서 벗어날 때 세계문학으로서의 의미나 가치가 훨씬 더 크다. 이 점에서 세계문학은 이식 식물에 빗댈 수 있다. 어떤 식물은 한 토양에서

---

26 위의 책, 4쪽.

다른 토양으로 옮겨 심을 때 좀 더 건강하게 성장할 수 있듯이 문학도 원래 생겨난 토착 영역에서 벗어날 때 세계문학으로 자리 잡을 수 있다.

나는 몇 해 전 『세계문학이란 무엇인가』(2020)에서 자못 이색적 방법으로 세계문학을 정의하려고 시도한 적이 있다. 즉 '세계문학이란 무엇인가'라는 질문을 던지고 그 질문에 답하는 대신, '세계문학이 아닌 것은 무엇인가?'라는 질문을 던지고 그 질문에 답하려고 하였다.[27] 이러한 시도는 "시란 무엇인가?"라고 정의 내리는 것보다는 오히려 "시가 아닌 것은 무엇인가?"라고 정의 내리기가 훨씬 더 쉽다고 말한 저 18세기 영국 시인이요 비평가인 새뮤얼 존슨의 말에서 힌트를 얻은 것이다. 내가 세계문학을 역으로 정의하면서 삼은 기준은 ① 민족문학 또는 국민문학, ② 제1세계 같은 강대국의 문학, ③ 고전이나 문학 정전 또는 세계명작이나 세계걸작, ④ 베스트셀러나 스테디셀러, ⑤ 노벨 문학상 수상 작품 등이었다.

세계문학은 오대양 육대주 지구촌에 흩어져 있는 모든 문학을 가리키는 양적 개념이 아니다. 세계문학이란 한국문학, 영문학, 프랑스문학, 아프리카문학처럼 단순히 지구촌에 산재해 있는 여러 문학을 통틀어 지칭하거나 그런 문학을 한곳에 집대성해 놓은 것을 가리키지 않는다. 다시 말해서 세계문학은 어디까지나 특정 문학을 가리키는 질적 개념일 뿐 양적 개념이 아니다. '세계문학'과 '세계의 문학'

---

27 이 문제에 대해서는 김욱동, 『세계문학이란 무엇인가』(서울: 소명출판, 2020), 305~375쪽 참고.

을 엄밀히 구분 지어야 하는 까닭이 바로 여기에 있다. 영어로 표기할 때 전자는 흔히 대문자 'World Literature'로 표기하고, 후자는 주로 소문자 'world literature'로 표기한다. 세계 각국의 모든 문학을 세계문학이라고 부른다면 굳이 '세계'라는 말을 붙일 필요도 없이 그냥 '문학'이라는 말로 불러도 무방할 것이다.

방금 앞에서 언급한 클로디오 기엔은 『비교문학의 도전』(1985, 1993)에서 세계문학을 두고 "민족문학의 총화라고? 그것은 실천적인 면에서는 성취할 수 없고, 실제 독자로서는 아무런 가치가 없고, 백만 장자이면서 정신 나간 기록보관소 소유자에게나 어울릴 엉뚱한 생각"이라고 지적한다. 그러면서 그는 "아무리 경솔한 편집자라도 이제껏 [민족문학의 총화]를 열망해 온 적이 한 번도 없다"고 잘라 말한다.[28] 여기서 기엔의 어조가 사뭇 도전적이고 경멸적으로 들리는 것은 그만큼 그가 세계문학을 세계 곳곳에 흩어져 있는 민족문학 또는 국민문학의 집합체로 간주하려는 태도를 아주 못마땅하게 생각하기 때문이다.

세계문학이 지구촌에 흩어져 있는 모든 문학의 집합체가 아니듯이 그것은 미국과 서유럽 같은 제1세계 국가들의 문학도 아니다. 정치력이나 군사력 또는 경제력이 막강한 국가의 문학이라고 하여 반드시 세계문학의 반열에 오르는 것은 아니다. 이 점과 관련하여 한 이

---

28 Claudio Guillén, *The Challenge of Comparative Literature*, trans. Cola Franzen (Cambridge: Harvard University Press, 1993), p. 38. 바르셀로나에서 스페인어로 처음 출간된 이 책의 원래 제목은 'Entre lo uno et lo diivrso: Introduccin a la literatura comparada', 즉 '하나와 다수의 사이에서: 비교문학 입문'이었다.

론가는 세계문학이란 유엔총회와 같아서는 안 된다고 지적한다. 그가 군이 유엔총회를 언급하는 것은 세계의 주요 안건이 안전보장이사회 상임이사국인 강대국의 목소리에 크게 좌지우지되기 때문이다. 유엔총회가 힘없는 소수 국가의 목소리에도 귀를 기울이어야 하듯이 세계문학도 강대국뿐만 아니라 약소국가의 문학도 포함해야 한다는 말이다.

그렇다면 제3세계 국가의 문학은 모두 세계문학의 범주에 들어갈 수 있는가? 이 질문에 대하여 긍정적으로 대답할 수도 있고 부정적으로 대답할 수도 있다. 그동안 제1세계 문학에 밀려 주변부에 밀려 있던 제3세계 문학이 세계화와 더불어 세계문학으로 대접받을 가능성은 전보다 훨씬 커졌다. 실제로 최근 들어 제3세계 문학 중에는 세계문학으로 대접받는 작품이 적지 않다. 그러나 제3세계 작가가 썼다는 이유만으로 세계문학으로 대접받을 수는 없다. 한마디로 세계문학을 판단하는 기준은 한 국가의 정치력이나 군사력 또는 경제력과는 이렇다 할 관련이 없다.

세계문학이 제1세계의 강대국 문학이 아니라면 그것은 세계 각국의 고전이나 정전을 집대성해 놓은 작품이거나, 흔히 '세계명작'이나 '세계걸작'으로 일컫는 작품도 아니다. 물론 이러한 꼬리표가 붙어 있는 작품이 세계문학의 반열에 오를 가능성은 많지만 이 두 개념은 반드시 서로 일치하지는 않는다. 고전이나 정전, 명작이나 걸작에 속해 있으면서도 세계문학으로 볼 수 없는 작품도 더러 있다. 이와는 반대로 세계문학 중에는 고전이나 정전, 명작이나 걸작의 반열에 올라 있지 않은 작품도 가끔 있다. 더구나 세계명작이나 걸작은 서유럽의 남성 작가들이 쓴 작품들이 거의 대부분이어서 '유럽 중심주의적'이고 '남성 중심적'이라는 비판을 면하기 어렵다. 세계문학에서는 '문학' 못지않게 '세계'에도 방점을 찍어야 한다.

앞에서 언급한 데이비드 댐로쉬는 세계문학을 정전의 관점에서 파악하지 않으려고 하는 대표적인 이론가 중 한 사람이다. 『세계문학이란 무엇인가?』에서 그는 "세계문학이란 파악할 수 없고 무제한적인 정전 작품이 아니라 오히려 유통과 독서의 한 유형이다"[29]라고 잘라 말한다. 여기서 무엇보다도 주목해야 할 낱말이 '유통'과 '독서'다. 세계화 시대에 이르러 정보와 통신의 발달은 정보 전달의 거리를 극복하거나 이동을 대체하는 효과를 가져와 유통업의 발전에 혁명적 변화를 낳았다. 이렇게 유통이 원활하다는 것은 곧 독자가 많아졌다는 것을 뜻한다. 그러므로 세계문학은 인터넷 같은 정보통신 기술의 발달과 세계화와는 밀접한 관계가 있을 수밖에 없다.

세계문학은 세계의 고전이나 정전이 아니듯이 세계적인 베스트셀러나 노벨 문학상을 받은 작품을 뜻하지도 않는다. 물론 세계적인 베스트셀러 중에는 세계문학으로 간주할 작품들이 적지 않다. 그러나 전 세계에 걸쳐 베스트셀러로 뭇 독자들로 인기를 받고 있어도 그중에는 참다운 의미에서 세계문학에 속할 수 없는 작품도 얼마든지 있다. 베스트셀러는 문학 작품의 어떤 내재적 가치에 따라 결정되는 것이 아니라 어디까지나 외적 요인에 따라 결정되는 경우가 많기 때문이다. 가령 출판사나 미디어는 상업적 목적이나 이념적 관심사를 위

---

29 Damrosch, *What Is World Literature*, p. 5.

하여 얼마든지 베스트셀러를 조장하거나 심지어 조작할 수도 있다.

한 문화권의 문학도 그러하지만 세계문학도 베스트셀러는 작품의 가치를 평가하는 잣대가 될 수 없다. 이 점에서는 영화로 만들어지면 갑자기 판매가 급증하는 스크린셀러도 마찬가지다. 이 둘보다는 오히려 스테디셀러가 훨씬 더 믿을 만하다. 좀처럼 유행을 타지 않고 오랜 기간에 걸쳐 꾸준히 팔리는 스테디셀러가 작품의 가치를 판가름하는 유용한 잣대가 될 수 있다. 상업성과 일시적 유행의 풍화작용을 꿋꿋이 견뎌 낸 스테디셀러야말로 오히려 독자한테서 그 가치를 인정받기 때문이다.

세계문학은 국제적 베스트셀러나 스테디셀러가 아니듯이 노벨 문학상 수상 작품도 아니다. 노벨 문학상의 영광을 안았다고 하여 반드시 세계문학의 반열에 오르는 것은 아니다. 노벨 문학상은 문학의 작품성이나 영향력을 평가하는 잣대가 될 수 없기 때문이다. 이 상을 받은 작가 중에는 정치적 이유에서 상을 받은 사람들이 적지 않고, 이와는 반대로 막상 상을 받아야 할 작가들이 이런저런 이유로 배제된 경우도 적지 않다.

노벨 문학상도 겉으로는 평가와 심사가 공정하게 이루어지는 것처럼 보일지 모르지만 실제로는 문화 정치학의 자장에서 좀처럼 벗어나기 어렵다. 문학상은 선정 위원들의 주관적이고 상대적인 판단에 좌우되기 쉽다.[30] 어느 작품이 위대한지, 어느 작품이 위대하지 않

---

30 김욱동, 「노벨 문학상의 문화정치학」, 『부조리의 포도주와 무관심의 빵』(서울: 소명출판, 2013), 273~307쪽 참고.

은지 판단할 객관적 잣대란 이 세상에 존재하지 않기 때문이다. 그래서 노벨상의 다섯 분야 가운데에서 문학상만큼 논란이 많은 상도 없다. 노벨 문학상이 해마다 그 수상자를 발표할 때마다 이런저런 이유로 시비를 낳고 비판의 도마 위에 오르는 것은 바로 그 때문이다.

세계 문학사를 보면 노벨 문학상을 받지 못한 작가 중에는 이 상을 받은 작가들보다 문학성이 훨씬 뛰어나거나 영향력이 큰 작가들이 적지 않다. 예를 들어 흔히 '러시아의 양심'으로 일컫는 레프 톨스토이를 비롯하여 근대극을 완성한 헨리크 입센, 자연주의 문학의 대부 에밀 졸라, 심리주의 리얼리즘 전통을 굳건히 세운 헨리 제임스, 흔히 '미국의 셰익스피어'로 일컫는 마크 트웨인 같은 작가들이 노벨 문학상을 받지 못하였다. 이밖에도 안톤 체홉, 마르셀 프루스트, 프란츠 카프카, 제임스 조이스, 에즈라 파운드, 버지니아 울프, 라이너 마리아 릴케, 로베르트 무질, 가르시아 로르카 등 노벨 문학상을 받지 못한 작가들은 열 손가락으로 꼽을 수 없을 만큼 무척 많다.

세계문학이란 무엇인가

지금까지는 "세계문학이 아닌 것은 무엇인가?"라는 부정적 질문에 의존하여 세계문학의 개념과 성격을 규정하였다. 이제는 긍정적 질문으로 "세계문학이란 과연 무엇인가?"라고 물어보고 답할 차례다. 한마디로 세계문학이란 민족문학 또는 국민문학의 좁은 테두리를 벗어나 번역이라는 산파의 힘을 빌려 세계 문단에 새롭게 태어난 문학이라고 정의 내릴 수 있다.

다시 말해서 한 문화권의 문학 전통에 깊이 뿌리를 두되 그곳에서 벗어나 세계 문단에서 새롭게 정전으로 평가받고 세계에 걸쳐 널리 유통되고 소비되는 문학이 곧 세계문학이다. 세계문학을 한마디로 정의를 내린다면 국제화 시대의 시대정신에 걸맞게 새롭게 설정한 '국제적 정전'이라고 할 수 있다. 이렇게 새롭게 탄생한 문학은 앞에서 이미 언급했듯이 지구촌 곳곳에 흩어져 있는 민족문학의 정전을 한곳에 집대성해 놓은 것과는 적잖이 다르다. '세계의 문학'과 '세계문학'이 다르듯이 '민족문학의 정전'과 '국제적 정전'도 서로 다를 수밖에 없다.

그런데 앞에서 언급했듯이 특정한 문화권에 속한 문학이 이렇게 세계에서 널리 유통되고 소비되려면 번역이라는 과정을 거쳐야 한다. 영어처럼 세계어로 자리 잡은 언어는 크게 문제가 되지 않을 수도 있지만 그 밖의 언어로 쓴 문학 작품은 영어 같은 언어로 번역해야만 비로소 많은 독자에게 전달될 수 있기 때문이다. 그러므로 한 문학이 세계문학의 광장에 나서려면 반드시 반역의 문을 통과하지 않으면 안 된다.

가령 한국 작가 중에서 한강(韓江)과 신경숙(申京淑)은 국내에서 주목을 받았지만 영어로 번역되면서 세계 문단에서 더욱 큰 관심을 불러일으켰다. 한강의 연작소설 『채식주의자』(2007)는 데버러 스미스가 『The Vegetarian』(1915)이라는 제목으로 영어로 번역하여 영국에서 출간하였다. 번역에 힘입어 이 작품은 2016년 '맨부커상 국제상'을 수상하였다. 번역 문제가 심심치 않게 비평의 도마에 올랐으면서도 영국 연방 작가를 대상으로 하는 이 문학상은 노벨 문학상에는 미치지 못하지만 세계적으로 권위 있는 상 중 하나다. 신경숙의 『엄마를 부탁해』(2008)는 2011년 미국 크노프사에서 『Please Look After Mom』이라는 제목으로 번역하여 미국뿐 아니라 영국에서 널리 읽혔다. 그 뒤 폴란드어를 비롯한 언어로 번역되어 지금은 무려 36여 국가에서 출판되었다. 이 작품으로 신경숙은 2012년 '맨 아시아 문학상'을 수상하였다.

자식이 부모의 유전인자를 물려받듯이 세계문학도 민족문학이나 국민문학의 언어적 유산과 문화적 유산을 물려받게 마련이다. 세계문학은 그 기원이 되는 언어권이나 문화권에 뿌리를 두되 좀 더 인류에 두루 공통되는 보편적 가치를 담아내야 한다. 세계문학으로 인정받기 위해서는 무엇보다도 구체성 못지않게 보편성에 기반을 두어야 한다. '세계문학'이라는 용어를 처음 사용한 문인 중 한 사람인 요한 볼프강 폰 괴테는 일찍이 "시란 모든 인류의 공동 재산으로 어느 시대나 어느 장소에서나 많은 사람에게 호소력을 지닌다"고 말하였다. 그러면서 그는 "민족문학이란 이제 별다른 의미가 없어진 용어"라고 주장하였다.[31]

그러나 어느 때보다 민족주의 경향이 강하던 18세기 초엽은 몰라도 21세기처럼 세계화 시대의 세계문학은 보편성 못지않게 소중한 것이 특수성이다. 참다운 의미의 세계문학이 되기 위해서는 무엇보

---

31 Johann Wolfgang von Goethe, *Conversations of Goethe with Johann Peter Eckermann (1823~1832)*, trans. John Oxenford (New York: North Point Press, 1984), p. 175.

다도 구체성과 보편성, 특수성과 일반성 사이에서 절묘하게 조화와 균형을 꾀해야 한다.

세계문학은 체계적이고 단일한 문학과는 거리가 멀다. 엄밀히 말해서 단일한 '세계문학'이란 존재하지 않고, 설령 존재한다고 하여도 이렇다 할 의미가 없다. 다만 특정한 조건과 상황에 따라 우리가 '세계문학'이라고 부르는 어떤 문학이 존재할 따름이다. 한 민족이나 문화권이 보는 세계문학이 다르고, 다른 민족이나 문화권이 보는 세계문학이 저마다 다르다. 심지어 한 민족이나 문화권 안에서도 개인과 집단에 따라 세계문학의 기준은 얼마든지 달라질 수 있다. 비유적으로 말해서 세계문학이란 바윗덩어리처럼 고정불변한 상태에 있다기보다는 모래톱처럼 파도와 바람에 따라 그 위치나 크기가 달라질 수 있다. 세계문학의 지형을 지도 한 장에 그릴 수 없는 것은 바로 그 때문이다. 만약 세계문학을 지도에 빗댄다면 그것은 끊임없이 '움직이는 지도'에 해당한다. 그러므로 세계문학은 단수형으로 표기하는 것보다는 차라리 복수형으로 표기하는 쪽이 훨씬 더 바람직할 것이다.

덴마크의 문학 이론가 마즈 로젠달 톰센은 세계문학을 별자리 또는 성좌(星座)에 빗댄다. 그는 『세계문학의 지도를 그리다』(2008)에서 "형식과 주제적 유사성에 기반을 두고 국제적 정전에서 별자리를 찾아내는" 작업을 시도한다.[32] 문화권에 따라 그 의미가 조금씩 다르기는 하지만 별자리란 흔히 별들이 모여 특정한 윤곽을 이루는 것을 말

---

32 Mads Rosendahl Thomsen, *Mapping World Literature: International Canonization and Transnational Literatures* (New York: Continuum, 2008), p. 139.

한다. 3차원 공간에서 우리에게 흔히 보이는 별 대부분은 이렇다 할 관련이 없는 것 같지만 좀 더 자세히 살펴보면 밤하늘의 천구(天球)에서 그 나름대로 일정한 패턴을 이루고 있음을 알 수 있다.

그동안 패턴이나 질서를 찾아내는 데 뛰어난 사람들은 별 무리에서도 어떤 사물을 연상하게 하는 별자리를 찾아내었다. 현재 별자리는 1930년 국제천문연맹(IAU)에서 정한 88개로 분류된다. 한편 공인된 별자리는 아니지만 북두칠성이나 봄의 삼각형처럼 널리 쓰이는 것은 '성군(星群)'이라고 부른다. 세계문학이란 톰센의 말대로 각각의 민족문학에서 간추린 국제적 정전이 하나의 패턴을 이루며 한곳에 모인 별자리인 셈이다. 문학 작품 중에서 비록 국제적 정전에 들지는 못하여도 전 세계에 걸쳐 널리 읽히는 작품은 세계문학이라는 성군에 해당할 것이다.

더구나 세계문학의 특징은 '상대적'이라는 말과 함께 '관계적'이라는 두 낱말로 가장 잘 설명할 수 있다. 세계문학은 될수록 절대적 가치를 멀리한 채 상대적 가치에 무게를 둔다. 민족문학의 좁은 테두리를 뛰어넘어 좀 더 시야를 넓혀 그 밖의 세계를 바라보려고 한다. 또한 세계문학은 한 민족문학과 다른 민족 문학과의 유기적 관계성에도 주목한다. 그러고 보니 세계문학은 넓게는 포스트모더니즘의 맥락에서 이해할 수 있다. 반정초주의를 기본 원리로 받아들이는 포스트모더니즘처럼 세계문학도 절대성보다는 상대성, 객관성보다는 주관성, 계급적 권위보다는 수평적 관계성을 소중하게 생각한다.

세계문학은 그동안 가능성 많은 문학으로 각광 받으면서도 다른 한편으로는 문제점이나 한계를 드러내기도 하였다. 그동안 세계문학에 지칠 줄 모르는 정열을 보여 온 데이비드 댐로쉬는 "세계문학 연구는 매우 쉽게 문화적으로 뿌리가 뽑히고, 철학적으로 파산 상태에 빠지며, 이데올로기에서 세계 자본주의의 여러 최악의 경향과 공모할 수 있다"[33]고 지적한다. 그의 이 말은 세계문학 연구자라면 누구나 주의 깊게 귀담아들을 필요가 있다. 세계화가 진전되고 정보 통신 같은 과학기술이 눈부시게 발전하면서 세계문학은 여전히 미국과 서유럽 같은 강대국의 영향을 받기 쉽다. 흔히 '기술 거인'으로 일컫는 '빅텍(Big Tech)'이 정보기술 산업을 장악하는 상황에서 자칫 정보를 소유한 소수 집단이 지구촌 주민을 '디지털 노예'로 만들 위험성이 있다.

한편 댐로쉬의 지적대로 민족문학 또는 국민문학은 자칫 세계문학 담론에 묻혀 "문화적으로 뿌리가 뽑히는" 상황에 이를 수도 있다. 세계문학은 자칫 각각의 언어권이나 문화권이 그동안 누려온 문화적 다양성을 해칠지도 모른다. 실제로 100여 년 전 괴테는 한편으로 그가 '벨트리테라투르(Weltliteratur)'라고 부르는 세계문학의 도래를 열렬히 환영하면서도 다른 한편으로는 그것이 가져올지도 모르는 문화적 동질성을 크게 우려하였다. 만약 각국의 민족문학이 고유성을 상실한 채 세계문학의 이름으로 동질적이거나 균질적인 것이 된다면 그것은 축복이 아니라 오히려 저주나 재앙과 다름없기 때문이다. 그래서 괴테는 영국과 스코틀랜드에서 발행하던 잡지 《에든버러 리뷰》

---

33 David, Damrosch, "Comparative Literature / World Literature: A Discussion with Gayatri Chakravorty Spivak and David Damrosch," *Comparative Literary Studies* 48 (2011): 456.

와 관련하여 "나는 민족들이 하나같이 똑같이 생각해야 한다고 생각하지 않으며, 다만 상대방을 인식해야 하고, 상대방을 이해해야 한다"[34]고 분명히 밝힌다. 괴테는 각각의 민족이 저마다의 주체성을 지키면서도 자아도취나 자기만족에 빠지지 말고 세계정신을 호흡해야 한다고 부르짖었다.

그러나 이러한 위험성에도 지구촌 곳곳에서 여전히 존재하는 차이와 차별의 벽을 허물고 간격을 좁힐 수 있는 것도 세계문학만이 할 수 있는 역할이다. 문학은 마치 칼과도 같아서 어떻게 사용하느냐에 따라 이로운 도구가 될 수 있고 해로운 무기가 될 수도 있다. 요리사가 사용하는 칼은 음식을 만드는 데 필수적인 도구지만 범인이 사용하는 칼은 사람을 해치는 흉기가 되는 것과 같다. 민족문학의 좁은 테두리에서 벗어나 세계문학에 참여할 때 독자들은 좀 더 넓은 시야에서 세계를 바라볼 수 있다. 21세기에 필요한 것은 말뿐인 '세계정신'이 아니라 참다운 의미의 '세계정신'이다.

이러한 세계정신을 다른 말로 바꾸면 아마 '세계문명'이 될 것이다. 세계문학은 세계문명과는 떼려야 뗄 수 없을 만큼 서로 깊이 연관되어 있다. '세계문학'이라는 용어가 아직 널리 쓰이기 전에 리처드 몰튼은 일찍이 『세계문학과 일반 문화에서의 그 위치』(1911)에서 세계문학을 '문명의 자서전'이라고 불렀다. 그는 "세계문학은 가장 훌륭한 산물로, 가장 의미 있는 순간에 제시된다는 의미에서 자서전이

---

34 Fritz Strich, *Goethe and World Literature*, trans. C. A. M. Sym (London: Routledge, 1949), p. 350에서 재인용.

다"[35]라고 밝힌다. 몰튼의 말대로 자서전이란 한 개인이 만년 이르러 자신이 살아온 삶의 궤적을 기록하여 다른 사람들에게 총체적으로 보여 주는 책이다. 이와 마찬가지로 세계문학은 인류가 걸어온 문학의 궤적을 총체적으로 보여 주는 문학이다.

세계문학은 여러 문화권의 작가들과 학자들이 서로 이마를 맞대고 공동으로 작업해야 한다는 점에서도 문학 연구의 새로운 가능성을 활짝 열어놓는다. 지구촌 곳곳에 흩어져 있는 다양한 언어권과 문화권의 문학을 함께 아우르는 세계문학은 한 개인이 시도하기에는 여러모로 힘에 부친다. 이 점에서 현재 하버드대학교의 세계문학연구소가 중국과 일본을 비롯한 동아시아 국가와 유럽의 다른 국가들과 함께 벌이는 일련의 활동은 자못 고무적이다. 이러한 공동 작업은 좀 더 다른 국가로 확산할 필요가 있다. 그동안 컴퓨터를 통한 자료 분석과 통계를 기반으로 문학을 계량적으로 연구하여 주목을 받은 프랑코 모레티는 "집단적으로 작업하지 않는다면 세계문학은 언제나 신기루로 남아 있게 될 것이다"[36]라고 말한다.

에릭 헤이엇은 『문학의 세계에 대하여』(2012)에서 서양 연구가들이 이제는 유럽 중심주의적 사고의 틀에서 벗어나 비서구적인 문학과 문화를 진지하게 연구해야 한다고 지적한다. 그는 '유로크러놀러지', 즉 좁게는 세계 문학사, 넓게는 세계사를 유럽의 방식대로 시대를 구분 짓는 방식을 아주 못마땅하게 생각한다. 지금까지 유럽 학자

---

35 Richard Green Moulton, *World Literature and Its Place in General Culture* (London: Nabu Press, 2010), p. 437.

36 Franco Moretti, "More Conjectures," *Distant Reading* (London: Verso, 2013), p. 111.

들은 흔히 고대, 중세, 르네상스, 근대 하는 식으로 시대를 구분 지어 왔다. 그러나 그는 이러한 시대 구분이 비유럽 국가는 말할 것도 없고 심지어 유럽에서조차 잘 들어맞지 않는다고 주장한다. 만약 이러한 시대 구분 문제가 해결되고 나면 전혀 새로운 방식으로 현대 문학을 이해할 수 있게 될 것이라고 내다본다. 이 점과 관련하여 헤이엇은 "그렇게 하는 것이 우리에게 이롭기 때문이 아니라 (…중략…) 그렇게 하지 않으면 형편없는 문학 이론과 형편없는 문학사를 만들어내기 때문이다"[37]라고 말한다.

여기서 헤이엇은 서구의 현대 문학이나 모더니즘에 관하여 언급하지만 그가 말하는 현대 문학이나 모더니즘을 '세계문학'이라는 말로 바꾸어 놓아도 사정은 크게 달라지지 않는다. 그의 말대로 서구문학 연구가들이 비유럽의 문학에 무관심하거나 그것에서 눈을 돌리면 문학 이론이나 문학사는 '형편없는' 것이 될 수밖에 없다. 이와 마찬가지로 민족문학 또는 국민문학도 세계문학에 무관심하거나 그것에서 눈을 돌리면 지식과 정보를 돈을 주고 사고판다는 정보화 시대와 세계화 시대에 편협한 국수주의 굴레에 갇혀 우물 안 개구리처럼 드넓은 세계를 보지 못하게 된다. 이 또한 민족문학을 '형편없는' 것으로 만들어 버릴 치명적 결과를 낳게 될 것이다.

---

37 Eric Hayot, *On Literary Worlds* (Oxford: Oxford University Press, 2012), p. 7. 세계문학에서 유럽중심주의 못지않게 문제가 되는 것이 '내적 오리엔탈리즘'이다. 에드워드 사이드가 말하는 오리엔탈리즘은 서양 문화권과 동양 문화권 안에서 일어날 뿐 아니라 중국의 중화주의에서 볼 수 있듯이 동양 문화권 안에서도 일어난다. 이 점에 대해서는 Wook-Dong Kim, "Against Sinocentrism: Internal Orientalism in World Literature," *World Literature Studies*, 14: 2 (2022): 31~47 참고.

제2장

최남선·이광수·김억과
세계문학

'세계문학'이라는 용어를 맨 처음 사용한 것은 1827년경 요한 볼 프강 폰 괴테였고, 문학 개념으로 좀 더 정교하게 다듬고 논의하기 시 작한 것은 20세기의 태양이 뉘엿뉘엿 서산마루에 걸쳐 있던 1990년 대 초엽 서유럽과 미국의 문학 이론가들이었다. 그러나 세계문학에 대한 논의는 그보다 훨씬 전 지구 반대쪽에서도 비록 미약하게나마 이미 이루어지고 있었다. 예로부터 '문(文)'을 숭상하는 전통이 비교 적 강한 동아시아 국가만 하여도 19세기 말엽부터 자국 문학에 관한 자의식과 함께 타국 문학에 관심이 무척 컸다. 20세기에 접어들면서 서구 문물이 물밀듯이 들어오면서 이러한 현상은 더욱 뚜렷하게 드 러났다. 다만 오늘날 사용하는 것과 정확하게 똑같은 개념과 성격은 아닐지라도 거의 비슷한 의미에서 '세계문학'이라는 용어를 심심치 않게 사용하였다. 그만큼 이 무렵 동아시아의 일부 지식인은 편협한 민족주의나 국수주의의 틀에서 벗어나 좀 더 넓은 안목에서 세계정신을 호흡하려고 하였다.

가령 19세기 중엽 일본이 부국강병과 탈아입구(脫亞入歐)의 깃발을 높이 쳐들고 서양 문물을 받아들여 근대화를 이끌었다는 것은 이제 새삼 언급하기도 쑥스럽다. 메이지(明治) 유신은 자칫 정치나 군사 또는 경제나 사회의 변혁으로만 생각하기 쉽지만 실제로는 문학과 문화 분야에서 이룩한 변혁 또한 결코 작지 않았다. 가령 나쓰메 소세키(夏目漱石)는 영국에서, 본명이 모리 린타로(森林太郞)였던 모리 오가이(森鷗外)는 독일에서, 상징주의 전통에서 시를 쓴 사이죠 야소(西條八十)는 프랑스에서, 그리고 나가이 가후(永井荷風)는 미국과 프랑스에서 유학한 외국 경험의 토대 위에 일본 근대문학의 집을 지었다. 한편 후타바테이 시메이(二葉亭四迷)는 러시아문학의 기반에서 이러한 작업을 하였다. 이처럼 메이지 시대 일본 작가들은 하나같이 유럽에서 직간접으로 서구 정신을 호흡하며 세계문학을 염두에 둔 채 근대 일본문학을 정립하려고 노력하였다.

한편 중국에서는 19세기 말엽과 20세기 초엽부터 세계문학에 대한 관심이 일어나기 시작하였다. 성경 다음으로 가장 많이 읽힌다는 존 버니언의 종교소설 『천로역정』(1678, 1684)은 이미 1853년에 영국 장로회에서 파송한 선교사 윌리엄 셸머 번스가 중국어로 번역하여 출간하였다. 캐나다 선교사 제임스 S. 게일(한국 이름 奇一) 부부가 이 소설을 한국어로 번역한 것이 1895년이니 중국어 번역은 한국어 번역보다 무려 40년 넘게 앞선다. 또한 루쉰(魯迅)과 저우쭤런(周作人) 형제가 『역외 소설집(域外小說集)』을 함께 번역하여 출간한 것이 1909년이다. 중국은 5·4운동과 신문화 운동이라는 이름으로 근대화

작업을 진행하면서 본격적으로 서구를 맞아들이기 시작하였다.

5·4운동은 좁은 의미로는 1919년 5월 4일 식민지 조선의 기미년 독립만세운동에 자극받은 베이징(北京) 지역 학생들의 시위를 일컫지만, 좀 더 범위를 넓혀 보면 5월 이후 몇 달에 걸쳐 마치 들불처럼 중국 전역으로 퍼져나간 시위와 신문화 운동을 두루 일컫는다. 5·4운동은 몇 달 앞서 식민지 조선에서 일어난 기미년 3·1만세운동의 영향과 무관하지 않다는 것이 학자들의 일반적 의견이다. 일본이 부국강병과 탈아입구를 외친 것처럼 중국에서는 '공가점타도(孔家店打倒)'를 부르짖으면서 신문화 운동에 박차를 가하였다.

최남선과 세계문학

일본 제국주의의 굴레에 갇혀 있던 식민지 조선은 일본보다는 조금 뒤늦게, 그러나 중국보다는 조금 이르거나 거의 같은 시기에 세계문학에 관심을 보이기 시작하였다. 세계문학에 처음 관심을 보인 작가는 두말할 나위 없이 한국 문학사에서 신문학의 주역을 맡은 육당(六堂) 최남선(崔南善)이었다. '육당'을 비롯한 그의 아호가 많지만 그중에서도 '대몽(大夢)'과 '백운향도(白雲香徒)'는 특별히 눈여겨볼 만하다. 두말 할 나위 없이 '대몽'은 꿈이 크다는 뜻이고, '백운향도'의 백운은 흰 구름처럼 아무런 구속도 받지 않고 자유롭게 떠다니는 자유로운 영혼을 의미하고, 향도는 전통 시대에 여러 공동 목적을 달성하려고 결성한 조직체를 말한다. 그의 포부가 좁은 한반도의 울타리를 벗어나 세계로 널리 뻗어 있음을 짐작하게 하는 아호들이다.

최남선은 1908년 11월 한국 최초의 종합잡지인 《소년》을 발행하여 1911년 통권 23호로 일본 제국주의에 강제 폐간당할 때까지 소년소녀를 주인공으로 문명개화의 횃불을 높이 치켜들었다. 그에게 문명개화의 방법은 곧 서구 세계를 제대로 아는 것과 크게 다름없었다. 그래서 최남선은 창간호부터 「이솝의 이약」을 비롯하여 새뮤얼 스미스의 시 「아메리카」, 조너선 스위프트의 『걸리버 여행기』(1726)와 대니얼 디포의 『로빈슨 크루소』(1719)를 「거인국 표류기」와 「로빈손 무인절도 표류기」로 번역하여 잇달아 소개하였다. 물론 최남선의 번역은 작품 전체를 옮기는 전역(全譯)이나 완역(完譯)이 아니라 작품 일부를 뽑아 옮긴 초역(抄譯)이거나 작품 줄거리를 간추려 옮긴 축역(縮譯)이거나 경개역(梗槪譯)에 지나지 않았다.

번역 방식은 접어두고라도 《소년》에서 무엇보다도 눈에 띄는 것은 최남선이 세계문학에 깊은 관심을 기울였다는 점이다. 그런데 그는 세계문학과 세계문화 탐색의 기호로 바다를 설정하였다. 그에게 바다는 말하자면 세계를 향하여 활짝 열린 창으로 미래 세계를 걸머질 식민지 소년소녀의 굳은 의지와 이상의 표상과 다름없었다. 이 점에서 최남선이 권두시 「해에게서 소년에게」로 창간호를 장식한 것은 자못 상징적이다.

창간호를 시작으로 최남선은 《소년》에 바다를 소재로 한 창작시 「천만 길 깊은 바다」(1권 2호), 「바다 위의 용소년(勇少年)」(2권 10호), 번역시로 조지 바이런의 「해적가」(3권 3호), 「The Ocean」(3권 7호), 그리고 항해와 모험을 주제로 한 소설 「거인국 표류기」(1권 1~2호)와

「로빈슨 무인절도 표류기」(2권 2~8호) 등을 잇달아 연재하였다. 이 밖에도 「바다를 보라」와 「나는 이 여름을 바닷가에서 지내겠다」(2권 8호) 같은 글을 실었다. 그런가 하면 모두 4회에 걸쳐 실은 전면 삽화 중 절반이 바다를 주제로 삼았다. 또한 최남선은 3년 남짓《소년》을 발행하는 동안 「해상 대한사(海上大韓史)」를 연재하여 "왜 우리는 해상 모험심을 감추어 두었나?"라는 의문을 제기하면서 한국이 바다와 밀접한 관계가 있는 반도국이라는 사실을 젊은 독자들에게 끊임없이 일깨워 주었다.

최남선의 세계문학에 관한 인식은《소년》이 조선총독부에 강제로 폐간되고 나서 1914년 10월 창간한《청춘》에 이르러 좀 더 구체적으로 드러난다. 이 잡지에서 그는 비단 세계로 활짝 열린 창인 바다를 보여 주는 것에 그치지 않고 한 발 더 나아가 식민지 조선의 젊은이들이 미래를 향하여 성큼 앞으로 나아가기를 촉구한다. 이 잡지에서 가장 눈에 띄는 대목은 역시 '세계문학'이라는 고정란을 따로 두었다는 점이다.

최남선은 이 난을 발판으로 삼아 비록 초역이나 축약 또는 경개역의 형식을 빌릴망정 세계문학을 폭넓게 소개하였다. 가령 19세기 프랑스의 낭만주의 문학을 대표하는 작가로 대중의 인기를 한 몸에 받던 빅토르 위고의『레미제라블』(1862), 흔히 '러시아의 양심'으로 일컫는 레프 톨스토이의『부활』(1899), 영국의 대문호 윌리엄 셰익스피어에 버금가는 작가로 평가받는 '영국의 양심' 존 밀턴의『실낙원』(1667, 1674), 서양의 근대소설에 신기원을 이룩한 미겔 데 세르반테스의『돈키호테』(1605, 1615), 유럽 문학의 굴레에서 벗어나 영문학의 기틀을 처음 마련한 제프리 초서의『캔터베리 이야기』(1476) 등을 실었다.

이 무렵《청춘》에 일련의 번역을 발표한 진학문(秦學文)의 활동은 특히 주목해 볼 만하다. 그는 와세다(早稲田)대학 예과에서 영문학을 공부하고 러시아 문학에 흥미를 느껴 도쿄외국어학교 러시아어과에 입학하였다. 당시 진학문은 '순성(舜星)'이라는 필명으로 일본 재동경조선유학생학우회에서 발행하던 잡지《학지광(學之光)》에 블라디미르 코롤렌코의 단편소설「기화(奇火)」를 비롯하여 이반 투르게네프의 산문시「걸식」 등의 작품을 번역하여 소개하면서 번역가로서 이름을 크게 떨쳤다. 1917년 도쿄외국어학교를 중퇴하고 귀국한 뒤 진학문은 신문기자로 근무하면서 번역에 전념하였다.

진학문이 귀국한 뒤 처음 번역한 작품이 다름 아닌 1917년 6월《청춘》3권 2호에 소개한 프랑스 자연주의 문학의 대표적인 작가 기 드 모파상의 단편소설「더러운 면포(麵麭)」였다. 러시아문학 전공자인 진학문이 프랑스 작품을 번역한 것도 이채롭지만 모파상의 단편소설「저주받은 빵」을「더러운 면포」로 옮긴 것도 흥미롭다. 면포의 중국식 발음이 '미엔바오'여서 개화기와 일제 강점기 '면포' 대신 '면보'라고 발음하던 사람들이 많았다. 한편 진학문은 같은 해《청춘》3권 5호에 당시 아시아는 말할 것도 없고 서유럽에서도 큰 인기를 끌던 라빈드라나트 타고르의『기탄잘리』(1910),『원정(園丁)』(1913),『신월(新月)』(1915)에서 한 편씩 뽑아 번역하고「쫓긴이의 노래」를 번역하여 소개하였다.《소년》과《청춘》에 최남선이 번역한 서양 작품들과는 달리 진학문의 번역은 단편소설에 치중하였고 '초역'이나 '경개역'

보다는 '전역'이나 '완역'에 관심
을 기울였다.

조너선 스위프트와 대니얼 디포
의 작품 번역에서 볼 수 있듯이 최
남선이 서양문학 작품의 줄거리를
간추려 번역하는 과정에서 제목도
내용도 달라질 수밖에 없었다. 예
를 들어 위고의 작품은 「너 참 불쌍
타」로, 톨스토이의 작품은 「갱생」
으로, 세르반테스의 작품은 「돈기
호 전기(頓基浩傳奇)」로, 초서의 작

한국 문단에 세계문학의 필요성을 처음 부르짖
은 육당 최남선.

품은 「캔터베리기(記)」로 바뀌었다. 물론 일본 번역본의 영향 탓도 있
었지만 외국문학 작품을 번역하면서 토착화하려는 시도를 엿볼 수도
있다. 비록 정교하지는 않지만 최남선은 한국에서 번역 연구나 번역
학에서 흔히 말하는 '번역의 이국화' 전략에 맞서 '번역의 자국화'를
최초로 시도한 인물이었다.

최남선은 단순히 서양의 고전 작품을 한국어로 옮겨놓는 것에 그
치지 않고 여기서 한 발 더 나아가 짧은 해제에서 해당 작품이 세계
문학사에서 차지하는 비중이나 의의를 설명하기도 하였다. 이러한
방식은 세계문학을 처음 접하는 독자들에게 자못 소중한 길잡이가
된다. 가령 최남선은 『돈키호테』와 관련하여 '세계의 기서'로 평가받
는 이유를 이렇게 설명한다.

시대의 사상이 매우 고상해져서 천박하고 황당한 무용담이 사라져가는 때, 이 명저가 생김으로써 [전근대적 사상은] 더욱 힘을 잃었다. 세르반테스는 (…중략…) 시대의 조류에 뛰어들었기 때문에 발행 당시부터 세간에 널리 알려지고, 지금은 세계의 일대 기서로 『일리아드』와 『햄릿』과 더불어 3대 보전(寶典)에 오르게 되었다.[1]

최남선은 『돈키호테』가 최근 들어 세계문학 작품으로 새롭게 각광을 받는 이유를 시대적 상황에서 찾는다. 잘 알려진 것처럼 이 작품이 나오기 전만 하여도 서양에서는 허무맹랑하고 환상적인 기사도적 로망스가 주류를 이루고 있었다. 최남선이 "천박하고 황당한 무용담"이라고 말하는 것이 바로 이러한 로망스 계열의 작품이다. 그러나 세르반테스는 이 작품에서 중세의 세계관에서는 볼 수 없던 근대정신을 보여 주었다. 다양한 인물을 등장시켜 다양한 신념과 관점을 내세울 뿐 아니라 작중인물들의 내면세계에도 무게를 실었다.

최남선은 세르반테스가 이 작품에서 사실주의적 수법으로 인간주의적 세계관을 설파했다는 점에도 주목하였다. 물론 『돈키호테』 이전에도 제프리 초서의 『캔터베리 이야기』 같은 사실주의적 작품이 전혀 없었던 것은 아니지만 대부분의 작품은 산문이 아닌 운문의 형식을 취하였다. 바로 이 점에서 세르반테스의 작품은 곧 산문을 기본 형식으로 삼는 소설 장르가 태어나는 데 산파 역할을 하였다. 최남선

---

1   최남선, 「세계일주가」, 《청춘》 4호(1915. 1), 110쪽.

은『돈키호테』를 호메로스의 서사시『일리아스』와 윌리엄 셰익스피어의 비극『햄릿』(1603)과 함께 세계문학의 '3대 보전'의 반열에 올려놓았다. 최남선이 말하는 '3대 보전'이나 '세계의 일대 기서'란 세계문학을 뜻하는 말로 받아들여도 크게 틀리지 않을 것이다.

물론 르네상스 시대의 스페인 문학을 제대로 이해할 수 없던 최남선으로서는 일본에서 나온 해설서에 의존할 수밖에 없었다. 그런데도 그는 르네상스 시대의 사상과 문학을 제대로 파악하고 있었을 뿐 아니라 그 가치를 높이 평가하였다. 특히『돈키호테』의 문학사적 의미를 중세에서 근대로 넘어오는 역사적 전환점에서 찾는 것이 여간 흥미롭지 않다. 최남선은 이 작품이 세계문학으로 대접받게 된 이유도 작가가 시대정신을 호흡했기 때문이라고 평가한다. 세계문학으로 인정받을 수 있는 기준 중 하나는 작가가 해당 작품에 당대의 시대정신을 얼마나 잘 담아냈느냐에 달려 있기 때문이다.

최남선이 파악하는 세계문학은 당대의 현실과 사상을 적절하게 표현할 뿐 아니라 자국문학을 얼마나 잘 표현하느냐 하는 문제와도 깊이 연관되어 있다. 민족문학 또는 국민문학을 무시하거나 도외시한 채 세계문학을 말하는 것처럼 공허한 일도 없다. 그래서 최남선은 단순히 세계문학을 소개하는 것에 그치지 않고 한 발 더 나아가 자국의 고전 작품을 찾아 소개하려고 노력하였다. 예를 들어「표해가(漂海歌)」,「호남가(湖南歌)」,「팔도가(八道歌)」,「고금시조(古今時調)」,「연암외전(燕巖外傳)」,「수성지(愁城誌)」,「광한전백옥루상량문(廣寒殿白玉樓上樑文)」 같은 작품은 이러한 경우를 보여 주는 더할 나위 없이 좋은 예다.

한편 최남선은 신문학에도 눈을 돌려 춘원(春園) 이광수(李光洙)의 시와 시조를 비롯하여 그의 초기 소설 「김경(金鏡)」, 「소년의 비애」, 「어린 벗에게」, 「방황」, 「윤광호(尹光浩)」 같은 작품을 실었다. 또한 최남선은 자신이 직접 쓴 작품을 실었는가 하면, 현상모집을 통하여 독자들이 투고한 시, 시조, 한시, 잡가, 신체시가, 보통문, 단편소설 등을 뽑아 싣기도 하였다. 좀 더 구체적으로 말하면 그가 독자들에게 투고하기를 권유하는 작품은 ① 시조(卽景卽興), ② 한시(卽景卽興, 七絶七律), ③ 잡가(長短及題 任意), ④ 신체시가(調格隨意), ⑤ 보통문(1행 23자 30행 이내, 순한문 不取), ⑥ 단편소설(1행 22자 100행 내외, 한자 약간 섞은 時文體) 등이다.

바다와 문명

최남선이 《청춘》에서 내건 슬로건은 '배움', 곧 지식의 습득이었다. 짧은 권두언에 그는 '배우다'나 '배움'이라는 낱말을 무슨 주문(呪文)처럼 열 번쯤 반복하여 사용한다. 그가 그토록 바랐던 조선 청년의 사명은 서구 문명의 지식을 습득하여 세계적 감각을 갖춘 젊은 이로 거듭나는 것이었기 때문이다. 그렇다면 최남선은 어떤 방식으로 식민지 조선의 청년들을 폭넓은 지식을 갖춘 글로벌 지성인으로 키우려고 했을까? 이 물음에 답하는 열쇠는 바로 '세계'라는 낱말에 들어 있다. 《소년》의 키워드가 '바다'나 '해양'이었다면 《청춘》의 키워드는 바로 '세계'였다.

최남선은 문학 분야에서는 '세계문학 개관'을, 과학 분야에서는 '세계의 창조'를, 해학적인 잡문으로는 '태서소림(泰西笑林)'을, 그리고 화보에는 '세계 대도회(世界大都會) 화보'를 연속 기획물로 실었다. 어떤 의미에서 최남선은 이 무렵 '세계'라는 강박관념에 빠져 있었다고 하여도 크게 틀리지 않을 것 같다. 최남선은 식민지 조선이 일본 제국주의의 손아귀에서 벗어나는 길이 어쩌면 한반도에서 눈을 돌려 좀 더 넓은 안목으로 세계시민과 발을 맞추고 세계정신을 호흡하는 데 있다고 생각하였을 것이다.

더구나《청춘》창간호(1914년 10월) 부록으로 실린「세계일주가」는 편집자 최남선이 7·5조의 4행 2연의 창가(唱歌) 형식을 빌려 쓴 작품이다. 작품 첫머리에 이 작품을 노래로 부를 수 있도록 악보 두 가지를 제시하기도 하였다. 모두 133절로 이루어진 작품으로 창가치고는 장편 창가에 속한다. 장르나 형식에서는 1908년 최남선이 지은「경부텰도 노래」의 범위를 오대양 육대주로 넓힌 작품으로 볼 수 있다. 먼저 그 편성 형식을 보면, 일부를 제외하고는 대부분 한 면에 가사 2절을 싣고 그 가사에 나오는 지명이나 사적지 등에 관한 해설을 덧붙였다.

「세계일주가」는 비록 창가의 형식을 빌리고 있지만 적어도 그 내용에서는 기행문이나 논설과는 조금 다르다. 이 작품은 최남선이 상상력을 한껏 발휘하여 쓴 허구의 세계 일주로 볼 수 있다. 여러 정황으로 미루어보건대 최남선은 지리책과 지도와 여행안내서 등을 책상 앞에 펼쳐놓고 이 작품을 쓴 것 같다. 그가 머릿속 상상 속에서 여행한 세계 일주는 순차적으로 '한양(서울) → 평양 → 중국 → 러시아 →

독일 → 이탈리아 → 네덜란드 → 스위스 → 그리스 → 프랑스 → 벨기에 → 영국 → 스코틀랜드 → 아일랜드 → 미국 → 일본 → 한양(서울)'을 돌아보는 코스였다.

좀 더 구체적으로 말하자면 여행자는 한양에서 기차로 출발하여 평양역을 거쳐 압록강을 건너 중국에 도착하여 대륙의 베이징, 톈진(天津), 상하이(上海), 다롄(大連), 하얼빈(哈爾濱), 창춘(長春) 같은 주요 도시를 돌아보고 연해주를 거쳐 러시아로 건너간다. 러시아에서는 시베리아, 모스크바, 페테르부르크 같은 도시를 순회한 뒤 독일로 건너가 베를린, 함부르크, 라이프치히, 뮌헨 같은 독일의 도시를 돌아본다. 세계 일주는 오스트리아의 빈, 헝가리의 부다페스트, 발칸반도의 보스니아와 헤르체고비아, 몬테네그로, 세르비아, 루마니아, 불가리아, 터키, 그리스의 도시, 이탈리아의 베네치아, 나폴리, 폼페이, 카프리 섬, 로마, 피렌체, 제노바, 밀라노에 이어 스위스의 제네바로 이어진다. 프랑스의 파리, 릴, 리옹, 마르세유, 보르도, 낭트, 오를레앙, 코르시카 섬을 여행하고 난 뒤 세계 일주는 스페인의 바르셀로나와 마드리드를 거쳐 포르투갈에 도착한다. 여행은 벨기에의 브뤼셀과 워털루, 네덜란드의 암스테르담으로 계속된다.

도버해협을 넘어 영국으로 건너가는 여행자는 이번에는 런던, 옥스퍼드, 케임브리지, 버밍엄, 리즈, 맨체스터, 셰필드, 뉴캐슬, 요크셔, 랭커셔, 리버풀, 스태퍼드를 방문하고 나서 다시 스코틀랜드의 글래스고와 에든버러, 아일랜드의 더블린 등을 차례로 돈다. 이렇게 유럽 일주를 마친 뒤 이번에는 대서양을 건너 미국으로 건너간다. 미국의 뉴욕을 비롯하여 워싱턴, 보스턴, 시카고, 솔트레이크, 샌프란시스코를 거쳐 태평양을 건너 도중에 하와이를 경유한 뒤 일본에 이른다. 일본에서는 요코하마(橫濱), 도쿄, 나고야(名古屋), 교토(京都), 나라(奈良), 오사카(大阪), 고베(神戶)를 거쳐 마지막으로 시모노세키(下關) 항에 도착한다. 시모노세키에서 부산으로 건너오고, 한양 남대문에 되돌아오게 되면 마침내 세계일주의 긴 여정이 막을 내린다.

최남선이 「세계일주가」에서 '게이조(京城)'라는 일본식 표기법 대신 굳이 조선 시대의 명칭인 '한양'을 고집한 것은 일본 제국주의에 대한 암묵적 반항으로 읽힌다. 그는 비록 조선이 일본 식민지로 전락했지만 이제 머지않아 곧 세계와 어깨를 나란히 할 날이 곧 오게 될 것을 간절하게 바라마지 않는다. 최남선에게 조선은 한낱 동아시아 변방에 있는 이름 없는 나라가 아니라 세계 교류에서 가장 핵심적인 위치를 차지하는 교통 허브에 해당한다. 21세기 세계화의 관점에서 보면 그가 얼마나 시대에 앞선 선각자인지 새삼 놀라게 된다.

그렇다면 최남선은 도대체 왜 이렇게 지루할 만큼 장황하게 세계 유명 도시를 하나하나 열거할까? 이 작품에서 그가 열거하는 지명은 지리적 명칭 이상의 깊은 의미가 있기 때문이다. 한마디로 그의 여행은 지리적 여정이나 공간적 이동 못지않게 지적 모험이요 예술적 여정이다. 최남선은 "진실로 인류에 대하여 논(論)코자 하는 이는 (…중략…) 무엇에 관한 것이든지 두루 인류 전체를 둘러보아야 할 것이라"[2]고 밝힌다. 이렇게 그는 무게 중심을 대도시가 아니라 인류 전체에 두고 있다. 최남선의 여행은 세계 명소를 유람하는 것이라기보

---

2   최남선, 「세계일주가」, 110쪽.

다는 오히려 인류와 소통하고 교감하기 위한 지적 탐험인 셈이다. 물론 그가 주로 탐방하는 곳은 거의 대부분 국가의 수도거나 유명한 산업도시 또는 유서 깊은 사적지들이다. 그러나 최남선이 세계적 문호들이나 사상가들의 고향을 탐방 대상으로 삼는 것을 보면 「세계일주가」를 쓰면서 세계문학을 염두에 두었다는 것을 알 수 있다.

그런데 여기서 특히 한 가지 주목해 볼 것은 《청춘》이 창간된 1914년에 한국에서 '세계문학'이라는 용어가 처음 사용되기 시작했다는 점이다. 물론 1908년부터 신문과 잡지에 '세계문화'니 '세계역사'니 하는 용어가 가끔 등장하지만, 문학과 관련하여 '세계문학'이라는 용어를 처음 사용한 것은 아마 이 잡지가 처음일 것이다. 그것도 한 번 사용하는 데 그치지 않고 연재 기획물의 제호로 계속 사용하였다. 이렇게 최남선은 '세계문학'이라는 용어를 맨 처음 사용했을 뿐만 아니라 세계문학의 개념에도 한발 바짝 다가섰다. 이 점과 관련하여 그동안 동아시아 번역과 번안 문제에 관심을 기울여 온 박진영(朴晉永)은 최남선의 선구적 업적을 높이 평가한다.

외국의 문학 작품을 번역한다는 자의식을 가장 먼저 체계적으로 내보인 것은 신문관의 편집자 최남선이다. 창간호부터 연속 기획으로 자리 잡은 「세계문학개관」은 한국에서 세계문학이라는 용어가 전면에 등장한 효시다. 최남선이 활용한 세계문학의 말뜻과 용례는 외국문학, 엄밀히 따지자면 서양문학을 가리키지만 실질적인 내포는 일치감치 괴테가 주창한바 보편적인 교양으로서 세계문학을 의미한다. 최남선의 세계문학은 무엇보다 번역이라는 실천을 통해 유럽의 문학 정신과 전통을 한국의 근대문학에 동기화(同期化)함으로써 당대 질서의 재편을 겨냥했기 때문이다.[3]

박진영의 주장대로 최남선은 한국 문학사에서 세계문학이라는 용어를 처음 본격적으로 사용한 문인이었다. 실제로 한국 문학사에서 최남선처럼 세계문학을 그토록 일관되게 사용한 사람도 찾아보기 어렵다. 다만 박진영이 최남선이 말하는 세계문학이 "괴테가 주창한바 보편적인 교양으로서 세계문학을 의미한다"고 보는 데는 조금 무리가 따른다. 식민지 조선에서 괴테가 말하는 의미의 '세계문학(벨트리테라투르)'은 줄잡아 15년 정도 뒤에 가서야 비로소 찾아볼 수 있다. 앞으로 자세히 다루겠지만 괴테가 말하는 세계문학의 개념은 도쿄에서 외국문학을 전공하던 조선인 유학생들이 설립한 '외국문학연구회'에서 핵심 멤버로 활약한 이하윤(異河潤)과 김진섭(金晉燮)에 이르러 비로소 본격적으로 논의되기 시작하였다.

더구나 최남선이 "번역이라는 실천을 통하여 유럽의 문학 정신과 전통을 한국의 근대문학에 동기화함으로써 당대 질서의 재편을" 목표로 삼았다는 박진영의 주장도 받아들이기 어렵다. 물론 신문학이 대두하던 20세기 초엽 최남선처럼 번역에 그렇게 깊은 관심을 기울인 작가도 없다시피 하다. 안서(岸曙) 김억(金億)이 아마 예외라면 예외가 될 것이다. 그러나 일본어와 한문을 제외하고는 외국어를 해독

---

3   박진영, 『번역가의 탄생과 동아시아의 세계문학』(서울: 소명출판, 2019), 440쪽.

1961년 벨기에 국제시인대회에 참석한 조지훈과 이하윤.

할 능력이 없던 최남선으로서는 번역의 실천을 빌려 유럽의 문학 정신과 전통을 식민지 조선의 근대문학과 '동기화'하려고 했다는 주장은 조금 지나치다. 물론 세계문학은 번역과는 떼려야 뗄 수 없을 만큼 서로 관련되어 있지만, 이 무렵 일본어나 한어의 번역의 질은 믿고 사용할 만큼 그렇게 썩 좋지 않았다. 이러한 부실한 번역에 의존하여 조선문학을 세계문학과 '동기화'한다는 것은 자칫 세계문학의 사상누각을 세울 위험성이 있을지 모른다.

가령 최남선이 《소년》 3권 3호에 발표한 「싸이런의 해적가」는 기무라 다카타로(木村鷹太郞)가 번역한 바이런의 작품 「해적」을 중역한 것이다. 최남선은 《소년》과 《청춘》 두 잡지와 그가 설립한 출판사 신문관에서 출간한 레프 톨스토이 작품 번역을 모모시마 레이센(百島冷泉)과 나카자토 야노스케(中里彌之助)의 번역본에서 중역하였다. 최남선의 번역 작품은 하나같이 일본어 번역에서 중역한 것이라고 보아도 크게 틀리지 않는다. 그러므로 최남선이 '번역이라는 실천'을 통하여 한국 근대문학을 재편하려 했다는 주장은 그의 업적을 지나치게 높이 평가하는 것으로 실제 사실과는 조금 어긋난다. 물론 최남선이 한국 근대 문학사에서 큰 족적을 남겼다는 것과는 전혀 다른 문제다.

이광수와 세계문학

  최남선에 이어 세계문학에 관심을 기울인 문인은 다름 아닌 이광수였다. 이광수는 1910년 3월《대한흥학보》12호에 신문학기 최초의 문학 이론이나 비평이라고 할 「문학의 가치」를 기고하였다. 1909년 1월 일본에 유학 중인 조선인 학생들이 '대한학회'와 '태극학회'가 주축이 되어 '공수학회'와 새로 성립된 '연학회'를 합하여 만든 기관이 바로 대한흥학회였다. 대한흥학회는 기관지로 월간잡지《대한흥학보》를 발간하였다. 「문학의 가치」를 기고할 무렵 이광수는 메이지학원 중학부 5년 과정을 마치고 남강(南岡) 이승훈(李昇薰)의 권유로 정주 오산학교 교사로 부임하기 직전이었다.

  이광수는 「문학의 가치」에서 세계문학을 직접 언급하거나 그것에 대하여 말하지는 않는다. 다만 문학의 성격과 본질 그리고 가치를 설명하는 과정에서 세계문학에 관한 그의 관심을 엿볼 수 있을 뿐이다. 이 글은 100여 년이 지난 지금 읽어 보아도 별로 낡았다는 느낌이 들지 않을 만큼 신선하다. 이광수는 무엇보다도 먼저 "'문학'은 인류사상에 심히 중요한 것이라"는 문장으로 이 글을 시작한다. 그는 계속 문학이 이처럼 중요하기 때문에 인류가 생존하고 학문이 존재하는 이상 문학은 반드시 문학이 존재할 것이라고 주장한다. 그러면서 이광수는 "시가·소설 등 정(情)의 분자를 포함한 문장을 문학이라 칭하게 지(至)하였으며 (이상은 동양), 영어에 'literature'(문학)이라는 자(字)도 또한 전자와 약동(略同)한 역사를 유(有)한 자(者)라"라고 지적한다.[4]

물론 이광수가 문학을 감정의 표현으로 파악한 것은 옳지만 그것이 동양의 문학에 국한한 것인지는 좀 더 따져보아야 할 문제다. 예로부터 중국에서는 '문이재도(文以載道)'라고 하여 문학을 도를 싣는 수레나 도를 담는 그릇으로 받아들였고, 그것은 한자 문화권의 대표적인 예술론이요 창작원리로 받아들였다. 한편 영어를 비롯한 서양 문화권에서 '문학'은 문학 작품을 기록하는 문자라는 말에서 비롯하였다.

어찌 되었든 이광수가 문학을 굳이 동양과 서양으로 구별하지 않고 인류의 보편적 산물로 간주한다는 점에서는 지극히 옳다. 세계문학은 바로 문학의 특수성에 기반을 둔 보편성에서 출발하기 때문이다. 세계문학을 'A'라고 하고 민족문학을 'B'라고 할 때 세계문학은 'A∩B'로 나타낼 수 있다. 세계문학이란 마차와 같아서 특수성과 보편성의 바퀴와 구체성과 일반성의 바퀴를 함께 갖출 때 비로소 제대로 굴러갈 수 있다.

이광수가 문학이 동양보다 서양에서 먼저 발달한 이유를 기후에서 찾는 것도 흥미롭다. 그는 유럽을 비롯한 서양 대부분의 나라에서 문학이 발달한 것은 기후가 온화하고 토지가 비옥하여 생활에 여유가 있기 때문이라고 지적한다. 이와는 달리 동양에서는 기후가 좋지 않고 토지가 척박하여 의식주 해결에 급급한 나머지 '지(智)'와 '의(意)'만 중요하게 여기고 '정(情)'을 소홀히 하여 오늘날에 이르렀다고 주장한다. 문학을 비롯한 예술은 한마디로 여유의 산물이요 정신

---

4   이광수, 「문학의 가치」, 『이광수 전집 1』(서울: 삼중당, 1971), 504, 505쪽.

적 잉여의 산물이기 때문이다. 이광수의 주장은 문학의 결정 요인으로 인종·환경·시대로 파악한 프랑스의 철학가요 문학 이론가인 이폴리트 텐의 자연주의 이론과 아주 비슷하다. 실제로 이광수의 글을 꼼꼼히 읽어보면 그는 텐의 이론에서 크고 작은 영향을 받았음을 알 수 있다.

문학의 본질과 관련하여 이광수는 문학이 비록 오락과 유희 같은 정적 요소에 기원을 두고 있지만 궁극적으로는 삶과 우주 같은 좀 더 고차원적인 문제와 관련되어 있다고 지적한다. 그는 문학이 "인생과 우주의 진리를 천발(闡發)하며, 인생의 행로를 연구하며, 인생의 정적(情的) 상태 (즉, 심리상) 급(及) 변천을 공구(攻究)하며, 또 기(其) 작자도 가장 심중(沈重)한 태도와 정밀한 관찰과 심원한 상상으로 심혈을 관주(灌注)하나니……"[5]라고 말한다. 이렇게 삶과 우주의 진리를 탐색하려면 작가는 무엇보다도 정밀한 관찰과 심오한 상상력에 심혈을 기울여야 한다고 주장한다.

이 무렵 이광수는 조선의 어떤 문인보다도 세계 문학사의 흐름을 잘 이해하고 있었다. 지적 호기심이 뛰어난 그는 다이세이(大成)중학을 거쳐 메이지학원 중학부에서 공부하는 동안 서양문학과 역사를 공부하면서 이러한 세계문학의 개념을 습득하였다.

서양사를 독(讀)하신 제씨는 알으시려니와, 금일의 문명이 과연 하처(何處)로 종(從)하여 내(來)하였는가. 제씨는 추왈(酋曰),

---

5   위의 글, 505쪽.

"뉴톤의 신학설(물리학의 대진보), 다윈의 진화론, 와트의 증력(蒸力) 발명이며, 기타 전기·공예 등의 발전진보에서 내(來)하였다" 하리라. 실로 연(然)하도다. 누가 능히 차(此)를 부인하리오마는 한 번 더 기(其) 원(源)을 소구(溯求)하면 15, 16세기경 '문예부흥'이 유(有)함을 발견할지라. 만일 이 문예부흥이 무(無)하여 인민이 기(其) 사상의 자유를 자각치 아니하였던들, 어찌 여차(如此)한 발명이 유(有)하였으며, 금일의 문명이 어떻게 유(有)하였으리요. 연즉(然則), 금일의 문명을 부정하면 이무가론(以無可論)이어니와, 만일 차(此)를 인정하며, 차(此)를 찬양하면 문예부흥의 공을 인정할지요. 또 근세문명의 일대자격(一大刺激) 되는 경천동지하는 불국(佛國) 대혁명의 활극은 연출함이 불국 혁신 문학자 —— 루소(Rousseau)의 일지필(一枝筆)의 력(力)이 아니며, 또 북미 남북전쟁시 북부 인민의 노예[를] 애련하는 정(情)을 동(動)케 하여 격전 수년 다수 노예로 하여금 자유에 환락케 한 자스로[소로], 포스터 씨 등 문학자의 력(力)이 아닌가.[6]

이광수는 근대 서양 문명의 발전 과정을 열거하면서 문학의 중요성을 역설한다. 그는 르네상스에서 프랑스 대혁명과 1차 산업 혁명을

---

6   위의 글, 506쪽. 위 인용문의 마지막 문장 "스로, 포스터 씨 등 문학자의 력(力)이 아닌가"에서 이광수는 실수를 범한다. 문맥으로 보면 '스로'는 흑인 노예제도에 반대한 헨리 데이비드 소로를 말하는 것 같다. 이 무렵 인쇄 과정을 보면 이광수 자신보다는 식자공의 실수 탓으로 돌릴 수도 있을 것이다. 또한 이광수는 흔히 '미국 민요의 아버지'로 일컫는 스티븐 포스터를 '문학자'라고 말하지만 실제로는 흑인의 애환이 짙게 밴 노래를 지은 작곡가일 뿐 문학자로 볼 수는 없다.

거치는 동안 문학이 인류에 끼친 영향에 주목한다. 괴테는 일찍이 세계문학이 국가와 국가 사이에 이루어진 무역과 교류에 뿌리를 두고 있다고 지적하였다. 카를 마르크스와 프리드리히 엥겔스는 괴테의 이론을 한 발 더 밀고 나가 세계문학을 부르주아 자본주의가 낳은 산물로 파악하였다. 오늘날 세계문학도 넓게는 눈부신 과학과 기술 문명, 좁게는 3차 산업 혁명 이후 정보화 사회와 디지털 기술 그리고 세계화의 자양분을 받고 성장하였다.

이처럼 이광수도 텐처럼 문학이 당대의 사회와 깊이 연관되어 있다고 보았다. 물론 그는 물질문명이 문학을 낳았다기보다는 오히려 문학이 이러한 물질문명이 발전하는 데 견인차 구실을 했다고 지적한다. "인민이 기 사상의 자유를 자각치 아니하였던들, 어찌 여차한 발명이 유하였으며, 금일의 문명이 어떻게 유하였으리요"라고 말하는 까닭이 바로 여기에 있다. 더구나 이광수는 프랑스 민중이 "경천동지하는 불국 대혁명의 활극"을 연출할 수 있었던 것도 궁극적으로는 프랑스의 계몽주의 사상가요 자연주의 철학자인 장자크 루소의 문필의 힘이 있었기 때문에 가능했다고 판단한다. 그리고 보니 이광수가 위 인용문 첫머리에서 왜 "서양사를 독하신 제씨는 알으시려니와……"라고 말하는지 알 만하다.

위 인용문 마지막 문장에서 이광수가 미국 남북 전쟁을 불러온 원동력 구실을 한 문인으로 헨리 데이비드 소로와 스티븐 포스터를 언급하는 점도 눈여겨보아야 한다. 소로는 1846년 멕시코 전쟁이 일어나자 노예 제도와 전쟁에 반대하여 인두세 납부를 거부하고 감옥에 갔혔다. 그는 미국 같은 노예 국가에서 자유인이 갈 곳은 감옥밖에 없다고 판단하였다. 한편 흔히 '미국 민요의 아버지'요 '미국의 슈베르트'로 일컫는 음악가 포스터는 〈스와니강〉과 〈켄터키 옛집〉과 〈올드 블랙 조〉 같은 민요에서 볼 수 있듯이 흑인 노예를 소재로 시를 짓고 곡을 붙여 뭇 사람의 마음속에 흑인 노예 해방의 감정을 불러일으켰다.

민족문학에서 세계문학으로

이광수는 「문학의 가치」에 이어 1916년 11월에는 《매일신보》에 「문학이란 하(何)오」라는 글을 발표하였다. 이 글의 첫머리에서 그는 "금일, 소위 문학이라 함은 서양인이 사용하는 문학이라는 어의(語義)를 취함이니 서양의 'Literatur' 혹은 'Literature'라는 어(語)를 문학이라는 어로 번역하였다 함이 적당하다"[7]고 밝힌다. 여기서 이광수가 영어와 함께 굳이 라틴어를 사용하는 것이 부척 흥미롭다. 더구나 이 'Literatur'는 괴테가 '세계문학(Weltliteratur)'을 언급하면서 사용한 바로 그 'literatur'이기도 하다. 이광수가 프랑스어를 두고 굳이 독일어를 사용하는 데는 그럴 만한 까닭이 있다. 그는 비록 간접적일망정 세계문학을 언급하고 싶었기 때문이다.

고려 이전은 차치(且置) 물론(勿論)하고 이조 후 오백여 년 조선인의 사상감정은 편협한 도덕률의 속박한 바 되어 자유로 발

---

7   이광수, 「문학이란 하오」, 『이광수 전집 1』, 507쪽.

표할 기회가 무(無)하였도다. 만일 여사(如斯)한 속박과 방해가 무(無)하였던들 조선에는 과거 오백년간에라도 찬란하게 문학의 화(花)가 발하여서 조선인[의] 풍요한 정신적 양식이 되며, 고상한 쾌락의 재료가 되었을 것을 (…중략…) 지금에 타민족의 문학의 왕성함으로 목도함에 흠선(欽羨)과 통한 교지(交至)하는도다.[8]

위 인용문에서 이광수가 문학이란 '풍요한 정신적 양식'과 '고상한 쾌락의 재료'가 되어야 한다고 역설한다는 점을 눈여겨보아야 한다. 이 구절을 읽다 보면 문학의 공리적 기능을 강조하고 계몽주의 문학을 부르짖은 이광수의 모습은 좀처럼 찾아볼 수 없다. '풍요한 정신적 양식'은 문학의 공리적·실용적 기능을 말하는 것으로 볼 수 있지만 '고상한 쾌락의 자료'는 문학의 심미적·유희적 기능을 가리키는 것으로 보아 틀리지 않는다. 이광수의 지적대로 문학이라는 마차는 공리적·실용적 기능의 바퀴와 심미적·유희적 기능의 바퀴가 함께 굴러갈 때 비로소 제대로 기능을 발휘한다.

위 인용문에서 또 한 가지 눈여겨볼 대목은 마지막 문장에서 이광수가 왕성하게 발전한 '타민족의 문학'을 바라보며 부러움을 느낀다고 밝히는 점이다. 그가 이렇게 다른 민족의 문학에 부러움을 느끼는 것은 그 문학과는 달리 조선의 문학은 지나치게 도덕률에 얽매인 나머지 그동안 인간의 감정과 사상을 자유롭게 표현하지 못해 왔기 때문이다. 그래서 이광수는 "조선인은 마땅히 구의(舊衣)를 탈(奪)하고,

---

8 위의 글, 510쪽.

구후(舊垢)를 세(洗)한 후에 차(此) 신문명 중에 전신을 목욕하고 자유롭게 된 정신으로 신정신적 문명의 창작에 착수할지어다"[9]라고 밝힌다.

이렇듯 이광수는 조선문학과 다른 민족의 문학을 서로 비교한다. 실제로 세계문학은 서로 다른 문화권의 문학을 서로 비교하는 것으로 출발하였다. 세계문학은 비교문학에 대한 비판적 반작용으로 출발한 반면, 비교문학의 연장선에서 발전하였다. 만약 비교문학이 없었더라면 아마 세계문학은 발전할 수 없었거나 발전했다 하여도 훨씬 뒤늦게 발전했을 것이다. 미국을 비롯한 북미 대륙과 서유럽에서 세계문학은 아직은 대학에서 독립 학과로 존재하기보다는 여전히 비교문학과에 속해 있는 것만 보아도 잘 알 수 있다.

이광수의 「문학이란 하오」에서 세계문학에 관한 이광수의 태도가 비교적 두드러지게 드러나는 것은 문학자의 경제적 위치를 언급하는 대목이다. 그는 "문학자와 빈궁은 고래로 배우(配偶)라. 다만 성공을 급(急)하지 말고 진실하게 노력하여 일생의 심혈을 주(注)한 대작을 유(遺)하면 후의 명(名)을 득하나니 고로, 문학은 국경이 무(無)한 동시에 시간이 무(無)하다 하나니라"[10]라고 밝힌다. 그의 말대로 비록 정도의 차이는 있을망정 문필업에 종사하는 사람치고 경제적으로 풍요롭게 사는 사람은 드물다. 그러므로 문필가라면 경제적 성공보다는 문학 작품에서 성공을 거두도록 노력해야 한다. 문필가로서의 그

---

9   위의 글, 512쪽.

10   위의 글, 517쪽.

러한 성공은 시공간을 뛰어넘어 길이길이 남게 되기 때문이다. "문학은 국경이 무한 동시에 시간이 무하다"는 말은 세계문학의 존재 근거를 제시하는 말로 받아들여도 틀리지 않을 것이다. 시간과 공간을 뛰어넘는 세계문학은 각각의 민족이 놓인 특수한 경험에 바탕을 두되 어디까지나 모든 인류에게 보편적인 문제를 다루는 문학을 말한다.

그러나 이광수는 이렇게 보편성을 중시하면서도 지나치게 민족주의를 강조할 때도 더러 있다. 1935년 삼천리사에서 『이광수 전집』을 기획할 즈음 《삼천리》에 실린 광고문에서 그는 오직 조선 사람을 위하여 글을 쓸 뿐이라고 힘주어 말하였다.

> 나는 조선 사람을 향하여 내 속을 호소하느라고 소설과 노래와 평론을 씁니다. 나는 세계적으로 칭찬을 받는 소설가나 평론가라는 말 듣기를 위하는 마음은 터럭 끝만큼도 없습니다. 내 소원은 오직 조선 사람들이 내 쓰는 글을 읽어주어서 내가 하려는 말을 또 뜻을 알아 들어주었으면 하는 것뿐입니다.[11]

그러나 이광수의 이 말을 액면 그대로 받아들이다가는 자칫 본뜻을 놓쳐 버릴 수 있다. 그는 어쩌면 다른 문화권의 독자를 의식하는 나머지 '조선 사람'을 지나치게 강조하여 말하는 것 같다. 지나친 부정은 흔히 긍정을 말하기 위한 수사적 장치인 경우가 더러 있기 때문이다. 적어도 무의식이나 잠재의식에서 이광수는 "세계적으로 칭찬

---

11 《삼천리》(1934. 8) 광고문.

받는 소설가나 평론가"라는 칭찬을 듣고 싶어 했는지 모른다.

이 점과 관련하여 김남천(金南天)은 "세계적으로 칭찬을 받는 소설가나 평론가 운운은 광고문인 성질상 반드시 씌어져야 할 문구인지는 모르나 사십의 고개를 훨씬 넘으신 대사상가의 입에서도 또한 이런 치기스러운 자존심과 명예욕에서 해탈치 못한 말이 나오는가 하여 장백산인(長白山人)의 일사일언에 흔히 듣는 설교와는 천양의 감이 없지 않다"고 지적한다. 그러면서 김남천은 이광수가 혹시 반어법을 구사하는 것은 아닌지 의심한다. 김남천은 "언구의 표면과는 반대되는 내용을 교묘히 돌려 꾸며놓은 기술을 역시 대가의 솜씨라고 우리들 약관으로 하여금 오직 경탄을 마지않게 할 뿐이다"라고 지적한다.[12]

김억과 세계문학

이광수가 조선문학이 낡은 옷을 벗어버리고 서양 신문학의 옷을 갈아입고 세계정신을 호흡해야 한다고 조심스럽게 말했다면, 안서(岸曙) 김억(金億)은 좀 더 드러내 놓고 본격적으로 세계문학의 가능성을 탐색하였다. 한국 근대 작가 중에서 '세계문학'이라는 용어를 처음으로 가장 일관되게 사용한 문인은 다름 아닌 김억이었다. 이밖

---

12 김남천, 「문예 시감(時感): 이광수 전집 간행의 사회적 의의」, 《조선중앙일보》(1935. 9), 5~7쪽.

에도 김억에게는 '한국 최초'라는 수식어가 자주 따라다닌다. 예를 들어 그는 한국 '최초로' 번역 시집 『오뇌의 무도』(1921, 1923)를 출간 하였고, 그 뒤 2년 뒤에는 한국 '최초의' 현대 창작시집 『해파리의 노 래』(1923)를 출간하여 큰 관심을 끌었다. 그는 김소월의 시적 재능을 '최초로' 발견했을 뿐 아니라 개인의 정감을 자유롭게 노래하여 '최 초로' 한국 자유시의 지평을 활짝 연 시인이기도 하다.

김억은 평안북도 정주 출신으로 1907년에 오산학교에 입학하여 1913년 졸업한 뒤 이듬해 일본 게이오기주쿠(慶應義塾) 문과에 진학 하였다. 유학 중 김억은 재일본동경조선유학생학우회의 기관지 《학 지광》 3호에 시 「이별」을 발표하면서 문단에 데뷔하였다. 2년 뒤 가 정 사정으로 유학을 중단하고 귀국한 그는 오산학교와 평양의 숭덕 학교 교사로 재직하면서 《태서문예신보(泰西文藝新報)》에 주로 프랑 스 상징주의 시를 번역하여 소개하는 반면, 《창조》, 《폐허》, 《영대》 등 의 동인으로 창작시를 잇달아 발표하는 등 당시 그의 활동은 그야말 로 눈이 부실 정도였다.

첫 시집 『해파리의 노래』에는 무려 83편에 이르는 작품이 수록되 었다. 제9장 '북방의 소녀' 편을 제외하고는 모두 1921~1922년에 쓴 초기 작품들이다. 『금모래』(1925)와 『봄의 노래』(1925), 『안서 시집』 (1929)에 수록된 작품까지 넣는다면 그가 창작한 작품의 수는 아주 많다. 그런데 다른 어떤 시인의 작품보다도 김억의 시에는 장점과 단 점이 뒤섞여 있다. 모국어의 아름다움을 한껏 살리려고 애쓴 흔적을 작품 곳곳에서 엿볼 수 있는 반면, 그러한 노력이 그만 지나쳐 묘미를 잃는 때가 적지 않다. 그의 작품에서 이러한 점을 일찍이 알아차린 사람은 이하윤(異河潤)이었다.

　　안서의 시에는 단조로우나마 곱고 보드라운 애조가 엷게 흐르고 있다. 어감에 대하여 자기로서도 힘써 유의하는 만치 초기 조선 신시 운동에 많은 공헌이 있는 것만은 사실이다. 그러나 그가 너무 많이 노래하고 있는 황포와 그리고 갈매기는 이미 새 시대의 독자에게 아무러한 흥미도 감명도 주지 못하는 것이다. 그의 시에서 웅장하고 긴장한 맛을 조금이나마 구하는 것은 물론 필자의 무리한 요구일지 모르나, 그가 노력하는 것만치는 그 나타난 효과가 적지 않은가 한다. 대체로 그는 너무 어감에 유의가 넘쳐서인지는 모르되 활기 있는 말을 이따금 느른하게 죽여 놓고 만다.[13]

위 인용문에서 이하윤이 언급하는 갈매기와 황포는 『해파리의 노래』에 수록된 「갈매기」와 『안서 시집』에 수록된 「눈」을 두고 말하는 것 같다. 김억은 "황포바다에 / 내리는 눈은 / 내려도 연(連)해 / 녹고 맙니다"로 「눈」을 시작한다. 한편 「갈매기」에서는 "봄철의 방향에 취한 / 웃으며 뛰노는 바다 위를 / 하얗게 떠도는 갈매기"로 시작한다. 이하윤의 말대로 김억은 두 작품에서 '곱고 보드라운 애조'가 흐르는 작품을 썼음이 틀림없다.

13　이하윤, 「기사 시단 회고(己巳詩壇回顧)」, 서울대학교 사범대학 국어과·동문회 편, 『이하윤 선집 2: 평론·수필』(서울: 한샘, 1982), 14쪽.

그러나 이하윤의 비판처럼 김억이 황포와 갈매기를 노래하는 것은 이제 다분히 시대착오적이다. 『해파리의 노래』가 발간되던 1923년에는 일본에서 간토(關東) 대지진과 도쿄 지역에 거주하던 조선인 학살 사건으로 시국이 어수선하던 때다. 한반도에서도 김상옥(金相玉)이 종로경찰서에 폭탄을 투척한 뒤 일본 경찰과 접전을 벌이며 저항하던 끝에 자결한 해다. 『안서 시집』이 발간된 1929년은 미국의 증권시장이 몰락하면서 경제 대공황의 어두운 그림자가 전 세계에 드리우기 시작하던 해이기도 하다. 또한 도쿄 경시청이 재일본 한인단체를 수색했는가 하면, 조선총독부에서는 신간회(新幹會)의 전국대회를 금지시켰다. 김억이 "활기 있는 말을 이따금 느른하게 죽여 놓고 만다"고 이하윤이 비판하는 것도 귀담아들을 만하다. 김억은 거친 역사의 맥박에는 좀처럼 아랑곳하지 않고 모국어의 어감을 살리는 데만 관심을 기울였기 때문이다.

그러나 당시 조선 문인 중에서 김억만큼 세계문학에 관심을 기울일 만한 조건을 두루 갖추고 있는 사람도 찾아보기 어려웠다. 그는 조선문학의 '안'과 '밖'을 끊임없이 오가며 그 경계를 허물고 간격을 메우려고 노력했기 때문이다. 김억은 최남선이나 이광수보다 훨씬 더 적극적으로 민족문학과 세계문학, 문학의 특수성과 보편성 사이에서 조화와 균형을 찾으려고 애썼다. 그러므로 식민지 조선에서 세계문학에 대한 본격적인 논의는 김억이 비로소 시작했다고 하여도 크게 틀리지 않는다.

세계문학과 관련하여 김억이 이룩한 업적은 ① 자유시 도입, ② 외국 문예 이론 소개, ③ 에스페란토 보급, ④ 외국 시 번역 등 크게 네

가지 영역으로 나눌 수 있다. 역사적 전환기에 활동한 시인답게 김억은 여러 번 시적 변모 과정을 거치면서 이러한 업적을 쌓았다. 프랑스 상징시의 영향을 받은 초기에 그는 주로 서정시를 썼다. 그러나 1920년대 중반부터는 한시를 새롭게 번역하고 전통적인 민요를 발굴하여 한민족의 토착적 정서에 관심을 기울였다. 그러다가 나중에는 대중음악 가사를 쓰는 등 대중예술에도 관심을 쏟았다.

김억은 먼저 개인의 정감을 자유롭게 노래하는 자유시의 지평을 활짝 연 선구자적 인물로 꼽힌다. 1920년을 전후하여 자유시에 열중했던 만큼 이 시집에는 자유시 형식으로 쓴 시가 유난히 많다. 한국 문학사에서 자유시를 처음 개척한 시인을 누구로 볼 것인가 하는 것은 그다지 중요하지 않다. 자유시의 개념을 어떻게 설정하느냐에 따라 달라질 수밖에 없기 때문이다. 다만 여기서 중요한 것은 누가 이 새로운 시 형식을 자주 그리고 효과적으로 사용하여 한국 시에 정착시켰냐 하는 점이다.

신체시나 신시는 예로부터 사용해 오던 전통적인 율격에서 크게 벗어났지만 자유시의 영역까지는 이르지 못하였다. 지금까지 한국 문학사에서는 1919년 2월《창조》창간호에 실린 주요한의 「불노리」를 흔히 자유시의 효시로 간주해 왔다. 그러나 엄밀한 의미에서 「불노리」는 자유시가 아니라 산문시로 보아야 한다.

좀 더 본격적인 의미에서 김억의 「이별」은 김여제(金輿濟)의 「만만파파식적(萬萬波波息笛)을 울음」과 함께 한국 최초의 자유시로 간주해야 한다. 김여제와 김억은 1908년 11월《소년》창간호에 발표한 최남선의 「해에게서 소년에게」와 주요한의 「불노리」를 잇는 징검다리

역할을 하였다. 물론 두 사람의 작품은 최남선의 작품보다는 주요한의 작품에 한 발 더 가깝게 다가섰다. 김억은 김여제와 함께 척박한 한국시의 땅에 자유시의 씨앗을 처음 뿌렸다. 비단 씨앗을 뿌린 것에 그치지 않고 그 씨앗이 제대로 자라도록 물과 거름을 주었다. 적어도 김억은 한국문학에 자유시를 토착화하는 데 크게 이바지한 시인임이 틀림없다.

한국문학에 자유시 전통을 굳게 세운 업적 말고도 김억은 시인으로서 '조선혼'이나 '조선심'을 살린 작품을 창작하는 데 힘썼다. 그는 《동아일보》 1924년 1월 1일자 신년호에 「조선심을 배경 삼아」라는 글을 발표하였다. '시단(詩壇)의 신년을 마즈며'라는 부제를 붙인 이 글에서 김억은 "예술은 길고, 인생은 짧다"는 히포크라테스의 말을 인용하면서 시작한다. 그는 인생이 아름답게 '시화(詩化)'되는 것은 오직 예술 때문이라고 밝힌다. 그러면서 김억은 당시 조선의 시가 한국문학도 아니고 그렇다고 외국문학도 아닌 어정쩡한 작품이라고 비판한다.

우리 시단에 발표되는 대개의 시가(詩歌)는 암만하여도 조선의 사상과 감정을 배경한 것이 아니고, 어찌 말하면 구두를 신고 갓을 쓴 듯한 창작도 번역도 아닌 작품입니다. 달마다 나오는 몇 종 아니 되는 잡지에는 이러한 병신의 작품이 가끔 보입니다. 남의 고민과 뇌오[오뇌]를 가져다가 자기 것을 삼는다면, 그야말로 웃음감밖에 더 될 것이 없습니다. 남의 작품을 모방하여 자기의 작품을 만드려는 작자의 희극다운 비극을 설어하지 않을 수

가 없습니다.[14]

1920년대 중엽 김억이 한국시에 내린 평가가 여간 날카롭지 않다. 그는 이렇게 당대 시인들이 "창작도 번역도 아닌 작품", 즉 "희극다운 비극" 같은 작품을 쓰는 것은 '조선혼'을 제대로 표현해 내지 못하기 때문이라고 지적한다. "시단(詩壇)의 시작(詩作)이 현재 조선혼 조선 말에 담지 못하고 남의 혼을 빌어다가 옷만 조선 것을 입히지 안앗는가 의심한다. 다시 말하면 양복 입고 조선 갓을 쓴 것이며 조선 옷에 게다를 신은 것"[15]이라고 말한다.

김억이 사용하는 비유가 무척 흥미롭다. 머리에 갓을 쓰고 고무신 대신 구두를 신은 모습이나 조선 갓 쓰고 일본 나막신인 게타를 신는 모습은 마치 한복 입고 자전거 타는 것처럼 전혀 어울리지 않을 것이다. 김억은 당시 한국시가 모국어를 제대로 구사하여 창작한 작품도 아니고, 그렇다고 서양 시를 모국어로 제대로 옮긴 작품도 아니라고 비판한다. 이것도 아니고 저것도 아닌 트기 같은 작품을 그는 아예 '병신의 작품'이라고 부른다. 김억에게 이러한 작품은 희극도 아니고 비극도 아닌 희비극에 해당할 것이다.

김억은 조선문학에 독특한 시를 창작하려면 무엇보다도 먼저 모국어를 갈고 닦아야 한다고 지적하였다. 당시 김억만큼 모국어에 관심을 기울인 시인도 찾아보기 어렵다. 그는 언어란 한 민족이나 문화

---

14 김억, 「조선심을 배경 삼아」, 《동아일보》(1924. 1. 1).

15 위의 글.

권의 혼이나 마음을 담고 있는 그릇이라고 생각하였다. 그러므로 시를 창작한다는 것은 곧 민족의 혼과 마음을 표현하는 것과 다름없다.

> 나는 언어는 어써한 것을 물론하고 그 민족의 숙명이라는 감(感)을 금할 수가 업게 됩니다. 더욱 언어에 담긴 시가(詩歌)가 뿌리 쏩혀진 쏫송이와 가티 그 자신의 방향(芳香)의 생명을 일허버리고 시상(詩想)만으로 낯설은 언어의 옷을 입게 될 째에 이러한 생각이 깁허지는 것은, 아마 내 자신 하나뿐이 아니고 적어도 시가를 사랑하는 인사에게는 다 가튼 감이 잇슬 줄 압니다.[16]

김억은 만약 시인이 작품에서 모국어의 혼을 표현하지 못하면 그 것은 뿌리 뽑힌 꽃송이와 같아서 향기를 잃고 만다고 지적하였다. 그는 다른 비유를 들어 그것은 마치 자기 문화권의 옷을 벗어 버리고 다른 문화권의 옷을 입는 것과 크게 다르지 않다고 밝혔다. 문학과 관련하여 김억이 즐겨하던 옷의 비유는 19세기 말엽에서 20세기 중엽에 걸쳐 활약한 독일의 작가 칼 크라우스도 마찬가지로 사용하였다. 크라우스는 훌륭한 문학 작품에서 내용과 형식은 육체와 영혼의 관계와 같지만 그렇지 못한 작품에서 내용과 형식은 육체와 의복의 관계와 같다고 하였다.

경성 중앙방송국 기자로 근무하던 시절 김억은 후배 기자들에게 외국어에 오염되지 않은 순수한 모국어를 살려 사용할 것을 적극 권

16　김억, 「격조 시형론 소고」, 《동아일보》(1930. 1. 16).

하였다. 그는 "영어를 얼마나 잘 해서, 'be' 동사에 '~ing' 붙이면 현재진행형이 된다는 걸 알았는지, 말은 조선 말 하면서도 말끝마다 영어 현재진행형을 섞어 쓰니, 그 사람들이 멋으로 그러는 건지, 잘못 알고 그러는 건지, 알 수가 없단 말이야"[17]라고 자주 말하곤 하였다. 김억은 문법 시제에 대해서도 지나치게 영어식으로 엄격히 구분 짓는 것을 경계하였다. 이 점과 관련하여 김억은 "지나치게 똑똑한 때매김보다는 조금쯤은 흘게가 늦은 쪽을 오히려 우리말스럽게 느끼거든. 그러니까 영어와는 달라서 우리말에는 우리말스러운 '말소리의 울림'이 있고 그 우리말스러운 울림이 우리말을 우리말답게 구수하게 들리도록 해 주는 것이지"라고 밝혔다. 그러면서 대과거를 사용하는 영어와는 달리 한국어에서는 '그랬었었다'보다는 '그랬었다'라고 말하는 쪽이 훨씬 더 한국어 어법에 맞고 자연스럽다고 지적하였다. 또한 시제를 뜻하는 '때매김'이나 매듭 같은 것을 단단하게 조인 정도를 뜻하는 '흘게'도 순수한 모국어다.

흔히 한국 최초의 방송기자로 일컫는 문제안(文濟安)은 김억 밑에서 경성방송에서 근무한 적이 있었다. 당시 문제안은 선배의 말뜻을 처음에는 잘 알아듣지 못했으면서도 그대로 따랐다고 회고한다. 그래서 문제안은 될 수 있는 대로 현재진행형 '~하고 있다'나 대과거 시제 '그래었었다' 같은 표현을 사용하지 않으려고 조심하였다. 뒷날 문제안은 방송을 비롯하여 강의와 강연을 하면서 비로소 김억의 말

---

17 문제안, 「문사(文士) 기자 김억」, 《동네》(동아 미디어그룹공식 블로그); http://dongne. donga.com2016/11/0239-문사文士...

1936년 경성방송국 스튜디오에서 찍은 사진. 뒷줄 왼쪽에 서 있는 사람이 안서 김억이다.

뜻을 조금씩 깨닫게 되었다고 고백한다. 문제안은 "그 옛날에 선생님이 '말의 울림이 우리말다워야 구수하게 들린다'던 그 말씀을 이제야 겨우 안개 속을 더듬는 것같이 어렴풋이나마 알 것 같아졌다. 그래서 몹시 자상하시면서도 가르쳐야 할 일은 조금도 에누리 없이 엄격하게 가르치던 그분의 얼굴이 새삼 생생하게 떠오른다"[18]고 말한다.

더구나 김억은 외국의 문예 이론을 도입하여 한국 문단에 널리 소개하였다. 20세기 초엽까지만 하여도 식민지 조선 문단에서 외국문학 이론은 일본인들이나 선교사들을 통하여 들러온 박래품처럼 무척 낯설었다. 이러한 상황에서 1916년 1월 김억은 《근대사조》 창간호

18 위의 글; 문제안, 대한언론인회 편, 『한국 언론인물 사화(상): 8.15 전편』(서울: 대한언론인회, 1992), 416~419쪽.

에 발표한 「영길리 문인(英吉利文人) 오스카 와일드」에서 예술지상주의를 처음 소개하였다. 김억은 와일드를 "19세기 말의 위대한 천재"로 평가하며 "근대의 문학자 가운대, 그와 갓치 교격(矯激)한 예술관과 기이한 인생관을 가진 사람은 아직것 업다"[19]고 단언한다. 김억은 《태서문예신보》에 발표한 「프란스 시단」과 「시형의 음률과 호흡」에서도 프랑스 상징주의 등 외국의 문예 이론을 소개하는 데 앞장섰다. 그는 《폐허》에 「스핑크스의 고뇌」를 발표하고, 《동아일보》에 「예술 대 인생 문제」와 「프로메나도 센티멘탈레」 등을 잇달아 발표하였다.

김억의 뒤를 이어 외국의 문예 이론을 본격적으로 소개한 것은 노월(蘆月) 임장화(林長和)와 외국문학연구회 회원들이었다. 임장화는 《개벽》과 《영대》에 에드거 앨런 포의 예술지상주의와 오스카 와일드의 악마주의를 소개하였다. 외국문학연구회 회원들은 그들대로 기관지 《해외문학》에서 독일 표현주의를 비롯하여 아일랜드 문예부흥 등 외국의 문예 이론과 운동을 소개하였다.

세계문학과 관련하여 김억이 이룩한 업적이라면 무엇보다도 외국 문학 작품을 번역한 일을 빼놓을 수 없다. 그는 번역 이론에서 실제 번역에 이르기까지 번역에 지칠 줄 모르는 관심을 보였다. 그는 《동아일보》(1927.6)에 「이식 문제에 대한 관견: 번역은 창작이다」를 발표하였고, 《동광》 21호(1931. 5)에 「역시론(譯詩論)」을 발표하여 번역 이론을 펼치는 반면, 실제 번역에서도 '타의 추종을 불허할 만큼' 두각을 보였다. 이하윤이 "그는 『오뇌의 무도』로써 조선 유일의 번역 시

---

19   김억, 「영길리 문인 오스카 와일드」, 《근대사조》 창간호(1916. 1. 14), 15쪽.

인이요 해외문학 수입의 공로자인 것을 잊어서는 아니 된다"[20]고 밝히는 이유도 바로 여기에 있다. 물론 김억의 번역이 과연 중역이 아닌 직역인가, 질적으로 훌륭한가 하는 문제와는 이와는 다른 문제다.

앞에서 지적했듯이 김억은 외국 시 85편을 번역하여 한국 문학사에서 최초로 번역시집『오뇌의 무도』를 출간하였다. 이 책은 단행본으로 출판된 한국 최초의 현대 시집이기도 하다. 김억은 이 시집에 수록하려고 외국 시를 처음으로 번역한 것은 아니고 1918년부터 1920년 사이에《태서문예신보》를 비롯한《창조》와《폐허》등의 잡지에 이미 발표했던 역시들을 한데 모은 것이다. 이 시집에는 폴 베를렌, 레미 드 구르몽, 알베르 사멩, 샤를 보들레르 같은 프랑스 상징주의 시인들의 작품이 많이 실려 있다. 또한 윌리엄 버틀러 예이츠 같은 아일랜드 시인의 작품도 실려 있다. 그 밖의 시인들의 작품은 '오뇌의 무도곡'이라는 소제목 아래 23편, '소곡(小曲)'이라는 소제목 아래 10편이 수록되어 있다. 김억이 번역하여 발표한 서구 작품은 프랑스와 아일랜드를 비롯하여 독일, 러시아, 헝가리, 불가리아, 그리스 등 문화권의 분포가 무척 넓다.

김억은『오뇌의 무도』말고도 외국 시를 번역하여 출간하였다. 예를 들어『안서 시집』제8부 '잔향'에 수록한 작품은 한시와 서양 시를 번역한 것들이다. 김억은 1923년에는 라빈드라나트 타고르의 시집『기탄잘리』(1912)를, 이듬해에는 역시 타고르의 시집『신월(新月)』(1913)과『원정(園丁)』(1913)을 출간하였다. 또한 김억은 영국 시인 아

20　이하윤,「기사 시단 회고」, 17쪽.

서 시먼스의 시를 번역하여 『일허진 진주』를 번역하여 출간하였다. 그런가 하면 그는 한시를 번역하여 『망우초(忘憂草)』(1934), 『동심초(同心草)』(1943), 『꽃다발』(1944), 『지나 명시선(支那名詩選)』(1944), 『야광주(夜光珠)』(1944), 『금잔듸』(1947), 『옥잠화(玉簪花)』(1949) 같은 역시집을 잇달아 출간하였다.

이렇게 김억이 번역에 깊은 관심을 기울인 것은 모국어를 갈고 닦으려고 노력한 것과 얼핏 상충되는 것처럼 보일지도 모른다. 그러나 그는 가장 좋은 의미에서 언어 / 문학 민족주의자이면서 동시에 언어 / 문학 국제주의자였다. 김억은 그가 말하는 '조선혼'이나 '조선심'을 에스페란토로도 얼마든지 표현해 낼 수 있다고 판단하였다. 그래서 그는 이 인공 국제어야말로 한국문학이 세계문학으로 나아가는 데 더할 나위 없이 좋은 매개체 역할을 할 수 있다고 굳게 믿었다.

김억이 에스페란토를 처음 배운 것은 일본 게이오기주쿠 재학 시절이었다. 귀국한 뒤 그는 1920년 기독교청년회(YMCA)에서 강습회를 열어 에스페란토를 강의하기도 하고 《개벽》 같은 잡지와 《동아일보》를 비롯한 일간신문에 에스페란토 지상 강의를 연재하기도 하였다. 그런가 하면 김억을 중심으로 '조선에스페란토협회'를 조직하였다. 그래서 그런지 '김억' 하면 에스페란토가, '에스페란토' 하면 김억이 마치 조건반사처럼 자연스럽게 떠오른다.

김억이 이렇게 에스페란토에 남달리 깊은 관심을 기울인 데는 그럴 만한 까닭이 있었다. 그는 에스페란토를 통하여 국제적 문화교류의 장을 만들고 싶어 하였다. 방금 앞에서 언급한 문제안에 따르면 김억은 에스페란토야말로 이 세계에서 가장 이상적인 언어로 다양한 세계인을 하나로 묶을 수 있는 수단이라고 생각하였다. "이 세상 어디를 가나 누구를 만나나 한 가지 말로 서로 자유롭게 통할 수 있는, 거기에는 정복자 일본도 없고 조선 같은 피압박 민족도 없는 평화로운 지구마을을 만들기 위해" 에스페란토가 필요하다고 역설하였다.[21] 김억은 「에스페란토에 대하야」에서 이 인공어를 인류애와 관련시킨다.

> 에스페란토란 무엇이냐? (…중략…) 타파할 수 없는 언어의 성벽 속에 있는 문화와 사상을 다 같이 공유물을 만들어서 진정한 이해를 기본 잡은 인류상애(人類想愛)의 평화를 맞이하자는 것입니다. 이리하여 인류의 최고 이해인 축복된 행복을 영구히 함락하자는 것입니다. 붉은 피에 목말라 하는 검을 내어던지고 영구히 쟁투의 무기를 사귀는 세상에 에스페란토가 신성한 조화를 약속하였습니다.[22]

김억은 에스페란토가 현대 세계에 만연한 갈등과 투쟁을 지양하고 궁극적으로 '신성한 조화'를 이룩할 수 있는 도구가 될 수 있다고 믿었다. 그는 에스페란토야말로 칼과 총 같은 무기를 대신하여 평화와 인류애의 메시지를 전하는 매체가 될 것이라고 내다보았다. 김억의 이러한 믿음에 동조하여 당시 《동아일보》는 1924년 김억에게 매

---

21 문제안, 「문사(文士) 기자 김억」, 《동네》(동아 미디어그룹공식 블로그); http://dongne.donga.com2016/11/0239-문사文士…'지구마을'

22 김억, 「에스페란토에 대하야」, 《동아일보》(1923. 9. 23).

주 1회씩 모두 47회에 걸쳐 에스페란토에 관한 글을 쓰도록 지면을 할애해 주었다. 김억은 한국어 번역문도 없이 에스페란토 원문 그대로 실릴 때도 있었다. 당시 일제 식민지 상황에서 에스페란토는 민족 해방 운동과 맞물려 젊은 지식층 사이에서 큰 인기를 끌었다. 심지어 독립운동을 하다가 붙잡혀 형무소에 갇힌 조선인들은 그곳에서 열심히 에스페란토를 배웠다. 그래서 당시 조선의 모든 형무소는 에스페란토 학교가 되었다는 말이 공공연히 나돌 정도였다.

김억이 '세계문학'이라는 용어를 처음 사용한 것은 「에쓰페란토와 문학」이라는 글에서다. 1925년 3월《동아일보》에 발표한 이 글에서 그는 에스페란토를 사용하지 않고서는 세계문학의 무대에 나설 수 없다고 잘라 말하였다.

문화는 개인 본위나 민족 본위을[를] 떠나 전인류본위주의로 옮겨가는 이때에 에쓰페란토어의 문학 [작]품은 다대한 기대를 줍니다. 다시 말하면 세계문학을 형성함에는 모든 풍속과 인습에 구속밧지 아니하는 절대 중립적 에쓰페란토어만이 그 귀중한 책임자가 될 것입니다. 아마 엇던 의미로 보아 에쓰페란토어의 사명도 이에 잇고 전인류의 기대하는 바도 이밧게 버서나지 않을 것입니다. (…중략…) 미래의 세계에는 에쓰페란토어로 인(因)하여 세계문학이 더더 광명과 미(美)를 놋케 될 것을 밋고 이만하고 각필(閣筆)합니다.[23]

---

23 김억, 「에쓰페란토와 문학」,《동아일보》(1925. 3. 16).

김억은 비교적 짧은 위 인용문에서 '에쓰페란토어'라는 말을 무려 네 번, 그리고 '세계문학'이라는 말을 두 번 사용한다. 그가 이 두 용어를 얼마나 긴밀하게 서로 관련지어 사용하는지 쉽게 알 수 있다. 김억의 논리에 따른다면 한국문학 작품에는 한국어의 혼이 깃들어 있을 것이고, 일본문학 작품에는 일본어의 혼이 깃들어 있을 것이며, 영문학 작품에는 영어의 혼이 깃들어 있다. 이렇게 각각 언어의 혼이 깃들어 있는 민족문학은 보편성을 지향하는 세계문학에는 걸맞지 않다. 김억은 민족문학을 세계문학과 연결시켜 주는 역할을 하는 것이 다름 아닌 에스페란토라고 주장하였다. 비유적으로 말하자면 민족문학이라는 섬을 세계문학이라는 대륙과 이어주는 다리와 같다. 그러므로 가치중립적인 에스페란토야말로 세계문학을 창작하는 데 가장 이상적인 표현 수단이 될 수 있다. 이렇게 세계문학에 큰 기대를 품은 김억은 일찍부터 에스페란토를 수단으로 삼아 세계문학의 꿈을 실현하려고 하였다.

　그러나 김억의 주장대로 에스페란토가 '절대 중립적' 가치를 지닌다면 구체적 역사적 시간과 사회적 공간의 산물인 두 문학을 서로 연결시킬 수 있을까? 그의 말대로 "풍속과 인습에 구속밧지 아니하는 절대 중립적 에쓰페란토어"로만 쓰인 작품이 과연 훌륭한 세계문학일까? 비유적으로 말하자면 에스페란토는 마치 모든 불순물을 제거한 순수한 증류수와 같다. 증류수 속에서 생물이 살 수 없듯이 에스페란토도 민족문학을 세계문학으로 이어주는 역할을 맡을 수 있을지는 여전히 의문으로 남는다.

또 다른 비유를 든다면 에스페란토로 쓴 문학은 마치 진공 속의 문학과 같다. 진공 속에서는 유기체가 한순간도 살아갈 수 없듯이 에스페란토라는 진공 속에서도 세계문학의 식물은 자랄 수 없다. 인공어보다는 자연어로 쓴 민족문학 작품이 세계문학의 반열에 오를 가능성이 훨씬 크다. 김억은 미래 세계에 세계문학이 에스페란토의 힘으로 더욱더 광명과 아름다움을 낳게 될 것이라고 굳게 믿었다. 그러나 그가 이렇게 예상한 지 벌써 한 세기가 가까워 오지만 그 믿음은 헛된 꿈일 될 가능성이 무척 크다.

이렇듯 김억은 세계문학에서 번역의 중요성을 깨닫고 있으면서도 세계문학의 개념에 대해서는 잘못 이해하고 있었다. 세계문학은 보편성이나 일반성에만 무게를 두는 문학이 아니라 어디까지나 민족문학의 특수성과 구체성에 토대를 두는 문학이라는 사실을 까맣게 잊고 있었다. 문학은 시공간의 탯줄에서 떨어져 나오는 순간 생명을 잃게 마련이다. 한마디로 세계문학은 특수성이나 구체성의 씨줄과 보편성이나 일반성의 날줄로 짜인 직물이다. 물론 20세기 말엽과 21세기를 지배하는 문학 담론으로서의 세계문학은 김억이 활동하던 1930년대에는 아직 본격적으로 모습을 드러내지 않았다. 더구나 조선 문단은 식민지의 어두운 터널을 지나는 중이어서 여러모로 문화 지체(遲滯) 현상을 겪고 있었다.

더구나 에스페란토가 과연 가치중립적인 국제어인가 하는 점도 좀 더 따져보아야 한다. 물론 루도비코 자멘호프는 국제적 의사소통을 원활하게 하려고 이 인공어를 창안했지만, 영어나 프랑스어 같은 강대국의 언어와는 달리 과연 가치중립적인 언어인가 하는 점에서는 의문이 남는다. 또한 평등과 자유를 지향하는 언어인가 하는 점도 좀 더 따져보아야 한다. 처음 명칭 그대로 '국제어(Lingvo Internacia)'로서의 기능을 제대로 수행하는가? 이러한 질문에 선뜻 그러하다고 답하기가 망설여진다.

에스페란토는 무엇보다도 인도유럽어족을 기준으로 만들어졌다는 한계가 있다. 그렇다면 에스페란토에서 말하는 인류 평등이라는 것도 인도유럽어족 사용자만 누릴 수 있는 특권이라는 비판을 받을 수밖에 없다. 영어나 프랑스 같은 강대국 언어가 국제어라는 그럴듯한 이름으로 다른 민족에게 강요되는 현실을 비판하며 태어난 언어 또한 그러한 특권과 무관하지 않다는 것은 아이러니가 아닐 수 없다. 비교적 최근 들어 유럽 연합(EU)의 공용어로 에스페란토를 채택하자는 일부 주장과는 또 다른 문제다. 이러한 주장을 펴는 사람들은 대개가 세계에스페란토협회 회원들이다. 그들은 EU가 법적으로는 모든 가입국 언어를 인정하기 때문에 통역이나 번역 문제가 심각하게 대두된다는 사실을 그 근거로 내세운다.

민족문학과 세계문학, 문학의 특수성과 보편성과 관련하여 김억은 번역할 수 있는 작품과 번역할 수 없는 작품에 대하여 언급한다. 그는 민족문학 작품 중에는 외국어로 번역할 수도 없을뿐더러 설령 번역한다고 하여도 외국 독자들에게 이렇다 할 감명을 주지 못할 것이라고 주장한다.

『춘향전』가튼 것을 읽고 조와합니다. 그러나 이것은 외국어로 번역할 수도 업거니와 또 번역을 한다 하더라도 외국인은 조곰도 이해치 못할 것이외다. (…중략…) 나는 이번 역품(譯品) 선택에 이러한 표준을 세웟습니다. 아모리 조선 사람에게는 조흔 작품이라도 그것이 번역되야 외인(外人)에게 이해바들 수 업는 것이라면 그것은 번역한댓자 결국 업는 것이나 맛찬가지기 때문이외다.[24]

김억의 말대로 한국문학 작품 중에도 다른 문화권의 언어로 옮기기 쉬운 작품도 있고, 그렇지 못한 작품도 있다. 이러한 사정은 비단 한국 작품에만 그치는 것이 아니라 모든 문화권의 문학에도 마찬가지로 해당할 것이다. 그러나 엄밀히 말해서 번역하기 난해하다는 사실과 그래서 세계문학이 될 수 없다는 사실 사이에는 이렇다 할 상관관계가 없다.

김억은 기회 있을 때마다 번역이란 창작 못지않게 어려운 작업으로 불가능에 도전하는 것과 같다고 여러 번 실토하였다. 가령 그는 『오뇌의 무도』서문에서 "시가의 역문에는 축자(逐字), 직역보다도 의역 쏘는 창작적 무드를 가지고 할 수박게 없다는 것이 역자의 가난한 생각엣 주장임니다"[25]라고 천명한다. 어떤 의미에서는 번역하기 어려우므로 도전할 가치가 있을지도 모른다. 역설적으로 말해서 번역하기 어려운 작품일수록 세계문학으로서 그 가치를 인정받게 될 가능성은 그만큼 크다. 김억은『춘향전』이 번역할 수 없는 작품으로 간

24 김억, 「'현대조선단편선집' 에쓰 역(譯)에 대하야」,《삼천리》6권 9호 (1936. 9), 249쪽.

25 억생(김억), '역자의 인사 한마듸',『오뇌의 무도』(경성: 광익서관, 1921), 10쪽.

주하지만 내용과 형식 두 가지를 모두 살려 잘 번역한다면 한국문학 작품 중 세계문학의 반열에 오를 가능성이 가장 큰 작품 중 하나다.

이 점에서 『춘향전』에 관한 이광수의 언급은 주목해 볼 만하다. 앞에 언급한 「문학이란 하오」에서 그는 민족마다 저마다의 보물 같은 문학 작품이 있다고 지적한다. 그러면서 그는 『춘향전』은 『심청전』과 함께 한국 민족의 정서를 표현한 작품으로 그동안 많은 한국 독자에게 위로와 즐거움을 주어 왔다고 밝힌다.

> 여차(如此)히 성(成)한 작품도 실로 일민족의 중보(重寶)요, 전 인류의 중보니 시관(試觀)하라. 『심청전』, 『춘향전』이 기백년래(幾百年來) 기백만인(幾百萬人)에게 위안과 쾌락을 여(與)하였나뇨. 『심청전』, 『춘향전』은 결코 진정한 의미의 대문학은 아니로되 여차하거늘, 하물며 대문학에서랴. 『삼국지』, 『수호지』도 중국 민족의 보물이어니와, '호메로스', '셰익스피어'의 작물(作物) 등은 세계 인류의 대보(大寶)라. 오인(吾人)에게서 춘(春)의 화(花)를 상완(賞玩)하는 쾌락을 탈(奪)하다 하면 오인은 얼마나 불행하겠나뇨. 문학예술은 실로 인생의 화(花)니라.[26]

이광수가 『심청전』과 『춘향전』을 두고 "결코 진정한 의미의 대문학은 아니로되"라고 말하는 것이 조금 걸린다. 또한 그가 '대문학'과 그렇지 않은 '소문학'을 구분 짓는 잣대가 과연 무엇인지 정확하지

---

26 이광수, 「문학이란 하오」, 『이광수 전집 1』, 516쪽.

않다. 다만 그가 '세계 인류'라는 용어를 사용하는 것으로 미루어보아 문학 작품을 읽는 독자층을 염두에 두고 내린 가치 판단인 것 같다. 독자층으로 보자면 한국의 이 두 고전 작품은 호메로스나 셰익스피어의 작품은 그만두고라도 중국의 『삼국지』나 『수호지』에도 크게 미치지 못할지 모른다.

그러나 이광수가 『춘향전』과 『심청전』을 한국 민족에게는 보물처럼 소중한 작품이라고 밝히는 점에 주목해야 한다. 이 두 작품은 『흥부전』이나 『별주부전』 등과 함께 판소리 사설이 소설로 정착된 대표적인 판소리계 소설로 꼽힌다. 독자 수를 떠나 중국 민족에게 『삼국지』와 『수호지』 같은 문학 작품이 있고, 서양 사람들에게 『일리아스』와 『오디세이아』 같은 호메로스의 서사시와 윌리엄 셰익스피어의 극 작품이 있다면, 한국 민족에게는 『심청전』과 『춘향전』 같은 작품이 있다고 말하는 것은 지극히 옳다. 각각의 민족에게 보물 같은 이러한 문학 작품들은 다른 언어로 번역되어 세계 문단에서 닐리 읽히면서 세계문학으로서의 위치를 획득하게 될 것이다.

한편 김억이 국제문학(세계문학)으로 걸작인 작품은 얼마든지 국민문학(민족문학)의 걸작이 될 수 있다고 주장하는 것도 좀 더 찬찬히 따져보아야 한다. 세계문학으로 대접받는 작품이라고 하여 반드시 민족문학이 되는 것은 아니다. 세계문학 작품 중에는 민족문학으로 인정받을 수 없는 작품도 얼마든지 있기 때문이다. 한마디로 세계문학은 민족문학과 세계 곳곳에 흩어져 있는 지구촌 문학의 교집합에 해당한다. 앞장에서 이미 밝혔듯이 세계문학이란 마차와 같아서 특수성과 보편성의 바퀴와 구체성과 일반성의 바퀴를 함께 갖출 때 비로소 제대로 굴러갈 수 있다.

한국 문학사에서 세계문학을 처음 주목한 문인은 20세기 초엽 최남선과 이광수와 김억 세 사람이었다. 최남선이 세계문학의 터를 잡았고 이광수가 그 토대를 다졌다면 김억은 그 위에 초석을 세웠다고 할 수 있다. 그들이 이렇게 세계문학에 관심을 기울인 것은 독일에서 요한 볼프강 폰 괴테가 세계문학을 부르짖은 지 줄잡아 80년 세월이 지난 뒤였다.

《소년》이 폐간된 후 최남선이 발간한 잡지 《청춘》.

좀 더 구체적으로 말하자면 최남선은 《소년》과 《청춘》을 발판으로 삼아 청소년들의 마음속에 세계에 대한 꿈과 열망을 심어 주었다. 이광수는 문학의 본질이나 성격을 규명하는 과정에서 세계문학의 필요성을 언급하였다. 김억은 외국문학 작품을 번역하고 외국문학 이론을 소개함으로써 좀 더 실천적으로 한국문학과 세계문학의 교류를 꾀하였다.

앞에서 언급한 문제안은 김억이 "정복자 일본도 없고 조선 같은 피압박 민족도 없는 평화로운 지구마을"을 꿈꾸었다 회고한다. 실제로 '지구촌'이라는 용어를 맨 처음 사용한 사람은 캐나다의 커뮤니케이션 이론가 마셜 매클루언이었다. 지금은 고전이 되다시피 한 두 책 『구텐베르크 은하』(1962)와 『미디어 이해』(1964)에서 그는 이 용어를 처음 사용하여 관심을 끌었다. 그런데 김억은 매클루언보다 무려 40여 년 앞서 이 용어를 사용하였다. 김억은 이광수와 최남선과 함께 이렇게 한국 문단에서 조심스럽게나마 세계문학의 가능성을 탐색한 이 분야의 선구자 중 한 사람이었다.

최남선과 이광수와 김억은 세계문학을 받아들이되 독일을 비롯한 서유럽에서 직접 받아들이지 못하고 식민지 시대 일본을 통하여 간접적으로 받아들일 수밖에 없었다. 그러나 그 이입 경로야 어찌 되었든 그들은 세계문학이 앞으로 한국문학에 뿌리를 내리는 데 중요한 역할을 했다는 점에서는 조금도 의심의 여지가 없다. 일본 제국주의의 지배를 받던 식민지 시대를 거쳐 해방기를 거쳐 21세기에 이르기까지 세계문학은 지배 담론으로 자리 잡으면서 한국문학에 적잖이 영향을 끼쳤던 것이다.

외국어문학연구회와
세계문학

일제 강점기의 척박한 한국 문단에 최남선(崔南善)과 이광수(李
光洙)와 김억(金億)이 처음 씨앗을 뿌리고 가꾼 세계문학의 나무는
1920년대 말엽 '외국문학연구회'의 자양분을 받으며 좀 더 왕성하게
자랐다. 외국문학연구회란 1920년대 중엽 도쿄 소재 대학에서 외국
문학을 전공하던 조선인 유학생들이 조직한 단체를 말한다. 조선프
롤레타리아예술가동맹(KAPF) 진영 평론가들은 이 모임을 폄하하여
'해외문학파'라고 불렀고, 이 연구회는 지금까지도 여전히 그러한 이
름으로 잘못 알려져 왔다. 외국문학을 전공하는 학생들이 '조직한 단
체'라고 했지만 실제로는 처음에는 동호인 모임으로 시작하였다.

기미년 독립만세운동과 간토 대지진으로 민족의식을 자각한 일본
유학생들은 와세다(早稻田)대학 정치경제 학부에서 경제학을 전공하
던 전진한(錢鎭漢)을 중심으로 비밀결사 조직이라고 할 '한빛회'를 조
직하였다. 그러나 다양한 분야를 전공하는 유학생들이 모이다 보니

구심점을 찾기가 쉽지 않았다. 한빛회는 좀 더 효율적으로 활동하기 위하여 ① 정치와 경제, ② 과학과 기술, ③ 어학과 문학의 세 분야로 나누어 활동하였다. 그러니까 외국문학연구회는 '한빛회' 회원 중에서 어학과 문학을 전공하는 유학생들로 구성된 하부 조직인 셈이다.[1]

1924년 겨울에서 1925년 봄 사이 와세다대학과 호세이(法政)대학을 중심으로 외국문학 전공 유학생들이 한 달에 한 번씩 정기적으로 모여 외국문학에 대하여 폭넓게 토론하고 좌담회를 열었다. 좌담회라기보다는 차라리 오늘날 대학생들의 동아리 모임과 같아서 격식에 크게 얽매이지 않았다. 월례회 소집과 관련한 일은 나이가 가장 어린 이하윤(異河潤)과 정인섭(鄭寅燮)이 교대로 맡았다. 그러다가 참여 인원이 점차 늘어나면서 문학 동호인 모임은 1926년 초엽 '외국문학연구회'로 발전하였다.

또한 외국문학연구회는 좀 더 체계적으로 활동하려고 기관지《해외문학》을 발간하기로 하였다. 연구회는 세계 여러 나라의 문학 작품을 되도록 중역 과정을 거치지 않고 직접 번역하여 널리 소개할 뿐 아니라 세계문학을 올바로 연구하여 소개하는 데도 심혈을 기울였다. 연구회 회원들이 유독 직역을 강조한 것은 이 무렵 식민지 조선에 이중역이나 삼중역 같은 중역이 관행처럼 널리 퍼져 있었기 때문이다. 또한 외국문학에 이렇다 할 전문 지식이 없는 사람들이 외국문학을 소개하여 독자들을 오도하거나 혼선을 주기 일쑤였다.

---

1   한빛회와 외국문학연구회의 발족에 대해서는 김욱동, 『외국문학연구회와 《해외문학》』(서울: 소명출판, 2020), 20~33쪽; 김욱동, 『세계문학이란 무엇인가』(서울: 소명출판, 2020), 254~275쪽 참고.

그러나 이 무렵 외국문학연구회 회원들의 이상은 하늘을 찌를 듯했지만 막상 이상을 실현하기에 현실은 여러모로 녹록하지 않았다. 처음에는《해외문학》을 월간잡지 형태로 발행할 계획이었지만 고학생과 다름없던 회원들이 월간으로 내기에는 여간 힘에 부치는 일이 아니었다. 그래서 이 잡지는 1927년 1월과 7월 두 차례에 걸쳐 간행한 뒤 안타깝게도 종간되고 말았다. 그런데도 이 연구회와 기관지는 일제 강점기에 세계문학을 이론이나 실제에서 좀 더 본격적으로 다루는 데 크게 이바지하였다.

외국문학연구회의 조직과 활동

외국문학연구회는 1925년 말엽에서 1926년 초엽 사이 와세다대학에서 영문학을 전공하던 이하윤과 정인섭을 비롯한 도쿄 소재 대학에서 외국문학을 전공하던 유학생들이 주축이 되어 조직되었다. 창립 회원 일곱 명을 비롯하여 두 번째로 가입한 회원들은 회원 자격이 비교적 확실하지만 세 번째 영입한 회원들부터는 그 자격이 그다지 명확하지 않다. 또 세 번째로 영입한 회원 중에는 정식 회원으로 가입하지 않았어도 외국문학연구회의 설립 취지에 적극적으로 동감하거나 뒷날 귀국한 뒤 '극예술연구회' 등에서 참여하여 활약한 사람들도 더러 있어 회원의 자격이나 성격이 상당히 유동적이었다. 그러므로 3차 영입 회원 중에는 정식 회원이라기보다는 차라리 '동반자' 회원으로 부를 만한 사람들이 적지 않아서 연구회 회원 수는 무려 스물대여섯 명에서 서른 명에 가까웠다.

이렇게 외국문학연구회 회원들은 하나같이 외국문학 전공자들인 만큼 다른 어떤 문인들보다도 세계문학에 관심이 많았다. 물론 그중에는 식민지 조선의 문단에 이미 데뷔한 사람도 더러 있지만 아직 학업에 종사하고 있던 학생들이 대부분이었다. 더구나 동아시아에서 서구문학을 가장 먼저 받아들이던 도쿄에서 유학하던 연구회 회원들은 누구보다 세계정신을 호흡할 수 있다는 이점이 있었다. 연구회는 단순히 딜레탕트적으로 외국문학을 좋아하는 유학생 친목 단체 이상의 큰 의미가 있었다.

이 무렵 도쿄는 메이지(明治) 유신 이후 다이쇼(大正)와 쇼와(昭和) 시대에 이르러 서구 문물을 수입하여 동아시아 여러 나라에 전달하는 가교 역할을 맡았다. 말하자면 도쿄는 동아시아에서 지적·사상적 교두보와 크게 다름없었다. 그러므로 도쿄는 일본문학의 중심지일 뿐 아니라 더 나아가 조선문학과 중국문학에서도 큰 영향을 끼쳤다. 외국문학연구회 회원 중 한 사람인 이헌구(李軒求)가 이 무렵의 도쿄를 "조선문학의 제2 산모(産母)요 온상(溫床)"이라고 부른 까닭을 알 만하다.[2] 그의 지적대로 도쿄는 조선문학이라는 자식을 낳는 두 번째 어머니요, 조선문학이라는 식물이 자랄 수 있게 해 주는 온상 같은 역할을 하였다. 한마디로 외국문학연구회와 《해외문학》은 1920년대 중엽이라는 시간의 씨줄과 도쿄라는 공간의 날줄로 짜인 직물과 같았다.

한편 세계문학에 대한 외국문학연구회의 관심은 당시 식민지 조

---

2   이헌구, 「《해외문학》 창간호 전후」, 『문화와 자유』(서울: 청춘사, 1958), 50쪽.

선의 문단에 그야말로 신선한 충격을 안겨주었다. 이 무렵 조선 문단에는 문학관에서 좀처럼 양립할 수 없는 두 세력이 각축을 벌이고 있었다. 연구회가 출범하여 활동하기 시작한 1920년대 중엽은 일본이나 조선에서 역사적으로 매우 중요한 시기였다. 조선 문단으로 좁혀보면 당시 민족주의 (또는 국민주의) 문학과 사회주의 (또는 계급주의) 문학이 서로 첨예하게 대립하고 있었다. 방금 앞에서 언급한 이헌구는 당시의 조선 문단을 이렇게 진단한다.

이때까지 《창조》나 《백조》나 《조선문단》 지(誌) 등을 통해서 다소 문예상 이론으로 낭만파, 자연주의적 사실파 또는 상징적·악마적·탐미적 회의파의 정립(鼎立)은 있었을지언정 그들은 한 울타리 안에서 사이좋게 제 살림살이를 해 왔었다. 서로 담 너머로 이야기도 했고 서로 구차한 살림을 도와주기도 하여 왔으나, 1924년 이후 1925년을 비롯하여 계급적 전위문학이라는 새로운 기치(旗幟)가 한 집안에서 불쑥 힘차게 솟아나왔다. 다소 방관적 미소로 맞이하던 그 세력이 점차 팽대하였다. 그리하여 드디어 국민주의 문학이라는 것과 사회주의 문학이라는 것이 서로 다큰[다른] 진영 속에서 서로의 세력을 부식(扶植)하랴 하였다.[3]

위 인용문에서 이헌구가 말하는 '한 집안'이란 다름 아닌 조선 문단을 말한다. 그런데 1920년대 중엽 그동안 그런대로 화목하게 지내

---

3   위의 글, 49쪽.

던 집안 식구 사이에 갈등이 일어났다. 소련의 '라프(RAPF)'와 일본의 '나프(NAPF)'의 영향을 받은 조선의 문학가들이 '카프(KAPF)'를 결성하여 '계급적 전위문학'이라는 새로운 깃발을 높이 치켜세웠기 때문이다. 민족문학과 계급문학의 이러한 양자 대립에서 생겨난 것이 바로 외국문학연구회였다.

정인섭은 이헌구보다 훨씬 더 명시적으로 당시 외국문학연구회의 활동 노선을 밝혔다. 정인섭은 "편협한 국수주의적 문학과 계급적 푸로문학이 대립되어 있었을 때도 해외문학 운동은 그 두 가지를 다 비판하여 제3자적 위치에서 자유민주주의적 문학론을 지향하였다"고 못 박아 말한다. 그는 계속하여 "한마디로 말하면 해외문학파의 운동은 종합적 문학론에 입각하여 세계문학의 구성을 영위하는 것이었다"고 지적한다.[4] 정인섭의 언급에서 특히 눈여겨볼 것은 '자유민주주의적 문학론'과 '세계문학'이다. 이헌구가 '국민문학'이라고 말한 문학을 정인섭은 '국주주의적 문학'으로 평가하면서 자유민주주의 문학을 앞쪽에 내세웠다. 국민문학은 자유민주주의 이념과는 거리가 있다는 전제가 깔려 있다. 또한 정인섭은 외국문학연구회가 추구하는 궁극적 목표가 곧 세계문학이라는 점을 좀 더 명시적으로 표명하였다.

이렇듯 외국문학연구회는 1920년대 중엽 조선 문단에서 첨예하게 대립하던 민족주의 문학과 계급에 기반을 둔 사회주의 문학에 대한 일종의 대안적 세력이었다. 외국문학연구회의 발족과 《해외문학》 출

---

4   정인섭, '자서(自序)', 『한국문학논고』(서울: 신흥출판사, 1959), 3쪽.

간은 다분히 시대적 요청에 부응하기 위한 것으로 당시 조선 반도에서 전개되고 있는 문예운동에 대한 대응이요 반작용이었다.

조국의 문화 창달이라는 소명의식을 품고 외국문학을 전공하던 젊은 외국문학 전공 학도들로서는 조선 문단의 현실에 이헌구의 말대로 그저 '방관적 미소'를 짓고 사태를 가만히 지켜볼 수만은 없었다. 이하윤은 외국문학연구회와 그 기관지를 두고 "일대 무브먼트의 봉화(烽火)"라고 부른 적이 있다.[5] 나라에 병란이나 사변이 있을 때 높은 산에 올라가 횃불을 밝혀 알리듯이 연구회도 당시 대립과 갈등으로 혼란스럽던 조선 문단에 횃불을 밝혔다. 물론 이렇게 제3의 길을 걷던 연구회는 양쪽 진영한테서 비판을 받았지만, 특히 사회주의 문학 진영한테서 '중간파'니 '소시민적 부르주아 그룹'이니 하고 신랄한 비판을 받았다.

1930년대 초반부터 조선프롤레타리아예술동맹의 맹원으로 활동한 이갑기(李甲基)는 외국문학연구회 회원들을 "오합된 소시민 중간층을 대표하는 도색적 예술분자"라고 신랄하게 매도하였다. 1927년 조중곤(趙重滾)과 김두용(金斗鎔) 등과 함께 문예동인지《제3전선》을 발행한 홍효민(洪曉民)도 연구회의 활동을 아주 못마땅하게 생각하였다. 그는 연구회가 "미온적 태도로의 침통하고, 심각한 현실, 쓰라린 조선을 망각하는 경향"이 있다고 비판하였다.[6]

---

5   이하윤, 「나와 《해외문학》 시대」, 서울대학교 사범대학 국어과·동문회 편, 『이하윤 선집 2: 평론·수필』(서울: 한샘, 1982), 196쪽.

6   홍효민, 「조선문학과 해외문학파의 역할, 그의 미온적 태도를 배격함」,《삼천리》 4권 5호 (1932. 5. 1), 38쪽.

외국문학연구회와 세계문학

외국문학연구회의 세계문학에 관한 관심은 이 연구회의 명칭과 그 기관지《해외문학》의 제호에서 단적으로 엿볼 수 있다. 여기서 '외국문학'은 '조선문학'과 대척 관계에 있는 용어로 김억이 일찍이 '국민문학'의 대항 개념으로 사용한 '국제문학'이나 '세계문학'과 같은 개념이다. 기관지의 제호로 사용한 '해외문학'도 국내 문학이 아닌 나라 밖의 문학이라는 뜻으로 역시 국제문학이나 세계문학과 같은 말이다.

섬나라인 일본에서는 그동안 자국 외의 다른 나라를 '바다 바깥'이라는 뜻으로 '가이가이(海外)'라는 말을 자주 써 왔다. 물론『조선왕조실록』에서도 이 '해외'라는 말이 가끔 나오기 때문에 단순히 일본어의 유산이라고만은 할 수 없을지 모른다. 그러나 일제 강점기를 거치면서 이 용어를 자주 사용하기 시작한 것은 틀림없는 사실이다. 최남선이 1908년 11월《소년》창간호에 신체시「해에게서 소년에게」를 발표했을 때 그가 염두에 둔 '해'는 단순히 바다가 아니라 바다 바깥에 펼쳐진 세상, 즉 자국이 아닌 외국을 뜻하였다.

외국문학연구회가 부르짖은 '세계문학'이라는 용어는《해외문학》의 선언문이라고 할 '창간 권두사'에서 뚜렷이 엿볼 수 있다. 모두 다섯 항목으로 되어 있는 권두사 중에서 첫 번째와 다섯 번째를 제외한 나머지 세 항목은 다음과 같다.

무릇 신문학의 창설은 외국문학 수입으로 그 기록을 비롯한다. 우리가 외국문학을 연구하는 것은 결코 외국문학 연구 그것만이 목적이 아니오 첫재에 우리 문학의 건설, 둘재로 세계문학의 호상(互相) 범위를 넓히는 데 잇다.

즉 우리는 가장 경건한 태도로 먼저 위대한 외국의 작가를 대하며 작품을 연구하여써 우리 문학을 위대히 충실히 세워노며 그 광채를 독거[돋구어] 보자는 것이다. 이에 우리는 우리 신문학 건설에 압셔 우리 황무(荒蕪)한 문단에 외국문학을 밧어 드리는 바이다.

여긔에 배태(胚胎)될 우리 문학이 힘이 잇고 빗이 나는 것이 된다면 우리가 이르킨 이 시대의 필연적 사업은 그 목적을 달하게 된다. 동시에 세계적 견지에서 보는 문학 그것으로도 한 성공이다. 그만치 우리의 책임은 중대하다.[7]

연구회 회원 중 '창간 권두사'를 누가 썼는지에 대하여 그동안 여러 의견이 있었다. 창간호 목차에는 이 권두사를 쓴 사람을 '편집인'으로만 표기하고 있고, 권두사 끄트머리에는 '松'이라는 한자와 함께 '1926. 12'라는 연월이 적혀 있을 뿐이다. 그렇다면 이은송이 창간호의 '편집인 겸 발행인'을 맡았기 때문에 '松'은 다름 아닌 이은송(李殷松)을 가리키는 것으로 볼 수 있다.

그러나 뒷날 이하윤은 외국문학연구회와 《해외문학》 발간을 회고하며 "마침 고향의 착실한 문학청년이 잡지 발행에 뜻을 두고 귀성

---

7   '창간 권두사',《해외문학》 창간호(1927. 1. 17), 1쪽.

중의 나를 찾아와서 어느 정도의 합의를 본 바 있었으므로 이 사실을 '외국문학연구회'에 보고하여, 그 편집을 착수하기에 이르렀다"고 밝힌다. 여기서 '고향의 착실한 문학청년'이란 당시 아나키즘에 심취해 있던 이은송을 말한다. 이하윤은 계속하여 "편집은 도쿄의 '외국문학연구회', 발행은 서울의 해외문학사가 담당하기로 하고, 내가 편집의 책임을 맡아 서울에 있는 발행인 이은송과 연락하여 1926년 1월에《해외문학》창간호를 발행하게 된 것이다"라고 회고한다.[8] 뒷날 이하윤은 번역 시집『실향의 화원』(1933)을 출간하면서 서문에서 "이미 7, 8년 전 번역 문학을 위주하야 나왓든 잡지《해외문학》창간사와 그 여언(餘言)에서 말한 바도 잇거니와……"[9]라고 밝히는 것을 보면 아무래도 권두사의 필자는 이하윤임이 틀림없다.

외국문학연구회는 창간 선언문이라고 할 '권두사'에서 조선의 신문학을 올바로 건설하고 발전시키기 위해서는 무엇보다도 먼저 외국문학을 수입해야 한다고 천명하였다. 여기서 '수입'이라는 말이 자칫 거북스럽게 느껴질지 모르지만 20세기 초엽 동아시아 현실을 고려하면 그렇게 낯선 말도 아니다. 자국에 없는 물건은 남의 나라와 교역하여 수입해야 하듯이 자국 문학에 필요한 것이라면 얼마든지 남의 나라 문학에서 '수입'해 올 수 있기 때문이다. 20세기 초엽 '수입'이라는 말은 '이입'이나 '이식'의 의미로 널리 쓰였다.

세계 문학사를 들여다보면 그동안 외국문학과 끊임없이 교류를

---

8   이하윤, 「나와《해외문학》시대」, 184쪽.

9   이하윤, '서', 『실향의 화원』(경성: 시문학사, 1933), 3쪽.

맺은 문학일수록 크게 발전해 왔음을 알 수 있다. 와세다대학에서 영문학을 강의하면서 정인섭과 각별히 친하게 지내던 영국인 교수 레이먼드 밴토크는 자국 문학이 발전하는 데 외국문학의 역할이 무척 크다고 밝힌다.

외국문학의 연구는 각국 작가의 가장 필요하고 중요한 영감자(靈感者)일가 합니다. 그것은 신선한 관념을 넘치도록 지래(持來)하고 새로운 작가를 분발식히며 녯 작가가 무기력하게 됨을 방어하는 것이니 그것 업시는 진정한 문학 생활이 불가능입니다. 우리 영국에는 모든 것이 실제적으로 외국문학에 의하고 잇습니다. 우리의 가장 위대한 사람들은 모다 대륙에서 관념과 논제를 절취하엿습니다. 루네싼쓰(문예부흥) 시대뿐만 아니라 그 전과 후에도.[10]

밴토크는 외국문학 없이는 '진정한' 자국문학을 발전시키기란 아예 불가능하다고 말한다. 심지어 그는 르네상스를 전후하여 영문학이 유럽의 여러 나라 문학에서 아이디어와 주제를 '절취'하여 발전했

---

10   레이몬드 반톡, '창간 축사 편지',《해외문학》창간호, 3쪽. 이 글은 밴토크가 정인섭에게《해외문학》창간을 축하하려고 보낸 편지다. 소년 시절부터 민담과 동화에 관심이 많던 정인섭은 세계 각국의 동화를 수집하여 영문으로『세계 동화집(Fairy Tales from Many Countries)』을 출간할 계획을 세웠다. 그러나 아직 유학생 신분이어서 출간이 여의치 않자 밴토크가 나서 공동 편집 형식으로 산세이도(三省堂)에서 간행하였다. 한편 밴토크는 1925년 김형원(金炯元)이 창간한 잡지《생장(生長)》에「티끗에 부치는 노래」라는 작품을 발표하여 조선 문단과도 낯설지 않았다.

다고 밝힌다. 여기서 '절취'는 영문 편지에서 'stole'을 옮긴 것이기는 하지만 타인이 점유하고 있는 재물을 훔치는 범죄 행위의 뉘앙스를 짙게 풍긴다. 그러나 영문학이 유럽문학한테서 받은 영향이 무척 크다는 사실을 힘주어 말하려는 시도일 뿐 밴토크는 '수입'이나 '이입'과 거의 같은 의미로 사용하였다.

《해외문학》'권두사' 첫 항목에서 눈여겨보아야 할 것은 외국문학을 연구하는 목적이 단순히 한국문학을 비옥하게 만드는 데 있지 않고 한발 더 나아가 "세계문학의 호상 범위를 넓히는 데 있다"고 천명한다는 점이다. 세계문학을 한국 문단과 학계에 소개함으로써 한국문학을 더욱 풍요롭게 하는 한편, 세계문학은 세계문학대로 한국문학을 포함함으로써 그 외연을 확장할 수 있다는 말이다. 다시 말해서 한국문학과 세계문학의 관계는 일방적인 것이 아니라 어디까지나 쌍방적이다. 1920년 중엽 외국문학연구회가 이렇게 한국문학과 세계문학을 별개의 독립체로 보지 않고 전일적이고 유기적인 관계로 파악했다는 것이 여간 놀랍지 않다. 이렇듯 연구회 회원들은 궁핍한 식민지 시대의 젊은 지식인들로서 세계정신을 호흡하면서 조선문학을 발전시키려고 애썼다.

이렇게 외국문학 연구를 자국문학의 발전과 연관시키려고 노력한 것은 일본의 외국문학 연구자들도 마찬가지였다. 어떤 의미에서 외국문학연구회 회원들은 일본 학자들에게서 부분적으로 영향을 받았다고 볼 수도 있다. 가령 도쿄제국대학 영문과를 졸업한 뒤 영국 유학을 거쳐 1926년 경성제국대학 법문학부 영문학 교수로 부임한 사토 기요시(佐藤清)는 외국문학 연구가라면 마땅히 자국의 문학에도 관심을 기울일 뿐 아니라 실제로 창작에도 참여해야 한다고 지적하였다. 1945년 경성제대 강단을 떠나는 고별모임에서 그는 그동안 추구해 온 외국문학 연구를 회고하면서 "외국문학을 위한 외국문학이 아니라 자국문학을 위한 외국문학이라는 생각으로 일해 왔습니다"[11]고 잘라 말하였다. 더 나아가 영문학자일뿐더러 시인이기도 한 사토는 영문학을 비롯한 외국문학 연구를 객관적인 학문의 대상이라기보다는 오히려 시나 소설 또는 희곡 같은 문학 창작을 위한 실천적 학문을 보았다.

사토 기요시의 수제자라고 할 최재서(崔載瑞)는 스승의 뜻에 따라 단순히 영문학자에 머물지 않고 문학 평론가로서 활약하여 이 분야에서 큰 업적을 남겼다. 서구의 문학 이론을 주로 일본을 통하여 간접적으로 받아들이던 당시 최재서는 김기림(金起林)과 함께 일본을 거치지 않고 영국과 미국과 서유럽에서 직접 받아들였다. 최재서는 1942년 12월《국민문학》에 발표한 「시인으로서의 사토 기요시 선생」에서 "선생은 일본문학을 위해 영문학을 연구하고 있다고 자주 말하면서, 학생들에게도 그것을 권하셨다"[12]고 말한다. 그러면서 사토 교

---

11 佐藤淸, 「京城帝大文科の傳統と學風」, 『佐藤淸全集 3』, 258쪽; 윤수안, 윤수안·고영진 역, 『'제국일본'과 영어·영문학』(서울: 소명출판, 2014), 180쪽에서 인용. 사토 기요시는 이 강연의 원고를 당시에는 발표하지 않고 이 강연에 다른 내용을 추가하여 1959년 일본의 겐큐샤에서 1898년부터 발행해 오던 영미문학 전문 잡지《에이고세이넨(英語靑年)》에 「경성제대 문과의 전통과 그 학풍」이라는 제목으로 기고했다가 뒷날 전집을 출간할 때 수록하였다. 김욱동, 『최재서: 그의 삶과 문학』(서울: 민음사, 2023).

12 최재서, 「시인으로서의 사토 기요시 선생」, 《국민문학》(1942. 12). 이 글은 崔載瑞, 『轉換期의 朝鮮文學』에 수록되어 있다. 최재서, 노상래 역, 『전환기의 조선문학』(경산: 영남대학교 출판부, 2006), 177~178쪽.

외국문학연구회의 기관지《해외문학》창간호.

수는 제자들 중에서 실제로 문학 활동에 몰두하는 제자가 나오면 무척 기뻐했다고 전한다.

외국문학연구회는 연구회의 활동과《해외문학》의 발간을 그들이 살고 있던 "시대의 필연적 사업"으로 간주하였다. 다른 분야도 아니고 외국문학을 전공하는 식민지 시대의 젊은 지식인으로서 그들이 펼치는 연구회 활동은 거부할 수 없는 시대적 요청에 따른 것이라는 점을 분명히 하였다. 앞에서 잠깐 외국문학연구회가 '한빛회'의 하부 조직으로 시작되었다고 밝혔다. 유학생들은 조국이 일제의 굴레에서 벗어나게 될 날 문화 창달자로서의 역할을 염두에 두고 있었음이 틀림없다.

《해외문학》'창간 권두사'의 마지막 항목은 첫째 항목과 마찬가지로 세계문학과 관련하여 시사하는 바가 자못 크다. 외국문학연구회 회원들은 "동시에 세계적 견지에서 보는 문학"에도 깊은 관심을 기울였다. 그들은 안쪽에서 바깥쪽으로 눈을 돌릴 뿐 아니라 더 나아가 바깥쪽에서 안쪽으로 눈을 돌리려고 하였다. 눈을 안쪽에서 바깥쪽으로 돌리는 것은 쉽지만 이와는 반대로 바깥쪽에서 안쪽으로 돌리는 것은 그렇게 쉽지 않다. 이 구절은 자국의 문학이 발전하려면 반드시 그 문학에 자의식을 느껴야 한다는 의미로 받아들일 수 있다.

140

메이지 시대나 다이쇼 시대 일본에서나 식민지 조선에서나 신문학 발전에 이바지한 사람 중에는 외국문학을 전공한 사람들이 유난히 많다는 사실은 이를 뒷받침한다. 외국문학을 전공하면서 그들은 자국의 문학에 적잖이 자의식을 느꼈다. 거울에 비친 자신의 모습을 바라보고 자아를 정립하듯이 외국문학 전공자들은 다른 문화권 문학의 거울에 자국의 문학을 비쳐보며 반성할 수 있었다. 마지막으로 연구회 회원들은 문화 창달자로서의 책임이 '중대하다'는 사실을 깊이 깨닫고 있었다.

세계문학에 대한 외국문학연구회의 관심은 이번에는 《해외문학》 2호의 '두언(頭言)'에서도 뚜렷이 엿볼 수 있다. 창간호의 재정 지원과 발행을 맡던 이은성이 아나키즘 운동에 연루되어 갑자기 일본 경찰에 체포되자 연구회는 이제는 더 잡지를 출간할 수 없게 되었다. 월간은커녕 격월간이나 반연간 발행도 장담할 수 없었다. 그러자 정인섭이 일본에서 일본어로 출간한 『온도루야화(溫突夜話)』가 예상 밖으로 잘 팔려 인세로 받은 돈 일부를 연구회에 기부하고 다른 회원들도 조금씩 돈을 갹출하여 가까스로 2호를 발행하였다. 이러한 사정으로 정인섭이 2호의 발행인과 편집인을 맡았다.

《해외문학》 2호의 편집자 정인섭은 창간호의 편집자와 마찬가지로 세계문학의 기치를 높이 치켜들었다. 자국의 문학은 배타주의나 국수주의에서 벗어나 세계문학과 어깨를 나란히 한 채 세계정신을 호흡할 때 비로소 성장하고 발전할 수 있다고 천명하였다.

자기자신(自己自身) 것만으로 ── 더구나 그것이 피상적이요 천박이요 협량(狹量)일 때 — 만족할 수 잇는 이는 얼핏 보아서 가장 행복인 듯하되 실인즉 가장 가련한 존재이다.

세계문화 수입의 필연적 요구는 '외국문학연구회'를[로] 하여곰 당면 현재의 조선에 잇서々《해외문학》이란 일개의 잡지적(雜誌的) '코쓰모폴리탄'을 낫케 되엿다.

문학주의의 일절(一切)을 내포하고 객관적 입장 견지에서 외국 것을 조선화(朝鮮化)하고 조선 것을 외국화(外國化)하는 데 그 종합적 명제의 초점과 목표가 잇서야겟다.

사이비적(似而非的) 번역이 대가연(大家然)이고 '만인적(萬引的) 문예 연구가 유행함으로서 문단 이기적(而己的) 향락 현상에 호응하는 '소위(所謂) 문사(文士)' — 진정한 문예가를 말하지 안는다 — 만을 위하야도 전율(戰慄)의 혜성이다.

염하(炎夏)의 논바닥처럼 건조에 파열된 조선의 이목구비에 뇌성벽력과 폭풍우가 접촉되자 미구현출(未久現出)의 홍수 뒤엔 신선한 창조가 대지에서 영감(靈感)되리라.[13]

창간호의 '권두사'와 비교해 보면 어조가 훨씬 더 격양되어 있을 뿐 아니라 일본어와 한자 투의 표현을 부쩍 많이 사용하여 이해하기 그렇게 쉽지 않다. 특히 인용문의 후반부로 가면 갈수록 더욱 난해하다. 가령 '만인적 문예 연구'라든지, '이기적 향락 현상'이라든지, '전

---

13 '두언', 외국문학연구회 편,《해외문학》2호(1927. 7. 1), 1쪽. '두언'은 끄트머리에 '정'이라는 두문자가 적혀 있는 것으로 보아 정인섭이 쓴 것임이 틀림없다.

율의 혜성'이라든지 하는 구절이 무엇을 뜻하는지 좀처럼 알 수 없다. "염하의 논바닥처럼 (…중략…) 영감되리라"라는 마지막 문장에서도 지나친 수사적 표현 탓으로 이해하는 데 걸림돌이 된다.

위 인용문의 내용을 알기 쉽게 간추리면 다음과 같다. 첫째, 자기 만족에 빠져 있는 사람은 '가련한' 존재다. 둘째, 가련한 존재가 되지 않기 위해서 외국문학연구회에서는 《해외문학》을 발간한다. 셋째, 연구회는 그 기관지를 통하여 '코즈모폴리터니즘', 즉 세계시민주의를 표방한다. 넷째, 외국문학연구회는 이러한 정신에 따라 외국문학을 조선의 것으로 만드는 반면, 조선문학을 외국의 것으로 만드는 데 목표를 둔다. 다섯째, 연구회는 충실한 번역으로 '사이비 번역'이 만연한 조선 문단에 '신선한' 충격을 안겨줄 것이다.

정인섭이 《해외문학》을 '코즈모폴리터니즘', 즉 세계시민주의를 내세운다는 점에 주목해야 한다. 이 용어는 그동안 '인터내셔널리즘 (국제주의)'과 흔히 혼동하여 사용해 왔지만 엄밀히 구별하여 사용하는 것이 좋다. 세계시민주의는 국가 또는 민족의 횡적 관계를 중시하는 반면, 초국가적 사회 형성을 이상으로 삼는 국제주의는 아무래도 종적 관계에 무게가 실린다. 국제주의에서는 주권 국가의 독립적 기능을 중요하게 생각하면서도 어디까지나 초국가라는 전체의 부분으로서의 독립을 강조하게 마련이다. 민족문학과 세계문학의 관계에서는 후자 쪽보다는 전자 쪽이 더 바람직하다. 김억과 관련하여 앞 장에서 이미 밝혔듯이 세계문학은 민족문학/국민문학의 토착적인 특수성과 구체성에 기반을 두지 않고서는 보편성과 일반성을 획득하기 어렵다. 정인섭이 횡적인 세계시민주의를 내세우는 것은 바로 그 때문이다.

외국문학연구회는 넓게는 외국문학, 좁게는 세계문학 도입에 크게 이바지했지만 이 연구회에 대한 비판도 만만치 않았다. 여기서 잠깐 외국문학연구회에 대한 평가를 언급하고 넘어가는 것이 좋을 것 같다. 앞에서 언급했듯이 이 연구회는 그동안 '해외문학파'라는 부정적 이미지에 가려 제대로 빛을 보지 못했던 것이 사실이다. 이 점과 관련하여 이하윤의 지적은 귀담아들을 만하다.

이 일파에 속한다고 한번 구분되면 시를 써도 시인이 아니요, 연구가로되 그 연구가 외국문학인 까닭에 연구가나 학자 되기에 앞서 해외문학인이 되고 마는 것이니 소설을 써도 그 이전에 번역이 있으면 그는 소설가조차 되기 어려운 정도쯤 되어 있다. 실로 조선에 있어서 이 '해외문학파'라는 한 기이한 구별적(區別的) 존재 대우를 받고 있는 일군의 칭(稱)은 조선 문단이 아니고서는 찾아보기 힘든 일이 아닐까 한다. 이것이야말로 조선의, 아니 조선 문단을 형성하고 운위(云謂)하는 문인 내지 비평가들의 무지를 여지없이 폭로하는 너무나 조선인적인 한 가지의 좌증(左證)이라 할 수 있을 것이다.[14]

이하윤은 식민지 조선의 문인들이 외국문학연구회와 그 회원들을 부정적으로 보려는 경향이 강하다고 지적한다. 연구회 회원들이 도

---

14   이하윤, 「세계문학과 조선의 번역 문학」, 『이하윤 전집 2』, 78쪽.

쿄에서 학업을 마치고 귀국하여 학계와 언론계 등 문화계에서 활약하자 일부 문인들은 그들을 직접 또는 간접 '해외문학파'라는 울타리에 가두어 두려고 하였다. 만약 그 울타리에서 벗어나기라도 하면 눈을 흘기기 일쑤였다. 이하윤의 지적대로 이러한 현상은 당시 조선이 아니고서는 좀처럼 찾아볼 수 없었다. 가령 일본만 같아도 외국문학을 전공한 사람들이 일본 근대문학의 토대를 마련하였고, 그들은 일본 문단에서 융숭한 대접을 받았다.

이하윤은 문학의 발전을 저해하는 조선 문단의 편협한 태도를 아주 못마땅하게 생각한다. 그러면서 그는 "문단의 유파는 그 작인(作人)의 작품 행동에 따라 논의할 문제이니 오늘날까지 이 잡지의 외형적 명칭을 따서 잘못 명명된 이 일파를 문단 중간에 엄연히 존립시켜 놓고 경원함에 그칠 필요가 어디 있는가"[15]라고 따져 묻는다. 여기서 외국문학연구회를 '문단 중간에 엄연히' 위치시킨다는 말하는 것은 국민문학을 부르짖는 민족주의 문학 진영 쪽에서나 프로문학을 부르짖는 계급주의 문학 진영 쪽에서 연구회를 '중간파'나 '제3지대' 등으로 분류하면서 경원해 왔기 때문이다. 특히 이갑기는 연구회 회원들을 "어학적 기술의 공통성을 그 표면적 연쇄체로 하여 오합된(烏合)된 소시민적 중간층을 대표하는 도색적 예술분자"로 신랄하게 매도하였다. 민족주의 문학은 '기성' 또는 '부르'로, 계급주의 문학은 '신흥' 또는 '프로'로 부르기도 하였다. 그 명칭이야 어찌 되었든 외국문학연구회는 그중 어느 쪽에도 속하지 않는 회색인으로 따돌림

---

15 위의 글, 79쪽.

받기 일쑤였다.

그런데 이하윤은 이러한 편협한 태도야말로 세계문학을 받아들여 조선문학을 발전시키는 데 적잖이 걸림돌이 된다고 판단하였다. 작가란 늘 다른 문화권의 문학에서 영향을 받고 또 그 문학에 영향을 끼치게 마련이다. 그렇다면 외국문학 작품을 연구하고 번역하고 소개하는 작업은 한낱 외국문학연구회만이 해야 할 일은 아닐 것이다. 이하윤은 세계문학의 의의가 분명해진 시기에는 더더욱 그러할 것이라고 주장하였다.

그러면서 이하윤은 "가령 요네카와 마사오(美川正夫)더러 일본의 해외문학파라 한다면 도요시마 요시오(豊島與志雄)가 어찌 창작가 권내에 머물러 있을 수 있겠느냐. 하물며 우에다 빈(上田敏)을 시인이라 칭함은 이것을 일본 시단인(詩壇人)들의 잘못으로밖에 볼 수가 없다는 말에 불과해지게 된다"[16]고 지적한다. 요네카와는 일본의 유명한 러시아어 번역가였고, 도요시마는 프랑스 문학 전공 학자였으며, 우에다는 영문학자·평론가·번역가·시인·소설가 등 일본 문단과 학계에서 팔방미인으로 활약한 사람이었다. 이하윤은 만약 그들을 해외문학파의 좁은 울타리 안에 가두어 놓았더라면 일본 근대문학이 그만큼 초라해졌을 것이라고 지적하였다.

이하윤의 지적대로 프랑스 비평가 이폴리트 텐이 3권에 이르는 방대한 『영국 문학사』(1869)를 집필했지만 그 저서는 비록 자료가 영문학일망정 프랑스 정신의 소산이다. 마찬가지로 영국 비평가 월터 페

---

16 위의 글, 79쪽.

이터가 『르네상스 역사에 관한 연구』(1873)를 출간했지만 이 또한 이탈리아의 문예부흥 못지않게 존 로크나 조지 바클리 같은 영국 사상을 표현한 저서에 지나지 않는다. 이와 마찬가지로 프랑스의 정치철학자요 역사가인 알렉시스 드 토크빌의 『미국의 민주주의』(1835)도 미국의 정치체제 못지않게 나폴레옹의 정치사상이 짙게 묻어 있다.

김진섭과 세계문학

외국문학연구회의 창립 회원 중 한 사람인 김진섭(金晋燮)은 세계문학에 깊은 관심을 보였다. 《해외문학》 창간호 첫 장을 장식하는 「표현주의 문학론」에서 그는 비록 에둘러서일망정 세계문학을 언급한다. 그는 "새 예술은 벌서 예술 됨을 긋치리라"라는 러시아 작가 일리야 예렌부르크의 말을 제명(題銘)로 인용하면서 이 글을 시작한다. 김진섭이 글 첫머리에 굳이 이 구절을 인용하는 것은 예술의 영원성을 부정하기 위해서다. 그는 예술의 발전이란 끊임없는 도전과 응전의 연속이므로 예술에서 영원성이란 있을 수 없다고 주장한다.

김진섭이 논의하는 표현주의도 그 이전의 자연주의나 인상주의에 대한 반작용에서 비롯한 사조나 이론에 지나지 않는다. 그에 따르면 프리드리히 니체의 초인 사상과 막스 슈틸너의 개인주의도 20세기에 이르러 새로운 사상에 자리를 내어줄 수밖에 없었다. 그래서 김진섭은 "개인주의 사상은 다시 발전하야 20세기의 현대인으로 하야곰 사회주의적 내지 세계주의적 사상의 광포성(廣抱性)에까지 그들의 오성적(悟性的) 이해를 확충식혓다"[17]고 지적한다.

김진섭이 말하는 세계문학의 정신은 비록 간접적이기는 하지만 그가 "인상주의·자연주의에 대한 반역과 부정"으로 간주하는 표현 주의에서도 엿볼 수 있다. 표현주의를 프랑스의 라틴 문화와는 뚜렷 이 구별되는 튜턴 문화의 산물로 파악하는 그는 이 사조나 이론이야 말로 프랑스의 미와 율조에 대한 독일의 의지력과 주관의 승리라고 주장하였다. 김진섭은 "표현주의는 인류의 이상을 들고 지나왔다. 건 전한 정신, 발랄한 생기, 열정의 전율, 생명의 유동, 인간의 위대, 인류 애, 희생의 정신, 우리가 좃타 명명하고 존숭하난 모 ─ 든 것이 그 속 에 잇다"[18]고 지적한다. 그런데 흥미롭게도 그가 언급하는 표현주의 의 특징 중에는 요한 볼프강 폰 괴테가 말하는 세계문학의 특징으로 볼 수 있는 것들이 적잖이 포함되어 있다.

그런데 김진섭은 「표현주의 문학론」 말고도 세계문학의 필요성을 직접 언급하는 글을 발표하여 주목을 끌었다. 《해외문학》 창간호가 나온 지 몇 달 뒤인 1927년 5월 그가 《현대평론》에 발표한 「세계문학 에의 전망」이 바로 그것이다. 제목에서 엿볼 수 있듯이 그는 이 글에 서 주요 문학 담론으로 떠오를 세계문학을 식민지 조선의 독자들에 게 소개하면서 앞으로 그것이 어떻게 전개될지 전망하였다.

국가적 개성이 세계의지의 최고종합의 밋헤 여지(餘地)없이

---

17 김진섭, 「표현주의 문학론」, 《해외문학》 창간호, 6쪽.

18 위의 글, 18쪽.

규각(圭角)없이 원형적(圓形的)으로 포용되야 기왕에 '세계종교'
의 개념과 '세계도시'의 실체가 넓은 세계의 흉부에 현실적으로
형태화한 사실을 이곳에 거증(擧證)할 필요도 업시 모든 문화가
치를 오날의 문명인이 항상 세계적으로 고찰하며 세계적으로 평
정(評定)하며 그뿐 아니라 보담 큰 문화가치가 세계적으로 자기
를 형성하며 잇다는 것은 우리가 거부치 못할 사회적 과정이다.
그 하나가 '세계문학'의 형태다. 문학이 일 개국이란 기반(基盤)
을 써나서 세계적으로 자기를 형성한 것이다.[19]

김진섭은 비교적 짧은 단락에 '세계'라는 말을 무려 아홉 번 사용
한다. 조금 과장하여 말하자면 이 말을 빼고 나면 별로 남는 말이 거
의 없다시피 하다. 그는 이처럼 '세계문학'의 당위성을 설명하려고
장황할 정도로 '세계'를 끌어들인다. 첫 문장이 너무 길어 쉽게 이해
하기 힘들지만 한마디로 요약한다면 지금 여러 분야에 걸쳐 세계화
가 이루어지고 있으며 '세계문학'의 출현도 이러한 시대적 흐름의 한
형태에 지나지 않는다는 것이다.

위 인용문에서 특히 주목해 볼 것은 "문학이 일 개국이란 기반을
써나서 세계적으로 자기를 형성한 것"이라는 마지막 문장이다. 여기
서 김진섭은 세계문학을 국민문학 또는 민족문학과 엄밀히 변별한
다. 국민문학 또는 민족문학은 한 국가나 문화권의 기반 위에 굳게 서
있는 집이다. 이 기반을 써나서는 그 문학은 존재 이유를 상실한다.

---

19 김진섭, 「세계문학에의 전망」, 《현대평론》 4집(1927. 5), 36쪽.

그러나 문학이 그것이 속해 있는 국가나 문화권의 울타리에 갇혀 있는 한 세계적으로 더 큰 문화가치 창조에 참여할 수 없게 된다. 한 국가나 문화권의 문학은 국수주의나 배타주의의 늪에서 벗어나 세계의 다른 국가나 다른 문화권의 문학과 어깨를 나란히 겨룰 때 비로소 세계국가의 구성원이 될 수 있기 때문이다. 김진섭은 세계문학이야말로 이제는 더 "우리가 거부치 못할 사회적 과정"이라고 밝힌다.

더구나 김진섭은 이 글에서 한국인으로서는 처음으로 요한 볼프강 폰 괴테가 말한 '세계문학'의 개념을 언급하였다. 김진섭은 그가 말하는 세계문학이 바로 100년 전 괴테가 처음 제시한 개념이라는 점을 상기시키며 그 역사적 의의를 새롭게 부각하였다. 그는 "1827년에 괴테의 두개골이 처음으로 '세계문학'의 여명을 예감하고 문학를[을] 가지고 직접적으로 '세계문학'의 개념을 잡지《Kunst und Altertum》에 기록하얏슴으로 개념적 세계문학의 최초의 발현이 잇다"[20]고 지적한다.

여기서 김진섭이 언급하는 잡지란 괴테가 주재하던《예술과 고대문화》를 말한다. 1927년 1월 괴테는 알렉상드르 뒤발이 자신의 희곡 『토르콰토 타소』(1790)를 각색한 5막 역사극 『르 타스』에 관한 연극평을 언급하면서 세계문학의 개념을 처음 제시하였다. 이 잡지에서 괴테는 "나는 지금 보편적인 세계문학이 형성되고 있는 중이라고 확신하는데, 독일인들은 모두 그것을 명예롭게 받아들일 준비를 해야 한다. 모든 민족은 우리들에게 주의를 기울이고 있다. 그들은 우리를

---

20 위의 글, 38쪽.

칭찬하면서 비판하고, 수용하면서 거부하고, 모방하면서 왜곡하고, 이해하면서 오해하며, 우리의 관심사에 그들의 마음을 열기도 하고 닫기도 한다. 우리에게 아주 가치 있는 것이므로 우리는 그것을 태연하게 받아들여야 한다"[21]고 말한다.

김진섭이 괴테를 세계문학의 창시자로 언급하는 것보다 더 중요한 것은 괴테를 분수령으로 그 이전의 세계문학과 그 이후의 세계문학을 나눈다는 점이다. 김진섭은 "우리가 만연히 세계문학이라 할 것 가트면 세계의 문학을 의미한다. 즉 각국의 문학을 가산적(加算的)으로 총괄하는 것 외에 별로히 세밀한 의미를 예정치 안는다. 괴테를 경계에 두고 세계문학의 개념은 전연히 달나젓다"고 지적한다. 여기서 김진섭은 '세계의 문학'과 '세계문학'을 변별적으로 구분 짓는다. 전자는 세계 각국에 퍼져 있는 문학을 산술적으로 합산해 놓은 것으로 흔히 '국민문학'이라고 부른다. 국민문학 또는 민족문학은 "문학의 본질이 국가적 요소에 종시(終始)하는" 문학의 범주에서 좀처럼 벗어나지 못한다.[22] 그러므로 국민문학은 국민성, 국민정신, 전통, 체험 같은 것에서 영양분을 공급받고 태어나 성장하게 마련이다.

그러나 김진섭은 괴테 이후의 세계문학은 '세계의 문학'과는 질적으로 다르다고 주장하였다. 즉 세계문학은 국민문학이나 민족문학

21　Johann Wolfgang von Goethe, *Essays on Art and Literature* (Collected Works, Vol. 3), ed. John Gearey (New York: Suhrkamp, 1986), p. 225. 이 인용문의 첫 문장은 "Es bilde sich eine allgemeine Weltliteratur, worin uns Deutschen eine ehrenvolle Rolle vorbehalten ist"를 번역한 것으로 김진섭은 이 문장을 이 글의 제사(題辭)로 삼는다.

22　위의 글, 36쪽.

의 범주에서 벗어난다. 세계문학은 "그 문학의 성질이 일반적으로 세계적 요소를 가지고 국민적 특질보담 더욱 만히 세계적 공통성을 각국의 문학 포장(包藏)함으로서 독특한 형식에 결합한" 문학을 지적한다.[23] 좀 더 구체적으로 말해서 세계문학은 국민적 또는 민족적 요소보다는 '세계적 요소', 즉 보편성과 일반성에 무게를 둔다. 김진섭은 국민문학이란 세계문학의 전제조건이라고 밝히면서 '세계문학'이란 어디까지나 '세계의 문학'에 포섭되는 하부 유형이라고 말한다.

그렇다면 김진섭은 세계문학을 어떻게 전망하였는가? 1차 세계대전 이후 괴테가 상정한 세계문학은 유럽에서 민족주의나 국수주의가 팽배하면서 오히려 약화되기 시작했다고 주장한다. 김진섭이 이 글을 쓴 해에 아일랜드 극작가 버나드 쇼가 노벨 문학상 수상자의 영예를 안았다. 김진섭은 "결국 세계문학은 노벨상의 가치에 환산할 수밧게 업는 문학인가 보다"고 말하면서 절망감을 털어놓는다. 현대에는 호메로스나 윌리엄 셰익스피어, 괴테 같은 문인을 능가할 작가가 없다고 김진섭은 한탄한다. "거 누구가 호메르스의 놉흠을 딸느냐. 거 누구가 사옹(沙翁)의 발목인들 붓잡앗느냐. 버너드 쇼오가 빈혈질이 아니라 누가 말하랴느냐"라고 따져 묻는다. 그가 "장래할 시대의 '세계문학'이 얼마나한 정도의 풍요를 또 우리에게 약속할지 세계문학을 전망하는 나의 심흉(心胸)은 대단히 쓸々함을 늣긴다"고 말하면서 비애감에서 이 글을 끝맺는다.[24]

---

23 위의 글, 36쪽.

24 위의 글, 40, 45쪽. 여기서 '사옹'이란 일본식으로 셰익스피어를 간단히 줄여서 일컫는 이름이다. 19세기 말엽부터 20세기 초엽 톨스토이는 '두옹(杜翁)'으로, 타고르는 '타옹(陀

그러나 김진섭이 이렇게 세계문학을 지나치게 비관적으로 전망하는 것은 그릇된 기준에서 파악하기 때문이다. 앞장에서 이미 밝혔듯이 노벨 문학상을 수상한 작품이라고 하여 세계문학의 범주에 속하는 것은 아니다. 세계문학에 속하는 작품 중에는 노벨 문학상을 받지 않은 작품이 얼마든지 있다. 노벨 문학상은 세계문학의 필요조건은 될 수 있을지언정 필요충분조건은 될 수 없다.

김진섭의 지적대로 1차 세계 대전은 민족주의나 국수주의를 조장하면서 세계문학이 오히려 약화되는 결과를 낳은 것은 사실이다. 김진섭이 「세계문학에의 전망」을 쓴 1927년은 식민지 조선 안팎으로 여전히 어려움이 많았다. 세계문학의 역사에서 보면 전쟁은 부정적 영향 못지않게 긍정적 영향을 끼쳤다. 가령 18세기 초엽 괴테가 세계문학을 처음 제시한 것은 나폴레옹 전쟁 이후 유럽의 갈등을 극복하기 위해서였다. 특히 그는 게르만 민족의 자긍심이나 자만심에서 벗어나 공존의 질서 속에서 세계 시민적 안목을 얻으려고 노력하였다. 이러한 공존의 세계 질서에 대한 갈망을 문학으로 표현한 것이 바로 세계문학이었다.

김진섭은 몇 해 뒤 이번에는 「번역과 문화」에서 괴테가 말하는 세계문학을 다시 한 번 다룬다. 그는 "참으로 미(美)와 지(智)는 그것이 설령 어느 곳에 발생되었던 간에 인류의 공유의 재산이 되는" 것이라고 먼저 운을 뗀다. 그러고 나서 그는 괴테가 말하는 세계문학을 「세계문학에의 전망」에서 언급한 "각국의 문학을 가산적으로 총괄하는"

翁)' 등으로 불렀다.

문학으로서의 세계문학과 좀 더 명확하게 구분 짓는다.

오늘에 있어서는 너무도 자명한 이 세계문학의 개념을 부정하려는 사람은 한 사람도 없겠지만 이 개념은 순전히 현대의 산물은 아니고 그것은 백여 년 전의 옛날인 1827년에 이미 괴에테의 명찰(明察)에 의하여 규정되기 시작하였으니 그는 당시 파리의 불란서좌에 상연되어 세평의 [표적]이 된 듀우발의 사극 『탓스』와 자작(自作)의 희곡 『탓소오』가 불문단에서 비교 평론된 모양을 소개한 끝에 첨(添)하여 부언한 "내가 제군의 주의를 환기코저 하는 것은 여기 한 개의 일반적 세계문학이 형성되어 가며 있음을 내가 확신하고 있다는 것이다" 운운(云云)의 수언(數言) 속에 그것은 확실히 보인다. 괴에테가 일반적 세계문학이라 말하였을 때 물론 그것은 단순히 세계 각국에 있어서의 문학, 다시 말하면 문학의 잡연(雜然)한 집합을 의미시킨 것은 아니니 그것은 실로 인류 전반의 통일적 생활이라 하는 이상(理想)을 전제로 하고 이보다 큰 통일과 조화의 원리에 의하여 결합되고 집합된 바 일속(一束)의 다채한 문학을 그것은 의미한다.[25]

김진섭은 첫머리에서 세계문학을 부정하려는 사람은 한 사람도 없을 것이라고 밝히면서 이 담론을 기정사실로 치부해 버린다. 그가 《조선일보》에 이 글을 처음 발표한 것은 1935년 5월인데 당시 모든

25 김진섭, 「번역과 문화」, 『교양의 문학』(서울: 진문사, 1955), 51~52쪽.

사람이 세계문학의 개념을 알고 있었다고 판단하는 것이 여간 놀랍지 않다. 김진섭은 이 개념이 이미 백여 년 전에 처음 대두되었다는 사실을 설명하려고 조금 과장하여 말한 것 같다. 1930년대 중반 식민지 조선에서 괴테가 말하는 '벨트리테라투르(Weltliteratur)'의 개념을 제대로 이해하던 문인은 그렇게 많지 않았다. 서유럽에서도 문학 담론으로서의 세계문학은 21세기 문턱에 이르러서야 비로소 형체를 갖추기 시작하였다.

괴테는 《예술과 고대문화》에서 처음 세계문학을 천명한 것과 거의 동시에 이번에는 구두로 다시 한 번 세계문학을 언급하였다. 괴테의 세계문학과 관련하여 언급할 때 학자들은 《예술과 고대문화》보다는 괴테가 요한 페터 에커만과 나눈 대화를 더 자주 입에 올린다. 1827년 1월 31일 일흔일곱 살의 괴테는 바이마르 저택의 서재에서 비서요 말벗인 서른다섯 살의 에커만과 대화를 나누고 있었다. 문학 청년 시절부터 괴테를 흠모해 오던 에커만은 이 무렵 일정한 직업도 없이 바이마르에 살면서 일주일에 몇 번씩 괴테의 집에 찾아와 비서처럼 스승의 원고를 정리해 주기도 하고 식사를 같이하면서 그의 말벗이 되어 주기도 하였다.

이날 괴테는 며칠 만에 찾아온 에커만에게 그동안 있었던 소식 한 토막을 전해 준다. 최근에 책을 몇 권 읽었는데 그중에서도 중국 소설 한 권이 무척 감명 깊어 책의 여운이 아직도 마음속에 남아 있다는 것이다. 실제로 이 무렵 괴테는 외국문학 작품을 즐겨 읽고 있었다. 중국 소설을 읽고 큰 감명을 받았다는 스승의 말을 듣자 에커만은 자못 놀라는 표정을 지으며 "중국 소설이라고요! 이상할 게 틀림없습니다!"²⁶라고 냉담하게 대꾸한다. 그러자 괴테는 그에게 "자네가 생각하는 것처럼 전혀 이상하지 않다네. 중국인들도 우리와 거의 똑같이 생각하고 행동하고 감정을 느끼거든. 다만 그 사람들이 우리보다 좀 더 분명하고 순수하고 예의 바르게 행동한다는 점을 제외하고는 말일세"²⁷라고 말한다. 괴테는 잠시 말을 멈춘 뒤 다시 말을 이어나간다. "중국인들에게는 모든 게 질서정연하고 예의 바르고 지나친 열정이나 시적인 비약이 없다네"²⁸라고 밝힌다.

괴테가 에커만에게 읽었다고 말하는 중국 소설은 명나라 말엽과 청나라 초엽에 나온 장편 서사시 『화전기(花箋記)』라는 서간체 소설이었다. 흔히 '제8 재자서(第八才子書)', 즉 천재적 작가가 쓴 여덟 번째 작품이라는 꼬리표가 붙어 있지만, 이 책은 서양인들은 말할 것도 없고 심지어 중국인들에게도 낯선 작품이다. 예로부터 중국에서는 새봄이 오면 청춘남녀가 애틋한 마음을 담아 이성에게 보내던 사랑의 편지를 '화전', 즉 꽃 편지라고 불렀다. 『화전기』는 제목 그대로 연정을 품은 청춘남녀가 새봄을 맞아 사랑하는 사람에게 편지를 써서 애정을 전하는 작품이다. 괴테가 읽은 책은 물론 중국어 원서가 아니라 몇 해 전 피터 페링 톰스라는 영국인이 『중국인의 구애』(1824)라는 제목으로 번역한 영어본이다.

---

26 Johann Wolfgang von Goethe, *Conversations with Johann Peter Eckermann (1823~1832)*, trans. John Oxenford (New York: North Point Press, 1984), p. 133.

27 위의 글, 174쪽. 괴테와 에커만의 교류와 '세계문학' 논의에 대해서는 김욱동, 『세계문학이란 무엇인가』, 15~30쪽 참고.

28 위의 글, 173쪽.

에커만은 괴테가 중국 소설과 중국인에 관하여 자못 진지하게 말하는 것을 듣자 크게 놀라는 표정을 지으며 그러한 중국 작품이 정말로 읽을 만한 가치가 있는 것이냐고 다시 한 번 따져 묻는다. 독일의 변방 빈젠에서 태어나 괴팅겐에서 잠시 대학을 다니던 중 괴테를 찾아 바이마르로 와 그곳에 눌러앉아 살고 있던 에커만으로서는 스승의 말이 좀처럼 이해가 가지 않았기 때문이다. 그러자 괴테는 에커만에게 다시 이렇게 대답한다.

> 나는 점점 더 시란 모든 인류의 공동 재산으로 어느 시대나 어느 장소에서나 많은 사람에게 호소력을 지닌다고 확신하네. (…중략…) 우리 독일인들은 너무 쉽게 이러한 현학적 자만에 빠진다네. 그래서 나는 내 주변의 외국들을 둘러보는 것을 좋아하지. 그리고 모든 사람도 나와 똑같이 그렇게 했으면 하네. 민족문학이란 이제 별다른 의미가 없어진 용어거든. 세계문학 (Weltliteratur) 시대가 왔으니 모든 사람이 함께 노력을 기울여 그 시대가 빨리 다가오도록 노력해야 할 걸세.[29]

흔히 적지 않은 학자들은 바로 이날, 그러니까 1827년 1월 31일 오후 바이마르에서 '세계문학'이 고고(呱呱)의 성(聲)을 지르며 태어났다고 입을 모은다. 이 무렵 바이마르는 겨우 7천여 명의 주민이 살던 독일 변방 도시로 화려한 파리의 문화적 그늘에 가려 제대로 기를 펴

29　위의 글, 175쪽.

지 못하고 있었다. 그런데 이 변방 도시에서 괴테는 에커만에게 민족 문학이 물러가고 이제 세계문학이 마침내 찾아왔다고 천명하였다. 단순히 천명하는 것에 그치지 않고 더 나아가 모두 힘을 합쳐 그것이 빨리 다가오도록 노력해야 한다고 힘주어 말하였다. 프리츠 스트리치는 『괴테와 세계문학』(1949)에서 괴테가 말한 세계문학을 '마술적 용어'라고 부르면서 이 용어에서는 "해방감, 즉 공간과 범위가 확장된 듯한 느낌이 든다"[30]고 지적한다. 그러면서 그는 괴테가 이 무렵만큼 그렇게 드러내놓고 세계문학의 관점에서 이해되고 싶어 한 적이 없었다고 주장한다.

김진섭은 식민지 조선에서 흔히 일컫는 세계문학이 괴테가 90여 년 전에 상정한 '벨트리테라투르'의 개념과는 조금 다르다고 생각하였다. 그의 관점에서 보면 1920년대까지도 참다운 의미의 세계문학의 시대는 아직 오지 않았다. 김진섭의 논리에 따른다면 1920년대 식민지 조선에서 말하는 문학은 '세계의 문학'에 해당할지언정 괴테가 염두에 두고 있던 진정한 '세계문학'은 아니었다. 그러고 보니 김진섭이 「세계문학에의 전망」에서 "오늘에 있어서는 너무도 자명한 이 세계문학의 개념을 부정하려는 사람은 한 사람도 없겠지만……"이라는 말을 액면 그대로 받아들이기 어렵다. 그는 반어적으로 그렇게 말하고 있음이 틀림없다. 1927년 식민지 조선에서는 괴테가 1827년 1월 두 차례에 걸쳐 힘주어 말한 '세계문학'의 개념을 제대로 이해하는 사람은 거의 없었다는 말로 받아들여야 할 것 같다.

---

30 Fritz Strich, *Goethe and World Literature* (New York: Hafner, 1949), p. 3.

외국문학연구회 회원 중에서 이하윤을 제외하고 김진섭만큼 그토록 세계문학에 깊은 관심을 기울인 사람도 없었다. 그는 "문학은 오직 세계문학으로서만 존재할 수 있고 문화는 오직 세계문화로서만 존재할 수 있는 것이니……"[31]하고 잘라 말한다. 그러면서 영국문학이 영국인만의 문학이 아니고 단테 알리기에리의 작품이 비단 이탈리아의 작품이 아니라 전 세계인의 문학이라고 주장한다. 이 말을 한 발 밀고 나가면 식민지 조선의 문학도 얼마든지 세계문학의 대열에 참여할 수 있다는 말로 들린다. 김진섭은 "미(美)와 지(智)는 그것이 설령 어느 곳에서 발생 되었던 간에 인류의 공유의 재산"이라느니, "참으로 인류의 모든 문화는 누구나 소유할 수 있는 신성한 공동재산"이라느니 하고 단언하는 것은 바로 그 때문이다.[32]

정인섭과 세계문학

지구촌에 산재해 있는 모든 문학을 집대성해 놓은 문학이라는 의미의 '세계의 문학'과 20세기 말엽 지배적인 문학 담론으로 떠오른 '세계문학'을 이렇게 애써 구분 지으려고 한다는 점에서는 외국문학연구회의 또 다른 창립 회원 정인섭도 김진섭과 마찬가지였다. 정인섭은《해외문학》창간호에 김진섭의「표현주의 문학론」에 이어 곧바

---

31 김진섭,「번역과 문화」, 52쪽.

32 위의 글, 45, 47쪽.

로 '화장산인(華藏山人)'의 필명으로「포오를 논하야 외국문학 연구의 필요에 급(及)하고《해외문학》의 창간함을 축함」이라는 논문을 발표하였다. 창간호에 실린 네 편의 논문 중에서 김진섭과 정인섭의 두 논문이 세계문학과 직접 관련되어 있다. 정인섭은 이 논문을 시작하기에 앞서 '서(序)'라는 짧막한 글을 덧붙여 놓는다.

인류의 문학적 소산의 종합적 범위를, 가령 사람의 예술적 본능을 그 공통 중심으로 한 일종의 원면적(圓面積)에 비(比)할 수 잇다면 국민문학과 세계문학은 그 반경과 원의 관계를 가젓다 할 수 잇슬 것이다.

원주상의 각점은 상호불리(相互不離)이 밀접한 영향 상태를 보존하고 잇스니 반경이 크지면 커질수록 원도 커지고 원이 커지면 커질수록 반경도 커지는 것이다.

현재 우리 문학은 그 원주상의 가장 세약(細弱)한 점일지도 모른다.

그럼으로 우선 타(他)에 대해서 추종적 일종의 흡취(吸取) 상태에 잇슬지라도 연차(延次) 그 원심력이 강렬해지면 그 일점도 쏜한 팽창하고 긴장될지니 미구(未久)에는 그 원상(圓上)에 예민한 일각의 돌출을 작(作)하야 원용상[원주상]의 모든 점에서 일종의 선도적 파동의 전류를 주어 그 결과 세계문학의 종합적 질과 양의 위대화(偉大化)를 볼 수 잇슬 것이다.[33]

---

33 《해외문학》창간호, 19쪽. 뒷날 미국 학자 데이비드 댐로쉬도 정인섭처럼 기하학이나 광

정인섭이 세계문학(해외문학)과 국민문학(민족문학)의 관계를 좀 더 쉽게 설명하려고 기하학의 비유를 드는 것이 무척 흥미롭다. 원의 넓이는 구분구적법을 이용하거나 극한과 미적의 개념으로 증명해야 하지만 흔히 반지름 곱하기 반지름에 다시 3.14를 곱하여 계산한다. 중심점이 동일할 때 반지름을 'r'이라고 하고, 원의 넓이를 'S'라고 할 때 원의 면적은 'S＝r×r×3.14', 즉 'πr^2'의 수식으로 나타낼 수 있다.

정인섭의 공식에서 원의 중심점은 예술적 본능에 해당한다. 이 본능은 국민문학(민족문학)이든 세계문학이든 모든 문학이라면 기본 바탕으로 삼는 필수적인 요소다. 이 두 문학을 반지름과 원의 관계로 본다면 전자는 반지름에 해당하고 후자는 원의 면적에 해당할 것이다. 정인섭이 굳이 반지름과 원 넓이의 관계를 예로 드는 것은 국민문학과 세계문학도 이와 비슷한 관계를 맺고 있기 때문이다. 반지름이 커지면 원 넓이도 커지고 원 넓이가 커지면 반지름도 커지는 것처럼 국민문학이 풍부해지면 질수록 세계문학도 풍부해질 수밖에 없다. 정인섭이 말하는 국민문학(b)과 세계문학(a)의 관계를 도표로 그려 보면 다음과 같다.

학의 비유를 들어 세계문학을 설명하는 것이 무척 흥미롭다. 댐로쉬는 "세계문학이란 민족문학의 타원 굴절이다"라고 정의한다. David Damrosch, *What Is World Literature?* (Princeton: Princeton University Press, 2003), p. 281.

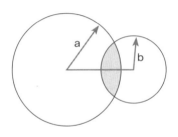

위 인용문의 마지막 단락에서 "우선 타에 대해서 추종적 일종의 흡취 상태에 잇슬지라도 연차 그 원심력이 강렬해지면 그 일점도 쏘한 팽창하고 긴장될지니"라는 구절을 좀 더 찬찬히 눈여겨볼 필요가 있다. 무엇보다도 먼저 '추종적'이니 '흡취'니 하는 말이 목에 걸린 가시처럼 부담스러울지도 모른다. 물론 '우선'이라는 단서를 붙이고 있지만 조선문학이 단순히 세계문학을 '추종적으로 흡취하는' 상태에 있었다고 보기는 어렵기 때문이다.

그렇다면 정인섭의 말은 조선의 신문학이 그동안 서구문학을 표방해 온 일본의 신문학에 지나치게 의존해 왔다는 말로 이해할 수 있다. 외국어를 해독할 수 있는 외국문학 전공자가 없어서 그랬을 터이지만 당시 조선에서는 일본인들이 번역해 놓은 서양 문학에 전적으로 의존하다시피 하였다. 실제로 도쿄 지역 일본 유학생들이 모여 외국문학연구회를 창립한 것도 따지고 보면 이러한 의존에서 벗어나기 위한 시도였다. 이 연구회에서는 일본을 매개로 외국문학을 간접무역 방식으로 수입하는 것이 아니라 어디까지나 직접무역 방식으로 수입하려고 하였다.

정인섭은 「포오를 논하야 외국문학 연구의 필요에 급하고 《해외문학》의 창간함을 축함」에서 미국의 단편소설 작가요 시인인 에드거 앨런 포의 문학 세계를 다루면서 당시 식민지 조선에서 왜 외국문학을 연구해야 하는지 그 이유를 밝힌다. 정인섭은 먼저 포가 프랑스에서 어떻게 평가받았는지 짚고 넘어간다.

포오를 세계적으로 하야 불후의 위인으로 올린 자(者)는 보드페르와 말라르메이니 전자가 1850년 포오의 산문을 역(譯)하야 출판한 것은 모범적이라 하야 세인의 존중히 하는 바요 독서계의 주목된 바이엿다. 그것은 씨가 포오를 가장 잘 이해하엿다는 것을 의미하고 씨가 말한 것과 갓치 포오를 모방한 것이 아니요 자기가 말하려는 것을 포오가 표현해 주엇기에 그그 공명을 감(感)하엿다 하지마는 양자의 상호관계가 비범함은 그 양자의 예술과 교제에서도 발견된다.

말라르메는 포오의 시를 산문으로 역(譯)한 것인데 이 사실은 스미스 씨가 평함과 갓치 포오의 시는 미와 묘미의 대성분인 형식을 써나서도 오히려 본래의 내용미가 남어 잇다는 것을 웅변으로 증명한 바라 하겟다.[34]

---

34 정인섭, 「포오를 논하야 외국문학 연구의 필요에 급(及)하고 《해외문학》의 창간함을 축함」, 《해외문학》 창간호, 23~24쪽. 포에 이어 윌리엄 포크너도 모국 미국보다는 프랑스에서 먼저 알려진 뒤 다시 미국으로 역수입되어 재평가 받았다. 포크너의 작품은 모리스-에드가르 쿠앵드로가 번역하고, 앙드레 말로, 발레리 라보르, 장-폴 사르트르, 알베르 카뮈, 시몬 드 보부아르 등이 잇달아 평론을 발표하면서 주목받기 시작하였다. 이 점과 관련하여 포크너는 1946년 에이전트 해럴드 오버에게 보낸 편지에서 "프랑스에서 나는 한 문학 운동의 아버지다. 유럽에서는 나는 가장 훌륭한 미국 작가, 일급 작가 중 한 사람으로 인정받는다"고 말한다. 그러면서 포크너는 지금 자신이 미국에서 할리우드 영화사들의 대본이나 손질하면서 생활하고 있다고 자조적인 말투로 밝힌다. Joseph Blotner, ed., *Selected Letters of William*

정인섭은 유럽의 여러 국가 중에서도 프랑스야말로 "가장 포오를 완전히 발견한" 나라로 간주한다. 프랑스 문인 중에서도 포를 높이 평가한 사람은 상징주의의 기틀을 마련한 샤를 보들레르와 스테판 말라르메였다. 실제로 포는 살아 있을 때는 말할 것도 없고 사망한 뒤에도 미국에서는 제대로 평가받지 못하였다. 프랑스 상징주의 시인들이 그를 '발견'하여 그의 문학 정신을 프랑스 문학에서 계승하였고, 20세기에 들어와서는 T. S. 엘리엇이 프랑스에서 '역수입'하여 다시 영문학에서 '재평가' 받도록 하였다. 적어도 이 점에서는 영국의 대문호 윌리엄 셰익스피어도 마찬가지여서 영국보다는 고트홀트 레싱이나 요한 볼프강 폰 괴테와 프리드리히 실러 같은 독일 작가들이 먼저 높이 평가한 뒤에서야 비로소 고국 영국에서 제대로 평가받기 시작하였다.

어찌 보면 포만큼 세계문학을 웅변적으로 보여 주는 작가도 찾아보기 어려울 것 같다. 비록 대서양을 사이에 두고 일어난 일이지만 그는 앞으로 세계문학이 나아가야 할 길을 정인섭의 말대로 '웅변적으로' 미리 보여 주었기 때문이다. 프랑스뿐 아니라 독일에서도 예외가 아니어서 프리드리히 니체, 라이너 마리아 릴케, 프란츠 카프카 같은 작가들이 포에게 매료되었다. 포는 영국에서도 방금 앞에서 언급한 엘리엇을 비롯하여 찰스 스윈번과 오스카 와일드 같은 시인, 심지어 찰스 디킨스 같은 소설가들한테서도 큰 관심을 받았다.

정인섭은 포가 비단 대서양 건너 유럽에 그치지 않고 태평양 건

Faulkner (New York: Random House, 1977), pp. 217~218.

너 동아시아에서도 큰 영향을 끼쳤다고 언급한다. 이렇게 유럽과 미국에서 포의 작품이 큰 관심을 받자 19세기 말부터 일본에서도 그의 작품이 큰 인기를 끌기 시작하였다. 1887년(메이지 20) 아에바 고손(饗庭篁村)이 《요미우리신문(讀賣新聞)》에 포의 단편소설 「검은 고양이」, 「모르그 가의 살인」, 「안경」 등을 잇달아 번역하여 소개하였다. 1931년부터는 두 출판사에서 『포 소설전집』을 발간할 만큼 포는 그야말로 폭발적인 인기를 끌었다.

포의 시 작품도 예외가 아니어서 1935년 와세다대학 영문과 교수 히나쓰 고노스케(日夏耿之介)가 포의 『갈까마귀(The Raven)』를 번역하여 『오가라스(大鴉)』라는 제목으로 단행본으로 출간하였다. 정인섭의 스승인 히나쓰는 당시 일본에서 학식과 시적 재능을 겸비했다고 하여 흔히 '가쿠쇼 시진(學匠詩人)'으로 일컫던 사람이다. 그만큼 그는 당시 일본 학계와 문단에서 영문학 연구가와 시인, 번역가로 명성을 떨쳤다. 탐정소설가 히로이 다로(平井太郎)는 포에 열광한 나머지 그의 이름을 음차하여 아예 '에도가와 란포(江戶川亂步)'로 필명을 삼을 정도였으니 당시 그에 관한 관심이 어떠했는지 쉽게 미루어볼 수 있다.

포에 관한 관심은 일본처럼 대단하지는 않아도 식민지 조선에서도 나름대로 적지 않았다. 그의 작품이 처음 번역된 것은 1922년 10월로 소설가 김명순(金明淳)이 "The Raven"과 "To Helen"을 「대아」와 「헬렌에게」라는 제목으로 각각 번역하여 《개벽》에 처음 소개하면서부터였다. 같은 해 11월 그녀는 포의 단편소설 "Assignation"을 「상봉(相逢)」이라는 제목으로 같은 잡지에 발표하였다. 김명순은

에드거 애런 포를 좋아하여 '애도가와 란포'로 이름을 바꾼 일본의 추리소설가 히로이 다로.

'부언(附言)'에서 "만일 포라는 신비가 업섯드면 지금까지 우리는 인생에 대한 예견(豫見)을 가지지 못하고 구린내가 나는 자연주의 속에서 가티 썩엇슬는지도 알 수 업섯습니다"라고 밝힌다. 그러면서 김명순은 계속 "요즘 우리 문단 급(及) 사상계에서는 아즉까지 구투(舊套)를 벗지 못하고 공연히 허위적 공리에 눈어두워서 악마예술의 진의를 잘이해도 못하면서 비난하는 부천(膚淺)한 상식가가 만흔듯합니다"라고 개탄한다.[35]

1927년 정인섭은 《해외문학》 창간호에 "The Mask of the Red Death"를 「적사(赤死)의 가면」이라는 제목으로 번역하여 소개하였고, 이듬해 강영한(姜泳翰)은 "The Black Cat"을 「검둥 고양이」라는 제목으로 번역하여 《원고시대》 창간호에 발표하였다. 그런가 하면 'Y생'의 필명을 사용하는 번역자는 "Annabel Lee"를 번역하여 《무명탄(無名彈)》 창간호에 소개하였다.[36] 1931년 1월에는 김상용(金尙鎔)이 이 작품을 다시 번역하여 《신생》에 소개하였고, 같은 해 6월에는 이하윤이 "The Gold-Bug"를 「황금충」으로 번역하여 《조선일보》에

---

35 김명순, 「상봉」 '부언', 《개벽》 통권 29호(1922. 11), 36쪽.

36 이광수는 'Y생'이라는 필명을 가끔 사용한 적이 있어 이 작품의 번역자가 춘원일 가능성을 배제할 수 없다.

소개하였다.

그러나 포의 작품에서 영향을 받고 작품을 쓴 작가는 다름 아닌 이태준(李泰俊)이었다. 이태준은 잠시 도쿄를 방문했을 때 긴자(銀座)의 기노쿠니야(紀伊國屋) 서점에서 히나쓰 고노스케가 번역한『오가라스』한 권을 구입하였다. 그는 당시 경험을 「기종신서일지란(幾種新書一枝蘭)」이라는 글에서 "마침 백만회(白蠻會) 양화전(洋畫展)도 구경할 겸 그 회장을 가진 긴자의 기노쿠니야 서점으로 갔다. 한참 신판서를 구경하다가 황면도인(黃眠道人) 히나쓰 고노스케의 역(譯)인 에드가 앨런 포의 시『대아』한 권을 샀다"[37]고 적는다. 포의 이 작품에서 영향을 받고 쓴 작품이 바로 이태준의 대표적인 작품 중 하나로 꼽히는「까마귀」다.

물론 정인섭이 에드거 앨런 포의 문학 이론을 식민지 조선 문단에 최초로 소개한 사람은 아니었다. 그에 앞서 노월(蘆月) 임장화(林長和)가 포의 예술 이론을 먼저 소개하였다. 정인섭처럼 와세다대학에서 영문학을 전공한 뒤 도요(東洋)대학에서 철학을 전공하고 귀국한 임장화는 식민지 조선에 서구 문예 이론을 소개하는 데 앞장섰다. 1924년 8월 그는 발행인 겸 편집인으로 있던《영대》에 발표한「예술지상주의의 신자연관」에서 포를 '표현파의 개조(開祖)'로 높이 평가하며 "자연의 형태를 이상력(理想力)으로써 조정하여 창조의 무한 자

---

37 상허학회 편,『이태준 전집 5: 무서록 외』(서울: 소명출판, 1915), 349쪽. '백만회'란 길진섭(吉鎭燮)이 김환기(金煥基)를 비롯한 몇몇 조선인 화가들과 함께 만든 단체로 당시 긴자에서 첫 서양화 전시회를 열었다. 이태준은 이 전시회에 대하여 길진섭은 포비즘의 경향에 선에 대한 관심을 보였고 김환기는 '퍽 하이칼라'였다고 말하였다.

유를 고조하려는 것이 포의 예술을 일관한 주조였다"[38]고 지적한다. 임장화는 이러한 예술관을 보여 주는 좋은 예로 포의 산문시 「침묵」을 약역(略譯)하여 소개하기도 하였다.

정인섭이 세계문학에 보여 준 관심은 《해외문학》 2호에서도 엿볼 수 있다. 2호에는 외국문학 작품 번역과 문학 비평과 함께 사이사이에 해외 문단 소식을 전하는 난이 마련되어 있다. 내용이나 문체로 보아 편집자인 정인섭이 쓴 것임이 틀림없는 「사옹(沙翁) 소식 두 낫」이라는 글이 실려 있다. 필자는 화재로 소실된 윌리엄 셰익스피어 극장의 재건 소식을 전하면서 "인도보담 귀중하다는 영국 자신의 시성(詩聖)이여! 우리에게도 감명을 주노니, 조선의 사옹이 날 째가 되면, 그대도 고독하지는 안흘 것이다"라고 지적한다. 정인섭은 계속하여 "조선의 문예가들이여, 자중하고 노력함이, 마지안키를 바래노라. 그대들이 안계(眼界)를 넓혀, 세계문학의 동정(動靜)에, 주의하고 참고함이 잇슬진댄, 각오의 위대함과 소성(小成)의 부정이 업지 안흐리……"[39]라고 자못 영탄조로 말한다.

---

38 임노월, 박정수 편, 『춘희 외』(서울: 범우사, 2005), 255쪽. 흥미롭게도 당시 포에 관심을 기울인 임장화와 김명순은 도쿄에서 연인 사이였고, 함께 '토월회'에 객원 멤버로 참여하였다. 김명순과 헤어진 뒤 임장화는 '일엽(一葉)'이라는 법명으로 더욱 잘 알려진 김원주(金源珠)와 사귀었던 것으로 알려져 있다.

39 '사옹 소식 두 낫', 《해외문학》 2호(1927. 7. 1), 11쪽. 필자가 셰익스피어를 '인도보담 귀중하다는 영국 자신의 시성'이라고 일컫는 것은 토머스 칼라일이 한 말 때문이다. 칼라일은 『영웅 숭배론』(1841)에서 "만일 다른 나라 사람들이 우리 영국인을 보고 인도와 셰익스피어 둘 중 어느 것을 포기하겠느냐고 묻는다면 어떻게 하겠습니까? (…중략…) 영국은 언젠가 인도를 잃게 될 것이지만 셰익스피어는 사라지지 않는다"라고 말한다. 그만큼 칼라일은 식민지라는 경제적 가치보다는 셰익스피어가 상징하는 문화적·정신적 가치를 소중하게 생각하고 문학의 영원성을 인정하였다.

정인섭은 셰익스피어 극장 재건 문제를 말하다가 뜬금없이 조선 문학을 언급하였다. 조선에서도 셰익스피어 같은 대문호가 태어나기를 기대하면서 조선 문인들의 각성을 촉구하였다. 조선 문인이 셰익스피어 같은 문호가 되려면 무엇보다 먼저 민족문학의 좁은 굴레에서 벗어나 좀 더 넓은 안목으로 세계문학에 눈을 돌려야 한다는 것이다. 이렇듯 비평 논문도 아니고 단순히 세계문단 동정을 전하는 난에서도 정인섭은 세계문학에 관한 관심의 끈을 좀처럼 놓지 않았다. 그만큼 외국문학연구회 회원들에게 세계문학은 강박관념처럼 뇌리에 각인되어 있었다.

한편 《해외문학》 2호에는 「사옹 소식 두 낫」에 이어 「이태리 소식 두 낫」이 실려 있다. 다 같이 세계문학을 다루지만 한쪽은 식민지 조선이 받아들여야 할 세계문학의 바람직한 측면을 지적하는 반면, 다른 쪽은 오히려 세계문학이 취해서는 안 되는 측면을 언급한다. 익명의 필자는 먼저 이탈리아의 극작가 루이지 피란델로가 1927년도 노벨 문학상 수상자로 선정되었다는 소식을 전한다. 여기서도 필자는 "우리의 문예가협회의 현재 도달이, 너무나 미약하다 안이할 수가 업다. 목전의 소사(小事)에 급々하기보다, 조선문학 구성에 대한, 종합적 의도에 씀직함이 잇기를 바란다"고 말하면서 조선 문학가들에게 촉구를 멈추지 않는다. 이 소식 난의 필자는 이어 이탈리아 문부미술 대신(大臣)의 선언문을 전하면서 파시즘의 예술관이 세계문학의 발전에 얼마나 저해 요소가 되는지 밝힌다.

　　대저 예술가는, 이제 우리 이태리 국민이 완성식히려는 신제국주의에 참가할 준비가 잇서야 한다. 각인은 자기의 유파를 확장하고, 새로운 공동(共働)에 의하야, 더욱 완전을 기할 지어다. 그리고 명심할 것은, 이태리주의 정신을 발양하려는 결심이 잇서야 한다는 것이다. 외국 작품의 모방은 조국 모독의 죄로서, 처벌 바들 것이다.[40]

김진섭이 1차 세계 대전 이후 세계문학이 쇠퇴일로를 걸었다고 지적했다는 것은 이미 앞에서 언급하였다. 1922년 이후 베니토 무솔리니가 권력을 독점하기 시작하면서 이탈리아는 파시즘을 향하여 치닫고 있었다. 위 선언문을 발표한 문예를 책임 맡던 장관은 이탈리아의 모든 예술가를 신제국주의에 참여시키려고 하였다. 그러면서 그는 외국의 문예 작품을 모방하는 것은 곧 조국 이탈리아에 대한 모독으로 처벌을 면치 못할 것이라고 협박하였다. 이러한 국수주의적인 분위기에서라면 세계문학은 질식할 수밖에 없을 것이다.

세계문학과 관련하여 정인섭이 다른 외국문학연구회 회원들과 다른 점은 유난히 언어에 주목한다는 점이다. 연구회 회원 중에서 그만큼 문학의 매체 수단인 언어에 깊은 관심을 둔 외국문학도도 없었다. 그는 외국문학 도입과 모국어 연구는 마치 샴쌍둥이처럼 떼려야 뗄 수 없다는 사실을 첨예하게 깨닫고 있었다. 정인섭은 와세다대학에서 영문학을 전공하면서도 영어 회화와 문해력에 많은 노력을 기

---

40 「이태리 소식 두 낫」,《해외문학》 2호, 24쪽. 여러 정황으로 미루어보아 이 글을 쓴 필자는 이하윤인 듯하다.

울였다는 것은 잘 알려진 사실이다. 외국문학을 깊이 있게 연구하려면 무엇보다도 먼저 그것이 쓰인 언어에 통달해야 한다고 생각했기 때문이다. 뒷날 그는 조선어학회 회원으로 한글맞춤법통일안 제정에 참여하였고, 조선음성학회를 조직하여 국제음성학대회에 조선 대표로 참석하기도 하였다.

《해외문학》 2호에는 창간호와는 달리 '해외문학 좌담회' 난을 새롭게 신설하였다. 1회 주제는 「한글 사용에 대한 외국문학 견지의 고찰」이다. 이 좌담은 여러 정황으로 미루어보아 2호 편집과 발행을 맡은 정인섭의 제안으로 이루어진 것 같다. 김진섭과 김명엽(金明燁)은 학업을 마치고 귀국하여 도쿄에 남아 학업을 계속하는 외국문학연구회 회원들이 참석하였다. 정인섭은 좌담회 주제를 설명하면서 "제2기 '르네상스'에 들어간 우리 사회는 발서 일본화된 피상적 문헌으로서 만족치 안고 직접으로 세계문화를 흡취하고저 하는 타율적 일면과 향토적 독자성을 밝히려는 운동의 일부, 즉 '한글'이란 자율적 표기와의 양면이 접촉하는 곳에 그 목표가 잇스니 환언하면 우리 자신의 입장 견지는 한 발을 외국에 두고 또 한 발을 내지(內地)에 둔 것이니싼 이러한 처지에 잇는 자(者)로서 조선문자 표기의 근원적 자유성을 어느 정도까지 응용하고 그 효과가 엇덜가 하는 문제일가 합니다"[41]라고 밝힌다.

정인섭은 평소 세계문학에서 핵심적 역할을 하는 것이 번역이고, 좋은 번역을 하려면 모국어를 잘 알고 있어야 한다고 판단하였다. 번

---

41 「해외문학 좌담회: 한글 사용에 대한 외국문학 견지의 고찰」, 《해외문학》 2호, 60~61쪽.

역하면서 한 언어와 계통이 다른 언어 사이에 의미가 정확히 상응하는 어휘를 찾기란 불가능하거나 무척 어렵다. 더구나 정인섭은 외국문학을 조선 문단에 소개할 때 무엇보다도 먼저 느끼게 되는 것이 외국어와 비교하여 한국어가 "원문의 세밀한 맛을 전할 만한 적당한 역어가 부족한 것은 사실이다"라고 지적한다. 이 점과 관련하여 벵골어로 작품을 쓴 라빈드라나트 타고르도 모국어에 대하여 똑같은 심정을 토로한 적이 있다.

물론 언어란 문화에서 비롯하므로 한 문화권의 언어와 다른 문화권의 언어 사이에 우열을 따지는 것처럼 부질없는 것도 없다. 가령 일년 내내 눈 속에서 살아가는 이누이트족(에스키모족)에게는 '눈[雪]'을 가리키는 어휘가 수십 가지나 된다. 한편 바나나를 가리키는 어휘도 마찬가지여서 한 열대 지방에서는 바나나를 가리키는 어휘가 대여섯 가지가 넘는다. 이러한 언어 상대주의를 접어두고라도 정인섭이 번역과 관련하여 한국어의 활용이 잘 발달하지 않았다고 밝히는 것은 크게 틀리지 않는다. 여기에는 여러 이유가 있을 터지만 문학가를 비롯한 지식인들의 언어에 대한 무관심도 그중 하나일 것이다.

정인섭은 일본에서도 문학과 예술이 발달한 것도 메이지 유신 이후 외국문학 작품을 번역하면서 새로운 낱말을 만들어 내거나 사용하지 않던 낱말을 다시 활용했기 때문이라고 지적한다. 여기서 그는 메이지 시대 이후 서양문물을 흡수하려고 새로운 서양의 어휘에 대응하여 일본 번역가들이 만들어 낸 와세이칸고(和製漢語) 또는 신칸고(新漢語)를 언급한다. 정인섭은 "문학 중에서 가장 정밀한 표현력을 가진 것은 세계의 모든 국어 중에도 아마 노어일 것이다. 노어를 완전히 외국어에 옮기는 것은 곤란하지만 어떤 외국어든지 용이하게 노어로 옮길 수 있다"는 이반 투르게네프의 말을 인용한다.[42] 러시아어가 그렇게 표현력을 획득하고 명료하게 된 것은 바로 작가들이 모국어를 열심히 갈고 닦았기 때문이라는 것이다.

그래서 정인섭은 좌담회에서 번역과 모국어 발달을 위해서는 작가들이나 번역가들이 모국어에서 사용하지 않는 폐어나 사어 등을 발굴하고 아예 없는 어휘는 새롭게 만들어내야 한다고 주장하였다. 가령 그는 "'하늘, 한울, 하날'도 다 바리기 앗가워요. 또 어감미(語感味)가 다르니깐…… 그리고 외국어 가운데도 한음적(漢音的)으로 역(譯)하는 것이 원어 원미(元味)를 전하는 데 조흘 째가 잇는가 해요"[43]라고 밝힌다.

정인섭은 그러한 실례로 일본인들이 영어 3인칭 단수 대명사 'he'와 'she'를 '가레(彼)'와 '가노죠(彼女)'로 만들어 사용하는 것을 든다. 일본의 영향을 받아 지금 한국어에서도 '그'와 '그녀'가 보편화되어 있는 실정이다. 이렇듯 번역은 단순히 외국문학 작품을 자국어로 옮겨 자국 독자들에게 소개한다는 차원을 넘어 모국어의 발달에도 큰 역할을 하게 마련이다. 한글학회의 전신인 조선어연구회가 신민사와 공동으로 훈민정음 반포 제8 회갑(480년)이 되던 1926년 음력 9월 29일을 '가갸날'로 제정하고 기념식을 열었다. 정인섭은 한글날의 전신인 '가갸날'을 제정한 것을 일종의 한국 르네상스 운동으로 높이

---

42 정인섭, 「포오를 논하야 외국문학 연구의 필요에 급하고 《해외문학》의 창간함을 축함」, 25, 26쪽; 정인섭, 「《해외문학》의 창간」, 18, 19쪽.

43 「해외문학 좌담회: 한글 사용에 대한 외국문학 견지의 고찰」, 65쪽.

평가하였다.

그러나 정인섭을 비롯한 외국문학연구회의 회원들의 이러한 활동이 몇몇 문인들에게는 전공 분야에서 벗어난 외도로 보일 따름이었다. 가령 홍효민은 정인섭을 비롯한 연구회 회원들에게 "재래의 '언어' 정리에 쓰는 만흔 노력은 그만두고 (조선어학회 가튼 곳이 잇스니) 진정한 외국문학의 번역, 소개자들이 되라"[44]고 충고한다. 그러나 모국어에 대한 관심을 접고 외국문학의 번역과 소개에 전념하라는 충고는 연구회 회원들로서는 결코 받아들일 수 없었다. 외국문학의 번역과 모국어는 마치 실과 바늘처럼 떼어서 생각할 수 없기 때문이다.

정인섭은 일찍이 외국문학연구회의 발족과《해외문학》창간과 관련하여 외국문학의 연구, 외국문학의 소개, 그리고 창작 등 문학의 모든 분야에 걸친 광범위한 문화 활동이라는 사실을 천명하였다. 그는 이 잡지의 창간호에 발표한「포오를 논하야 외국문학의 필요에 급(及)하고《해외문학》의 발간을 축함」이라는 글에서 이 점을 분명히 한다.

　　《해외문학》은 결코 단순한 코스모폴리탄이 아니요 또는 피상적인 서양 숭배아(崇拜兒)가 아니며 우리의 정신을 천시하는 그런 천박한 자아 몰상식의 우자(愚者)도 아니다. 모든 것이 미약했던 구주(歐洲) 각국도 먼저 선진 문화인 희랍(希臘) 라전(羅典) 문

44　홍효민,「조선문학과 해외문학파의 역할, 그의 미온적 태도를 배격함(속)」,《삼천리》4권 6호(1932. 5. 15), 28쪽.

학을 가장 경건한 태도로 감상 연구하여 혹은 형식의 모방, 혹은 내용의 모작, 그래서 각각 자유로운 예술혼에 적합한 새로운 형식과 내용을 가진 문학을 건설할 수 있게 농후한 색채와 풍부한 자료를 함축시키고 그와 병립진행(竝立進行)되어야 할 민족 고유 정신의 특수 예술본능과 혼합시켜서 금일의 위대한 문학과 및 그에 부속하여 발달된 모든 문화 부분의 왕성을 봄과 같이 우리도 금일의 우리 사회에서는 될 수 있는 데까지의 충실한 태도로서 해외문학을 연구할 필요가 있다는 것이다.[45]

위 인용문은 《해외문학》 창간호 권두사의 내용과 크게 다르지 않다. 다만 차이가 있다면 정인섭은 자국문학과 외국문학의 관계를 좀더 유기적으로 밝힌다는 점이다. 그가 고대 그리스 문학과 로마의 라틴 문학을 중요하게 생각하는 것은 그것이 유럽 문학에 끼친 영향이 무척 컸기 때문이다. 그리스 문학과 로마 문학은 문예 부흥기에 이탈리아 문학에 영향을 끼쳤고, 이탈리아 문학은 영국과 프랑스와 독일 등의 문학에 영향을 끼쳤다. 그리고 19세기 말엽부터 동아시아에서는 유럽의 현대 문학에서 크고 작은 자양분을 섭취하면서 근대문학을 발전시켰다.

정인섭은 다른 문화권의 문학을 모방하거나 모작하는 것을 그렇게 부끄럽게 생각하거나 부정적으로 생각하지 않았다. 세계 문학사

---

45 정인섭, 「포오를 논하야 외국문학의 필요에 급하고 《해외문학》의 발간을 축함」, 25쪽. 정인섭은 에드거 앨런 포를 다루는 전반부를 생략하고 나머지 부분을 「《해외문학》의 창간」이라는 제목으로 『조선문단고』에 수록하였다.

에서 흔히 볼 수 있듯이 문학은 이러한 모방과 모작을 통하여 발전해 왔기 때문이다. 또한 정인섭은 외국문학연구회의 설립과 그 기관지의 발간이 단순히 서양문학을 따르려는 비주체적이고 추수주의적 행위가 아니라고 좀 더 분명히 못 박아 말하였다. 그가 '병립진행'이라는 용어를 사용하는 데서도 엿볼 수 있듯이 한 문화권의 문학은 결코 홀로 설 수 없고 다른 문화권의 문학과 어깨를 나란히 한 채 끊임없이 영향을 받고 영향을 받을 때 비로소 건강하게 발전할 수 있다.

위 인용문에서 한 가지 찬찬히 눈여겨볼 것은 정인섭이 첫머리에서 외국문학연구회가 '단순한 코스모폴리탄'이 아니라고 밝힌다는 점이다. 이러한 태도는 《해외문학》 2호에서 "세계문화 수입의 필연적 요구는 '외국문학연구회'를[로] 하여곰 당면 현재의 조선에 잇서ᄊ《해외문학》이란 일개의 잡지적 코쓰모폴리탄을 낫케 되엿다"고 말한 것과는 조금 상충된다. 물론 연구회가 추구하는 것은 '단순한 코스모폴리탄'이 아니라 좀 더 참다운 의미의 코즈모폴리턴이라고 해석할 수 없는 것은 아니다. 그러나 앞에서 밝혔듯이 횡적이고 수평적 유대에 무게를 싣는 코즈모폴리터니즘(세계시민주의)은 종적이고 수직적 관계에 무게를 두는 인터내셔리즘(국제주의)보다는 적극적이고 긍정적이다.

세계문학에 대한 정인섭의 관심은 일본 유학을 마치고 귀국하여 연희전문학교에서 영문학 교수로 근무하면서도 크게 달라지지 않는다. 가령 1940년 발표한 「세계문학과 한국문학」에서 그는 김진섭처럼 세계문학을 협의의 의미와 광의의 의미 두 가지로 구분 짓는다.

필자가 취급하는 세계문학이란 것은 광의와 협의의 이종(二種)으로 쓰려고 한다. 즉 협의는 괴테가 의미한 "도덕적 심미적 각 민족의 융합으로부터 발생하는 문예예술"이라든가, 짐메르가 설명한 "인류 일반의 통일적 이상"을 말하는 문학 내지, 모울튼 교수가 주창한 "예술의 통일"에 기인한 구주 문학사 중의 대표작이 의미하는바 일종의 문학적 '타이프' 등이고, 광의의 해석은 위에서 말한 바와 같은 문학정신의 특정 산물만을 말하는 것이 아니라 모든 인간 또는 자연환경을 포함한 각국의 문학을 총괄하여 말하는 것인데 치노(茅野) 씨가 구별한 이종(二種)의 명명, 즉 '세계문학'과 '세계의 문학'과의 두 가지 중 후자를 의미하는 것이다.[46]

정인섭은 괴테가 말하는 세계문학을 비롯하여 게오르크 짐멜과 리처드 몰튼이 말하는 문학까지도 협의의 세계문학에 포함시킨다. 세계문학과 관련하여 정인섭이 이렇게 괴테 한 작가뿐 아니라 그의 주장을 설득력 있게 받아들이는 다른 학자들의 이론까지도 폭넓게 수용한다는 것이 여간 놀랍지 않다. 정인섭은 김진섭처럼 괴테의 세계문학을 짐멜의 '사회학적 미학'과 리처드 몰튼의 비교문학과 같은 차원에서 언급하였다. 괴테와 짐멜과 몰튼은 출발점은 서로 조금 다르지만 세계문학이라는 한 지향점으로 수렴하기 때문이다. 괴테에 관심이 적지 않았던 짐멜은 이마누엘 칸트와 괴테를 비교하여 연구

---

46 정인섭, 「세계문학과 한국문학」, 『한국문학논고』(서울: 신흥출판사, 1959), 7쪽.

했을 뿐 아니라 『괴테』(1913) 같은 저서를 출간하기도 하였다. 또한 세계문학은 몰튼의 비교문학에서 자양분을 받고 성장하였다.

정인섭은 김진섭과 마찬가지로 치노 쇼쇼(茅野蕭々)의 분류 방식에 따라 '세계문학'과 '세계의 문학'을 엄격히 구분 짓는다. 도쿄제국대학 독문과를 졸업한 치노는 게이오기주쿠(慶應義塾)대학과 니혼(日本)여자대학 교수를 역임하면서 『세계문학사조(世界文學思潮)』(1925), 『괴테연구(ゲョエテ研究)』(1932), 『괴테와 철학(ゲョエテと哲學)』(1936), 『독일 낭만주의(獨逸浪漫主義)』(1936) 같은 저서를 잇달아 출간하여 괴테를 중심으로 한 독문학을 일본에 널리 알리는 데 크게 이바지하였다.

정인섭은 광의의 세계문학, 즉 '세계의 문학'은 "모든 인간 또는 자연환경을 포함한 각국의 문학을 총괄하여 말하는 것"이고, 협의의 '세계문학'은 괴테를 비롯한 게오르크 짐멜과 리처드 몰튼 등이 주장한 문학이라고 지적하였다. 세계시민주의를 부르짖는 정인섭은 세계문학이나 세계문화를 호흡하는 것이 결코 자기 문학이나 문화를 몰각하는 행위가 아니라 오히려 자국의 문학과 문화를 풍요롭게 하는 행위로 간주하였다. 이렇게 열린 태도로 외국의 문학과 문화를 받아들일 때 비로소 자국의 문학과 문화에도 '침체 없는 진보'가 있을 것이라고 주장하였다.

한국의 문학은 세계의 문학을 소화해야 된다. 그리하여 세계문학의 양과 질도 증가되어 간다. 그리고 한국 사람에게만 이해되는 한국문학은 반드시 위대하다고 할 수 없다. 한국 사람에게도 감상되면서 세계의 다른 사람들에게도 깊이 감동을 주는 것이야말로 세계의 문학 가운데 대표적인 걸작이라고 할 수 있고 협의의 '세계문학'일 수도 있다. '세계문학'이란 것은 결코 어느 사회에든지 소속되지 아니하는 가공적 문학이 아니요, 어떤 유토피아의 세계에서 창작된 것도 아니다. 그것은 어떤 사회의 현실적 소산이요, 또한 직접 간접 이상적 요소가 포함되어 있어야 한다. 과거에 있어서 모든 위대한 문학은 다 그러하였다. 그것은 그것이 창작된 사회의 소유인 동시에 세계의 사람들의 소유도 될 수 있다. 그렇지 않은 것은 너무나 지방주의적 문학이요 너무나 유아적(唯我的) 문학이다.[47]

위 인용문에서 정인섭은 세계문학과 관련하여 몇 가지 중요한 사실을 언급한다. 첫째, 문학은 특수성과 구체성에 의존하되 좀 더 보편성을 지향해야 한다. 가령 한국문학은 한국인에게만 감명을 주는 문학만으로는 부족하고 좀 더 넓게 세계 독자를 목표로 삼아야 한다. 문학이 "어떤 사회의 현실적 소산"이라고 말하는 것은 문학의 특수성과 구체성을 말하는 것이다. 한편 문학이 "직접 간접 이상적 요소가 포함되어 있어야 한다"고 주장하는 것은 그러한 특수성과 구체성에서 벗어나 좀 더 세계가 추구하는 이상주의를 염두에 두어야 한다는 것을 의미한다. 말하자면 진정한 문학은 특정한 민족이나 국가의 소산이면서 동시에 국제적인 요소를 지녀야 한다. 만약 이러한 이중적

---

47 위의 글, 15쪽.

특성에 주목하지 않는 문학은 '지방주의적'이라거나 '유아적'이라는 낙인이 찍힐 수밖에 없다.

정인섭의 이러한 태도는 그의 다른 글에서도 그다지 어렵지 않게 찾아볼 수 있다. 첫째, 그는 문학의 특수성 못지않게 보편성을 중시하였다. 정인섭은 「'가갸날'과 외국문학 연구」에서 "문학의 내용적 2대 특성은 국민적 특유성과 세계적 보편성이다. 다시 말하면 시대와 장소에 구속되는 부분과 그것을 초월한 부분, 다시 말하면 종적 국민 요소와 횡적 세계 요소가 교차한 십자로에서 문학이 존재할 수 있다"[48]고 밝힌다. 여기서 가장 핵심적 어휘는 다름 아닌 '십자로'다. 두 갈래 길이 십자로에서 만나듯이 문학과 문학이 특수성과 보편성이라는 십자로에서 만나 세계문학을 만들어낸다.

둘째, 정인섭은 세계문학이 자칫 추상적이고 '유토피아적'이라고 생각하기 쉽지만 실제로는 그러하지 않다고 지적한다. 비유적으로 말한다면 세계문학은 풍란처럼 공중 속에 뿌리를 드러내는 식물이라기보다는 흙 속 깊이 뿌리를 내리는 민들레 같은 심근성 식물에 가깝다. 세계문학은 어느 사회에도 속하지 않는 '가공적 문학'의 문학도 아니고, 그렇다고 국적도 없이 지구촌을 떠도는 무국적자도 아니다.

셋째, 정인섭은 한국문학에서 세계문학의 관계가 일방적이 아니라 쌍방적이라고 주장한다. 문화 전파란 물이 흐르는 방향과는 조금 다르다. 물은 늘 위쪽에서 아래로 흐르지만 문화는 한 방향으로 흐르다가 일정한 기간이 지나면 다시 역방향으로 흐르기도 한다. 그래서

---

48 「'가갸날'과 외국문학 연구」, 『한국문단논고』, 29쪽.

정인섭은 한국의 문학이 세계문학을 받아들여 풍요로워지면 이번에는 세계문학에게 영향을 주어 세계문학의 양과 질도 늘어난다고 지적한다. 경영학에서 흔히 말하는 용어를 빌려 말하면 두 문학은 궁극적으로 서로 '윈-윈'하는 상태로 발전하여 두 쪽 모두에게 긍정적으로 도움을 줄 수 있다.

요컨대 외국문학연구회를 비롯한 정인섭의 활동은 하나같이 외국문학을 기반으로 한국문학을 좀 더 풍요롭고 보편적으로 만들기 위한 시도에 지나지 않았다. 그에게 외국문학 연구는 곧 한국의 문예부흥 운동과는 떼려야 뗄 수 없이 서로 관련되어 있다.

> 외국문화 수입을 통한 한국 문예부흥이라는 종합적 문화 운동이 '해외문학파' 운동으로 강력히 전개되었던 것이다. '해외문학파'가 지향한 것은 결코 외래문화만을 존중히 하는 것이 아니었던 것은 내 자신이 한글학회에도 깊은 관계를 가져 홍원 사건의 옥중 고생을 했고, 1936년과 1953년 두 번이나 국제언어학자대회에 참석하여 한글을 소개하였으며, 윤돈(倫敦)대학 기타 외국 교단에서 우리 어문학을 담당했던 것이라든지, 제29차 국제 펜클럽대회가 1957년에 동경에서 개최했을 때도 한국문학의 소개 강연을 했고, 그동안 한국의 민속 고전 문학과 현대 작품도 영문으로 번역하여 국제적으로 수출한 바 있었다는 사실을 통해서라도 짐작할 수 있을 것이다.[49]

---

49 정인섭, 「자서」, 『세계문학 산고』(서울: 동국문화사, 1960), 2쪽.

위 인용문에서 무엇보다도 눈에 띄는 낱말은 '수입'과 '수출'이다. 자국에서 생산한 상품을 외국에 내다 팔고, 국내에 필요한 상품을 외국에서 들여오듯이 자국문학과 외국문학의 상호교환이 원활하게 이루어질 때 문화가 꽃을 피운다. 정인섭은 이렇게 한국문학이 탐스러운 꽃을 피울 수 있도록 이바지하였다. 그가 언급하는 '홍원 사건'이란 1942년부터 일제가 한민족의 정신과 문화를 말살하려고 한글학자들을 체포하여 구금한 사건을 말한다. 또한 정인섭이 "윤돈대학 기타 외국 교단에서⋯⋯"라고 말하는 것은 1950년 초 영국의 런던대학교와 일본의 덴리(天理)대학에서 한국어와 한국문학을 강의한 것을 말한다. 한마디로 정인섭에게 한국문학과 외국문학은 서로 구분 짓기 어려웠다.

이하윤과 세계문학

외국문학연구회 회원 중에서 세계문학에 대한 관심으로 말하자면 이하윤도 김진섭이나 정인섭보다 더 하면 더 하지 결코 덜하지 않다. 이하윤은 세계문학을 받아들여야 하는 이유로 조선 문단의 낙후성을 든다. 이하윤은 "우리 문단 같이 외국문학에 대한 소양이 빈약한 곳도 없을 것이며, 또 외국문학에 무지한 우리 문단처럼 낙오된 문단이 어디 있을 것이랴"고 말한다. 그러면서 그는 계속하여 "이렇게 영양 부족인 우리에게 외국문학의 연구, 그 이식 운동은 무엇보다도 앞서서 절실히 필요해지는 것이다"라고 역설한다. 한마디로 그는 "우리는 우리의 가지는 바 문학이 세계문학이 될 수 있어야만 하는 것을 잊을 수 없는 것이다"라고 잘라 말한다.[50]

1929년 12월 이하윤은 식민지 조선 문단이 세계문학에 무관심한 사실에 우려를 표명하였다. 그는 "우리의 문학이 우리다운 특징을 가지고 세계문학의 수준을 따라가야만 하는 것이요, 거기 상응한 노력이 우리 작가들에게 절대 조건으로 부과된 것이매 이제 우리 국내에서도 레벨이 없는 터에 겨우 작가의 인정을 받게 되었다고 조금도 안심하여서는 안 되리라고 생각한다"고 밝힌다. 이하윤은 비교적 짧은 이 말 속에 많은 의미를 함축하고 있다. 첫째, 조선 문학가가 세계문학의 수준을 따라가도록 노력해야 하는 것은 이제 선택 사항이 아니라 '절대 조건'이다. 둘째, 조선 작가들은 세계문학을 추구한다고 하여 조선문학의 고유한 특성을 잃어버려서는 안 된다. 셋째, 조선 문단에는 아직 '레벨', 즉 평가할 만한 수준이 없는 상황에서 어떤 방식으로든지 문단에 데뷔했다는 것만으로 자만심에 빠져서는 안 된다. 이하윤은 경오년 한 해 문단에서 이루어진 성과가 만족스럽지 못하다고 평가하면서 문인들에게 새해에는 세계문학에 좀 더 큰 관심을 기울일 것을 촉구하였다.

이하윤은 경오년의 문예 창작 성과에 이어 이번에는 번역계의 성과를 총관하는 글을 발표하였다. 이 글에서 그는 창작 못지않게 번역이 중요하다는 것을 역설하였다. 한국 문단이 세계문학을 제대로 받

---

50 이하윤, 「외국문학 연구 서론」, 『이하윤 전집 2』, 96쪽.

아들이려면 무엇보다도 먼저 외국문학 작품을 한국어로 번역해야 하기 때문이다.

외국문학의 수입이 우리 급선무의 하나인 것은 다시 말할 필요도 없다. 아무 지반도 없는 우리로서는 그들에게 배움이 또한 없지 못할 것이며, 한 걸음 나아가서는 현대에 살고 있는 세계인으로서 만으로라도, 그리고 적어도 우리가 건설하는 국민문학이 세계문학의 일부를 형성하는 이상 외국문학을 옮겨 놓는 의무는 확실히 우리들에게 부여된 한 중대한 과제다. 실로 이 하나는 선진국 각자의 문학사가 증명하는 것이며 또는 현대 세계인의 눈 앞에 실현되는 상황임에 틀림없는 것이다.[51]

이하윤은 김진섭이나 정인섭과 마찬가지로 외국문학을 '수입'해야 하는 이유를 크게 세 가지 관점에서 지적한다. 첫째, 신문학의 첫 걸음을 내디딘 조선문학은 외국문학으로부터 자양분을 섭취하여 성장해야 한다. 둘째, 20세기를 살아가는 세계인으로서 조선의 작가들은 외국문학에 무관심할 수 없다. 셋째, 국민문학이 궁극적으로 세계문학의 일부를 형성하는 이상 조선문학은 세계문학에 주의를 기울여야 한다.

이하윤은 이렇게 외국문학 수입이나 이식이 절대적인 시대적 요청인데도 조선의 작가들이 흔히 외국문학을 경시한다고 비판하였다.

---

51   이하윤, 「경오 역단(譯壇) 일별」, 『이하윤 전집 2』, 37쪽.

그가 판단하기로는 아이러니컬하게도 조선의 작가들은 겉으로는 외국문학을 경시하는 태도를 취하면서도 실제로는 외국문학에 적잖이 경도되어 있다. 이 점과 관련하여 이하윤은 "비록 우리로서의 이렇다 할 만한 이식은 없으나마 우리 현 작가나 시인은 거의 일본이나 일본역의 외국작품에서 배양된 것임을 부인할 수 없으니 그럼에도 불구하고 그들이 사회와 함께 이 문제를 굳이 경시하려 함은 무슨 이유일까"[52]라고 의문을 품는다. 이하윤이 일본 작품이나 일본어로 번역된 외국문학 작품에서 문학적 자양분을 얻는 것을 탓하는 것이 아니라 외국문학을 좀 더 '진지한 태도'로 받아들이라고 충고하였다.

이렇게 이하윤이 외국문학을 수입하거나 이입할 때 '진지한 태도'를 취하라고 충고하는 데는 그럴 말한 까닭이 있다. 이 무렵 식민지 조선에서는 번역과 번안의 구분이 제대로 이루어져 있지 않았기 때문이다. 물론 번안도 번역의 초기 단계에서 필요한 과정이지만 외국문학을 제대로 수용하기 위해서는 원문의 형태를 최대한 살려 옮기는 번역이 필수적이다. 한편 번안에서는 원작의 내용이나 줄거리는 그대로 두고 작품의 제목을 비롯하여 작중인물의 이름, 작품의 배경, 풍속 따위를 시대나 문화에 맞게 바꾸어 고친다.

이 점과 관련하여 이하윤은 "성명을 고치고 번역이라 하여 원작을 훼손시킬 필요는 소호(小毫)도 없으리라고 생각한다"고 지적한다. 그러면서 그는 계속 "금년에는 한 둘의 예를 발견하지만 책임 없이 번역자의 이름을 쓰지 않거나 원작가의 이름을 감추고 신뢰할 수 없는

---

52   위의 글, 37쪽.

번역을 내놓을 필요는 어디 있는가 묻고 싶다"[53]고 말한다. 이렇듯 이하윤은 외국문학을 소개하는 데 소개자의 성실성과 책임감이 자못 중요하다고 강조하였다. 당시 무책임한 번역 현상은 주로 소설 분야에서 쉽게 엿볼 수 있지만 시 분야라고 예외는 아니었다.

> 그는『오뇌의 무도』로써 조선 유일의 번역 시인이요 해외문학 수입의 공로자인 것을 잊어서는 아니 된다. 그러나 이에 나는 엄준히 충고하지 아니치 못할 그의 태도에 대한 불만을 품고 있는 것이니, 그가 「봄의 노래」의 서문에 말한바 자기가 좋아하는 시이면 임의로 자기 것으로 만들 수 있다는 모호한 주장이다. 힌트를 얻어 가지고 쓰는 시와 몇 연(聯)씩 맘대로 훔쳐다 무단히 자기 것을 만드는 것과 같다는 말인가. (…중략…) 아무리 의역이고 자유역이라 할지라도 그 원작자만은 공표하는 것이 예술가의 충실한 번역적 양심일까 한다.[54]

첫 문장에서 이하윤이 언급하는 '그'는 다름 아닌 안서 김억이다. 이하윤은 "조선 유일의 번역 시인이요 해외문학 수입의 공로자"로서의 김억을 높이 평가하면서도 그의 번역 태도를 날카롭게 비판한다. 김억은 남의 시 작품을 번역하면서 마치 그것이 자신의 것인 것처럼 자유롭게 사용하기 일쑤였기 때문이다. 물론 당시에는 저작권 문제

---

53 위의 글, 39쪽.
54 이하윤, 「기사 시단(己巳詩壇) 회고」, 17쪽.

가 지금처럼 엄격하지 않았지만, 만약 오늘날 같았더라면 그는 표절 문제로 곤욕을 치렀을 터다. 비단 표절 문제를 떠나 이러한 문제는 문학가로서 용서받지 못할 행위일 것이다. 한마디로 이하윤은 소설이든 시든 외국문학 작품을 국내에 소개하는 사람들에게 "예술가의 충실한 번역적 양심"을 촉구하였다.

김억처럼 외국문학 작품을 자신의 것처럼 자유롭게 사용하는 문인들이 있는가 하면, 외국문학에 무관심한 척하면서도 실제로는 거의 대부분 외국문학을 '베끼다시피' 하는 문인들도 있다. 이하윤은 "겉으로는 외국문학에 눈도 거들떠보지 않는 듯이 시치미를 떼는 작가들일수록 대개는 그도 다리를 놓아 읽는 대로 남의 것을 그대로 삼켰다 토해 버리는 모양이다"라고 비판한다. 여기서 단정 지어 말하지 않고 '~모양이다'라고 조금 유보를 두어 말하는 것은 그가 직접 확인한 것이 아니라 그의 지인이 일러 준 정보에 의존하기 때문이다. 그 지인은 이하윤에게 "소위 조선 문인들의 무능과 예술적 양심의 결여"를 전해 주었다. 이하윤은 "기인(幾人)의 소설가, 수인(數人)의 평론가는 그 발표하는 작품과 논문이 거의 다 표절이라는 것을 그는 실례를 들어서 일일이 지적하는 것이다. 이번 모지(某誌)에 발표된 모씨(某氏)의 소설은 수개월 전 혹은 수년 전 도쿄서 발행하는 모지에 게재되었던 모씨의 소설과 조금도 다름이 없다고 그는 말하여 준다"고 밝힌다.[55] 그러면서 이하윤은 이러한 문인들의 행위야말로 조선문학의 발전을 저해하는 요소 중 하나라고 날카롭게 비판하였다.

---

55 이하윤, 「외국문학 연구 서설」, 『이하윤 전집 2』, 95쪽.

이하윤은 번역이 흔히 생각하는 것처럼 그렇게 쉽지 않다는 사실을 누구보다도 먼저 깨닫고 있었다. 번역에는 언어의 속성에서 볼 때 완벽한 번역, 즉 그가 말하는 '완성품인 완역'은 기대하기 어렵지만 차선의 번역, 즉 원전에 가까운 번역을 성취하도록 노력해야 한다고 주장하였다. 번역가의 자질에 대하여 이하윤은 "번역가는 첫째 원어에 능통할 것은 물론 또 우리말에 대하여 구사를 자유로히 해야 하겠고, 따라서 소설의 번역은 소설가의 소질이 있어야 하며 시, 희곡 등이 모두 그러해야만 되느니 이 어찌 지난사(至難事)가 아니냐"고 말한다.

　외국문학 작품이 쓰인 원천어(외국어)에 능통하든지 번역할 언어인 목표어(모국어)를 자유롭게 구사하든지 이 두 가지 중 하나를 잘하기도 무척 힘들다. 그런데 두 언어를 모두 잘하려면 웬만한 언어 능력으로서는 불가능하다. 17세기 영국의 시인이요 비평가인 존 드라이든은 고대 그리스 서사시인 호메로스와 로마의 시인 베르길리우스의 번역과 관련하여 번역가 중에는 "그리스어와 라틴어를 잘 알고 있으면서도 막상 모국어(영어)에 대해서는 무식한 사람이 많다"고 지적한 적이 있다.

　그러면서 드라이든은 번역가라면 모국어와 외국어를 모두 잘 알고 있어야 하지만, 만약 그중에서 불가피하게 어느 한쪽을 희생해야 한다면 차라리 외국어 쪽을 희생하는 쪽이 더 낫다고 말하였다. 이 점과 관련하여 드라이든은 "모국어를 완벽하게 구사하지 못한다면 번역가는 유용성과 쾌락성을 달성할 수 없다. 그리고 그것을 달성하지 못한다면 (그가 옮긴) 번역 작품을 읽는다는 것은 죄를 용서받는 것처

럼 고통스럽고 피곤할 뿐이다"라고 밝힌다.[56]

그런데 흥미롭게도 한국 문단에도 드라이든과 같은 번역자가 있었다. 그동안 외국문학연구회에서 활약할 때부터 번역에 깊은 관심을 보여 온 이하윤이 바로 그 사람이다. 그는 번역 시집 『실향의 화원』(1933) 서문에서 "우리말조차 잘 알지 못하는 역자로서는 가튼 말을 쓰시는 여러분께 더욱 죄만스러운 생각이 만흐나 고르지 못한 세상이라 엇더케 하겟습닛가. 외국어와 자국어와 시가(詩歌) 이 세 가지에 조예가 다가치 기퍼야만 완성될 수 잇는 일이니까요"[57]라고 밝힌다. 그는 드라이든처럼 훌륭한 번역가가 되려면 모국어와 외국어 두 가지 모두 잘 알아야 하지만 이 두 가지에 작품에 대한 조예 또한 깊어야 한다고 덧붙인다.

그리고 보니 일본 근대화를 이끈 후쿠자와 유키치(福澤諭吉)가 번역 작품을 읽으면서 원문을 찾아보고 싶다는 생각이 들면 일단 그 번역은 왜 실패작이라고 말했는지 알 만하다. 원문 구조나 어휘를 그대로 옮겨놓은 듯한 어설픈 번역을 읽은 것처럼 '고통스럽고 피곤한' 것도 없을 것이다. 자국화 번역 전략을 부르짖는 이론가들은 번역서를 읽을 때 자국어로 쓴 글인 것처럼 자연스럽게 읽히는 것이 좋은 번역으로 간주한다. 물론 이국화 번역을 주장하는 이론가들은 이러한 주장을 반박한다.

---

56 John Dryden, "On Translation," in *Theories of Translation: An Anthology of Essays from Dryden to Derrida*, ed. Rainer Schulte and John Biguenet (Chicago: University of Chicago Press, 1992), pp. 23, 24, 30.

57 이하윤, '서', 『실향의 화원』, 5쪽.

이하윤은 외국문학을 연구하고 번역하는 것이 그 자체로도 중요하지만 궁극적으로는 조선문학의 발전에 필수적이라고 밝힌다.《해외문학》창간 '권두사'를 비롯하여 김진섭과 정인섭은 이 점을 입에 침이 마르도록 되풀이하여 강조해 왔다. 이하윤도 그들처럼 괴테의 세계문학을 언급하면서 그 중요성을 다시 한 번 상기시켰다. 그는 "세계문학이란 말이 이미 백여 년 전 1827년에 괴테의 입에서 나온 이래 그 의의는 오늘에 와서 명확한 테두리를 잡게 되었으니 우리가 일 개인으로 특질을 가진 것, 우리 작품이 그리고 일 국가의 문학이 될 수 있는 것도 우연이 아니려니와 함께 인류로서 호흡하는 이상 우리가 쓴 것이 세계문학 권내에 들지 않을 수 없다. 그러니 어찌 세계문학을 서로 받아들이지 않을 것이냐"[58]라고 묻는다.

조선문학과 세계문학이 유기적 관계를 맺고 있다고 주장하는 점에서 이하윤은 김진섭이나 정인섭과 크게 다르지 않다. 오히려 이하윤은 두 사람보다 한 발 더 밀고나가 외국문학을 자국문학이라는 몸에 반드시 필요한 '필수 영양소'로 간주하였다. 필수 영양소란 인체에 반드시 필요하지만 몸 안에서 스스로 만들 수 없는 영양소를 말한다. 그렇다면 외국문학도 자국문학 안에서는 만들어낼 수 없고 반드시 다른 문화권에서 번역을 수단으로 삼아 가져와야 한다. 이하윤은 '필수 영양소'라는 표현과 함께 조선문학의 '빈혈증'이나 '빈약성'을 자주 언급하기도 하였다. 이러한 빈혈증이나 빈약한 상태를 건강하기 위해서라도 필수 영양소를 섭취해야 할 것이다.

---

58   이하윤, 「세계문학과 조선의 번역 문학」, 『이하윤 전집 2』, 82쪽.

이렇게 외국문학이 자국문학에 필수 영양소 같은 역할을 한다고 하여도 한 작품은 그것이 쓰인 문화권의 독자가 느끼는 것과 번역한 작품을 읽는 다른 문화권의 독자가 느끼는 것 사이에는 차이가 있을 수밖에 없다. 문학은 저마다 그것이 태어난 전통과 환경이 서로 다르기 때문이다. 문학 작품은 시대에 따라 다시 '읽힌다'는 말이 있듯이 문화권에 따라서도 달리 '읽히게' 마련이다. 이 점과 관련하여 이하윤은 "어디까지나 우리는 현세계에 호흡하고 있는 조선 사람으로서 그 작품을 감상할 것이요, 또한 거기서 받은 영향이 있어도 은연히 조선 사람다운 것이 나타나야만 될 것을 역설하는 자이다"[59]라고 밝힌다. 외국문학을 받아들이되 자국의 문학과의 유기적 관계에서 받아들여야 한다는 의미다.

한편 이하윤은 세계문학의 개념을 맨 처음 제시한 괴테를 실례로 들면서 세계문학이 인류의 공동 재산임을 다시 한 번 확인하였다. 같은 문학 작품이라도 문화권마다 독자에게 주는 감흥이 저마다 다를지 모르지만 세계문학에는 인류가 공동으로 향유할 수 있는 어떤 보편성이나 일반성이 있게 마련이다.

우리는 독일이 괴테를 세계에 내놓기 전에라도 『파우스트』를 조선에 데려올 수가 있는 것이다. 하물며 괴테는 독일만이 가지는, 그리고 독일 문학사만에서 빛나는 존재가 이미 아니요, 세계 인류가 공유한 괴테며 세계 문학사를 장식하고 있는 괴테거늘

---

59 이하윤, 「외국문학 연구 서설」, 95쪽.

어찌 우리 문학사에 『파우스트』의 침래(侵來)를 방어할 것이랴.
뿐만 아니라 괴테의 문학을 형성함에 어찌 독일의 작품만이 그
원동력이 되었겠으며, 또 독일만의 전통을 계승함에 그쳤을 것
이랴. 셰익스피어 있어서 그러하며 톨스토이에 있어서 또한 다
름이 없을 것이다.[60]

이하윤은 『파우스트』 같은 괴테의 문학 작품은 독일인만의 소유가
아니라 세계 시민이라면 누구나 소유할 수 있다는 말은 세계문학의
보편성을 지적하였다. 앞에서 이미 지적했듯이 괴테는 일찍이 그의
비서 겸 말벗인 페터 에커만에게 "나는 점점 더 시란 모든 인류의 공
동 재산으로 어느 시대나 어느 장소에서나 많은 사람에게 호소력을
지닌다고 확신하네"[61]라고 천명하였다. 여기서 시란 두말할 나위 없
이 장르와는 관계없이 문학 일반을 가리키는 제유적(提喩的) 표현이
다. 괴테에 이어 마르크스와 엥겔스도 『공산당 선언』(1848)에서 "과
거의 지역적이고 국가적인 자족과 고립은 이제 국가들 상호 간의 전
면적 교류, 전면적 의존으로 대체된다. 그것은 물질적 생산에서도 그
러하고, 정신적 생산에서도 그러하다. 어느 한 국가의 정신적 창조물
은 공동 재산이 된다. 민족의 일면성과 편협성은 이제 점점 더 불가능
하게 되었고, 많은 민족문학과 지방문학으로부터 세계문학이 탄생되
고 있다"[62]고 밝혔다.

---

60 위의 글, 94쪽.

61 Johann Wolfgang von Goethe, *Conversations with Johann Peter Eckermann (1823~18
17532)*, trans. John Oxenford (New York: North Point Press, 1984), p. 175.

위 인용문 마지막 문장에서 이하윤이 셰익스피어와 톨스토이를 언급한다는 점도 찬찬히 눈여겨보아야 한다. 영국의 대문호 윌리엄 셰익스피어의 작품은 1907년 유승겸(兪承兼)이 역술한 『중등 만국사』에 처음 언급되었고, 이듬해 목단산인(牧丹山人)이 《태극학보》에 발표한 「최선의 문명개화는 각종 산업의 발발에 재(在)흠」에서 다시 언급된다. 일제 강점기 초기에는 찰스 램의 『셰익스피어 이야기』를 통하여 그의 작품이 본격적으로 알려진 뒤 작가들이 직접 또는 간접적으로 그의 작품에서 크고 작은 영향을 받았다.

한편 러시아의 양심으로 일컫는 레프 톨스토이의 영향은 셰익스피어보다 훨씬 컸다. 19세기 말엽과 20세기 초엽에 걸쳐 톨스토이, 표도르 도스토옙스키, 안톤 체홉, 알렉산드르 푸슈킨 같은 러시아 작가들의 문학은 세계문학의 중심에 서 있었다. 특히 톨스토이는 한국에서 근대문학이 성장하는 데 그야말로 절대적 영향을 끼쳤다.

가령 한국의 근대 문학기에 홍명희(洪命熹)와 이광수를 비롯하여 김동인(金東仁), 주요한(朱耀翰), 전영택(田榮澤), 염상섭(廉想涉) 등 많은 문인들이 이 러시아 작가한테서 직간접적으로 예술적 자양분을 받았다. 최남선은 1908년 《소년》을 창간하면서부터 온통 톨스토이에 관한 이야기로 잡지를 도배하다시피 하였다. 러시아문학이 이렇게 전 세계에 걸쳐 큰 호응을 받은 이유 중 하나는 흔히 '전 세계에 대한 반응'으로 일컫는 러시아의 기질 때문이다. 다민족 국가에다 국경

---

62 Karl Marx and Friedrich Engels, *The Communist Manifesto*, ed. Gareth Stedman Jones (London: Penguin Classics, 2002), p. 223.

이 열 개가 넘는 지리적 여건 때문이기도 하지만 러시아 사람들은 다른 사람, 다른 민족이나 인종, 더 나아가 모든 세계인의 생각과 감정을 받아들이는 데 뛰어난 능력을 보여 주었다. 말하자면 조선인들이 이웃에게 베푸는 '정(情)'을 러시아인들은 이웃 나라로 그 범위를 좀 더 확대하였다.

이 점을 의식하듯이 이하윤은 "듀마의 '춘희'가, 입센의 '노라'가 투르게네프의 '엘레나'가 조선 사람인 우리들과 어떠한 인연이 맺어졌는가 한번 생각해 볼 필요가 있다"[63]고 지적한다. 깊이 생각해 볼 필요도 없이 세계문학의 반열에 오른 작품들의 작중인물들은 조선 사람들과도 인연이 깊었다. 이하윤이 언급하는 작중인물 말고도 카츄샤나 나타샤 또는 소냐 같은 작중인물들은 근대기 한국문학 작품에 등장할 뿐 아니라 조선인의 의식 속에도 굳게 자리 잡고 있었다.

세계문학에 대한 이하윤의 태도는 국민문학을 포괄적으로 파악하는 데서도 찾아볼 수 있다. 그는 작품의 소재나 언어만 가지고서는 국민문학을 규정지을 수 없다고 주장하였다. 국민문학을 규정짓는 중요한 잣대는 다름 아닌 '국민정신의 소산'이다. 그는 "소재를 외국 어디서 취해 왔거나 그 소화 섭취에 그 국민정신의 발로를 볼 수 있으면 역시 이를 국민문학에 넣을 수 있을 것"이라고 지적한다. 심지어 이하윤은 다른 국가의 국민이 쓴 문학 작품이라도 자국 국민의 사랑을 받으며 널리 읽히면 국민문학으로 부를 수밖에 없다고 주장하였다.

이하윤이 김진섭이나 정인섭처럼 '세계문학'을 '세계의 문학'과

---

63 이하윤, 「외국문학 연구 서설」, 94쪽.

변별하여 구분 짓는 이유가 바로 여기에 있다. 물론 이 두 유형의 문학을 처음 엄격히 구분 지은 문인은 두말할 나위 없이 괴테였다. 그래서 많은 이론가는 괴테를 흔히 세계문학의 선구자로 꼽는다. 이하윤은 세계란 궁극적으로 '확대된 조국'이라는 괴테의 말에 수긍한다.

괴테 이후에 우리가 말하는 세계문학이란 이미 세계의 문학과는 그 개념이 명료히 달라졌다. 세계의 문학이라고 하면 이 세계가 가지는 문학을 총칭하는 데 불과하겠지마는, 괴테로부터 주장되기 시작한 세계문학이란 각 민족의 도의적, 심미적 융합에서 발생되는 것이 아니면 아니라고 규정된다. 그 이전 문학이란 전부 국민적 성격을 띤 것으로만 해석되어 왔으나 그러나 괴테는 세계는 항상 확대된 조국이라 하였다.

세계문학과 세계의 문학을 가르는 잣대는 다름 아닌 "각 민족의 도의적, 심미적 융합"이다. 이하윤은 이러한 융합을 "인류 일반의 통일적 생활의 이상"이라고 풀어서 설명한다. 그렇다면 국적이나 인종을 떠나 인류가 다 함께 지향하는 이상이란 과연 무엇일까? 분열과 갈등을 극복하는 화합이고 혼란을 잠재우는 질서일 것이다. 어찌 되었든 만약 이러한 융합과 이상이 수반되지 않는다면 각각의 문화권의 문학은 여전히 '세계의 문학'에 머물러 있을 수밖에 없다. 모든 문학은 마땅히 '세계의 문학'에 속하지만 그렇다고 '세계문학'에 속하지는 않는다. 후자에 속하는 것은 전자 중의 오직 일부에 해당할 뿐이다. 김진섭이 '인류의 아름다운 이상'을 주장하고 정인섭이 '코즈모폴리터니즘'을 강조하는 것도 바로 이러한 이유에서다.

　도쿄의 여러 대학에서 외국문학을 전공하던 조선 유학생들이 조직한 외국문학연구회는 생각해 보면 볼수록 한국의 근현대 문학에 이바지한 역할이 자못 크다. 연구회는 무엇보다도 일제 강점기에 국수적인 민족주의나 계급적인 사회주의에 갇혀 있다시피 한 조선문학을 세계문학의 광장으로 끌어내는 데 앞장섰다. 유학을 마치고 귀국한 뒤에도 연구회 회원들은 학계와 언론계와 문단에서 외국문학 작품을 번역하고 연구하고 소개함으로써 세계문학이 척박한 식민지 조선 땅에 뿌리 내리도록 하는 데 크게 이바지하였다. 만약 외국문학연구회가 없었더라면 한국 문단에 세계문학의 도입은 그만큼 뒤처졌을 것이다.

《삼천리》와
세계문학

　기미년 독립만세운동으로 바짝 긴장한 일본 제국주의는 문화정책
이라는 그럴 듯한 이름으로 조선에 대한 식민 통치의 고삐를 조금 느
슨하게 풀어 주었다. 그렇게 피식민 주민 조선인의 숨통을 터 준 정책
중 하나가 바로 일간신문과 잡지 같은 인쇄 매체의 발간을 허용해 주
는 것이었다. 그래서 3·1운동 이후 10여 년 남짓 "읽고, 깨어나시오!"
라는 깃발 아래 신문과 잡지들이 우후죽순처럼 쏟아져 나왔다. 이 기
간 동안 나온 잡지는 문학동인지《창조》를 비롯하여 종합지《개벽》
등 무려 250여 종에 이르렀다.

　심지어 경성의 권번 기생들이 자신들의 의견을 사회에 알리려고
《장한(長恨)》이라는 잡지를 낼 정도로 잡지는 한때 붐을 이루었다. 물
론 일제의 잡지 발간 허용은 자칫 더 큰 힘으로 폭발할 수 있는 조선
인의 힘을 미리 완화함으로써 식민 통치의 기반을 더욱 굳게 다지려
는 수단에 지나지 않았다. 말하자면 신문과 잡지 같은 인쇄 매체의 허

용은 말하자면 압력 용기의 안전밸브 같은 역할을 하였다.

세계문학과 관련하여 특히 눈여겨볼 잡지는 다름 아닌《삼천리(三千里)》다. 1929년 6월 일제 강점기 조선 경성부에서 창간된 이 잡지는 취미와 시사 중심의 월간 종합잡지로 일제 강점기의 암울한 시대를 밝히는 등불과 같았다. 월간이나 격월간으로 발행한 이 잡지는 취미 중심의 오락잡지이면서도 그렇게 저급한 수준으로 타락하지 않아서 당시 개벽사에서 발행하던《별건곤(別乾坤)》과 함께 대중잡지로 크게 각광을 받았다. 정치, 사회, 역사, 시사, 취미 등 각 분야에 대한 다양한 글을 수록하는 반면, 문학과 예술을 비롯한 문화에도 소홀히 하지 않았다. 이 잡지는 특히 조선문학 못지않게 세계문학에도 큰 관심을 기울였다.

《삼천리》가 보여 준 문학에 대한 관심은 시인 김동환(金東煥)이 편집인 겸 발행인을 맡았다는 사실에서도 엿볼 수 있다. 근대문학의 대부라고 할 이광수(李光洙)와 김동인(金東仁) 같은 작가들이 이 잡지에 고정적으로 글을 기고했을 뿐 아니라 편집 작업을 일부 맡아보기도 하였다. 이밖에도 홍명희(洪命熹), 주요한(朱耀翰), 한용운(韓龍雲), 이은상(李殷相), 심훈(沈薫), 염상섭(廉想涉), 이효석(李孝石), 정지용(鄭芝溶), 문일평(文一平), 정인보(鄭寅普) 같은 당대 내로라하는 문인들이 대거 참여하여 지면을 화려하게 장식하였다.

이렇듯《삼천리》가 한국 근현대 문학에 끼친 업적은 결코 적지 않았다. 조선 문단의 중견 작가들이 집필한 '문예 강좌'를 비롯하여 '소설 창작법', 김동인의 '춘원 연구', 김태준(金台俊)의 '조선소설 발달사', '해외문학 강좌', 중견 작가들의 '작품 연보' 등을 실었다. 특히 이 잡지에서는 조선문학의 개념을 설정하고, 세계문학에 대한 관심과 기대를 촉구하며, 조선문학의 수준과 세계문학 진입 가능성 등을 조심스럽게 탐색하였다. 1941년 11월 통권 150호로 종간될 때까지 이 잡지는 식민지 조선에서 문화 창달에 크게 이바지했다는 평가를 받는다.

김동환이 편집을 맡은 종합 교양지 《삼천리》. 문학과 예술에 관심을 기울였다.

한반도에서 세계로

얼핏 제목만 보면 《삼천리》가 지향하던 목표는 식민지 조선의 문제에 국한된 것처럼 보일지 모른다. 그러나 내용을 좀 더 찬찬히 살펴보면 이 잡지가 지향하려던 궁극적 목표는 '삼천리' 반도를 벗어나 오대양 육대주의 드넓은 세계였다는 사실을 알 수 있다. 민세(民世) 안재홍(安在鴻)은 창간호에 발표한 논설에서 '세계'를 화두로 꺼낸다.

세계에 향하야, 조선에 큰 과학자가 나서 세계적으로 진출하자. 어느 점으로 보든지 조선은 세계의 선진 제국과는 문화적 교섭이 적은 곳이니 세계에 향하야 요구하고 십흔 일이 만터라도 실현 가능성이 적은 데 잇서서 말할 흥미가 적습니다. (…중략…) 산이 나에게 오지 아니하니 내가 산에 가겟다는 서양 속담처럼 세계가 우리를 돌아보지 아니하면 차라리 우리가 세계에 진출할 길을 생각하여야 할 것입니다. (⋯중략⋯) 일개의 아인스타인을 가질 수 잇다면 더 할 말 업겟지만 타고르가 잇슴으로 인도인의 밧는 세계적 성가(聲價)도 경미한 바가 아닙니다. 타고르의 문예상의 가치가 현대 비평안으로 보아 얼마쯤의 역량을 가진다는 것은 별문제이지만 하여간 타고르로 인하야 인도인의 민족적 권위가 올러가고 그만큼 세계인의 고려를 끄을게 된 것은 무시할 수 업는 바일 것입니다.[1]

안재홍이 인용하는 "산이 나에게 오지 아니하니 내가 산에 가겟다"는 서양 속담은 세계문학과 관련하여 시사하는 바 자못 크다. 이 속담은 본디 이슬람교의 창시자 무함마드가 처음 한 말로 알려져 있다. 그가 포교를 시작할 무렵 아라비아인들은 그가 정말로 신의 사도인지 적잖이 의심을 품고 있었다. 그래서 사람들은 만약 그가 그의 말대로 하느님의 예언자라면 신약시대의 예수 그리스도처럼 직접 초자연적인 기적을 보여 달라고 부탁하였다. 기적을 보여 주려고 무함마드는 사파산(山)을 향하여 "산아 이리로 오너라"라고 명령했지만 산은 꿈쩍도 하지 않았다. 그러자 그는 "산이 나에게 오지 않는다면 내가 산으로 다가갈 수밖에"라고 태연스럽게 말하면서 산을 향하여 성큼 걸음을 옮겼다는 것이다.

어떤 일을 성취하려면 수동적으로 기회를 기다리는 대신 좀 더 능

---

[1] 안재홍, 「세계에 향하야, 조선에 큰 과학자가 나서 세계적으로 진출하자」, 《삼천리》 창간호(1929. 6. 12), 5쪽.

동적이고 진취적으로 행동해야 한다고 말할 때 이 말을 자주 입에 올린다. 안재홍은 조선인들에게 산(서구문물)이 나(조선)에게 다가오지 않는다면 내가 직접 산으로 다가갈 수밖에 없다고 말하였다. 그는 이렇게 동포 조선인들에게 좀 더 능동적이고 적극적으로 서구 문물을 받아들이라고 부르짖었다.

제목에서도 엿볼 수 있듯이 안재홍은 이 글에서 식민지 조선에도 세계에 내세울 만한 과학자의 출현을 바라마지 않았다. 그러나 그는 알베르트 아인슈타인 같은 과학자들을 배출할 수 없다면 라빈드라나트 타고르 같은 문학가를 배출해야 한다고 밝혔다. 그렇다면 안재홍이 여기서 굳이 타고르를 언급하는 이유가 어디 있을까? 타고르가 1913년에 동양인 최초로 노벨 문학상을 받아 작가로서의 능력을 인정받았을 뿐 아니라 인도 문학의 정수를 서양에 널리 알리는 데 크게 이바지했기 때문이다.

타고르는 세계문학과 함께 식민지 조선과도 깊이 연관되어 있는 문인이었다. 20세기 초엽 그는 일찍이 벵갈어로 '비스바 사히티야(visva sahitya)', 즉 세계문학을 언급하여 관심을 끌었다. 1907년 2월 타고르는 인도의 국립교육위원회의 초청을 받고 콜카타에서 강연을 하였다. 이 강연에서 그는 문학이란 모든 인류를 포용하는 것으로 '제2의 우주'라고 역설하였다.

> 이 세계란 단순히 여러분의 밭에 저의 밭을 더하고 거기에 다시 그 사람의 밭을 더해 놓은 것이 아니라는 점입니다. 그런 식으로 세계를 이해하는 것은 시골뜨기 같은 편협성에 지나지 않

습니다. 이와 마찬가지로 세계문학은 단순히 여러분의 글에 저의 글을 더하고 거기에 그 사람의 글을 더해 놓은 것이 아닙니다. 우리는 흔히 문학을 이렇게 편협하고 제한된 방법으로 바라봅니다. 그러한 지역적 편협성에서 해방되어 세계문학에서 보편적 존재를 보려고 결심하는 것, 모든 작가의 작품에서 그러한 총체성을 파악하는 것, 그리고 그 작품이 각자의 자기표현 시도와 서로 관련되어 있다는 사실을 깨닫는 것 ─ 이것이야말로 우리가 반드시 이룩해야 할 목표입니다.[2]

타고르는 세계문학이란 한 작가의 작품에 다른 작가의 작품을 '더해' 놓고 거기에 또 다른 작품을 계속 '더해 놓은 것'이 아니라고 밝힌다. 타고르가 구사하는 은유를 빌려 말하자면 세계문학이란 집단농장 같은 밭의 총화가 아니라 비밀정원 같은 특정한 공간이다. 외국문학연구회와 관련하여 앞 장에서 언급했듯이 '세계의 문학'과 '세계문학'은 크게 다르다. 다시 한 번 반복한다면 전자는 양적 개념이지만 후자는 어디까지나 질적 개념이다. 전자는 아무리 규모가 크다고 하더라도 지역적 편협성에서 좀처럼 벗어나기 어렵다. 그러나 후자에서는 시간과 공간의 제약을 뛰어넘어 인류에 두루 나타나는 보편성을 발견할 수 있다. 타고르가 궁극적으로 지향하던 세계문학은 지역적 편협성이나 특수성의 굴레에서 벗어나 좀 더 일반적인 보편성

---

2   Rabindranath Tagore, *Selected Writings on Literature and Language*, ed. Sukanta Chaudhuri (New York: Oxford University Press, 2001), p. 148. 타고르와 세계문학에 관해서는 김욱동, 『세계문학이란 무엇인가』(서울: 소명출판, 2020), 76~86쪽 참고.

을 추구하는 문학이다.

더구나 타고르는 마하트마 간디와 함께 식민지 조선과는 깊이 연관되어 있다. 간디가 조선인들이 무저항 운동으로 독립을 이룩하기를 바란 것처럼 타고르는 문학의 힘으로 정신적 독립을 이룩하기를 바랐다. 안재홍이 「세계에 향하야」를 쓴 1929년은 타고르가 1916년과 1917년에 이어 일본을 세 번째로 방문한 해였다. 1929년 3월 타고르는 캐나다 방문길에 일본 도쿄에 잠깐 들렀다. 이 소식을 전해들은 《동아일보》 본사에서는 타고르를 경성으로 초청하여 강연회를 열기로 계획하고 도쿄 지국장 이태로(李泰魯)에게 그 뜻을 전하도록 하였다. 그러나 타고르는 일정이 잡혀 신문사의 초청에 응할 수 없다고 밝히면서 미국인 비서를 통하여 시 한 편을 전하였다. 그 작품이 1929년 《동아일보》 4월 2일자에 당시 편집국장이던 주요한의 번역으로 실린 「동방의 등불」이다.

> 일즉이 아세아의 황금 시기에
> 빗나든 등촉(燈燭)의 하나인 조선
> 그 등불 한번 다시 켜지는 날에
> 너는 동방의 밝은 비치 되리라."[3]

---

3   《동아일보》(1929. 4. 2), 2쪽. 이보다 10여 년 전 앞서 진학문(秦學文)은 도쿄 외국어학교에서 러시아문학을 전공하던 1916년 일본을 방문한 타고르를 동료 일본인 학생들과 함께 만나 '새 생활을 추구하는 조선 청년들을 위하여' 시 한 편을 써 줄 것을 간곡히 부탁하자 그에게 작품 한 편을 써 주었다. 이 작품은 이듬해 《청춘》(1917년 11월호)에 「패자의 노래」라는 제목으로 번역해 실었다. 진순성(秦瞬星), 「시성 타골 선생 송영기」, 《삼천리》 10권 8호(1938. 8. 1), 275~280쪽.

4행밖에 되지 않는 짧은 작품에서 타고르는 식민지 조선을 '동방의 밝은 빛'이라고 노래한다. 그러나 조선은 아시아를 좀처럼 벗어나지 못한다. 다시 안재홍의 인용문으로 되돌아가 논의를 계속해 보기로 하자. 비교적 짧은 인용문에서 그는 '세계'라는 낱말을 무려 여덟 번에 걸쳐 반복한다. 이렇듯《삼천리》창간호에는 '세계'라는 낱말이 유난히 많이 눈에 띈다. 허헌(許憲)은 '세계일주 기행' 제1신으로「태평양의 노도(怒濤) 차고 황금(黃金)의 나라 미국으로!」를 발표하였다. 창간호는 아니지만 조선총독부의 검열 과정에서 전문이 삭제된 송진우(宋鎭禹)의 글 제목도 안재홍의 글처럼「세계에 향하야」였다. 주요한의「세계의 거인 장제스(蔣介石)」에도 '세계'라는 말이 들어가 있다. 이 글도 일본의 적국인 중화민국 정치가를 찬양한다는 이유로 일제의 검열에 걸려 삭제되었다. 정치적 색채가 비교적 엷은 설의식(薛義植)의「인도 시성(詩聖) 타고르 회견기」도 타고르가 일본의 동맹국인 영국에 맞서는 작가일뿐더러 간접적으로 조선 독립운동을 고취한다는 이유로 삭제되어 실리지 못하였다.

세계문학으로 열린 창

1931년 1월《삼천리》에서는 당시 조선문학을 대표하는 작가들을 대상으로「내가 감격한 외국 작품」이라는 설문 조사를 실시하였다. 이 설문 조사에는 이광수를 비롯하여 김동인, 주요한, 김억(金億), 최독견(崔獨鵑), 최서해(崔曙海) 같은 내로라하는 문인들과 이 잡지의 발행과 편집을 맡던 김동환이 참여하였다. 그들의 응답을 보면 당시 조선 작가들이 관심을 가지고 주목한 세계문학 작가가 누구인지 알 수 있다.

예를 들어 이광수는 레프 톨스토이의 『부활』(1899)과 구약성경 「창세기」를 가장 감명 깊은 작품으로 꼽았다. 설문 응답에서 이광수는 22년 전 일본에서 『부활』을 처음 읽었다고 밝힌다. 22년 전이라면 그가 메이지(明治)학원에서 중학 과정을 밟고 있었을 때다. 그는 여러 글에서 영향을 받은 인물로 톨스토이, 예수, 석가의 순서로 꼽을 정도였다. 메이지학원을 졸업한 뒤 정주의 오산학교에서 교사로 근무하던 1910년 이광수는 톨스토이 추모 집회를 열고 1912년에는 학생들에게 톨스토이를 소개했다가 곤욕을 치르기도 하였다. 톨스토이는 교회를 비판하여 러시아 정교회에서 파문당했기 때문에 조선에서 포교하던 선교사들은 이 러시아 작가를 아주 못마땅하게 생각하였다.

생각건대 사건이 묘하고 자미잇는 소설을 찾자면 『부활』에 몃 배 나슨 것이 만흐리라. 쎅스피어의 작을 보아도 그 문장이 찬란하고 착잡하게 역근 인정(人情)의 기미는 과연 자미잇구나 할 것이 만치만은 쎅스피어 것은 '꾸민' 것이라 하는 느낌을 준다. 대인 대화(對人對話)에 나아오는 말을 보아도 그것은 보통 우리네들의 일상생활에는 잇슬 수 업는 그런 것이 대부분이오 사건도 작위(作爲)가 만흔 것 가튼 그런 느낌을 주지만은 『부활』은 그러치 안코 누구나 목전(目前)에 보고들을 수 잇는 문장과 언어로 되어 잇다. 엇잿든지 인생과 사회를 심각하게 엄숙하게 보고 독자에게 무슨 힘인가 던저주는 점에서 『부활』이 단연 승(勝)하다고 밋는다.[4]

이광수는 『부활』에서도 네류도푸(드미트리 네흘류도프) 공작이 사회적 지위와 재산을 헌신짝처럼 모두 버리고 시베리아로 유배 가는 카츄샤를 따라가는 장면이 가장 인상적이었다고 말하였다. 이광수는 "오즉 옛날의 애인 카츄사를 딸아서 눈이 푸실 푸실 내리는 서백리아(西伯利亞)로 떠나가든 그 마당이 무에라 말할 수 업시 숭고하고 심각하며 엄숙한 맛에 눌리움을 깨달엇다. 네류도푸의 그 순정적(殉情的) 사상과 행위 그것은 인세(人世)에서 찾기 드문 아름다운 일의 한 가지다"[5]라고 밝힌다. 더구나 이광수는 톨스토이가 구체적인 일상어에 의존하여 글을 써 러시아 정신을 드높인 점을 높이 평가하였다.

위 인용문에서 이광수가 영국의 대문호 윌리엄 셰익스피어를 톨스토이와 비교하는 것도 흥미롭다. 희곡 장르에도 관심이 많던 이광수는 1926년 1월 셰익스피어의 『줄리어스 시저』의 2막을 번역하여 《동아일보》에 발표하였다. 그런데 이광수가 셰익스피어의 희곡보다 톨스토이의 소설을 선호하는 이유도 흥미롭다. 『부활』은 셰익스피어 작품과 비교하여 플롯이 잘 짜여 있을 뿐 아니라 톨스토이가 구사하는 언어도 일상어여서 이해하기 훨씬 쉽다는 것이다.

---

4   위의 글, 39쪽.
5   「내가 감격한 외국 작품」,《삼천리》11호(1931. 1), 39쪽.

그러나 이광수는 톨스토이의 작품이 근대 소설 장르에 속하는 반면, 셰익스피어의 작품은 르네상스 시대 희곡 장르에 속한다는 점을 놓치고 있다. 두 작가 사이에는 무려 300년 가까운 세월의 강이 가로놓여 있다. 또한 이광수는 셰익스피어가 구사하는 '초기 근대 영어(EME)'가 영어를 모국어로 삼는 사람들도 이해하기 힘들다는 점도 간과한다. 셰익스피어가 사용한 낱말 중 5퍼센트는 이미 사어나 폐어가 되었고, 살아남았지만 의미가 엉뚱하게 바뀐 것들도 적지 않다. 그러나 셰익스피어가 작품을 쓸 16세기 말엽과 17세기 초엽만 하여도 그의 영어는 평범한 사람들도 쉽게 이해할 수 있는 평범한 일상어였다. 오늘날 셰익스피어 희곡 작품은 학자들의 연구 대상이지만 당시에는 누구나 듣거나 읽고 즐길 수 있는 대중적인 작품이었다.

한편 이광수는 『부활』과 함께 구약성경의 「창세기」를 감명 깊은 작품으로 꼽았다. 《삼천리》가 문인들에게 물은 대상이 '외국 책'이 아니라 '외국 작품'이었다. 이광수가 『부활』과 함께 「창세기」를 꼽았다는 것은 성경을 단순히 경전이 아닌 문학 작품으로 간주했다는 뜻이다. 현재 개신교에서 공인하는 성경의 권수는 구약성경 39권과 신약성경 27권으로 모두 66권이다. 이렇게 많은 책 중에서도 이광수가 특별히 「창세기」를 꼽은 데는 그럴 만한 까닭이 있다. 그는 "우주라 할른지 천지라 할른지 가장 큰 덩어리를 창조할 때의 기록이라 함이니 일음과 가티 그 스케일의 큰 점엔 오죽 놀랄 뿐이다"라고 말한다. 그러면서 그는 계속하여 "분량으로 치면 그러케 만치 못하지만은 그러케도 수업시 나아오는 인물과 사건을 어떠케 그러케 적은 부분에다가 간결하게 그려너헛는지 내가 쓴 「가실(嘉實)」은 이것을 본밧은 것이엇다"고 밝힌다.[6] 이렇듯 이광수는 「창세기」를 일종의 소설 작품으로 간주하였다.

일반 독자들에게 비교적 잘 알려진 세계문학 작품을 꼽은 이광수와는 달리, 김동인은 가장 감명받은 작품으로 외국문학에 웬만큼 관심 있는 사람이라고 하여도 고개를 갸우뚱할『에일윈』이라는 작품을 꼽았다. 김동인은 "순전히 '바든 감명'을 표준삼아 말한진대 웟츠떤톤의『에일윈』을 들고 십습니다"라는 말로 시작하여 "『에일윈』은 조흔 소설이외다"라고 끝을 맺는다. 여기서 김동인이 말하는 작가는 시어도어 워츠-던튼이고, 작품은『에일윈』(1898)이다. 빅토리아 시대 낭만주의 전통에서 작품을 쓴 워츠-던튼은 영국 독자들에게도 거의 잊힌 작가이다시피 하다. 만년에 라파엘전파와 친분을 맺고 찰스 스윈번의 친구로 그를 알코올 중독의 늪에서 건져내어 글을 쓰도록 도와준 문인으로 기억하는 사람이 아마 많을 것이다. 물론 그의 유일한 소설인『에일윈』은 1904년 '옥스퍼드 월드 클래식'에 편입되었고, 사망하기 전까지 10만 부가 팔렸지만 문단이나 학계에서는 이렇다 할 관심을 받지 못하였다.

온갖 전설과 신화와 미신이 가득 찬 북웨일스 산간지방을 배경으로 한『에일윈』은 부유한 집의 소년과 묘지기 딸의 애틋한 사랑을 중심 플롯으로 삼는다. 다분히 신비적이고 낭만적인 이 작품이 상업적으로는 비교적 성공을 거두었지만 진지한 작품으로 평가받지 못한

6 위의 글, 39쪽.「가실」은 이광수가 상해임시정부에서 하던 일을 그만두고 나서 국내로 들어온 뒤 1년여의 침묵을 깨뜨리고 익명으로 발표한 작품이다. 「창세기」에서 영향을 받았다고 밝히지만『삼국사기』열전 8편 설씨녀와 가실의 설화에서도 제재를 취해 왔다.

것은 빅토리아 시대의 물질주의적 세계관에 크게 어긋났기 때문이다. 김동인은 "이 한 편은 소설이라기보다 시에 갓갑고 시라기보다 그림에 갓갑고 그림이라기보다 음악에 갓갑습니다"[7]라고 밝힌다. 여러 정황으로 미루어보아 김동인은 아마 1899년(메이지 32) 나쓰메 소세키(夏目漱石)가 번역하여 《호토토기즈》에 소개한 것을 읽었을 것이다.

이렇게 김동인이 『에일윈』에서 감명을 받은 것은 다른 소설에서는 좀처럼 느낄 수 없는 '꿈과 같은 도취경'을 맛보았기 때문이다. 이 점과 관련하여 그는 "그것을 읽으면서 그 꿈과 가튼 아름다운 경치며 전설이며 생활이며 신비 등에 도취하엿든 나는 말미(末尾)에 거진 와서 문득 주인공이 기차를 탄다는데 의외의 감(感)을 느꼇습니다. 나는 그것을 읽을 동안 태고쩍 선경에 놀고 잇섯슴으로 현대문명이 나흔 바의 기차는 확실히 그 작품의 내용과 맛지 안는 곳이 잇섯습니다"라고 밝힌다.[8] 김동인의 예술지상주의적인 문학관을 염두에 두면 당시 그가 왜 워츠-던튼의 작품에 심취해 있는지 알 만하다. 물론 김동인은 워츠-던튼의 문학과 자신의 문학이 서로 다르다고 말하지만 두 사람 사이에는 여러모로 유사점이 적지 않다.

한편 주요한은 다른 문인들과는 달리 다양한 장르의 작품에서 감명을 받았다고 응답하였다. 특히 조금 뒤섞여 있기는 하지만 장르별로 작품을 하나하나 열거하는 것이 무엇보다도 눈에 띈다. 예를 들어 소설로는 기 드 모파상의 「기름 덩어리」를 비롯하여 이반 투르게

---

7 「내가 감격한 외국 작품」, 39쪽.

8 위의 글, 40쪽.

네프의 『아버지와 아들』(1862)과 『처녀지』(1877), 안톤 체홉의 『결투』(1981), 알렉산드르 쿠프린의 『결투』(1905) 등을 들었다. 주요한은 최근에 읽은 소설 중으로는 미국 작가 업튼 싱클레어의 『석탄 왕』(1917)과 『석유』(1927)와 『보스턴』(1928) 등을 꼽았다.

주요한은 감명 깊은 시 작품으로는 로버트 번스의 『민요시』, 월트 휘트먼의 『풀잎』(1855), 베르아란의 『도회』(1895) 등을 언급하였다.[9] 이밖에도 타고아(타고르)의 『산문시』와 당시(唐詩) 300편 같은 동양 작품을 감명 깊은 작품으로 들기도 하였다. 희곡 작품으로는 막심 고르키의 『최저(밑바닥에서)』(1902), 게하르트 하웁트만의 『직조공』(1892), 체홉의 『앵도원』(1904), 아우구스트 스트린드베리의 『죽음의 무도』(1900) 등을 꼽았다. 그런데 흥미로운 것은 주요한이 감명 깊은 작품으로 꼽은 것 중에는 표트르 크로포트킨의 「노서아 문학의 주조(主潮)」 같은 논문도 들어 있다는 점이다. 당시 주요한의 독서 폭이 무척 넓다는 데 새삼 놀라게 된다.

한편 최독견은 "나는 소설을 쓰는 것이 업(業)이지마는 남의 작품을 만히 읽지 못하엿습니다"라고 먼저 운을 뗀 뒤 모파상의 『여자의 일생』(1883)을 감명 깊은 작품으로 꼽았다. 최독견은 계속하여 이 작품이 "영원의 커다란 수수겨끼를 엇저면 그러케도 잘 푸럿슬까 읽으면 읽을사록 생각하면 생각할사록 감탄하지 아늘 수 업습듸다"[10]라

---

9 '베르아란'은 네덜란드 시인으로 프랑스어로 작품을 쓴 '에밀 베르아랑'을, 『도회』는 『촉수가 달린 도시』(1895)를 말하는 것 같다. 그는 일본에서 인기가 있어 메이지 시대 우에다 빈(上田敏)이 역시집 『가이초온(海潮音)』에 그의 시를 몇 편 번역하여 소개하였고, 가와지 류코(川路柳虹)와 미토미 규요(三富朽葉) 등이 그의 작품을 언급할 정도였다.

고 밝힌다. 흥미롭게도 이 무렵 이광수는 1934년부터 1935년까지 《조선일보》에 『그 여자의 일생』을 연재하였고, 연재가 끝나자마자 삼천리사에서 단행본으로 출간하였다. 적어도 파란만장한 여성의 삶을 다룬다는 점에서 두 작품은 제목처럼 서로 닮았다.

1920년대 경향파 문학을 대표하는 작가답게 최서해는 가장 감명 깊은 작품으로 고리키의 『삼인(三人)』(1900)을 꼽았다. 최서해는 "이 세상에서 빈곤과 천대를 가장 심하게 당하고 잇는 최하층 계급의 엇든 삼인의 불우아가 자라나든 그 과정을 그리엇는데 그 중 한 아는 귀족의 집 부인과 간통함에 까지 이른다"고 작품 내용을 설명한다. 이 작품을 고른 이유에 대하여 최서해는 "엇젯든 거짓업는 그 성격의 묘사와 노서아 사회의 분위기가 충분히 발현된 점에서 만흔 늣김을 독자에게 주는 책이라고 생각하엿다"고 밝힌다.[11]

이에 덧붙여 최서해는 『삼인』과 함께 최하층 작중인물을 다루는 고리키의 또 다른 작품으로 『캐리 캣사』를 들기도 하지만 정확히 어느 작품을 가리키는지 확실하지 않다. 최서해는 이광수처럼 톨스토이의 『부활』을 감명 깊은 작품으로 꼽기도 하였다. 이 작품에 대하여 최서해는 "어떠케 말하면 이야기거리(所謂すち)가 업는 작이라 하겟다. 그러치만 그 인간성의 근본에 접촉하는 관찰과 묘사 ─── 실로 만흔 감명을 주든 작이엿다"[12]고 밝힌다.

---

10 「내가 감격한 외국 작품」, 41쪽.

11 위의 글, 41쪽.

12 「내가 감격한 외국 작품」, 41쪽.

《삼천리》의 설문 조사에 대한 김억의 답변은 조금 의외라면 의외다. 그는 『즉흥시인』을 언급하며 자기가 읽은 것은 원서가 아니라 일본 번역가 모리 오가이(森鷗外)가 번역한 것이라고 밝혔다. 네덜란드 작품이라고 언급하는 것으로 보아 한스 크리스티안 안데르센이 동화작가로 변신하기 전 1834년 발표한 자전적인 소설임이 틀림없다. 이 작품에 대하여 김억은 "수기(數奇)롭은 운명의 바람에 떠도는 가련한 아눈치아타와 즉흥시인와의[과의] 극적 장면을 나는 이질 수가 업습니다. (…중략…) 헛개비가티 각금 나의 상상의 눈을 지내갈 때가 만흐니 이것은 아마도 그것을 읽고 바든 감명이 깁헛든 탓인가 합니다"[13]라고 말한다. 그러면서 김억은 이 장면이 그의 뇌리에 '한 폭의 그림자같이' 자주 떠오르곤 한다고 밝혔다.

마지막으로 《삼천리》 편집인 김동환은 프리드리히 실러의 희곡 『빌헬름 텔』(1804)을 가장 감명 깊은 작품으로 꼽았다. 김동환은 6, 7년 전 종로도서관에서 이 작품을 한번 읽고 난 뒤 깊은 감명을 받아 좀처럼 잊히지 않는다고 고백하였다. 그러면서 그는 계속하여 "그 때에 이 책을 볼 만한 것이라고 나에게 일너준 이는 지금은 감옥에 가 잇는 벽초와 또 안서엿다"고 밝힌다. 외국문학 작품을 별로 읽지 않는 김동환으로서는 만약 두 문인의 권유가 아니었더라면 "이 심각하고도 젊은 사람의 피를 골절에서부터 뛰게 하는 이 작품을 오늘까지 보지 못하고 사라 왓슬는지도 모른다"고 회고한다.[14]

---

13 위의 글, 42쪽.

14 위의 글, 42쪽.

김동환이『빌헬름 텔』을 가장 감명 깊은 작품으로 꼽는 것은 아마 그의 문학관이 실러의 문학관과 비슷하기 때문일지도 모른다. 장시『국경의 밤』(1925)에서 김동환은 일제 강점기 식민 통치에서 신음하던 민중의 고달픈 삶의 애환을 노래하였다.『빌헬름 텔』의 주인공에 대하여 김동환은 "그는 잔혹한 수세리(收稅吏)와 영주 급(及) 대관(代官)의 강압을 바라볼 때에 모든 촌민을 일구어 반항의 햇불을 들엇다. 그는 역사의 힘을 밋고 — 이 역사의 힘이라 함은 짓밟히는 자의 정당히 밧을 승리다. 그래서 그 진리를 굿게 밋고 전후일관(前後一貫)하게 그는 잘 싸워오든 것이엇다"고 지적한다. 관리가 빌헬름 텔에게 어린 아들의 머리 위에 사과 한 개를 올려놓고 화살로 쏘아 맞추도록 하는 장면에서는 "저절로 주먹을 쥐게 하엿다"고 말한다.[15] 실러의 작품은 한 개인의 영웅적 모험담이라기보다는 자유를 쟁취하기 위하여 압제자에 맞서는 민중의 투쟁 기록으로 읽힌다.

더구나 내용이나 주제뿐 아니라 형식과 기교에서도『빌헬름 텔』과 『국경의 밤』은 서로 적잖이 닮았다. 김동환은 1920년대 초엽까지 서정시로 일관되어 온 한국 근현대에 내러티브를 처음 도입하여 서사시 장르에 새로운 지평을 열었다. 한편『빌헬름 텔』은 무대 연극을 위한 희곡 작품이지만 운문의 형식으로 썼다. 실러는 이 작품의 중심 스토리를 에지디우스 추디의『스위스 연대기』와 요한네스 폰 뮐러의 『스위스 연방의 역사』같은 역사적 자료에서 빌려왔다. 적어도 형식에서 김동환의 서사시는 실러의 운문극과 비슷하다.

---

15 위의 글, 42, 43쪽.

제4장 《삼천리》와 세계문학 213

김동환은 김억처럼 자신이 읽은 『빌헬름 텔』의 출처를 밝혔다. 그는 "원래 이 『윌리암 텔』은 원문이 운문으로 되엇다 하나 내가 본 책은 후나키(舟木)라는 일본 사람이 소설체로 의역한 것이엇다. 그 뒤 기회가 잇스면 운문으로 된 것을 기어히 본다 하면서 지금까지 어더 보지 못한 것이 유감이다"[16]라고 덧붙인다. 후나키란 도쿄제국대학 독문학을 전공한 뒤 와세다대학에 독문학과를 창설한 후나키 시게노부(舟木重信)를 말한다. 그런데 김동환은 『빌헬름 텔』의 일본어 번역자를 후나키로 기억하지만 아무래도 착오를 일으킨 것 같다. 쇼와 5년(1930) 신쵸사에서 세계문학전집을 발행하면서 『독일 고전극집』을 출간하였고, 이때 후나키는 번역가 중 한 사람으로 참여하였다. 그러나 막상 『빌헬름 텔』을 번역한 사람은 후나키가 아니라 하타 도요키치(秦豊吉)였다. 후나키는 하인리히 폰 클라이스트의 비극 『펜테질레아』(1808)와 프란츠 그릴파르처의 『금양모피(金羊毛皮)』(1822)를 번역하였다.

김동환이 『빌헬름 텔』의 역자를 잘못 기억하면서도 자기가 읽은 작품이 희곡이 아니라 소설체로 의역한 것이었다고 밝히는 점을 주목해 보아야 한다. 작품 제목을 '빌헬름 텔' 대신 '윌리암 텔'이라고 영어식으로 표기하는 것만 보면 그의 말이 맞는 것 같다. 실제로 하타 도요키치는 신쵸사 세계문학전집에서 실러의 작품을 '윌리엄 텔(ウィルヘルム·テル)'이라는 제목으로 옮겼다. 이 작품을 번역하면서 하타는 새뮤얼 로빈슨이 산문으로 옮긴 영어 번역본을 참고했을 가능

---

16 위의 글, 43쪽.

성을 배제할 수 없다. 로빈슨의 번역 말고도 당시 산문으로 요약한 번역본이 영국과 미국에서 많이 쏟아져 나왔다.

세계문학과 관련하여 《삼천리》의 설문 조사 「내가 감격한 외국 작품」은 몇 가지 점에서 주목할 만하다. 첫째, 이 조사에 답한 문인들은 구약성경 중 「창세기」를 제외하고 나면 고전이라고 할 19세기 이전의 작품은 한 편도 언급하지 않았다. 말하자면 굳이 '고전'이라는 꼬리표를 붙인다면 '현대적 고전'에 속하는 작품이 대부분이다. 둘째, 문인들이 감명 받은 작품으로 꼽는 작품 중에는 서양문학 작품이 주류를 이룰 뿐 동양 작품은 거의 없다시피 하다. 주요한이 당시 300편과 타고르의 산문시를 꼽은 것이 고작이다. 이 무렵 식민지 조선의 문인들이 얼마나 서양문학에 경도되어 있었는지 잘 알 수 있다. 셋째, 서양문학 작품 중에서도 러시아문학이 8편으로 단연 첫손가락에 꼽힌다. 미국문학이 4편, 영국문학이 3편을 차지하고 나머지 독일, 프랑스, 벨기에, 스웨덴 작가들의 작품이 각각 한두 편이다. 이 무렵 러시아문학은 식민지 조선의 독자들이 자신의 모습을 비추어보는 거울이요 심상지리 속의 이상향이었다고 하여도 크게 틀리지 않는다.

러시아문학과 관련하여 여기서 잠깐 제주도 출신의 문인이요 언론인으로 활약한 송산(松山) 김명식(金明植)을 언급하고 넘어가는 것이 좋을 것 같다. 그는 일찍이 1922년 한국 최초의 사회주의 잡지라고 할 《신생활》에 발표한 「노서아의 산 문학」이라는 글에서 러시아문학이야말로 죽은 문학이 아니라 살아 숨 쉬는 문학이라고 역설하여 관심을 끌었다.

노서아의 문학은 심히 강하얏스며 문학자는 심히 격하얏습이다. 그리하야 문학을 작(作)하면 문학의 문학을 작치 아니하고 사상의 문학을 작하얏스며, 미(美)와 공(巧)의 문학을 작치 아니하고 정(正)과 의(義)의 문학을 작하얏스며, 화(和)와 한(閑)의 문학을 작치 아니하고 투(鬪)와 노(怒)의 문학을 작하얏스며, 개인의 서정을 주로 하지 아니하고 민중의 감정을 주로 하얏스며, 영물(詠物)을 주로 하지 아니하고 인생의 실생활을 주로 하얏스며 약자의 애원을 주로 하지 아니하고 강자의 후매(詬罵)를 주로 하얏습이다. 과연 노서아의 문학은 사문학(死文學)이 아니오 생문학(生文學)이엿습이다. 다른 국가의 역사에서 일즉보지 못한 문학이엿습이다. 감정이 격하면 그 격한 감정을 그대로 기록한 문학이며 민중이 고통하면 그 고통하는 사실을 그대로 기록한 문학이며 강자가 횡포하면 그 횡포를 그대로 기록한 문학이며 인류의 이상이 무엇이면 그 이상을 그대로 토출(吐出)하고 시대의 압력과 주위의 위협을 조곰도 외탄(畏憚)치 아니한 문이외다.[17]

김명식은 시인답게 생생한 비유법을 구사하고 반복 어구를 되풀이하여 마치 설교나 연설처럼 최면적 효과를 한껏 자아낸다. 이 글은 몇 해 뒤 《삼천리》(1930년 7월호)에서 '명문(名文)의 향미(香味)'라는 제목 아래 다른 6편의 글과 함께 발췌하여 게재할 만큼 당시 명문장으로 꼽혔다. 글의 형식을 떠나 이 글은 아직 일본에서 '나프(NAPF)'

---

17   김명식, 「노서아의 산 문학」,《신생활》(1922. 4), 5~6쪽.

가, 한국에서 '카프(KAPF)'가 결성되기 몇 해 전에 이미 사회주의 리얼리즘을 부르짖었다는 점에서 관심을 끌 만하다.

이렇게 김명식은 러시아문학의 특성을 열거한 뒤 "우리 사회에도 이러한 문학이 잇스며 이러한 문학자가 잇는가?"라고 묻는다. 그러고 나서 그는 "나는 업다고 감히 단정함이다. 근래에 유행하는 소설도 잇고 가곡도 잇고 시도 잇고 그 외에 다른 문학적 작품도 잇는 듯하며 이러한 작자도 잇는가 함이다. 그러하나 나는 아즉까지 조선인의 참생활을 써 내인 것을 보지 못하얏스며 조선인의 오저(奧底)에서 흐르는 감정을 그대로 그린 것을 보지 못하얏슴이다"[18]라고 스스로 대답한다. 김명식은 비록 부분적으로나마 이기영(李箕永)이나 임화(林和) 같은 프로 진영 작가들이 그런대로 이러한 역할을 한다고 말하는 것 같다.

그런데 《삼천리》의 설문 조사에서 가장 주목할 것은 세계문학에서 번역이 차지하는 몫이 매우 중요하다고 강조한다는 점이다. 설문 조사에 답한 문인들은 거의 대부분 일본어 번역본을 읽었다. 물론 이 무렵 한국어로 번역된 외국문학 작품이 양적으로 그다지 많지 않았을 뿐더러 번역의 질도 별로 좋지 않았기 때문일 것이다. 원문을 직접 번역하지 않고 일역이나 한역을 통한 중역(重譯)이 거의 대부분이었다.

더구나 원작 전체를 옮기지 않고 일부만을 뽑아 옮긴 초역(抄譯)이거나, 작품 줄거리를 간추려 옮긴 축역(縮譯)이나 경개역(梗槪譯)이 많았다. 방금 앞에서 언급했듯이 김동환이 『빌헬름 텔』을 감명 깊은

---

18 위의 글, 12쪽.

작품으로 꼽으면서 한 "기회가 잇스면 운문으로 된 것을 기어히 본다 하면서 지금까지 어더보지 못한 것이 유감이다"라는 말을 다시 한 번 눈여겨볼 필요가 있다. 번역 과정에서 운문이 산문이 되고 작품에 들어 있던 내용이 없어진다면 세계문학에 이르는 길은 그만큼 요원해질 수밖에 없을 것이다.

김억도 가장 감명 받은 작품으로 『즉흥시인』을 꼽으면서 번역 문제를 언급하였다. 그는 "원문(즉흥시인) 덴맑어를 몰으는 나는 원문의 어떠한 표현묘(表現妙)를 가젓는지 알 길이 업스나 몃 년 전에 일부러 영역본을 사고 보고는 대단히 일역본만 못함에 새삼스러히 실망하엿다는 한 마듸까지 이 기회에 추가해 둡니다"[19]라고 밝힌다. 일본에서 처음 이 작품을 번역한 사람은 김억이 언급한 모리 오가이다. 그는 독일어판에서 10여 년 걸려 번역하여 1902년(메이지 35) 슌요도(春陽堂)에서 상하 두 권으로 출간하였다.

그렇다면 김억은 왜 영어 번역본보다는 모리 오가이의 일본어 번역본을 선호했을까? 시인인 김억은 모르긴 몰라도 아마 모리의 고풍스러운 문어 문체를 더 좋아했을지 모른다. 당시 모리는 전아(典雅)한 의고체 문장을 구사하여 많은 작가들에게 영향을 끼쳤다. 『즉흥시인』을 번역하면서 모리가 구사한 문체는 흔히 일본 문학사에서 '마지막 문어문'이라고 일컫는다.

'일본근대문학관(日本近代文學館)'에서 '명저복각전집'을 발간할 때 모리 오가이의 번역을 출간한 것을 보아도 당시 일본에서 이 번역

---

19 「내가 감격한 외국 작품」, 42쪽.

을 얼마나 높이 평가했는지 알 수 있다. 2010년 안노 미쓰마사(安野光雅)가 이 작품을 구어체의 현대어로 다시 번역하고 삽화를 곁들여 야마카와(山川)출판사에서 출간하면서 모리의 문어체 번역을 함께 수록한 것도 그러한 이유 때문일 것이다. 한편『즉흥시인』의 영어 번역은 원작이 출간되고 10여 년 뒤인 1847년 메리 하우잇이 번역하여 '이탈리아의 생활'이라는 부제를 달아 영국에서 출간하였다. 세계문학에서 번역의 중요성과 함께 번역 문체와 관련한 문제를 다시 한 번 되씹어 보게 하는 대목이다.

이광수와 세계문학 입문

어느 국가나 문화권이나 대표 작가로 내세우는 문인이 한두 사람씩 있게 마련이다. 가령 영국에 윌리엄 셰익스피어가 있다면 독일에는 요한 볼프강 폰 괴테가 있고, 프랑스에는 빅토르 위고가 있다. 동아시아로 범위를 좁혀 보면 일본 근대 문학기에 나쓰메 소세키가 있는가 하면, 중국에는 루쉰(魯迅)이 있다. 식민지 조선에서 이러한 작가를 한 사람 꼽는다면 아마 이광수를 빼놓을 수 없을 것이다. 1934년 10월《삼천리》에서는 그의 문단 데뷔 20년을 맞이하여 세검정의 한 식당에서 좌담회를 열었다. 이 자리에는 사회를 맡은 김동환과 좌담회의 주인공인 이광수를 비롯하여 소설가요 중국문학자인 양건식(梁建植), 박종화(朴鍾和), 김동인, 김억이 참석하였다.

《삼천리》의 편집자는 '전언(前言)'에서 이광수가『무정』을 발표한

지 벌써 20여 년이 흘렀다고 회고하면서 이 작품은 춘원의 출세작일 뿐더러 참으로 "조선 신문학 건설의 그 첫 주춧돌"이라고 지적한다. 그러고 나서 편집자는 계속하여 춘원은 지금까지 장편소설과 단편소설을 10여 편을 썼을 뿐 아니라 시조와 신체시 같은 순문학의 경지를 개척하기도 했다고 밝힌다.

그래서 현문단의 어느 작가보다도 그 개척한 범위가 넓고 양에 이르러도 단연 만햇다. 그 동안 그가 끼처논 공적은 오직 우러러봄이 잇슬 뿐이다. 조선 말의 미와 조선 정서의 진실한 재현이 그를 엇지 못하엿든들 이러틋 균제를 어덧슬가함애 우리들 후배의 가슴은 오직 감사의 일념에 차질 뿐이다. 물론 그가 저즐너 논 죄과도 그 반면에 이즐수 업슴도 안다.[20]

편집자의 지적대로 이광수는 조선 신문학의 개척자였다. 또한 편집자는 이광수가 "조선 말의 미와 조선 정서"를 진술하게 재현했다는 점을 높이 평가한다. 그러나 여기서 한 가지 놓쳐서는 안 될 것은 이광수가 이렇게 놀라운 공적을 쌓는 데는 외국문학 작품의 영향이 작지 않았다는 점이다. 문학청년 시절, 아니 문학소년 시절이라는 표현이 더 적절할 터이지만, 그는 외국의 여러 문인들한테서 여러 차례 예술적 세례를 강하게 받았다. 세계문학과 관련하여 이 좌담회는 자국문학의 발전에 외국문학이 얼마나 중요한 역할을 하는지 새삼 일

깨워준다.

좌담회에서 이광수는 도쿄 유학 시절부터 문학 여정을 풀어나갔다. 겨우 열다섯 살밖에 되지 않던 해 그는 도쿄의 혼고쿠(本鄕區) 모토마치(元町)에 하숙하고 있을 무렵 근처 목욕탕에서 우연히 네 살 연상인 홍명희를 처음 만났다. 그런데 홍명희는 이광수에게 영국 낭만주의 시인 조지 바이런을 소개해 주었다. 이광수는 홍명희가 빌려주거나 소개해 주는 바이런의 시집을 부지런히 읽었다. 당시 이광수가 읽은 시집으로는 기무라 다카타로(木村興太郎)가 번역한 『해적』(1814), 『파리시나』(1816), 『마제파』(1819), 『카인』(1821) 등이었다. 이광수는 "15, 6[세] 나는 소년 정열에 더구나 불과 갓치 뜨겁고 장렬한 빠이론 시편을 탐독하게 되엿스니 참으로 그 당시는 가슴이 웬통 끌어 올낫지요. 이러기를 한참 하는 동안에 내 성격이 변하여 집데다"라고 회고한다. 그러면서 그는 "아직 마음이나 행실에 주ㅅ대가 서지 못 하엿든 어렷을 때 일이엿스니 빠이론을 숭배키로 되어 날뛰엿다면 밋치기밧게 더 하겟서요"라고 밝힌다.[21] 그러나 이 무렵 바이런의 작품에 탐닉하면서 달라진 것은 비단 그의 성격에 그치지 않고 문학과 예술에 대한 태도도 마찬가지였을 것이다.

옆에서 이광수의 말을 듣고 있던 김동인은 선배 작가가 톨스토이의 영향을 많이 받은 것으로 생각했는데 뜻밖에 바이런의 영향을 받았다는 말을 듣고 적잖이 놀랐다. 그러자 이광수는 바이런 다음으로

---

21 위의 글, 236~237쪽. 당시 이광수는 입에 대지도 않던 술을 마시고 담배를 피우기 시작하였고, 학업도 등한시한 탓에 메이지학원을 졸업할 때 9등을 했다고 말한다.

톨스토이한테서 세례를 받았다고 말하였다. 이광수는 "이렇케 밤낮 빠이론, 길 가다가도 빠이론, 눕엇다가도 빠이론 그의 시편 속 시가를 외이고 한참 날뛸 때에 하로는 나와 동창인 야마자키 도시오(山崎トシオ)라는 청년이 가토 나오시(加藤直士)가 번역한 톨스토이의 『와가 슈쿄(我ガ宗教)』라는 일편을 갓다주면서 이 책은 심히 볼 만헤서 기어 히 보라고 합데다"[22]라고 회고한다. 그래서 이광수는 톨스토이의 작품을 열심히 읽었고, 이 러시아 작가한테서는 바이런에게서 일찍이 느껴 보지 못한 색다른 감명을 받았다. 이광수는 톨스토이의 장편소설이나 단편소설은 말할 것도 없고 심지어 소논문이나 단편 우화 같은 글에서도 '구도자적 정신'을 발견했다고 고백하였다.

자 그제부터는 빠이론은 네 갈 데로 가라고 밤낮 톨스토이만 읽엇지요. 그의 『我ガ懺悔』, 『我ガ宗教』, 『我ガ藝術』 등 논문은 물론 『부활』, 『전쟁과 평화』, 『안나 카레니나』, 『어둠의 힘』의 작품과 그의 우화, 서한집, 일기 등을 모조리 읽엇지요. 그러고는 아조 톨스토이이즘에 폭 저저 버렷지요.[23]

이번에는 참석자 중에서 가장 나이 어린 박종화(朴鍾和)가 끼어들어 이광수에게 아마 톨스토이에 대한 심취가 그 뒤에도 계속되었지 않았느냐고 물었다. 그러자 이광수는 문학의 취향이 다시 한 번 바뀌

---

22 위의 글, 237쪽.

23 위의 글, 237~238쪽.

었다고 밝혔다. 그러면서 그는 어느 날 여름 도쿄의 간다(神田) 요미세(夜店)로 산책을 나갔다가 우연히 서점에서 붉은 글씨로 크게 써 붙인『히노하시라(火の柱)』(1904)라는 소설 광고를 보았다고 밝혔다. 이 작품은 메이지 시대 중기 반전·평화 운동의 선구자로 기독교 사회주의 관점에서 사회적 모순을 지적한 기노시타 나오에(木下尙江)의 소설을 말한다. 이 소설을 구입하여 읽은 이광수는 톨스토이 작품과는 또 다른 감명을 받았다. 이 작품에는 그의 말대로 사회제도에 대한 적극적이고 비판적인 사상이 담겨 있었기 때문이다. 이광수는『히노하시라』에 이어 곧바로『료진노지하쿠(良人の自白)』(1906)를 비롯하여 기노시타의 작품이란 작품은 모조리 찾아서 읽기 시작하였다. 이광수는 기노시타의 작품에서는 바이런이나 톨스토이한테서는 일찍이 느껴 보지 못한 강렬한 사회개조 사상을 발견했다고 고백하였다.

《삼천리》좌담회에 참석한 사람 중에서 기노시타의 작품에서 큰 영향을 받은 것은 비단 이광수 한 사람만이 아니었다. 옆에서 이광수의 말을 듣고 있던 양건식은 "기노시타 나오에! 그러치 이 사람도 한동안 도쿄 청년의 피를 왼간히 끌케 한 사람이지요"라고 맞장구친다. 그러면서 그는 계속하여 "사카이 도시히코(堺利彦)와 매우 갓가운 벗으로 초기의 사회주의자이니 만치 그 사람의 영향 밧는 사람이 참으로 만엇지요. 인제 아니 춘원도 기노시타 나오에[에]서 영향 바드섯군. 나도 한동안 그 사람 작(作)에 퍽으나 심취하엿섯지요"[24]라고 말한다.

---

24 위의 글, 238쪽.

여기서 양건식에 대하여 잠깐 살펴보는 것이 좋을 것 같다. 이광수는 일찍이 그를 두고 "조선 유일의 중화극 연구자요 번역가"[25]라고 찬사를 보낸 적이 있다. 중국에 유학하여 베이징 평민(平民)대학에서 10년 동안 중국문학을 전공한 양건식은 이광수의 『무정』보다 2년 앞선 1915년 3월 《불교진흥월보》에 발표한 단편소설 「석사자상」을 발표하면서 문단에 데뷔하였다. 그 뒤 그는 '백화(白樺)' 또는 '국여(菊如)'의 필명으로 소설가와 평론가, 번역 문학가로 활동하였다. 양건식이 시론과 문예 평론 같은 산문에서 요한 볼프강 폰 괴테를 비롯한 단테 알리기에리, 기 드 모파상, 헨리크 입센 같은 문학가에서 이마누엘 칸트, 프리드리히 니체, 토머스 칼라일, 앙리 베르그송, 표트르 크로포트킨, 루돌프 오이켄 같은 철학자와 사상가들을 인용하는 것을 보면 그의 독서 폭이 무척 넓다는 데 놀라게 된다. 양건식처럼 당시 서구 문예와 사상을 받아들인 사람도 찾아보기 쉽지 않을 것 같다.

이렇게 서구 사상을 포용적으로 수용했으면서도 양건식의 궁극적 목표는 급진적 사회 개혁으로 수렴된다. 그는 당시 식민지 조선의 어느 작가보다도 문학의 사회적 기능에 관심을 기울였다. 양건식의 문학관은 방금 앞에서 김명식이 러시아문학의 특징으로 언급한 "투와노의 문학"이나 "사문학이 아닌 생문학"과 비슷하다. 그것이 아니라면 양건식은 아마 기노시타 나오에가 말하는 '불기둥' 같은 사회 변혁을 염두에 두고 있었는지도 모른다.

---

25 장백산인(이광수), 「양건식 군」, 《개벽》 44호(1924. 2).

남들은 어떤 것을 탐독하든지 말할 것 없고 우리는, 특히 우리 조선 청년들은 읽으면 피가 끓어오르고 읽고 난 뒤에는 그 썩고 구린내 나는 생활 속에서 "에라!" 하고 뛰어나올 만한 원기를 돋워 주는 혁명적 문예를 읽어야 한다고 하였다. 동시에 나는 우리가 남달리 더럽고 기구한 생활을 오랫동안 계속한 역사를 등에 지고 있는 그 값으로 반드시 정치상으로 대정치가가 생기고 문학상으로 대문학자가 생길 것을 깊이 믿어 왔다. 한데 그동안 국내의 많은 독자와 작가들은 대체로 나의 이 생각과 이 기망(企望)에서 멀리 배치하여 가는 현상에 있은 것이 사실이다. 그러므로 나는 중국문예 작품 중에서 이상에 말한 혁명적 소설을 심구(尋究)하여 그것을 소개하려 하였던 것이 곧 나의 초지(初志)이었다. 하나 여기에도 그렇게 훌륭한 걸작은 없었다. 하나 최후의 승전은 시시비비만을 말하고 공격하는 데 있지 않고 오직 시대시적(時代是的), 인간시적(人間是的)의 위대한 작품을 산출하는 데 있다. 그러므로 나는 지금 계급적 의식에서 신신앙을 가진 작가 그들에게 하루바삐 승전고를 울리기 촉망하며 동시에 나는 모파상의 말을 빌려 이렇게 청구한다. "당신들의 신신앙과 성정에 따라 가장 적의한 형식으로 거룩한 작품을 많이 낳아 놓으라!"고.[26]

위 인용문에서 '혁명적 문예'니 '혁명적 소설'이니 '계급적 의식'이니 하는 구절을 눈여겨보아야 한다. 양건식은 조선에서는 정치와

---

26 양건식, '역자의 말', 『중국 단편소설집』(경성: 개벽사, 1929).

마찬가지로 문학에서도 혁명적인 일대 전환이 필요하다고 생각하였다. 그렇지 않고서는 지금까지의 "남달리 더럽고 기구한 생활"에서 도저히 벗어날 수 없기 때문이다. '신신앙'이나 '거룩한'이라는 말에서 볼 수 있듯이 그는 시대에 걸맞고 인간에 걸맞은 문학 작품을 창작하는 작가의 임무를 종교의 차원으로 끌어올리려고 하였다. 그러고 보니 양건식이 이광수처럼 왜 기노시타 나오에의 작품에 심취했는지 알 만하다.

이 좌담회에서 볼 수 있듯이 이광수는 십대 중반쯤 작가로 입문할 무렵 외국문학 작품에서 무척 큰 영향을 받았다. 이광수의 여러 작품을 찬찬히 뜯어보면 조지 바이런과 레프 톨스토이와 기노시타 나오에의 그림자가 자주 어른거린다. 그들한테서 받은 영향은 뒷날 이광수가 좁게는 근대 한국소설, 더 넓게는 근대 한국문학의 새로운 경지를 개척한 작가로 성장하는 데 큰 자양분이 되었음은 두말할 나위가 없다. 한마디로 그는 외국문학의 토대 위에 조선 신문학의 집을 세웠다고 하여도 크게 틀리지 않는다.

조선문학의 필요조건

1936년 8월《삼천리》에서는 조선문학을 어떻게 규정지어야 할지를 두고 당시 저명한 문인들을 대상으로 설문 조사를 실시하였다. 설문에 응답한 문인은 이광수와 염상섭을 비롯하여 박영희(朴英熙), 김광섭(金珖燮), 장혁주(張赫宙), 서항석(徐恒錫), 이헌구(李軒求), 이병기

(李秉岐), 임화(林和), 이태준(李泰俊), 김억, 박종화 등 모두 12명이었다.

조선문학의 개념 설정에 관한 설문은 얼핏 대수롭지 않은 문제처럼 보일지 모르지만 한국문학 연구는 말할 것도 없고 세계문학과 관련해서도 아주 중요하다. 조선문학의 위상을 먼저 분명히 설정하지 않고서는 세계문학을 올바로 규정짓기란 거의 불가능하기 때문이다. 편집자는 "대체로 정설대로 좇는다면 조선문학이 되자면 의례히 A, 조선 '글'로 B, 조선 '사람'이 C, 조선 사람에게 '읽히우기' 위하야 쓴 것만이 완전한 조선문학이 될 것이외다. 그러타면 역설 몃 가지를 들어 보겟슴니다"[27]라고 밝힌다. 그러고 난 뒤 편집자는 다음과 같이 세 가지 '역설'을 제시한다.

A. 박연암(朴燕岩)의 『열하일기(熱河日記)』, 일연선사(一然禪師)의 『삼국유사(三國遺事)』 등등은 그 씨운 문자가 한문이니까 조선문학이 아닐가요? 또 인도 타골은 『신월』, 『끼탄자리』 등을 영문으로 발표햇고, 씽그[존 밀링턴 싱], [레이디] 그레고리, 이에츠[윌리엄 버틀러 예이츠]도 그 작품을 영문으로 발표햇건만 타골의 문학은 인도문학으로, 이에츠의 문학은 애란문학으로 보는 듯 합데다. 이러한 경우에 문학과 문자의 규정을 엇더케 지어야 올켓슴니까.

B. 작가가 '조선 사람'에게 꼭 한하여야 한다면 나카니시 이노스케(中西伊之助)의 조선인의 사상 감정을 기조로 하여 쓴 『그

---

27 「'조선문학'의 정의 이러케 규정하려 한다!」,《삼천리》8권 8호(1936. 8. 1), 82쪽.

대의 등 뒤에서(汝等の背后より)』라든지 그밧게 이러한 류의 문학
은 더 일고할 것 업시 '조선문학'에서 제거하여야 올켓슴니까.

　C. 조선 사람에게 '읽히우기' 위하야 써야 한다면 장혁주 씨
가 도쿄 문단에 누누(屢屢) 발표하는 그 작품과 영미인에게 읽히
우기를 주안 삼고 쓴 강용걸[강용흘] 씨의『초가집』등은 모도
조선문학이 아님니까, 그러타면 또 조선 사람에게 읽히우기 위
하야, 조선 글로 훌융히 씨워진 저『구운몽(九雲夢)』,『사씨남정
기(謝氏南征記)』등은 조선문학이라고 볼 것임니까.[28]

　편집자는 이렇게 번거롭게 설문 조사를 실시하는 것은 "불쾌하고
잡연한 분위기에 싸여 잇는 혼란된 현하 조선 문단의 중대한 청당(淸
黨) 운동"을 일으키기 위해서라고 밝혔다. 이 무렵 조선문학의 위상
을 두고 문인들 사이에서 얼마나 의견이 서로 엇갈리고 있었는지 잘
알 수 있는 대목이다. 더구나 당시는 일본 제국주의의 식민 통치를 받
던 무렵이어서 '조선문학'의 위상이 모호할 수밖에 없었다. 물론 일
제 강점기에 황국 신민 정신을 전파하는 내용을 담은 '황국문학'이나
이른바 신체제, 즉 전시 총동원 체제 구축의 일환으로 내세운 '국민
문학'은 아직 본격적으로 고개를 쳐들기 전이었다. 그런데도 이 무렵
조선문학은 안팎으로 적잖이 정체성 위기를 느꼈다.

　이 설문에 대하여 이광수는 "어느 나라의 문학이라 함에는 그 나
라의 문(文)으로 쓰이기를 기초 조건으로 삼는 것"이라고 먼저 운을

28　위의 글, 82쪽.

뗀다. 그러고 나서 그는 "지나문학(支那文學)이 한문으로 쓰이고 영문학이 영문으로 일본문학은 일본문으로 쓰이는 것은 원형이정(元亨利貞)이다"라고 지적한다. 이광수는 "조선문학이란 무엇이뇨?"라고 묻고 나서 곧바로 "조선문으로 쓴 문학이라!"라고 스스로 대답한다. '조선문학'과 '조선 말'은 태아와 산모를 잇는 탯줄처럼 불가분의 관계를 맺고 있다는 말이다. 이광수는 계속하여 "조선 '글'로 쓰이지 아니한 '조선문학'은 마치 나지 아니한 사람 잠들기 전 꿈이란 것과 갓치 무의미한 일이다"라고 잘라 말한다.[29]

> 박연암의 『열하일기』는 일연선사의 『삼국유사』 등은 말할 것
> 도 업시 지나문학일 것이다. 그럼으로 국민문학은 결코 그 작자
> 의 국적을 딿어 어느 국문학에 속하는 것이 아니요 오직 그 쓰이
> 어진 국문을 딿아 어느 국적에 속하는 것이다.
>
> 말하자면 문학의 국적은 속지(屬地)도 아니요 속인(屬人, 작자)
> 도 아니요 속문(屬文, 국문)이다. (…중략…)
>
> 그와 반대로 조선 '글'로 번역된 『삼국지』, 『수호지』며 『해왕
> 성』, 『부활』 갓흔 것이 돌이어 '조선문학'이다. 조선문으로 쓰인
> 까닭으로.
>
> 조선 사람에게 '읽히우기' 위한 문학이란, 조선 '글'로 씨워진
> 것이여야 할 것이다.[30]

---

29 위의 글, 83, 84쪽.

30 위의 글, 83쪽.

위 인용문에서 이광수는 조선문학과 관련하여 중요한 문제 몇 가지를 지적한다. 첫째, 그는 오직 '속어주의' 원칙에 따라 문학을 정의 내린다. 즉 그는 언어를 특정 문화권의 문학을 규정짓는 가장 중요한 잣대로 삼는다. 이 원칙에 따라 이광수는 놀랍게도 조선인이 한문으로 쓴 문학을 조선문학의 범주에서 제외한다. 그에게 연암 박지원(朴趾源)의 『열하일기』와 일연의 『삼국유사』는 중국문학으로 간주할 수 있을지언정 조선문학으로는 자격미달이다. 『구운몽』과 『사씨남정기』는 배경과 소재가 중국이기 때문이 아니라 사용한 언어가 한문이기 때문에 중국문학이라는 것이다. 이광수의 기준에 따른다면 최치원(崔致遠)을 비롯하여 정몽주(鄭夢周), 김시습(金時習), 허난설헌(許蘭雪軒), 신자하(申紫霞), 황현(黃玹) 등의 빼어난 한문 작품도 하나같이 중국문학이 될 수밖에 없다. 이렇게 한문으로 쓴 문학을 조선문학에서 제외하고 나면 한국 문학사는 그만큼 빈약하고 초라해질 수밖에 없을 것이다.

둘째, 이러한 논리에 따라 이광수는 나카니시 이노스케의 작품 『그대의 등 뒤에서』도 아무리 조선인의 사상과 감정을 바탕으로 썼다고 할지라도 조선 '글'로 쓰지 않았기 때문에 조선문학의 범주에서 제외하였다. 일본인인 나카니시는 그렇다고 하더라도 심지어 조선에서 태어난 작가 장혁주와 강용흘의 작품도 각각 일본어와 영어로 썼다는 이유로 조선문학에 넣지 않는다. 한마디로 이광수는 한글이 창제되기 전까지 나온 많은 한문 작품들을 모조리 조선문학의 범주에서 제외해 버린다.

한편 이광수는 폴란드 출신의 소설가 콘럼[조셉 콘래드]이 영문으로 작품을 썼기 때문에 그의 작품은 폴란드문학에 속하지 않고 어디까지나 영문학에 속한다고 주장하였다. 이광수는 라빈드라니트 타고르의 작품 중에서 인도어, 정확히는 벵골어로 쓴 작품은 인도문학이지만 영어로 쓴『기탄잘리』(1912)나『신월』(1913) 같은 작품은 영문학에 속한다고 주장한다. 그러나 이 두 작품 모두 타고르가 처음에는 벵골어로 썼다가 나중에 영어로 직접 영어로 번역했기 때문에 영문학으로만 보는 데는 적잖이 무리가 따른다.

셋째, 이광수는『삼국지』와『수호지』같은 중국 소설과 알렉상드르 뒤마의『몬테크리스토 백작』(1845)을 번안한『해왕성』같은 프랑스 소설, 레프 톨스토이의『부활』(1899) 같은 러시아 소설을 오직 조선 '글'로 번역되었다는 이유만으로 '조선문학'의 범주에 넣는다. 이러한 주장은 일제 강점기 1930년대는 말할 것도 없고 입만 열면 세계화를 부르짖는 21세기에 와서도 좀처럼 받아들일 수 없다. 이광수는 오직 언어만을 잣대로 삼아 조선문학을 정의하다 보니 이렇게 어처구니없는 결론에 이른다.

이광수의 주장대로 아무리 조선인이 썼어도 한문으로 쓴 문학 작품은 과연 조선문학으로 볼 수 없을까? 물론 언어를 기준으로 삼아 특정 문학을 정의해야 한다는 주장은 지극히 옳다. 그러나 언어라는 잣대는 특정 문학의 정체성을 규정짓는 필요조건은 되지만 필요충분조건은 되지 못한다. 한글이 창제되기 이전 한문은 조선인들의 유일한 문자였다. 다시 말해서 한문으로써밖에는 달리 조선인의 사상과 감정을 표현할 수가 없었다. 그렇다면 훈민정음이 창안되기 이전 한국문학은 백지상태로 남아 있을 수밖에 없을 것이다.

더구나 중국에서 오랫동안 사용해 온 한자와 조선인들이 사용해 온 한자는 엄밀히 말해서 발음은 말할 것도 의미에서도 서로 동일하지 않다. 삼국시대 한국인들은 한자를 이용하여 자국어로 표기하는 방식으로 이두와 향찰을 개발했다는 것은 새삼 말할 필요도 없을 것이다. 고려 시대에 들어와 한문이 더욱 널리 쓰이면서 한문을 읽을 때 붙여 읽는 붙임토의 역할뿐 아니라 원문 전체를 한국식으로 번역하기 위하여 입곁[口訣]이라는 표기 방법을 만들었다. 석독구결(釋讀口訣) 또는 훈독구결(訓讀口訣)이 바로 그것이다. 그러므로 향가는 한자를 빌려 한국인의 사상과 감정을 표현했으므로 마땅히 조선문학에 속해야 할 것이다. 심지어 『삼국유사』와 『열하일기』에서 사용한 한문도 말하자면 '조선화된 한문'이므로 조선문학의 범주에 넣어야 할 것이다.

문학관이나 예술관에서는 사뭇 다르면서도 한문으로 쓴 문학 작품을 조선문학에서 제외한다는 점에서 임화도 이광수와 비슷하다. 임화는 "조선문학이 단순히 형식적으로만 아니라, 조선 사람의 생활 급(及) 그 장래에 대하야 일정한 공헌을 하랴면 불가 부득이(不可不得已) 조선 말에 의하야 씨워질 것은 위선 결정적인 조건이며, 이러한 의미에 잇서 언어는 명료히 사상의 체현자로서의 의의를 갖는 것임니다"라고 말한다. 임화는 '위선 결정적인 조건'이라고 단서를 붙이는 것은 문학을 정의 내리는 데 형식뿐 아니라 내용도 중시하기 때문이다. 그는 조선 말로 썼다고 하여 모두 조선문학이 되는 것은 아니라고 주장한다.

한문으로 쓴 작품에 대하여 임화는 『열하일기』와 『삼국사기』 등은 "그 내용의 질에 잇서는 엄밀한 의미의 문학 작품이 아닐뿐더러, 진정한 의미의 조선문학이기는 어렵습니다"라고 지적한다.[31] 이렇게 두 책을 문학에서 제외하는 것을 보면 임화는 문학 장르를 시·소설·희곡 같은 순문학으로 너무 좁게 설정하였다. 이 두 작품은 단순히 연행록이나 견문록 또는 역사서의 테두리에 가두어 둘 수는 없다. 박지원의 한문 단편소설 「호질(虎叱)」과 「허생전(許生傳)」은 본디 『열하일기』 중 각각 관내정사(關內程史)와 옥갑야화(玉匣夜話)에 실려 있다는 점을 접어두고라도 기존의 연행록이나 견문록에 새로운 경지를 개척한 문학서로 보아야 한다.

이 점에서는 『삼국유사』도 마찬가지여서 역사서 못지않게 문학서다. '남겨진 사실' 또는 '버려진 사실'을 뜻하는 '유사'에서 엿볼 수 있듯이 이 책은 김부식(金富軾)의 『삼국사기』에서 빠뜨렸거나 자세히 드러내지 않은 내용을 많이 수록하는 데 주력하였다. 한마디로 『삼국유사』는 엄밀한 의미에서 역사서라기보다는 신화와 설화의 보물창고이면서 향찰로 쓴 향가와 이두로 쓴 비문 등을 담고 있어 한민족의 소중한 문화유산 중 하나로 꼽아야 한다. 그런데도 임화는 한문으로 쓴 문학 작품을 한국 문학사에서 '선사적항(先史的頁) 가운데 한문학사부(漢文學史部)'에 들어갈 수는 있을 것이라고 밝힌다. 그래도 한문으로 쓴 문학 작품을 조선 한문학사의 일부로나마 인정한다는 점에서 임화는 이광수보다는 훨씬 더 포용적인 태도를 취한다.

---

31 위의 글, 95쪽.

속어주의 원칙을 따른다는 점에서 김광섭도 이광수와 임화의 주장과 크게 다르지 않다. 김광섭은 어느 나라의 문학을 막론하고 그 나라의 문학은 다름 아닌 그 나라의 언어에서 결정된다고 주장한다. 그러면서 조선문학이라고 하면 ① 조선 작가가 ② 조선어로써 ③ 조선 독자들에게 ④ 조선에 관한 내용을 표현하는 문학이라고 주장하였다. 다시 말해서 김광섭은 "원칙적으로는 조선 말로 조선 내용을 조선 독자에게 읽히는 그것이 안이면 엄숙한 의미에서 조선문학이 안일 것만은 움직일 수 업는 사실이다"[32]라고 단언한다. 그가 내세우는 세 조건을 '움직일 수 업는 사실'이라고 말하는 것을 보면 그는 주장이 아주 확고하다. 말하자면 김광섭은 이광수가 주장한 '속문', '속인', '속지'의 세 개념의 토대 위에 조선문학의 집을 세워놓았다.

김광섭의 기준에 따른다면 홍명희의 『임꺽정』(1939)은 조선문학에 속하지만 『열하일기』나 『삼국유사』는 한문으로 썼으므로 조선문학의 범주에 들어갈 수 없다. 새도 아니고 쥐도 아닌 박쥐처럼 중국문학도 아니고 조선문학도 아닌 이 작품은 국적이 없는 미아와 다름없다. 그러나 김광섭은 "과거 엇던 시대에 있어서 조선 학자 급(及) 문인이 그 표현을 한문으로 대(代)한 시대가 이섯든 것만큼 그것은 조선에 있어서의 한문학사의 영역에 속할 것뿐이라"[33]라고 주장한다. 이렇게 『열하일기』나 『삼국유사』를 한문학사의 영역으로 삼는다는 점에서는 김광섭의 태도는 임화와 비슷하다.

---

32 위의 글 86쪽.

33 위의 글 86쪽.

김광섭은 이러한 기준에 따라 나카니시 이노스케의 작품이 마땅히 조선문학의 범주에 들 리 만무하고, 심지어 장혁주와 강용흘의 작품도 "조선 말로 조선 내용을 조선 독자에게 읽히는" 것이 아니므로 역시 조선문학의 반열에 오를 수 없다고 주장한다. 그러면서도 김광섭은 장혁주나 강용흘의 작품이 외국인의 관점에서 보면 조선문학으로 간주할지 모르지만 조선인의 관점에서는 전혀 그러하지 않다고 밝힌다. 외국인이 간주하는 조선문학은 번역을 통하지 않고서는 조선 독자들에게 전달될 수 없다. 가령 프로문학 작가인 나카니시의 작품 『그대의 등 뒤에서』는 파스큘라 동인들과 함께 조선프롤레타리아예술동맹의 발기인으로 참여하고 기관지 《문예운동》을 창간하는 데 앞장선 이익상(李益相)이 1929년에 번역하여 해방사에서 출간하여 조선에 소개하였다.

조선문학을 정의내리는 데 이태준도 앞에서 언급한 문인들과 원칙에서 크게 다르지 않다. 이태준은 『열하일기』와 『구운몽』 같은 작품과 관련한 문제는 조선 문학사를 집필할 학자들이 연구할 대상이어서 자기는 별로 관심이 없다고 밝힌다. 그러면서 그는 "한글이 유일한, 또 완전한 우리 글로 인정된 이 시대부터는 (과거엔 어떤 예외가 있었던 간에) 첫재 조선 글로 된 것이라야 '조선문학'일 터이지요, 조선 사람이 썻드라도 조선 말이 아니면 '조선문학'이 아니요, 외국인이 썻드라도 조선 말이면 그것은 훌륭히 조선문학이리라 생각합니다"[34]라고 주장한다. 이태준은 조선문학의 정체성을 규정짓는 데 작

34　위의 글, 98쪽.

'조선의 모파상'으로 일컫던 이태준과 그의 가족.

가의 국적보다는 언어를 지나치게 중요하게 생각하였다. 그러다 보니 비록 외국인이 쓴 작품이라도 조선 말로만 썼으면 '훌륭히' 조선문학에 들어갈 수 있다고 판단하였다.

조선문학의 정의와 관련하여 박영희의 주장은 이광수를 비롯한 몇몇 문인들의 주장과는 정면으로 어긋난다. 박영희는 "조선에 자기의 글이 없을 때 일이라면 한문을 대용해서 작품을 썼다고 그것이 조선문학이 않이라고는 할 수 없다. 이러한 경우에 한해서는 독특한 예가 되는 것이다"라고 주장한다. 박영희도 한 민족이나 문화권의 문학을 그 매체인 언어를 잣대로 삼아 규정짓는다는 점에서는 이광수와 크게 다르지 않다. 다만 차이가 있다면 한문도 한글이 창제될 때까지 조선인이 사용할 수밖에 없던 언어이므로 '조선 말'로 간주한다는 점이 다를 뿐이다. 박영희는 "더욱이 조선어가 창안된 이후의 작품은 반듯이 조선어로 된 것에 한하야 조선문학이라고 할 수 잇다"고 못박아 말한다.[35] 박영희는 라빈드라나트 타고르와 윌리엄 버틀러 예이츠가 각각 인도 사람과 아일랜드 사람이면서도 영어로 작품을 썼기 때문에 영문학으로 흔히 취급받는다고 지적하였다.

박영희는 이러한 기준에 따라 나카니시 이노스케의 작품은 조선문학이 될 수 없다고 말하였다. 나카니시가 작품 소재로 삼은 조선의 문제는 많은 소재 중 하나에 지나지 않기 때문이다. 가령 영국 작가가 프랑스를 소재로 작품을 썼다고 프랑스문학이 되지 않는 것과 같은 이치라는 것이다. 박영희는 일본 문단에서 활약한 장혁주와 미국에서 활약한 강용흘도 나카니시처럼 조선어를 사용하지 않았으므로 조선문학이 될 수 없다고 주장하였다. 다만 일본 문단과 조선 문단 양쪽에서 활약한 장혁주는 '이중문단의 작가'라고 불렀다. 언어 못지않게 독자를 기준으로 삼는 박영희는 조선 독자들이 읽을 수 없는 문학은 조선문학이 될 수 없다고 주장하였다.

조선문학을 번역한 작품에 대해서도 박영희는 이광수와는 전혀 다른 태도를 취한다. 조선 '글'로 번역된 외국문학 작품을 조선문학으로 간주한 이광수와는 달리, 박영희는 그러한 번역 작품을 조선문학에서 제외시켰다. 박영희는 "외국작품을 조선어로 번역하게 되면,

---

35 위의 글, 84쪽.

그것은 외국문학을 번역한 것뿐이지 그것이 조선문학은 아니다"[36]라고 지적한다. 이 점에서는 이광수보다는 박영희의 주장이 훨씬 더 설득력 있다. 가령 나관중(羅貫中)의『삼국지연의』는 아무리 한국 독자들을 위하여 쉽게 풀어 옮겨놓았다고 하여도 중국문학에 속할 뿐 조선문학이 될 수는 없을 것이다.

조선문학을 보는 이병기의 생각은 원칙에서는 박영희와 비슷하면서도 결이 조금 다르다. 이병기는 조선문학을 '순수한 조선문학'과 '광범한 조선문학'의 두 가지로 크게 나눈다. 전자는 "조선인이 조선 말[과] 글로 쓴 순수한 문학작품(시가, 소설 희곡 등)"을 말하고, 후자는 "조선인이 조선 말[과] 글로 쓴 광범한 문학 작품(일기, 기행, 서간, 전기, 전설, 담화, 잡록 등)이나 또는 다른 나라 말로 쓴 순수한 문학 작품"을 말한다.[37]

이병기는 '광범한 조선문학'을 다시 두 가지로 나눈다. 첫 번째 갈래는 조선 작가가 조선 말로 쓰되 엄밀히 말해서 순수문학 장르에 속하지 않는 문학 작품이다. 시·소설·희곡 같은 순수문학 장르에서 벗어나는 문학은 모두 여기에 속한다. 한편 두 번째 갈래는 한문이나 일본어 같은 다른 나라 말로 쓴 작품을 말한다. 이병기는 이러한 기준에 따라『열하일기』와『삼국유사』등을 비롯하여 장혁주와 강용흘의 작품은 '광범한 조선문학'으로 분류한다. 한편 나카니시 이노스케의 작품은 조선문학이 아니지만『구운몽』과『사씨남정기』등은 '순수한

---

36 위의 글 84쪽.

37 위의 글, 93쪽.

조선문학'으로 분류한다. 그러면서도 이병기는 조선문학의 소재는 조선의 것이 아닌 어떤 것도 상관없다고 주장한다.

한문으로 쓴 문학도 조선문학으로 간주해야 한다고 주장하는 점에서는 박종화도 다른 문인들과 크게 다르지 않다. 그는 『열하일기』와 『삼국유사』가 '완전한 문학'에 속하는가 하는 문제는 접어두고라도 일단 조선문학의 범주에 넣었다. 박종화는 "비록 그 문자가 한문으로 되어 잇스나, 우리의 완전한 글이 없섯든 시대와 또한 우리 글이 엇더한 정치적 또는 시대 조류의 환경으로 인하야 독자의 권위를 발양치 못하고 한문으로 대용되야 일반에게 보편화되엿든 시대의 작품이니 이것은 한 개인과 한 작품만의 문제가 않이다"라고 지적한다. 그러면서 그는 계속하여 "그 시대의 전 사회가 시인하고 통용한 것인 즉 글자가 비록 한자로 되었다 할지라도 당연히 조선문학에 속할 것이다"라고 주장한다.[38]

그런데 박종화의 응답과 관련하여 한 가지 흥미로운 것은 조선 말로 쓴 김만중(金萬重)의 『구운몽』을 '훌융한[훌륭한] 조선문학'으로 평가하면서도 역시 한글로 쓴 『사씨남정기』를 '번역 소설'로 간주한다는 점이다. 박종화는 전자의 작품이 비록 남의 작품에서 모방한 점이 있지만 조선 사람의 손으로 쓴 조선문학 작품으로 볼 수 있다고 주장하였다. 여기서 그가 이 작품을 모방작으로 보는 것은 아마 김만중이 대승불교의 대표 경전인 『금강경』의 '공(空)' 사상을 소설 형식으로 표현한 점을 지적하는 것 같다.

---

38 위의 글, 94쪽.

한편 박종화는『구운몽』과 마찬가지로 조선 말로 쓴 작품인데도 『사씨남정기』를 창작 문학보다는 번역 문학으로 간주한다. 흔히『남정기(南征記)』라고도 일컫는 이 작품은 숙종이 계비인 인현왕후를 쫓아내고 장희빈을 맞아들인 일을 풍자함으로써 숙종의 마음을 뉘우치게 하려고 쓴 작품으로 알려져 있다. 박종화는 이 작품을 군이 왜 '번역 작품'으로 간주하는지 그 이유를 분명히 밝히지 않았다. 다만 김태준은『사씨남정기』가『구운몽』과 마찬가지로 김만중이 조선 말로 창작한 것을 그의 손자 김춘택(金春澤)이 한문으로 번역했을 것이라고 주장한 적이 있다. 그러나 정규복(丁奎福)은 한문 '을사본'의 모본이요 최고본(最古本)이라는 한문 '노존본(老尊本)'을 발견하여 김태준의 국문 원작설에 의문을 제기한다.

박종화는 나카니시 이노스케의 작품은 말할 것도 없고 장혁주와 강용흘의 작품도 "아모리 조선 사람을 재제(材題)로 하야 썼다 할지라도 지금 우리에게는 훌융한 우리 글과 우리 문학을 맨들 수 있는 시대다. 그러타면 이것은 우리 조선 사람에게 읽히랴는 목적이 않이라 외국인을 상대로 한 것이니 우리 문학이라 인정하기 어렵다"[39]고 주장한다. 그렇다면 박종화는 독자도 조선문학을 규정짓는 중요한 잣대 중 하나로 간주하는 셈이다.

조선문학을 정의하는 데 언어는 2차적이라고 보는 염상섭은 박영희나 이병기보다 한 발 더 나아가 한문으로 쓴 문학은 말할 것도 없고 한문 외의 다른 언어로 쓴 작품도 얼마든지 조선문학이 될 수 있

---

39 위의 글, 94쪽.

다고 주장한다. 염상섭이 이렇게 조금 파격적이다 싶을 만큼 조선문학의 범주를 폭넓게 잡는 것은 언어란 한낱 표현 수단에 지나지 않는다고 간주하기 때문이다. 비유적으로 말하자면 언어는 내용물을 담는 그릇일 뿐 중요한 것은 그릇이 아니라 그릇에 담겨 있는 내용물이라는 논리다.

> 한민족을 단위로 본 개성 ─ 쉽게 말하야 민족성을 표현하야 민족의 마음, 민족의 혼, 민족의 독이성(獨異性)을 표백(表白)하고 따라서 그 민족의 인생관, 사회관, 자연관들을 묘사 표현한 것이면 그 민족만의 문학일 것이라고 하겟습니다. 그럼으로 첫재 문제는[는] '쓴 사람'의 문제일 것이요, 둘재는 작품의 담긴 내용에 따라서 결정될 경우도 잇겟습니다. 그러고 어(語)와 문(文)은 한 표현 수단, 즉 기구(器具)와 가튼 것인가 합니다. 그럼으로 제일 조건이 조선 사람인 데에 잇고 외국어로 표현하얏다고 반듯이 조선문학이 아니라고는 못 할 듯 합니다. 조선의 작품을 번역하얏다고 금시로 외국문학이 되지 안흠과 가티 외국어로 표현하얏기로 조선 사람의 작품이 외국문학이 되리라고는 생각할 수 업습니다.[40]

위 인용문에서 핵심 낱말은 '한민족' 또는 '민족'이다. 염상섭은 한민족의 마음과 혼과 고유한 특성을 표현하느냐 표현하지 못하느

---

40 위의 글, 84~85쪽.

나에 따라 조선문학을 규정짓는다. 염상섭에게 조선문학을 규정짓는 잣대는 이광수가 사용한 용어를 빌려 말하자면 '속문'이 아니라 '속지'요 '속인'이다. 염상섭이 '문(文)'과 함께 '어(語)'를 언급하는 것은 단순히 문자로 기록된 것뿐 아니라 입에서 입으로 전해 내려온 구전문학도 중요한 문학으로 간주하기 때문이다.

염상섭의 답변에서 가장 놀라운 것은 조선 사람이 조선의 민족성을 소재로 쓴 작품이라면 비록 외국어로 썼다고 하더라도 조선문학의 범주에 넣을 수 있다고 한 점이다. 여기서 외국어란 단순히 한문만을 말하지 않고 일본어나 영어를 비롯한 서양어를 가리킨다. 가령 조선의 작품을 영어로 번역했다고 하여 곧 영문학이 되지 않는 것처럼, 조선 작가가 영어로 쓴 작품은 외국문학이 아닌 조선문학으로 보아야 한다. 염상섭은 "제일 조건이 조선 사람인 데에 잇고 외국어로 표현하얏다고 반듯이 조선문학이 아니라고는 못 할 듯 합니다"[41]라고 밝힌다. 이 기준에 따른다면 장혁주의 일본어 작품이나 강용흘의 영어 작품은 조선문학이 아닐 수 없다. 이로써 염상섭은 조선 사람이 영어라는 매체를 빌려 한민족의 감정과 사상을 표현하면 조선문학으로 볼 수도 있다는 가능성을 활짝 열어 놓는다.

《삼천리》설문 조사에서 조선문학과 관련하여 세계문학을 좀 더 구체적으로 언급한 문인으로는 임화와 김억 두 사람뿐이다. 임화는 "현대에서는, 인쇄술이나 번역 등 외적 현상에서만 아니라 그 정신에 잇서 각국의 국민문학으로부터 일개의 세계문학의 과정으로 문화 이동

---

41 위의 글, 85쪽.

의 과정이 특징화되어 잇슴은 널리 제가(諸家)의 인지하는 바인가 함니다"[42]라고 말한다. 그러나 임화는 조선문학이 자기만의 독특한 문학을 수립할 겨를이 없이 이러한 문화 과정이 시작되자마자 아쉽게도 소멸되어 버렸다고 지적하였다. 그에 따르면 대한제국 말엽부터 1921년(다이쇼 10) 전후까지 조선문학은 아직 '문학상의 계급적 분열'을 겪지 않은 채 말하자면 '조선의 르네상스'를 맞이하였다. 그러나 그것마저도 내용에서나 형식에서 "명확히 계급적이고 국제주의적인 푸로문학"의 대두와 함께 마침내 막을 내리고 말았다는 것이다.

임화가 사회주의 문학 관점에서 조선문학과 세계문학을 언급했다면, 민족주의 문학 계열에 속한다고 할 김억은 지방적인 특성을 지닌 국민문학과는 달리 세계문학이 보편적인 특성을 지닌다고 지적하였다. 이를 근거로 김억은 문학을 '부분적인 문학'과 '일반적인 문학'의 두 가지로 나누었다.

엇던 작품이든지 그것이 지방적 색채를 가지면 가질사록 그 지방의 인민에게는 가장 깁흔 감명을 주는 것이외다. 그러치 아니한 것이면 누구에게나 가장 깁흔 감명은 못 줄망정 이해는 되기 때문에 이것은 일반적이라 할 수 잇는 것이외다. 이곳에서 나는 국민문학과 세계문학를[을] 난호고저 하나, 하나는 어듸까지든지 부분적이요, 다른 하나는 일반적이라는 것이외다.[43]

---

42 위의 글, 94~95쪽.

43 위의 글, 97쪽.

김억에 따르면 특정 민족이나 문화권에 속하는 국민문학은 지역적이고 국부적이며 특수적인 성격이 강한 반면, 세계문학은 일반적이고 보편적인 성격이 강하다. 그는 특정 민족에게 감명을 줄 수 있는 국민문학을 '순수문학'으로, 세계 시민들에게 두루 이해될 수 있는 세계문학을 '일반문학'으로 부르기도 하였다. 한편 김억은 조선 사람이 조선 말로 쓴 작품은 '순수한 조선문학'이지만 외국 사람이 조선 말로 쓴 작품은 '일반적 조선문학'밖에는 될 수 없다고 주장하였다.

《삼천리》 설문에서 언급되는 문인이면서 동시에 응답자인 장혁주의 답변은 여러모로 흥미롭다. 그는 조선문학의 정의와 관련하여 편집인이 제시한 세 항목에 하나를 더 덧붙여야 한다고 주장하였다. 즉 그는 "귀사에서는 '조선문학'을 규정하는 정설이라 해서, A 조선 글로, B 조선 사람이, C 조선 사람에게 읽히우기 위해서 쓴 것이 완전한 조선문학이라고 햇스나, 나는, 그 가운데 '조선을 제재(題材)한 것'이라는 조건을 더 하나 넣고 싶습니다. 즉, 조선 글로, 조선 사람이, 조선 사람을[에 관한] 글인 문학을 조선 사람에게 읽히기 위해 쓴 것이 정당한 '조선문학'이라고 하겟습니다"[44]라고 지적한다. 그러면서 장혁주는 이 네 조건을 모두 충족시키지 않으면 '정통적 조선문학'으로 간주할 수 없다고 주장하였다. 이 조건에 따라 장혁주는 일본어로 쓴 자신의 작품을 비롯하여 강용흘, 박지원, 일연, 나카니시 이노스케의 작품도 하나같이 조선문학에 넣을 수 없다고 밝혔다. 물론 그가 조선

---

44 「'조선문학'의 정의 이러케 규정하려 한다!」, 86~87쪽.

어로 쓴 장편소설 『무지개』(1933)와 『삼곡선(三曲線)』(1935) 등은 마땅히 조선문학에 속할 것이다.

한편 이헌구는 다른 응답자들과는 조금 달리 작품의 소재와 배경의 관점에서 조선문학을 정의 내리려고 하였다. 가령 그는 조선 작가가 조선 말로 작품을 쓰되 조선이 아닌 외국을 배경과 소재로 삼았을 경우를 가정하였다. 이 점에 대하여 이헌구는 "작자가 자국 아닌 외국을 작품의 무대로 하였을 때 이것은 원칙적으로 외국의 작품이 아니요 자국문학이 되는 것이다"[45]라고 주장한다. 그러면서 그는 윌리엄 셰익스피어와 장 밥티스트 라신이 고대 그리스나 로마를 작품 소재로 다루었다는 점을 실례로 들었다. 굳이 먼 데서 예를 찾을 필요도 없이 김만중의 『사씨남정기』는 명나라 가정(嘉靖) 연간 금릉 순천부를 배경으로 삼는 작품이다. 김동인이 1933년 4월 《삼천리》에 발표한 「붉은 산」은 중국 길림성(吉林省) 지역을 배경으로 조선과 중국의 농민 사이에 일어난 분쟁을 소재로 다룬다. 주요섭의 「인력거군」과 「살인」, 최독견의 『황씨』(1927), 한용운의 장편 「흑풍」(1936) 등도 하나같이 중국을 배경으로 삼은 작품이다.

최근 들어 세계화의 거센 물결을 타고 배경뿐 아니라 작중 인물과 소재에서도 한국을 벗어나는 작품들이 쏟아져 나와 관심을 끈다. 예를 들어 유재현은 작품집 『시하눅빌 스토리』(2004)에서 단편소설 여섯 편이 모두 캄보디아를 무대로 삼고 작중 인물들 역시 대부분이 현지인이거나 백인 여행자들이다. 정용준은 『프롬 토니오』(2018)에서

---

45 위의 글, 92쪽.

포르투갈의 화산섬을 배경을 삼고 미국인 화산학자와 일본인 지진학자를 주인공으로 삼는다. 이렇게 한국 문단에서는 강태식, 김솔, 해이수, 정미경처럼 배경과 인물을 외국에서 찾는 작가들이 계속 늘어나는 추세다.

조선문학의 정의와 관련하여 가장 논리정연하게 응답한 문인은 다름 아닌 서항석이었다. 도쿄제국대학에서 독문학을 전공하면서 외국문학연구회와 극예술연구회에서 활약한 그는 잡지 편집자가 제시한 설문을 하나하나 문제 삼는다. 그는 "조선문학이 되자면 어떠한 조건을 가추어야 하느냐 이 문제의 해결은 그리 간단하지가 안타고 생각한다"[46]고 지적한다. 서항석은 '조선 글'과 '조선 사람'을 어떻게 규정할 것이냐 하는 문제는 겉으로 보이는 것처럼 그렇게 간단하지 않다고 주장한다.

한문을 '조선 글'에 포함시킬 것인가 하는 문제는 앞에 이미 언급했으므로 여기 접어두기로 하고 조선 사람을 어떻게 규정할까 하는 문제를 잠깐 짚어보기로 하자. 가령 '조선인'은 국적으로 판단할 것이냐, 아니면 조선에서 태어난 사람으로 볼 것인가? 조선 사람을 법적인 개념인 국민으로 볼 것이냐, 아니면 혈연을 기초로 한 자연적·문화적 개념인 민족으로 볼 것이냐 하는 문제가 과제로 남는다. 1910년 한일병합 조약의 체결로 모든 대한제국 국민들의 국적이 일본제국 국적으로 바뀌었다. 더구나 《삼천리》가 설문 조사를 실시한 1936년은 일제가 황국 신민화에 박차를 가하려고 준비하던 시기였

---

46 위의 글, 87쪽.

다. 또한 혈통이나 문화에서는 비록 외국인이지만 조선에 귀화하여 시민권을 얻은 사람은 '조선인'으로 볼 수 있는가?

한편 외국에서 작품을 출간했으면서도 국적이 한국인 작가는 어떻게 되는가? 설문과 응답에서 자주 언급되는 강용흘은 오랫동안 미국에 살았지만 끝내 미국 시민권을 받지 못하였다. 그는 1939년부터 일리노이 주의 켄트 E. 켈러 하원의원과 '강용흘 시민권을 위한 위원회'가 강용흘에게 시민권을 부여하도록 의회에 법안(HR. 7127)을 제출했지만 끝내 무산되고 말았다. 이 법안에는 펄 S. 벅, 월도 프랭크, 맬컴 카울리, 루이스 멈퍼드, 클리프턴 패디먼, 마크 밴 도런, 조셉 우드 크러치 등 당시 문인들과 교육계와 문화계의 각층의 인사가 총동원되다시피 하였다. 1940년에도 웨스트버지니아 주의 상원위원 매슈 M. 닐리가 상원에 두 번째로 법안(S. 2801)을 제출했지만 역시 시민권을 받지 못하였다. 결국 사망할 때까지 강용흘은 한국인으로 남아 있을 수밖에 없었다. 그런데도 서항석은 "조선 글로 쓴 것도 아니오 조선 사람에게 읽히우기 위한 것도 아니오 단지 조선 사람이 쓴 것이기만 한 때에는 이를 조선문학이라 할 수 없다. 장혁주 씨의 화문(和文) 제작(諸作)과 강용흘 씨의 영문 제작은 조선문학에 편입할 수 없다"[47]

---

47 위의 글, 88쪽. 서항석과 강용흘은 함경남도 홍원 출신으로 어렸을 적부터 한문을 같이 공부하던 친구였다. 강용흘은 《민성(民聲)》의 주최로 열린 좌담회에서 열여섯 살 때 사흘 밤낮으로 서항석과 한문 토론을 벌인 적이 있다고 회고한다. 강용흘은 소설 『초당』에서 등장하는 '서춘'이라는 인물은 바로 서항석을 모델로 한 것이라고 밝힌다. 잡지사측에서는 정지용, 김남천, 설정식(薛貞植), 박계주(朴啓周), 채정근(蔡廷根)이 참석하였다. 참석자 5인은 모두 좌익문학 단체 '조선문학가동맹'에 소속되어 있어 우익이라고 할 강용흘과 1대 5의 문학 토론이었다. 「강용흘 씨를 맞이한 좌담회」, 《민성》(1948. 8).

고 말한다.

서항석은 '조선 사람에게 읽히우기 위한' 작품이라는 조건도 '조선인'의 개념만큼이나 모호하다고 지적한다. 비록 과거에는 많이 읽혔지만 현재에는 잘 읽히지 않는 작품은 '조선문학'으로 간주해야 하는가? 이와는 반대로 지금은 많이 읽히지만 과거에는 전혀 읽히지 않았으면 어떻게 해야 하나? 또 외국인 중에는 조선문학 작품을 해독할 수 있는 사람도 있을 것이다. 가령 캐나다 선교사 제임스 게일은 한글로 쓴 작품뿐 아니라 한문으로 쓴 작품도 영어로 번역할 만큼 두 언어에 문해력이 뛰어났다.

서항석은 《삼천리》에서 제시한 조선문학의 세 가지 조건 중에서 두 조건만 충족시킬 때 어떻게 해야 할지에 대해서도 고민하였다. 즉 ① 조선 사람에게 읽히기 위한 것은 아니라도 조선 사람이 조선 글로 작품을 쓴 경우, ② 작자가 조선 사람은 아니라도 조선 사람에게 읽히려고 조선 글로 쓴 경우, ③ 조선 글로 쓴 것은 아니라도 조선 사람이 조선 사람에게 읽히려고 쓴 경우가 그러하다.

항목 ①에 대하여 서항석은 그 작품이 조선 사람에게도 함께 읽힐 수 있으면 조선문학에 편입할 수 있다고 주장하였다. 항목 ②에 대하여 그는 장혁주와 강용흘의 작품이 일본문학이나 영문학 작품이라는 사실을 반증하면 조선문학에 속할 수 있다고 지적하였다. 서항석은 그 구체적인 실례로 앞에서 언급한 제임스 게일이 조선 말로 쓴 작품을 조선문학에 속하는 것으로 간주하였다. 항목 ③에 대해서 서항석은 조선 사람에게 읽히기 위한다면서 조선 사람으로서 조선 글로 작품을 쓰지 않는다는 것은 생각할 수 없다고 밝혔다. 설령 그러한 일이 있다고 하여도 그것은 조선문학은 아니라는 것이다. 서항석은 박지원의 『열하일기』와 일연의 『삼국유사』처럼 조선인이 한문으로 쓴 작품을 '조선 한문학'이라고 부르면서 조선 한문학도 정통 조선문학에 편입해야 한다고 지적하였다.

이렇게 서항석이 한문으로 쓴 작품을 조선문학으로 간주하는 이유는 한자를 조선어의 일부로 간주하기 때문이다. 이 점과 관련하여 그는 "오늘날과 같이 언(言)과 문(文)이 일치한 때를 과거 어느 적에 우리가 가젓으며 미래 언제까지나 우리가 가질 것이냐. 과거에 잇어 『열하일기』나 『삼국유사』는 다 그 시대에 문학 표현용으로 통용되는 문자를 쓴 것이니 그것이 비록 한문자라 할지라도 그 시대의 조선 글(조선 말은 아니지만)로 인정할 수밖에 없는 일이다"[48]라고 주장한다.

마지막으로 서항석은 작품의 집필 동기에 대해서도 좀 더 면밀하게 고려해야 한다고 지적하였다. 예를 들어 '읽히기' 위한 작품과 '읽히우기' 위한 작품은 엄연히 서로 구별되어야 한다. 얼핏 보면 두 가지 사이에 이렇다 할 차이가 없는 것처럼 보이지만 엄밀히 따져보면 조금 차이가 난다. 전자는 능동적 독서에 무게가 실리는 반면, 후자는 좀 더 수동적인 독서에 무게가 실린다. 가령 작가는 독자가 자발적으로 작품을 읽는 경우를 예상할 수도 있고, 학교 같은 교육 기관이나 정부 차원에서 특정 작품을 읽도록 강요하여 읽는 경우를 예상할 수

---

48 「'조선문학'의 정의 이러케 규정하려 한다!」, 89쪽. 이 문제와 관련하여 이 책의 저자(김욱동)도 서항석과 같은 태도를 취한다. 김욱동의 주장에 대해서는 Wook-Dong Kim, "Against Sinocentrism: Internal Orientalism in World Literature," *World Literature Studies*, 14: 2 (2022): 5~21 참고.

도 있다. 또한 작품이 출간되고 난 뒤 독자들이 그것을 '읽는다'는 기준도 상대적이어서 애매하다. 얼마나 많은 사람이 읽는 것을 두고 말하는지가 분명하지 않다. 아무리 조선인 작가가 조선 말로 조선의 얼을 담아 조선인 독자를 대상으로 쓴 작품이라고 하여도 읽는 사람이 거의 없다면 조선문학으로서 크게 의미가 없을지도 모른다.

《삼천리》 설문 조사에서 가장 중요한 것은 한문학과 조선문학의 관계를 어떻게 설정할 것이냐 하는 문제였다. 지금까지 언급한 내용을 간추리면 한문학을 조선문학의 범주에 넣을지에 대하여 설문 조사에 응답한 문인들은 두 갈래로 크게 나뉜다. 한문학도 조선문학으로 간주해야 한다고 주장한 문인들은 ① 박영희, ② 염상섭, ③ 서항석, ④ 이병기, ⑤ 박종화 등이다. 한편 한문학은 조선문학으로 볼 수 없다고 주장한 문인들은 ① 이광수, ② 김광섭, ③ 장혁주, ④ 이헌구, ⑤ 임화, ⑥ 김억, ⑦ 이태준 등이다.

《삼천리》의 설문 조사에 참여하지는 않았지만 그동안 조선문학과 세계문학에 관심이 많던 정인섭(鄭寅燮)은 처음에는 한문으로 쓴 작품을 조선문학에서 제외했다가 뒷날 생각을 바꾸어 조선문학으로 간주하였다. 그는 1940년대에 쓴 「세계문학과 한국문학」에서 한문으로 쓴 작품을 조선문학에서 제외하였다. 그러나 1950년부터 몇 해 동안 영국과 일본에서 연구하는 동안 이에 대한 견해를 수정하였다. 정인섭은 "우리의 한문 문학은 우리가 한글의 음운으로 읽고 또 한글의 어미를 표시하는 토를 즉흥적으로 삽입하여 읽기 때문에 우리글의 구문을 연상하기도 한다. 따라서 우리 민족이 제작한 한문학은 이런 주관적인 의미에 있어서만으로도 한국 문학사에 내포시켜야 하겠고,

더구나 분량과 내용의 풍부성에 있어서 또는 해외 학자들이 그것을 높이 평가하고 있는 객관적 현실에 고무되어서라도 이것을 등한시할 수 없다고 생각한다"[49]고 천명한다. 정인섭은 자신의 처음 판단이 오류였다는 점을 애써 강조라도 하듯이 기회 있을 때마다 달라진 견해를 피력하곤 하였다.

세계문학에 관한 설문 조사

1936년 2월 《삼천리》는 세계문학과 관련하여 문인 23명을 대상으로 또 다른 설문 조사를 실시하였다. 이번에는 조선문학 작품 중에서 영어나 에스페란토로 번역하여 외국에 소개하고 싶은 작품을 묻는 설문이었다. 이 무렵 조선 문단에서는 그만큼 조선문학과 함께 세계문학에 적잖이 자의식을 느끼고 있었다. 이러한 자의식은 1913년 라빈드라나트 타고르가 동양인으로서는 최초로 노벨 문학상을 받고 이웃 나라 일본과 중국에서 세계문학에 관한 관심이 고조된 현상과 무관하지 않았다. 영어 말고도 굳이 에스페란토로 번역하고 싶은 작품이라고 말하는 것은 당시 이 인공어가 식민지 종주국 일본과 식민지

---

49 정인섭, '자서(自序)', 『한국문단논고』(서울: 신흥출판사, 1959), 4쪽. 정인섭이 자신의 견해를 바꾸는 데 영향을 준 해외 학자들을 주목해 볼 필요가 있다. 예를 들어 1913년 캐나다 선교사 제임스 스카스 게일(한국명 奇一)은 임방(任埅)과 이륙(李陸)의 한문 설화를 영어로 번역하여 출간하였고, 조선 후기의 야담집 『기문총화(紀聞叢話)』를 번역하기도 하였다. 이밖에도 게일은 『이규보 선집』, 『고려 시선』, 김창업(金昌業)의 『노가재연행록(老稼齋燕行錄)』, 불교 설화집 『팔상록(八相錄)』 등을 번역하기도 하였다.

조선에서 영어와 함께 세계어로 큰 인기를 끌고 있었기 때문이다.

이 설문에 답한 23명의 작가와 비평가는 세계 문단에 내놓고 싶은 한국 작가로 20명을 언급하였다. 물론 조선 문단에는 그럴 만한 작가가 아직 없다고 한 표도 던지지 않은 응답자들도 있었고, 한 작가 이상 추천한 응답자들도 있었다. 설문을 받은 문인 중에는 이 무렵 시인·번역가·비평가로 맹활약하던 양주동(梁柱東)을 비롯하여 소설가로는 염상섭, 최독견, 채만식(蔡萬植), 전영택(田榮澤), 이무영(李無影), 심훈(沈熏), 유진오(兪鎭午), 시인으로는 김억, 김광섭, 노자영(盧子泳), 이일(李一), 극작가로는 서항석과 유치진(柳致眞), 비평가나 학자로는 임화, 홍효민(洪曉民), 김태준(金台俊) 등이 포함되어 있었다. 그중에는 김광섭, 정내동(丁來東), 함대훈(咸大勳), 서항석, 유치진 같은 외국 문학연구회와 관련한 문인들도 다섯 명이나 포함되어 있다. 일제 강점기에 미술, 영화, 문학, 연극 등 여러 예술 방면에 걸쳐 그야말로 팔방미인으로 활약한 안석주(安碩柱)도 설문에 참여하였다.

설문에 응한 문인 중에는 양주동처럼 아무런 언급 없이 간단하게 작가 이름만 제출한 사람도 있었고, 특정 작가를 선정한 이유에 대하여 자세히 설명한 사람도 있었다. 또 어떤 응답자는 작가 이름과 함께 작가의 작품 한두 편을 언급하기도 하였다. 가령 최독견처럼 "글세요, 잘 모르겠습니다"라고 말하는가 하면, 함대훈처럼 "이렇다고 꼬집어내서 쓰기가 대단 거북합니다"라고 말하며 응답을 피하는 사람도 있었다. 안석주도 "잇다 해도 제 개인의 입으로는 말하기 실슴니다. 딴 말슴이지만 옛 걸로 말슴하자면 『춘향전』 가튼 것쯤은 조흐리라고 말슴하겟습니다"라고 응답하였다. 세 사람은 특정 문인을 두둔하다가는 자칫 제외된 문인들의 반감을 살까 두려워 다분히 외교적인 태도를 취하였다. 그런가 하면 심훈처럼 "이 사람이 걸작을 낳거든 귀사에서 한번 그르케 해주십시오"라고 응답 아닌 엉뚱한 응답을 내놓는 문인도 더러 있었다.[50]

《삼천리》의 설문 조사에 응한 대답 중에서 6표로 가장 많은 표를 받은 작가는 역시 소설가로는 이광수, 시인으로는 정지용이었다. 그 뒤를 이어 이기영이 5표, 김동인과 이태준이 각각 3표, 유진오가 2표를 받았다. 시인으로는 비록 2표밖에는 얻지 못했지만 임화가 정지용에 이어 2위를 차지하였다. 유치진이 2표를 받아 극작가도 소설가나 시인 못지않다는 사실을 과시하였다. 이밖에 박종화, 현진건, 주요섭, 이무영, 유치환, 이북명(李北鳴), 이효석, 유진오, 최학송, 장혁주, 모윤숙(毛允淑), 박화성(朴花城) 등이 각각 1표씩 받았다.

그런데 《삼천리》의 설문 조사에서 찬찬히 눈여겨볼 것은 설문에 응답한 문인 대부분이 세계문학과 비교하여 조선문학이 아직 여러모로 부족하다고 깨닫고 있다는 점이다. 임화는 "유감이오나 세계에 자랑할 문학은 아즉 가지고 잇지 못합니다"[51]라고 말한다. 그러면서 그는 "단지 작년에 엇던 필요로 소련 쇼로프[숄로호프]의 『개척된 처녀지』의 일[역](日譯)과 히라타 고로쿠(平田小六)의 『囚れた大地』 등 평

---

50 「해외에 영어 우(又)는 에쓰어로 번역하야 보내고 십흔 우리 작품」, 《삼천리》 8권 2호 (1936. 2. 1), 210, 221, 213쪽. 여기서 '에쓰어'란 폴란드 의사요 언어학자인 루드비코 자멘호프가 만든 인공어 에스페란토를 말한다. 흔히 '에스페란토어'라고 하지만 '에스페란토'라고 부르는 쪽이 맞다.

51 위의 글, 210쪽. 김기진(金基鎭)의 회고에 따르면 《조선일보》에 연재할 당시 이기영이 구속되는 바람에 마지막 35와 36회분은 김기진이 대신 썼다.

판 작품과 민촌(民村)의 『고향』을 비교 음독한 뒤, 『고향』만은 [외국어로] 역(譯)해도, 『囚れた大地』에는 떠러지지 안으리라고 생각했습니다"[52]라고 부연 설명한다. 민촌 이기영의 『고향』은 1933년 11월에서 1934년 9월까지 《조선일보》에 연재된 뒤 한성도서주식회사에서 '현대조선장편소설전집' 제1권(상)과 제2권(하)으로 처음 단행본으로 발간되었다. 짧은 기간에 여러 판을 거듭했을 뿐 아니라 광복 후에도 아문각에서 다시 발행할 정도로 큰 인기를 누렸다.

김광섭도 임화처럼 조선문학 작품이 세계 문단에 알려지는 것에 유보적 태도를 취하였다. 김광섭은 "우리 문학이라는 것이 세계적으로 확실히 어떠한 독자성을 가지고 잇슬 것이나 아직 널리 세계에 '이것이 우리가 가진 바 세계에 손색없시 보낼 수 잇는 문학이외다!' 하고 한 민족의 명예를 걸고 자랑할 것이라고는 다소 문제일 뜻 함니다"[53]라고 밝힌다. 일본 와세다대학에서 영문학을 전공한 김광섭은 다른 어느 작가보다도 세계문학의 위상을 좀 더 잘 알고 잇었을 터다.

조선문학의 세계 문단 진입이 아직은 시기상조라고 판단하면서 유보적인 태도를 취한다는 점에서는 채만식도 방금 앞에서 언급한 문인들과 크게 다르지 않았다. 다만 채만식은 작가나 작품 이름을 제시하는 대신 "상투 쨋코 도쿄로 박람회 구경 가는 셈만 잡으면 못할 것도 엡겟지만 그러한 의미가 아니라 세계적 수준의 작품을 골른다

---

52 위의 글, 210쪽.

53 위의 글, 211쪽.

면 아마 아즉은 업슬 뜻합니다"[54]라고 단호하게 주장한다. 채만식은 조선문학이 세계문학의 대열에 참여할 만큼 본격적인 궤도에 오르지 않았다고 밝혔다. 그가 '상투'를 언급하는 것을 보면 조선문학이 세계문학의 대열에 참여하기에는 아직은 시기상조라고 생각하는 것 같다. 세계문학의 대열에 참여하려면 상징적으로 말해서 지나친 민족주의나 국수주의라는 상투를 자르고 적어도 보편성이라는 단발을 해야 할 것이다. 채만식의 이러한 평가는 비단 조선문학에 그치지 않고 일본문학도 그렇게 호의적으로 보는 것 같지 않다. "도쿄로 박람회 구경 가는 셈만 잡으면 못할 것도 엡겟지만"이라는 구절은 이를 뒷받침한다.

이렇게 조선문학을 세계 문단에 내놓기에는 아직 시기상조라고 판단한다는 점에서는 이일도 임화나 김광섭과 크게 다르지 않다. 이일은 '재일본동경유학생학우회'가 펴내던 잡지 《학지광》에 처음 글을 발표하여 문단에 데뷔한 뒤 《태서문예신보》와 《창조》에 주로 시를 발표하였다. 그는 《삼천리》의 설문에 응답하는 대신 이렇게 자기 의견을 제시한다.

영어, 애세불가독어(愛世不可讀語)로 번역하야 세계에 보내려고 우리 문단에서 작품을 수색하는 것도 조흘 듯 하지만 위선 영어와 애세어(愛世語) 학자를 양성하고 또 그보다 더 조선의 무엇이 테마가 된 작품를[을] 읽어 줄 관대하고 유한(有閑)한 독서가

54 위의 글, 213쪽.

가 세계 명국에 멧명이나 잇슬넌지 근년 조선 테마의 작품인『초
당(草堂)』,『일본의 조선』을 읽은 외국 사람이 누구˟인지를 알고
싶습니다.[55]

첫 문장의 '애세불가독어'와 '에세어'는 다름 아닌 에스페란토를
말한다. 이일이 '수색'이라는 낱말을 사용하는 것부터가 설문 조사에
대한 부정적 시각을 드러낸다. 이 낱말에는 어떤 물건이나 사람을 구
석구석 뒤지어 찾는다는 뜻도 있지만, 압수할 물건이나 체포할 사람
을 발견할 목적으로 주거, 물건, 사람의 신체 또는 기타 장소에 강제
처분을 한다는 형사소송법의 냄새가 짙게 풍긴다. 그만큼 세계 문단
에 내놓을 만한 조선문학 작품을 찾기란 그렇게 쉽지 않다는 사실을
암시하는 말이다.

더구나 이일은 조선문학 작품을 영어나 에스페란토로 제대로 번
역할 사람조차 없는 상황에서 세계 문단에 내놓을 작품을 찾는다는
것이 이치에 맞지 않는다고 생각하였다. 순서가 틀렸거나 본말이 전
도되었다는 것이다. 그래서 이일은 세계 문단에 조선문학 작품을 내
놓으려고 생각하기 전에 먼저 영어나 에스페란토를 제대로 구사할
줄 아는 번역자를 먼저 양성하라고 충고하였다. 당시 그는 휘문고등
보통학교에서 영어 교사로 근무하고 있었다. 이광수는 「문사와 수
양」에서 '도덕적 악성병(惡性病)'에 걸려 있는 당시 젊은 문인들과는
달리 이일이 현상윤과 함께 지덕체의 수양을 두루 갖춘 문사로 높이

---

55 위의 글, 212쪽.

평가하였다. 균형 잡힌 시각을 견지하는 문인으로서 이일은 1930년 대 중엽 조선 문단의 현실을 누구보다도 냉철하게 꿰뚫어보고 있었 기 때문이다.

이일은 번역가를 양성하는 것 못지않게 중요한 것이 조선문학 작 품을 읽고 이해할 수 있는 해외 독자를 파악하는 일이라고 지적하였 다. 해외 독자가 조선문학 작품을 읽고 이해하는 데 걸림돌이 되는 것 중 하나가 특수한 조선의 문화와 관련된 내용이다. 이러한 조선의 특수한 주제를 다룬 작품을 읽으려면 그의 말대로 해외 독자는 아마 "관대하고 유한한 독서가"이어야 할 것이다. 이일은 그러한 독자가 세계에 과연 몇 명이나 있을지 자못 궁금해 하였다.

이일이 최근 조선을 소재와 주제로 외국에서 출간한 두 작품『초 당』(1931)과『일본의 조선』을 언급하는 것이 무척 흥미롭다. 전자는 미국에서 '영힐 강(Younghill Kang)'이라는 이름으로 활약하던 소설 가 강용흘의 작품을 말한다. 그는『초당』과『동양사람 서양에 가다』 (1937)를 미국의 유명한 찰스 스크리브너스 선스 출판사에서 출간하 여 미국을 비롯한 서유럽에서 관심을 끌었다. 일본어로 작품을 쓴 작 가로는 장혁주와 김사량(金史良)이 있지만『일본의 조선』을 누가 썼 는지는 확실하지 않다. 이일은 이 두 작품을 읽은 외국 사람이 과연 누구누구인지 알고 싶다고 지적하였다. 그의 말에는 그 수가 그다지 많지 않을 것이라는 함의가 내포되어 있다.

흔히 '한국계 미국문학의 아버지'요 '아시아계 미국문학의 개척 자'로 일컫는 강용흘의 두 소설은 외국에서 그런대로 관심을 받았다. 특히『초당』은 토머스 울프를 비롯하여 윌리엄 버틀러 예이츠, H. G.

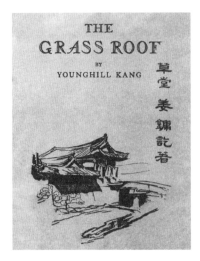

한국계 미국 작가 강용흘의 대표작 『초당』.

웰스, 조지 버나드 쇼, 레베카 웨스트, 펄 벅 같은 유명 작가들이 서평을 쓸 정도였다. 울프는 "강용흘은 타고난 작가다. (…중략…) 이 책 곳곳에서 그는 인물과 장면과 행동을 몇 마디 말로 간략하게, 그러나 풍부하고 생생하게 기술한다"[56]고 칭찬하였다. 이 밖에도 윌리엄 버틀러 예이츠는 "『초당』은 나라 없는 사람이 붓으로써 나라를 찾을 수 있다는 것을 말해 주었다"고 지적했는가 하면, 조지 버나드 쇼는 "『초당』은 키플링의 『킴』이라는 소설보다 우위에 있다"고 지적하였다. 그런가 하면 시카고 대학교의 와일더 토튼 교수는 이보다 한 술 더 떠 "『초당』을 읽고 나는 영문이 얼마나 곱고 아름다운 글인가 하는 것을 그에게서 배웠다. 『초당』은 동양 사상을 영문으로 곱게 옷을 입힌 것이다"라고 찬사를 아끼지 않았다.[57] 또한 『초당』은 프랑스와 독일 같은 유럽에서도 번역되어 출간되었다.

더구나 이 작품은 외국 작가와 비평가뿐 아니라 식민지 조선의 문

---

56 Thomas Wolfe, "A Poetic Odyssey of the Korea That Was Crushed," *New York Evening Post*, 4 April, 1931, p. 5.

57 이 세 서평에 대해서는 한흑구(韓黑鷗), 「초당 강용흘 씨의 출세 비화」, 《민성》 6권 1호 (1950. 1), 84쪽에서 재인용.

인들한테서도 관심을 끌었다. 홍효민처럼 부정적으로 보는 사람도 있었지만 긍정적으로 평가하는 사람들이 훨씬 더 많았다. 가령 이광수는 이 작품의 주제를 "근대 조선의 혼(魂)의 고민의 호소"라고 지적하였다.

> 그 문체의 소박하고 간단함이라든지, 묘사의 핍진(逼眞)한 것이든지, 취재의 자유롭고 풍부한 것이라든지, 작품을 통하여 흐르는 작자의 정서의 시(詩)와 감격에 넘치는 것이라든지, 일상생활의 평범한 사상(事象)을 묘사하는 자서전체(自敍傳體)이면서도 전편의 결구(結構)와 비례와 대소(大小) 클라이맥스의 분포가 그 의(宜)를 득한 것이든지 이러한 작자의 시적 안광(眼眶)과 성의와 역량이 이 일편의 평범 단순한 스토리로 하여금 석권(釋卷)을 차마 못하도록 재미있게 하는 것이라고 생각한다.[58]

조선 문화와 관련하여 이광수는 『초당』에는 조혼이라든가 개고기를 먹는 풍습이라든가 세계에 알리기에 부끄러운 내용도 많이 들어 있다는 비판을 오히려 나무란다. 그는 작가가 없는 사실을 말했다면 몰라도 있는 사실을 사실대로 말한 것을 탓할 까닭이 없다고 지적하였다. 비록 '조선에 불명예 될 것'을 말할 때도 작가는 언제나 조국을 사랑하는 마음을 잊지 않는다고 밝혔다.

---

58 이광수, 「강용흘 씨와 『초당』」, 《동아일보》(1931. 12. 10); 『이광수 전집 13』(서울: 삼중당, 1962), 367쪽. 식민지 조선에서 『초당』의 평가에 대해서는 김욱동, 『강용흘: 그의 삶과 문학』(서울: 서울대학교 출판부, 2004), 332~338쪽 참고.

다만 이광수는 강용흘이 일찍 조선을 떠나서인지 조선 사정을 잘 모르고 있는 것 같다고 지적하였다. 이광수는 대표적인 예로 주인공이 일본에서 부산에 올 때 나카사키(長崎)에서 배를 탔다고 말하는 장면을 든다. 두말할 나위 없이 당시 관부(關釜) 연락선은 나카사키가 아니라 시모노세키(下關)에서 출발하였다. 이를 두고 이광수는 "실소(失笑)를 금치 못할 만한 기억 착오"라고 밝힌다. 그러면서도 이 작품은 조선의 풍물을 기록한 책이거나 조선의 사정을 소개한 책이 아니기 때문에 작품의 가치에는 크게 흠이 되지 않지만 작가가 경솔하고 무책임하다는 비판을 면하지 못할 것이라고 지적하였다.

나이 어린 독자를 위하여 삽화를 곁들여『초당』을 쉽게 풀어쓴『행복한 숲』(1933)에 관한 서평에서도 이광수는 여전히 강용흘의 문학적 재능을 높이 평가하였다. "강용흘 씨는 영(英) 문단뿐 아니라 세계적 문단인이 되었다. 우리는 강 씨를 우리 민족의 자랑의 하나로 사랑할 것이다"[59]라고 밝힌다. 그러면서 그는 영국에서 태어나지 않은 외국 사람으로 영문학에 이바지한 작가로 인도의 라빈드라나트 타고르와 폴란드의 조셉 콘래드를 들면서 강용흘도 머지않은 장래에 그러한 작가가 될 것이라고 내다보았다.

《삼천리》의 설문 조사에서 또 한 가지 주목해 볼 것은 안석주가 고전소설『춘향전』을 세계 문단에 내놓을 한국문학 작품으로 꼽았다는 점이다. 이 잡지에서는 영어나 에스페란토로 번역하여 외국에 소개하

---

59 이광수,「강용흘 씨」,《조선일보》(1933. 12. 22);『이광수 전집 13』(서울: 삼중당, 1962), 405쪽.

고 싶은 한국 싫은 작품만을 물었지만 시대에 국한하여 묻지는 않았기 때문이다. 안석영은 "[세계 문단에 내놓을 작품이] 잇다해도 제 개인의 입으로는 말하기 실습니다. 딴 말슴이지만 옛 걸로 말슴하자면 『춘향전』가튼 것쯤은 조흐리라고 말슴하겟습니다"[60]라고 응답한다.

다른 문인들과는 달리 안석주가 한국 고전문학을 생각해 낸 것은 세계문학과 관련하여 시사하는 바가 자못 크다. 실제로 신문학보다는 한국의 고전문학이 세계문학의 반열에 오를 가능성이 훨씬 더 크기 때문이다. 물론 안석영이 고전소설을 추천한 데는 특정한 현대 작가를 언급하여 다른 작가들로부터 오해를 받기 싫은 이유도 한몫을 했을지도 모른다. 그런데 그가 『춘향전』을 한국의 대표 작품으로 꼽은 것은 김억의 주장과는 사뭇 다르다. 앞 장에서 다루었듯이 김억은 『춘향전』은 외국어로 번역할 수도 없거니와 설령 번역한다고 하여도 외국 독자들에게 읽히지 않게 될 것이라고 주장하였다. 활시위처럼 팽팽하게 맞서는 이 두 주장에서 김억보다는 안석영의 주장이 훨씬 더 설득력이 있다.

더구나 설문 조사에 대한 반응을 보면 이 무렵에 벌써 문인들 사이에 젠더나 정치 이념을 둘러싼 대립이 첨예하게 드러난다는 것을 알 수 있다. 먼저 여성 응답자는 남성 작가보다는 여성 작가를 추천하는 것이 눈에 띈다. 장덕조는 모윤숙의 시집과 박화성의 『백화(白花)』(1932)를 꼽았다. 모윤숙의 시집이라면 『빛나는 지역』(1933)일 것이고, 박화성의 『백화』는 《동아일보》에 연재했다가 같은 해 단행본으로

---

60 「해외에 영어 우는 에쓰어로 번역하야 보내고 십흔 우리 작품」, 211쪽.

출간한 장편소설이다. 장덕조는 "먼저 이 문제를 답하기 전에 남에 작품을 평소에 만히 읽지 못한 관계로 일이 어렵고 다만 제 기억에 남은 것을 추천하자면……"[61]이라고 덧붙인다. 설문을 받은 문인 중에서 여성은 겨우 장덕조 한 사람밖에는 없었다. 요즈음 유행하는 용어로 말하자면 이 무렵 삼천리 편집자는 '성 인지 감수성'이 낮다고 할 수밖에 없다.

이렇게 남녀의 형평이 기울어져 있는 상황에서 장덕조가 여성 작가 두 사람을 추천하는 것은 어찌 보면 당연한 것처럼 보인다. 《삼천리》설문 조사에서 젠더보다 더욱 첨예하게 두드러지는 것은 문학을 둘러싼 이념의 대립이다. 응답자들은 사회주의 계열 문인들과 민족주의 계열의 문인들의 두 축으로 크게 갈린다. 설문 조사를 실시하기 십여 전 년 일부 문인들은 이미 '조선프롤레타리아예술가동맹'을 결성하여 계급의식에 기반을 둔 문학을 부르짖었다. 흔히 '카프'로 일컫는 이 단체에서는 이기영, 최서해(최학송), 조명희(趙明熙), 한설야(韓雪野) 등이 주축이 되어 프롤레타리아의 계급 혁명에 문학의 목적을 두고 있었다. 그래서 카프 계열에 속한 임화, 김태준, 민병휘(閔丙徽), 그리고 비록 카프 계열은 아니지만 아나키즘 운동에서 활약하던 장혁주는 이기영의 작품을 추천한다. 특히 임화는 이기영의 『고향』을 미하일 숄로호프의 『개척되는 처녀지』(1932)나 히라타 고로쿠의 『간힌 대지』(1934)에 견준다. 『고향』은 그동안 '경향파 소설의 기념비적 작품'으로 흔히 평가받아 왔다.

---

61 위의 글, 210쪽.

한편 양주동을 비롯한 김억, 전영택, 유치진 등 주로 민족주의 계열의 문인들은 이광수, 김동인, 현진건, 염상섭을 추천하였다. 홍효민은 이기영과 임화를 추천하면서 동시에 이광수와 유진오, 장혁주를 추천하기도 하였다. 이기영과 함께 이광수와 최학송을 꼽는다는 점에서는 김태준도 홍효민과 비슷하였다. 홍효민은 1927년 조중곤(趙重滾), 김두용(金斗鎔), 이북만 등과 함께 《제3전선》을 발행하고 카프의 한 축을 이룬 제3전선파를 형성하였다. 홍효민은 카프의 정식 회원은 아니었지만 문학의 사회적 가치와 기능을 중시한다는 점에서 그동안 '동반자 작가'로 분류되었다. 김태준은 공산주의 계열에서 활동한 국문학자였다. 동반자 작가인 유진오는 같은 동반자 작가로 흔히 분류되는 이효석과 이태준을 추천한다는 점이 흥미롭다.

조선문학의 수준과 세계문학

《삼천리》에서는 1936년 2월 세계문학과 관련하여 첫 번째 설문 조사를 발표한 지 두 달 뒤인 1936년 4월 두 번째로 '조선문학의 세계적 수준관'이라는 제목으로 다시 한 번 설문 조사를 실시하였다. 여기에 참여한 문인 17명 중에는 첫 번째 설문 조사에 참여한 사람들도 있고 새로 참여한 사람들도 있다. 새로 참여한 문인들로는 이광수를 비롯하여 박영희, 박종화, 이헌구, 이종수(李鍾洙), 박팔양(朴八陽), 한효(韓曉), 송영(宋影) 등이 있다. 그중에는 이헌구처럼 외국문학연구회 회원들도 있지만 박영희, 박팔양, 한효 같은 카프 계열의 문인들이 특히 눈에 띈다. 첫 번째 설문 조사와 비교하여 두 번째 설문 조사는 두 유형으로 나누어 훨씬 더 체계적으로 이루어졌다. 첫 번째 질문에서는 당시의 조선문학이 영국과 미국과 러시아를 비롯한 외국문학과 비교하여 어떠한 수준인지 물었다. 좀 더 자세하게 말하면 조선문학을 영국, 미국, 러시아, 독일, 프랑스, 이탈리아의 문학과 비교해 보라는 질문이었다. 두 번째 질문에서는 세계 문단에 내세울 만한 조선 작가로 누구를 추천할 것인지 물었다.

《삼천리》 8권 2호의 설문 조사처럼 8권 4호의 설문 조사에서도 심훈과 홍효민은 질문에 제대로 대답하지 않았다. 첫 번째 질문에 대하여 심훈은 "구미 제국은 물론, 동양 어느 한 나라의 문학에도 정통하지 못한 소생으로서는 조선문학과의 수준을 규정할 엄두가 나지를 않습니다"라고 응답을 피한다. 두 번째 질문에 대해서도 그는 "될 수 잇는대로 다른 분의 작품도 읽습니다만은 아직 피차의 우열을 논의할 자격이 없슴을 스스로 부끄러히 생각합니다. 과대, 과소 평가를 아울러 삼가야 할 줄 알기 때문이외다"라고 응답한다.[62] 심훈의 답변 태도는 얼핏 겸손한 것처럼 보이면서도 성의 없다는 생각을 떨구기 어렵다.

홍효민도 심훈과 마찬가지로 설문에 답하지 않고 오히려 설문의 타당성에 대해서만 장황하게 설명하였다. 그는 "오인(吾人)은 생각하노니 조선문학이 세계적 수준에 닷는가 혹은 닷지 안는가를 논하기 전에 먼저 조선에서 문학다운 문학을 생산하기에 힘쓰라! 그러면 그

---

62 「조선문학의 세계적 수준관」, 《삼천리》 8권 4호(1936. 4. 1), 322~323쪽.

때는 조선문학이 말하지 아니하는 가운대 세계적 수준에 다을 것이
오"[63]라고 밝힌다.

그러나 심훈과 홍효민을 제외한 나머지 문인들은 두 가지 질문에
대하여 거의 비슷하게 적극적으로 응답하였다. 첫 번째 설문에 관해
서는 역사가 짧은 조선문학이 아직 걸음마 단계에 있다는 데 대체로
의견이 일치하였다. 가령 이광수는 '역사의 싸름을 탄식'이라는 소제
목을 달고 조선 신문학이 겨우 20여 년밖에 되지 않는다고 지적한다.

> 조선문학의 역사를 회고하여 보면 짤습니다. 매월당(梅月堂),
> 이인직(李人稙)의 시대를 지나서 비로소 신문예 운동이 잇섯스
> 니 이럭저럭 줄잡어도 약 20년이 될가 말가 합니다. 이 20년의
> 어린 역사를 가지고 영불노(英佛露) 등 수백 년 수천 년의 문예사
> 로 가진 여러 선진문화 국가에 비한다 함은 억지에 갓갑습니다.
> 박구어 말하면 우리 문단은 연약한 늣김을 자체로 안저서 안가
> 질 수 업습니다.[64]

겨우 20년밖에 안 된 조선문학을 수백 년 역사를 지닌 서양문학과
양적으로나 질적으로 견줄 수 없다는 광수의 지적은 어느 정도 수긍
이 간다. 『손자병법』을 여기서 군이 인용하지 않더라도 상대방을 알
고 자신을 알면 백번 싸워도 위태롭지 않을 것이다. 조선문학을 세계

---

63 위의 글, 315쪽.

64 위의 글, 308쪽.

무대에 내놓기 위해서는 무엇보다도 먼저 조선문학의 위상을 제대로 알아야 한다. 패배주의도 문제지만 국수주의는 자칫 조선문학을 더욱 위태롭게 할 위험이 있다. 그렇다고 이광수는 서양문학과 비교하여 조선문학의 수준이 터무니없이 낮지 않으니 절망할 필요도 없다고 지적하였다. 그러면서 그는 김동인의 「태형(笞刑)」이나 「감자」 같은 작품을 실례로 들어 "비록 기교에 잇서 유치한 점이 잇다 할지라도 영불어로 번역되어 저쪽 문단에 갓다가 노을지라도 일류 작가의 작품에 결코 뒤떠러지리라고 생각지 안습니다"[65]라고 말한다. 그밖에도 시나 장편소설 분야에서도 외국문학 작품에 '손색없는' 작품이 많다고 밝혔다.

다른 문인들도 이광수처럼 조선문학을 지나치게 과소평가할 필요는 없지만 그렇다고 과대평가해서도 안 된다는 데 입을 모았다. 가령 박영희는 외국문학 작품을 많이 읽지 못한 탓에 '확호한 회답'을 피하면서도 "개별적으로 보아서 조선의 작가도 결코 외국의 작가에 떠러지지 안는다고 생각합니다. 외국의 문화의 선진한 작가라고 거개(擧皆)가 우수한 것은 아닙니다"라고 밝힌다. 그러면서 박영희는 계속하여 "역사가 얕은 조선의 작가라고 해서 열등한 것은 결코 아닙니다. 세계적 문호의 작품 가운데도 사실로 조선의 작가의 작품보다 떠러지는 것이 있습니다"라고 말한다.[66] 그러므로 현시점에서 외국문학의 수준을 생각하는 것보다도 차라리 여전히 건설기에 있는 조선

---

65 위의 글, 309쪽.
66 위의 글, 309~310쪽.

문학이 더욱 매진해야 할 것을 주문하였다.

그러나 누구보다도 조선문학이 세계문학의 수준에 크게 미치지 못한다고 신랄하게 비판한 문인은 민병휘와 김억이었다. 두 사람은 조선문학과 세계문학을 보는 관점도 서로 아주 비슷하다. 1920년대 말엽부터 카프를 중심으로 활동한 민병휘는 조선문학을 적잖이 낮게 평가하였다.

> 아직 외국에 비하야 그 해ㅅ수를 30년 밖에 갖지 못한 조선문단이 몇 천 년 몇 백 년의 나이를 먹은 외국과 이 수준을 비하게 된다는 것은 '촉새가 황새'를 따르는 것이 아닌가? 생각한다.
> 그러나 드르니깐 조선인으로 강용흘 씨라는 분이 미주에서 작가적 이름을 빛내고 있고 동경 문단에서 장혁주 씨가 동경의 작가들과 어깨를 견우고 있으니 우리보다 문학운동이 훨신 긴 그분들에 비하야 오히려 뛰어나는 점이 있지 않을까 생각하기도 한다.[67]

민병휘는 조선문학을 세계문학에 견주는 것을 "촉새가 황새를 따라가다 가랑이 찢어진다"는 속담에 빗댄다. 두 문학을 비교하는 것 자체가 처음부터 어불성설이라는 것이다. 그러면서도 그는 흥미롭게도 당시 미국과 일본의 문단에서 관심을 받던 조선인 작가 강용

---

67 위의 글, 320쪽. 민병휘가 조선문학과 세계문학을 촉새와 황새에 빗대는 것처럼 임화는 '아동'과 '성인'에 빗댄다.

홀과 장혁주를 언급하였다. 앞에서 이미 언급했듯이 강용흘은 영문 장편소설 『초당』으로 미국과 유럽에서 큰 주목을 받았다. 장혁주는 1932년 일본어로 쓴 소설 「아귀도(餓鬼道)」가 《카이조(改造)》 현상공모에 당선되면서 '노구치 미노루(野口稔)' 또는 '노구치 가쿠추(野口赫宙)'라는 이름으로 일본 문단에서 활약하였다. 식민지의 참혹한 현실을 사실적으로 묘사한 이 작품은 현실 비판 의식을 담고 있다고 하여 주목을 받았다. 그래서 민병휘는 조선 문단보다 문학사가 훨씬 긴 서양 작가들과 비교하여 강용흘과 장혁주가 오히려 더 뛰어날지 모른다고 생각하였다.

한편 김억은 민병휘와 마찬가지로 조선문학을 세계문학과 관련하는 것 자체가 역시 어불성설이라고 지적하였다. 어떤 의미에서는 조선문학에 대한 평가는 민병휘보다 김억이 더 과격하다. 앞에서도 잠깐 언급했지만 조선 신문학에 관한 김억의 비판은 무척 신랄하다.

고슴도치 제 자식 참, 하다고, 사람이란 어듸까지든지 제 것을 조와하고 사랑하고 그것이 누구의 것보다도 낫다는 생각을 가지는가 보외다.

아모리 그럿타 하기로니 사슴을 가르처 말이라 할 수도 업는 일이니 실로 딱한 일이외다. 강용흘 씨가 '초당'을 아메리카에다 짓고 호기(好奇)의 중심이 되엿다 하더라도 나는 그것을 소위 예술로의 작품이라고 인정할 수가 업습니다. 그러고 장혁주 씨도 동경 문단에서 조선말답은 말로 사용하면서 상당히 활동하는 모양이건만은 모도 다 나로 보면 작품의 진정한 가치에 잇는 것이 아니요. 호기로의 풍토 기습적(風土奇習的) 환영에 지내지 아니하는 것이외다.

　소위 조선 사람으로 넓이 알여젓다는 이들의 작품이 이러한 것에 지내지 못하니 조선문학의 세계적 수준 운운은 얼토당치 아니한 일이외다. 아모리 내 자식을 참, 하게 보랴 하여도 볼 수 업는 것을 엇지 합닛가.[68]

　김억은 "고슴도치도 제 새끼는 함함하다고 한다"는 한국어 속담과 '지록위마(指鹿爲馬)'라는 한자 성어까지 끌어들이며 조선문학에 대한 자부심이나 터무니없는 찬사를 경계하였다. 1930년대 중엽 '조선문학의 세계적 수준' 운운하는 것부터가 얼토당토하지 않다고 지적하였다. 앞에서 언급했듯이 이광수나 민병휘가 찬사를 아끼지 않은 강용흘의 『초당』을 김억이 '예술로의 작품'으로 인정할 수 없다고 단호하게 말하는 것이 여간 놀랍지 않다.

　그렇다면 김억은 왜 그토록 『초당』을 싫어하는 것일까? 이 질문에 대한 답은 "강용흘 씨가 '초당'을 아메리카에다 짓고 호기의 중심이 되엿다 하더라도"라는 구절에서 찾을 수 있다. 김억은 조선인이 미국에 가서 영어로 작품을 써서 그곳에서 출간한 일을 못마땅하게 생각하였다. 조선의 풍속과 역사를 다룬 이 작품이 미국을 비롯한 외국 독

68　위의 글, 311쪽. 김억은 위 인용문에서 계속하여 "그릿타고 무슨 조선문학을 욕하는 것도 아니요 사실이 그러하니 엇지 하잔 말인가 할 뿐이외다. 다른 나라의 그것에 비해 보랴 하여도 비해지니 아니하는 것을 한갓되이 쏨을 낸다고 될 것이 아니외다. 그런지라 잇는 것은 잇고 업는 것은 업다고 하는 것이 도로혀 신사로의 체면을 상치 아니할 것이외다"(311쪽)라고 말한다.

자들에게 이국에 대한 호기심을 불러일으켜 줄망정 참다운 의미의 문학 작품으로는 볼 수 없다는 것이다. 김억이 생각하는 세계문학이 과연 어떠한 것인지 미루어볼 수 있는 대목이다.

위 인용문에서 김억은 조선문학을 그 이상도 그 이하도 아니고 있는 그대로의 참모습을 보아야 한다고 일갈하였다. 조선문학을 실제보다 우수한 것으로 보려는 것은 한낱 문화적 국수주의에 지나지 않는다고 지적하였다. 그가 이렇게 격양된 목소리로 말하는 것은 이 무렵 몇몇 문인이 조선문학을 높이 평가하려는 태도를 경계하려는 생각 때문인 것 같다. 이 점과 관련하여 김억은 "그러다가는 그야말로 큰 코를 떼울 터이니 함부로 날 뛸 것이 아니외다. 이 이상 무엇을 더 말할 것인가 바라보니 봄은 하늘에 왔건만은 이 강산에는 아직 문운 (文運)의 봄이 먼 듯 하외다"[69]라고 절망감을 토로한다. 김억은 조선문학의 현실을 똑바로 바라볼 때 세계문학의 대열에 나설 가능성이 그만큼 크다고 생각한 듯하다.

첫 번째 설문 조사가 조선문학이 영국과 미국과 러시아를 비롯한 외국문학과 비교하여 어떠한 수준인지 묻는 질문이었다면, 두 번째 설문 조사는 세계 문단에 내세울 만한 조선 작가들을 묻는 질문이었다. 두 번째 질문에 답변도 첫 번째 질문에 대한 답변과 크게 차이가 없다. 문학적 이념에 따라 여전히 크게 두 부류로 나뉜다. 민족주의 문학 계열에 속하는 응답자들은 주로 같은 계열의 작가들을 추천하였다.

---

69 위의 글, 312쪽.

예를 들어 이광수는 "가령 김동인 씨의 「태형」이나 「감자」 가튼 것은 비록 기교에 잇서 유치한 점이 잇다 할지라도 영불어로 번역되어 저쪽 문단에 갓다가 노을지라도 일류 작가의 작품에 결코 뒤써러지리라고 생각지 안습니다"[70]라고 밝힌다. 이광수는 조선 문단에는 비단 단편소설 분야뿐 아니라 장편소설 분야와 시 분야에서도 외국 문단의 작가들에 손색없는 문인들이 많다고 주장하였다.

이광수와 마찬가지로 민족주의 문학 계열에 속한다고 할 수 있는 김억은 김동인의 작품과 현진건을 작품을 꼽았다. 번역하고 싶은 조선문학 작품에 대하여 《삼천리》가 2월에 조사한 설문에서도 김억은 김동인의 「아라사버들」, 「광염 소나타」, 「명화(名畫) 리듸아」, 그리고 현진건의 「B사감과 러브레터」를 들었다. 두 번째 설문 조사에서도 김억은 "나 일개의 의사를 말하라 하면 이만 햇으면 하는 정도의 작품으로는 김동인의 「아라사버들」, 「감자」, 「명화 리듸아」, 「명문(明文)」, 「광염 소나타」 그 외 멧멧 편이요. 그 다음에는 현진건의 「[B]사감과 러브레터」, 「고향」 그 밧게 1, 2편이요. 가물에 콩 나듯이 가다가다 개인의 작품에 한두어 편 업지 아니한 것은 아니나마 그럿타고 이 작품들을 세계의 수준 그것에 비할 것은 아니외다. 그저 그만 햇으면 하는 정도의 것이라는 말이외다"[71]라고 여전히 조선문학에 유보적인 태도를 취한다. 여기서 「고향」은 이기영의 장편소설이 아니라 현진건의 단편소설을 말한다.

---

70 위의 글, 309쪽.

71 위의 글, 311~312쪽.

한편 카프 계열의 응답자들은 민족주의 문학 계열의 응답자들과는 달리 주로 계급의식을 고취하는 프로문학 작가들을 선호하였다. 예를 들어 송영은 "지금 중앙일보에 연재되고 있는 외우 민촌(民村)의 『인간수업』이 그 표현 형식에 있어서 4백 년 전 스페인 문호 셀완테스의 대표작 『동키호테』와 흡사하다"고 평가한다. 송영은 세르반테스처럼 "민촌도 역시 현대 조선 사회가 가지고 있는 전통적 의식, 겸하야 왜곡된 현대 일부적 철학 사상을 역시 통매(痛罵)하고 풍자하기"때문이라고 밝혔다.[72] '민촌'이란 두말할 나위 없이 카프의 맹원으로 프로문학에 앞장섰던 이기영을 말한다. 2월의 첫 번째 설문 조사에서 임화와 민병휘가 이기영의 『고향』을 추천한 것과 궤를 같이 하였다.

송영의 응답에서 한 가지 주목을 끄는 대목은 조선문학의 사회적·환경적 요소가 세계문학에 참여하기에는 그다지 호의적이지 않다고 지적한다는 점이다. 그는 조선이 지정학적으로뿐 아니라 시문화적(地文化的)으로도 불리한 위치에 있다고 지적하였다. 이 점과 관련하여 송영은 "조선의 문학이 비교적 세계적으로 문제가 안이 되는 점은 조선문학이 갖인 '자체의 부족'보다도 조선문학이 탄생되는 조선 사회의 환경 관계에 있다고 봅니다. 만일 우리들의 작품이 가진 언어가 ××적으로 무력한 조선 말이 아니요 좀더 ××적으로 강대한 배경을 갖인 영어나 독어이었을 것 같으면 반드시 더 크게 성명을 세계문단에 떨지었으리라고 생각합니다"라고 말한다. 그러면서 송영은 걸작

72 위의 글, 323~324쪽.

이라는 외국문학 작품을 읽을 때 우리 조선문학 작품만도 못한 졸작이 많은 것을 발견하고 쓴웃음을 금치 못한다고 밝혔다. 그래서 그는 "천인(千仞) 아래에 잠자든 우리문학도 만리장공에 비상할 때도 있겠지요"라고 말하면서 조선문학의 미래를 낙관한다.[73]

프로문학 작가들을 두둔하는 것은 민병휘도 송영과 크게 다르지 않았다. 1928년을 전후하여 연극 대중화 논쟁에 가담하면서 프로 문단에 본격적으로 등장한 카프 계열의 민병휘는 한편으로는 민족주의문학 계열의 작가를 깎아내리고 다른 한편으로는 프로문학 계열의 작가를 치켜세웠다. 그는 "춘원, 동인, 상섭 등은 작품을 만들다가 야담으로 가 버렸고 몇몇 중견들은 작품을 쓴다느니보다 작품 팔려고 하는 데 실패가 있다"[74]고 지적한다. 이광수와 김동인과 염상섭이 야담 작가로 전락했다고 말하는 것은 아마 그들이 이 무렵 역사소설에 부쩍 관심을 기울였기 때문일 것이다.

가령 이광수는 『마의태자』(1928), 『단종애사』(1929), 『이차돈의 사(死)』(1936) 같은 역사소설을 잇달아 발표하였다. 특히 세조가 단종을 쫓아내고 집권한 역사를 다룬 『단종애사』는 일반 대중의 인기를 크게 얻었다. 이 작품에서 이광수는 사육신이 처형당한 날 신숙주(申叔舟)의 아내 윤 씨가 변절한 남편이 부끄럽다고 하며 다락방에 올라가 목을 매어 자살했다고 묘사하였다. 이광수는 18세기 실학자 이긍익

---

73 위의 글, 323쪽. 조선총독부의 검열에 걸렸거나 검열을 의식하여 잡지사에서 미리 알아서 표기했든 두 번에 걸쳐 사용한 복자(伏字) '××'은 아마 '정치'일 것이다. 이러한 검열 방식은 오히려 독자의 호기심을 자극하여 일본 제국주의가 노리는 것과는 역효과를 낳은 것 같다.

74 위의 글, 321쪽.

野談

六月號

김동인이 주재한 잡지 《야담》. 그는 대중의 통속적 취향에 야합한다는 비판을 받았다.

(李肯翊)의 『연려실기술(燃藜室記述)』에 기록된 야사를 바탕으로 이 소설을 썼다.

그러나 『세조실록』에 따르면 신숙주의 아내는 사육신 사건이 일어나기 다섯 달 전에 이미 질병으로 세상을 떠났다. 김동인도 이광수처럼 역사소설에 관심을 기울여 『젊은 그들』(1929), 『운현궁의 봄』(1933), 『대수양(大首陽)』(1941) 등을 잇달아 발표하였다. 더구나 그는 1934년 윤백남(尹白南)이 창간한 《월간 야담》에 이어 이와 비슷한 또 다른 잡지 《야담》을 창간하였다. 당시 문단에서는 윤백남과는 달리 순문학의 거장이요 근대문학의 개척자로 인정받는 문인이 취미와 오락 전문 잡지를 발간한다고 하여 김동인에게 보내는 시선이 곱지 않았다.

민병휘는 민족주의 문학 계열의 작가들과 비교하여 프로문학에 속한 작가들이 괄목할 만한 작품 활동을 보여 준다고 지적하였다. 그는 민족주의 문학 작가들과 함께 "몇몇 중견 작가들"이 상업성에 편승한 나머지 작가로서 실패했다고 주장하였다. 그러나 과연 어느 작가들을 염두에 두고 하는 말인지는 분명하지 않다. 이와는 달리 민병휘는 프로문학 계열의 작가들을 높이 평가하였다.

그러나 그중에 우리가 외국인에 비할 작품을 제작한 작가를 2, 3인 찾을 수 있으니 소설로 민촌 이기영이요 시로 임화일 것이다. 물론 ——××적 입장이 다름에 따라 ——서로 상이된 안목을 가지고 있을 것이나 민촌의 「서화(鼠火)」나 「고향」, 임화의 여러 편의 시를 읽고서 그의 건전한 예술에는 누구나 경의를 표하게 되는 것이다.

최근 나는 쇼로프[숄로호프]의 2, 3편의 작품을 읽었다! 그것을 읽으면서 민촌의 「고향」과 「서화」를 연상했던 것이다. 지방과 풍속이 다른 문제가 붙을 것이온데 민촌의 농민문학도 쇼 —— 로프에 도달할 날이 그 얼마의 시기를 요하지 않을 것으로 생각했다! 그리고 시에 있어서는 잘 모르지만 임화의 시로는 동경 문단에서 문제 되는 몇 시인과 그 작품 수준이 떨어지지 않을 것으로 생각한다.[75]

2월의 설문 조사와 마찬가지로 4월의 설문 조사에서도 민병휘는 이기영과 임화를 세계 문단에 내세울 작가로 꼽았다. 첫 번째 조사에서는 같은 카프 계열에 속하는 홍효민도 이와 마찬가지로 다른 작가들과 함께 이 두 작가를 들었다. 이 무렵에는 이러한 낱말도 자유롭게 사용하지 못할 정도로 일제의 검열이 무척 심하였다. 민병휘의 정치적·문학적 이념에 따르면 이광수, 김동인, 염상섭보다는 이기영과 임

---

75 위의 글, 321쪽. 송영의 응답에서 사용한 삭제 부호 '××'와는 달리 민병휘의 응답에서 사용한 '××'는 아마 '정치'라는 말고도 '이념'이라는 낱말도 가능하다.

화가 훨씬 더 '건전한' 작가일 것이다. 여기서 예술적으로 건전하다
는 말은 민중의 편에서 서서 프롤레타리아 혁명을 완성하는 데 이바
지한다는 뜻이다. 민병희의 이러한 태도는 민족주의 문학 계열의 작
품이나 실험적 작품 또는 오락 위주의 작품을 '퇴폐적인' 것으로 매
도하는 것과 궤를 같이하였다.

더구나 위 인용문에서 민병휘가 이기영의 두 작품『고향』과「서
화」를 미하일 숄로호프의 작품에 빗대는 것이 흥미롭다. 앞에서 밝
혔듯이 임화는『고향』을 숄로호프나 히라타 고로쿠(平田小六)의 작품
과 비교하면서 높이 평가하였다. 임화에 이어 민병휘도 이 두 작품에
높은 점수를 주었다. 특히 민병휘는 숄로호프를 언급하면서 민병휘
가 현대 러시아문학을 대표하는 작가로 평가받는 사이 러시아 작가
를 얼마나 흠모하고 있는지 잘 알 수 있다. 민병희가 숄로호프의 작품
을 두세 편 읽었다고 밝히는 것으로 보아 아마『개척된 처녀지의 날』
과 아직 4부는 나오지 않았지만『고요한 돈강』의 1~3부를 읽은 듯하
다. 이 무렵 숄로호프를 비롯한 러시아 작가들은 사회를 위한 문학가
들로 한국 문단에서 여간 인기가 높지 않았다. 그래서 비평가들은 한
국의 대표적인 문인들을 흔히 러시아의 문인들에 견주곤 하였다. 가
령 이광수는 '조선의 톨스토이', 염상섭은 '조선의 도스토옙스키', 이
기영은 '조선의 숄로호프', 임화는 '조선의 마야콥스키', 그리고 오장
환(吳章煥)은 '조선의 예세닌'으로 불렸다. 특히 문학의 사회적 기능
에 무게를 싣는 한국의 문인들에게 러시아 작가들은 본받아야 할 존
재였다.

민병휘는 임화의 시 작품과 관련해서는 이 무렵 도쿄 문단에서 이

루어지는 작품 활동에 뒤떨어지지 않는다고 주장하였다. 그러나 그가 말하는 도쿄 문단의 어느 시인들을 두고 말하는 것인지는 분명하지 않다. 다만 일본에서는 민중시 운동이 다이쇼 시대 중기부터 무로 사이세이(室生犀星), 야마무라 보초(山村暮鳥), 센케모토 마로(千家元麿) 같은 시인들이 일본 시단의 주류를 형성해 나갔다. 또한 이러한 주류는 1931년 '나프(NAPF)', 즉 전일본무산자예술동맹이 해산될 때까지 활발하게 활동하였다.

한편 민족주의 문학이나 사회주의 문학을 떠나 문학 계파와는 비교적 무관하게 응답한 문인으로는 소설가 이무영과 영문학자 이종수를 들 수 있다. 이무영은 세계 수준에 이른 조선 작가 중에서 이기영, 유진오, 박화성, 이효석, 이광수, 김동인, 염상섭 등을 꼽았다. 그런데 이무영이 이러한 작가를 들고 나서 덧붙이는 문장을 주목해 볼 필요가 있다. 그는 "우리말은 역사가 짧은 탓으로 모어(母語) 발달의 부족으로 하야 세계 문단에 수출될 기회를 갖지 못하나 대체로 보아 좌우를 막론하고 우리 작가들의 이데오로기는 도쿄 문단보다 한거름 더 앞섰다고 봅니다. 이것은 장래 우리의 문학이 세계문단에 군림키에 없지 못할, 그리고 우리의 자랑할 조건이 아닌가도 합니다"[76]라고 지적한다. 이무영은 송영과 마찬가지로 조선문학을 낙관적으로 전망하였다.

이무영의 이 언급은 세계문학과 관련하여 시사하는 바가 자못 크다. 첫째, 조선 작가들은 세계문학의 대열에 참여하려면 무엇보다도

---

76 위의 글, 319쪽.

먼저 모국어를 발달시켜야 한다. 그동안 정인섭과 이하윤을 비롯한 외국문학연구회 회원들은 외국문학 작품의 번역을 통하여 모국어를 발달시켜야 한다고 입에 침이 마르도록 강조해 왔다. 둘째, 조선은 비록 일본 제국주의의 식민지 통치를 받지만 이념에서 조선문학이 일본문학보다 한 걸음 앞서 있다. 셋째, 세계 문단에 나서기 위해서는 문학은 이념적으로 무장되어 있어야 한다. 여기서 이념이란 단순히 정치적 이데올로기만을 뜻하지 않고 좀 더 넓게 인생관이나 세계관을 뜻하는 것으로 받아들일 수 있다.

경성제국대학 법문학부에서 영문학을 전공한 이종수는 이무영과 비슷하게 이광수, 김동인, 이기영, 유진오, 이효석, 장혁주 등을 꼽는다. 이광수와 김동인은 민족주의 문학을 주창하는 문인들인 반면 이기영은 사회주의 문학을 주창하는 문인이다. 이종수와 마찬가지로 경성제대 출신인 유진오와 이효석은 이른바 '동반자 작가'로 정식 카프의 회원은 아니지만 이념적으로 카프의 작가들에 동조하였다. 장혁주는 앞에서 잠깐 언급했듯이 일본에서 주로 활약하던 탓에 조선 문단에서는 조금 비켜선 작가였다. 이종수는 그가 언급한 여섯 작가들의 작품을 영국과 미국과 아일랜드의 현대 작가들의 작품과 비교해 보고 싶다고 말하였다. 그러면서 그는 만약 조선 작가들이 영국이나 미국과 같은 문학 전통이 있는 땅에서 태어났다면 결코 영미 문단의 명성 있는 작가들에게 뒤지지 않을 것이라고 단언하기도 하였다.

《삼천리》는 대중 잡지를 표방하여 창간되었지만 시인 김동환이 발행과 편집을 맡고 있어 문학과 예술 분야에도 적잖이 관심을 기울였다. 더구나 일본 도요(東洋)대학을 수료한 그는 귀국하여 여러 신문사에서 기자로 활동하여 어느 누구보다도 대중의 취향을 잘 알고 있었다. 김동환은 창간호의 '사고(社告)'에서 ① 값이 싼 잡지를 만들고, ② 누구든지 볼 수 있고 또 버릴 기사가 없는 잡지를 만들며, ③ 민중에게 이익이 되는 잡지를 만들 것이라고 천명하였다. 그래서 이 잡지는 내용이 어려운 논설이나 학술 논문을 될수록 싣지 않는 대신 대중의 호기심과 흥미를 끌 수 있는 가십 기사에 가까운 글을 많이 실었다. 이를테면 "내가 다시 태어난다면"이니 "돈 십만 원이 있다면" 같은 독특한 주제에 관한 설문 조사나 인터뷰 등을 활용하여 독자의 호기심을 한껏 자극하였다.

그러나 1943년 3월호로 종간될 때까지 《삼천리》는 기회 있을 때마다 문학 작품과 함께 문학 담론에 관한 글을 실어 암울한 식민지 조선 독자들에게 한 줄기 빛을 던져주었다. 한편으로는 조선문학을 제고하고 다른 한편으로는 세계문학에 대한 관심을 촉구하였다. 김동환은 발행인과 편집인으로서 한민족의 문학적 교양의 수준을 한 단계 끌어올리는 데 온 힘을 기울였다. 식민지의 어려운 역경 속에서도 《삼천리》는 어떤 문예지보다도 조선문학을 세계문학의 대열에 동참시키는 데 큰 역할을 했던 것이다.

제5장

김기림과
세계문학

한국 문인으로 세계문학에 비교적 깊은 관심을 기울인 사람 중에
서도 편석촌(片石村) 김기림(金起林)은 특히 주목할 만하다. 한국 문
학사를 통틀어 그처럼 시인, 문학 비평가, 소설가, 희곡 작가, 수필가,
번역가 등 여러 문학 장르에 걸쳐 두루 활약한 사람도 찾아보기 쉽지
않다. 일제 강점기 15여 년과 해방 후 5년 동안 이렇게 여러 장르에
걸쳐 활약하면서 김기림은 동료 문인들에게 민족문학의 좁은 울타리
에서 벗어나 세계문학의 광장으로 나아갈 것을 부르짖었다. 그는 여
러 비평문에서 세계문학을 주창했을 뿐 아니라 창작을 통해서도 그
것을 몸소 실천에 옮겼다.

물론 그렇다고 김기림이 민족문학을 완전히 폐기처분하려는 것은
결코 아니었다. 그는 한 민족과 그 민족의 정신이 역동적으로 살아 숨
쉬려면 자국문화뿐 아니라 더 나아가 외래문화와도 유기적 관련을
맺어야 한다고 믿었다. 「우리 신문학과 근대 의식」에서 김기림은 "한

김기림이 영문학을 전공한 도호쿠제국대학 전경.

민족이 세계를 향해서 실로 그 자신이 이해되기를 원한다면 그것은 자신의 문화를 버림으로써 얻어질 리는 만무하다. [그것]보다도 전통 및 생리와 보편성과 충격과 조화와 충격의 끊임없는 운동을 따라 그 자신의 문화를 더 확충하고 심화하고 진전시킴으로써 이루어질 수 있을 뿐이다"[1]라고 지적한다. 김기림이 일찍부터 이렇게 세계정신을 호흡하려고 한 데는 그가 일본에 유학하여 외국문학을 전공했다는

---

1   김기림,『시론』, 김학동·김세환 공편,『김기림 전집 2: 시론』(서울: 심설당, 1988), 51쪽. 앞으로 이 글에서의 인용은 '2'이라는 숫자와 함께 쪽수를 본문 안에 직접 밝히기로 한다. 김환태(金煥泰)의 심미주의적 문학관과 김동석(金東錫)의 사회주의 문학관 사이에서 균형과 조화를 꾀한 김기림의 절충주의적 문학관에 대해서는 김욱동,『비평의 변증법: 김환태·김동석·김기림의 문학비평』(서울: 이숲출판, 2022), 193~325쪽 참고.

사실과 깊이 관련되어 있다. 그는 니혼(日本)대학에서 문학예술을 전공한 뒤 다시 도호쿠(東北)제국대학에서 영문학을 전공하였다.

더구나 김기림은 뒷날 대학에서 강의하기에 앞서 일간신문사의 기자로 활약하였다. 그는 저널리즘이야말로 '지구의 전 표면을 포위한 전망(電網)'이요 세계에서 일어나는 온갖 사건을 안테나처럼 예리하게 포착하는 '감수 기관(感受器官)'이라고 지적하였다. 김기림은 "모든 문화는 저널리즘을 분리하여 그 상아탑을 고수할 수는 없다"고 말한다. 그러면서 그는 계속하여 "새로운 사상이나 학설이 저널리즘의 권외에 독립하여 그 작용과 반작용을 한가지로 거절할 때에 그것은 현대에 향하여 동작할 것도 동시에 기권하지 않으면 안 된다"고 밝힌다.[2] 김기림은 이렇게 아카데미즘과 저널리즘 사이에서 균형과 조화를 꾀하려고 노력하였고, 이러한 과정에서 세계문학에 대한 안목과 식견을 좀 더 넓혀나갈 수 있었다.

민족주의 문학과 민족문학

김기림은 「꽃에 부쳐서」라는 수필에서 "이 강산에 진달래 우거지지 않으면 산새들 슬퍼서 어쩌랴. 소월(素月)의 넋이 서러워 통곡하지"라고 말한다. 그런데 그는 진달래를 비롯한 온갖 꽃에서 아름다움

---

2   김기림, 「신문기자로서의 최초 인상: 저널리즘의 비애와 희열」, 김학동·김세환 공편, 『김기림 전집 6: 문명비평·시론·설문답·과학개론』(서울: 심설당, 1988), 93쪽. 앞으로 이 글에서의 인용은 '6'이라는 숫자와 함께 쪽수를 본문 안에 직접 밝히기로 한다.

의 상징적 의미를 찾는 것에 그치지 않고 한 발 더 나아가 문화의 상징적 의미를 찾아내려 하였다. 꽃의 문화적 의미는 우리가 자주 사용하는 '꽃 피는 문화'니 '문화의 꽃'이니 하는 표현에서도 엿볼 수 있기 때문이다. 그러면서 김기림은 "꽃에는 국경이 없다. 풍토를 따라 키의 장단과 빛의 짙고 연함이 다소 갈리나 이 나라 모란꽃이 저 나라의 모란꽃에 적의를 품거나 서로 모함하는 일은 없다"[3]고 밝힌다. 여기서 '꽃'이라는 낱말 대신 '문학'이나 '문화'라는 낱말로 바꾸어 놓아도 크게 틀리지 않는다.

실제로 김기림은 「꽃에 부쳐서」에서 꽃을 좁게는 문학, 더 넓게는 문화에 빗대었다. 그는 "문화에 국경이 없음이 마치 꽃과 같아야 섹스피어를 영국은 독점할 수가 없고 차이코프스키를 불란서나 이태리가 봉쇄할 수도 없는 것이다. (…중략…) 그러므로 문화는 언제고 따뜻한 동정과 공명과 이해 위에 성립하는 것이며 그리하여 사람과 사람, 국민과 국민, 때로 적과 적 사이의 장벽을 무너뜨리며 적의와 오해를 풀고 녹여 거기 정신의 통로를 여는 것이다"(5: 343)라고 말한다. 또한 김기림은 "문화는 꽃처럼 국경을 넘어 나부낄 것이며, 모든 인류의 가슴에 향기를 풍길 것이며, 평화와 자유의 맹우로써 세계에 차오르는 쌀쌀한 적의와 오해와 감정을 깨뜨리고 녹이며, 그로하여 가로막히고 얼어붙은 빙하 지대에 끊임없이 '이해의 통로'를 뚫어갈 것이다"(5: 345)라고 밝힌다.

---

3   김기림, 「꽃에 부쳐서」, 김학동·김세환 공편, 『김기림 전집 5: 소설·희곡·수필』(서울: 심설당, 1988), 342쪽. 앞으로 이 글에서의 인용은 '5'라는 숫자와 함께 쪽수를 본문 안에 직접 밝히기로 한다. 이 글은 《국도신문》(1949. 4. 10~4. 12)에 처음 발표되었다.

이렇게 열린 마음으로 세계를 지향하려는 김기림의 태도는 「하나 또는 두 세계」라는 글에서도 엿볼 수 있다. 그는 "세계는 하나가 되고 싶어 한다. 한 세계로 향하는 의지는 인류의 역사의 저류에 꿈틀거리는 한 커다란 의욕인 것 같다"(5: 252)[4]고 천명한다. 이 두 글에서 김기림은 '세계문학'이라는 용어를 단 한 번도 입에 올리지 않지만, 행간을 좀 더 꼼꼼히 읽어보면 이 용어를 염두에 두고 있음을 알 수 있다.

김기림이 세계문학에 관심을 기울이기 시작한 것은 1930년대 초엽이었다. 1930년 시와 희곡 작품을 발표하고 그 이듬해 문학 비평을 잇달아 발표하여 문단에 데뷔하고 난 뒤 얼마 되지 않아서의 일이다. 1932년 1월 그는 《동아일보》에 기고한 「신민족주의 문학 운동」에서 '세계문학'이라는 용어는 직접 사용하지는 않지만 그것과 관련한 중요한 사실을 몇 가지 언급하였다. 본디 이 글은 신문사가 새해를 맞이하여 '1932년 문단 전망'이라는 제목 아래 ① 민족주의 문학의 향방, ② 시조, ③ 프로 문학, ④ 극문학, ⑤ 소년문학, ⑥ 기획하고 있는 작품 등 여섯 항목에 걸쳐 설문한 내용에 대한 응답으로 쓴 것이다.

김기림은 이 설문에 답하는 과정에서 자연스럽게 세계문학에 대한 견해를 밝혔다. 그는 조선문학이 발전하려면 무엇보다도 먼저 '공식주의에 타락하는 일'을 경계해야 한다고 지적한다. 여기서 그가 말하는 '공식주의'란 두말할 나위 없이 1920년대 중반부터 조선 문단을

---

4   김기림은 『문학개론』의 장면과 관련한 대목에서 "세계문화라고 하는 것은 (…중략…) 치우친 국민주의를 지양하고 높은 세계성으로 향하여 인류의 고동의 이상인 세계 평화와 보편적인 자유와 행복의 실현에로 다가가고 있는 것이다"라고 밝힌다. 김학동·김세환 공편, 『김기림 전집 3: 문학론』(서울: 심설당, 1988), 91쪽. 앞으로 이 글에서의 인용은 '3'라는 숫자와 함께 쪽수를 본문 안에 직접 밝히기로 한다.

성난 파도처럼 휩쓸다시피 한 카프(KAPF), 즉 조선프롤레타리아예술 가동맹의 예술적 이념을 말한다. 카프는 사회주의 혁명을 위한 문학 가들의 실천 단체인 만큼 예술보다는 정치적 이념이 앞설 수밖에 없었다. 김기림은 "프로문학이 공식을 위하여 현실을 날조하지 않고 현실 속에서 법칙을 발견하는 데"(3: 228) 노력해야 한다고 주장한다.

이 무렵 카프의 계급 문학론에 맞서 일어난 대항 담론이 다름 아닌 민족주의 문학이었다. 그러나 김기림은 카프문학이 조선문학이 나아가야 할 길이 아니듯이 민족주의 문학도 조선문학이 지향해야 할 목표가 아니라고 역설하였다. 민족주의 문학은 '창백하고 연약한 조선문학'을 일으켜 세우기에는 여전히 미흡하기 때문이다. 김기림은 참다운 조선문학이라면 "조선 민족의 생활의 근저에서 물결치는 굳센 힘과 그 정신 속에서 새어 오르는 특이한 향기"를 잘 표현해야 한다고 지적한다. 그가 '민족주의'에 '신'이라는 갓을 얹어 굳이 '신민족주의 문학 운동'이라고 부르는 것은 바로 그 때문이다.

여기서 한 가지 짚고 넘어가야 할 것은 '민족주의 문학'과 '민족문학'이 개념에서 적잖이 차이가 난다는 점이다. 전자는 흔히 민족정신이나 민족의 전통 양식의 중요성을 강조하는 문학을 말한다. 그러나 '민족'이나 '민족주의'는 얼핏 보이는 것처럼 그렇게 간단하지 않다. '내셔널리즘'을 번역한 민족주의는 집단적 동질감이나 소속감 또는 연대감에 기반을 둔 공동체인 '민족'에 무게를 싣는 사상이나 행동의 총체를 뜻한다. 또는 '민족'에 기반을 둔 국민국가 또는 민족국가를 건설하여 민족이 독자적 주권을 행사해야 한다는 사상을 뜻하기도 한다.

최근 한스 콘은 민족주의를 혈연·언어·문화 공동체 개념의 '인종 민족주의(ethnic nationalism)'와 정치적·법적 공동체 개념의 '시민 민족주의(civic nationalism)'로 구분 짓기도 한다. 전자는 동구권에서 흔히 볼 수 있는 반면, 후자는 서구에서 흔히 볼 수 있다. 어느 쪽으로 받아들이든 민족주의는 특정 민족에 대한 애착과는 떼려야 뗄 수 없을 만큼 깊이 관련되어 있다. 식민지 조선에서 민족주의 문학은 카프의 계급문학에 대한 대항 담론의 성격이 짙었으므로 계급보다는 민족에 무게를 둘 수밖에 없었다.

한편 민족문학은 세계문학에 대한 대응 개념으로 한 민족 공동체에 속한 문학을 말한다. 영어 'national literature'나 프랑스어 'national de littérature' 또는 독일어 'Nationalliteratur'에 해당하는 개념으로 특정 민족이나 국가의 지배 이데올로기를 반영하는 문학이다. 언어 문화권에 따라 흔히 '한국문학'이니 '영문학'이니 '프랑스문학'이니 할 때의 문학이 바로 민족문학이나 국민문학이다. 물론 민족이나 국가의 개념은 베네딕트 앤더슨이 지적하듯이 18세기 이전에 압도적인 문화 체계로서 종교 공동체와 왕조 국가가 흔들리면서 한낱 '문화적 구성물'이요 마음속에 존재하는 '상상의 정치적 공동체'로 전락하다시피 하였다.

한국 문학사에서는 그동안 흔히 '민족문학'과 '국민문학'을 흔히 동의어로 사용하면서 개념에서 적잖이 혼란이 빚어져 왔다. 잘 알려진 것처럼 '국민문학'이라는 용어는 1926년 5월 최남선(崔南善)이 《조선문단》에 발표한 「조선 국민문학으로서의 시조」라는 글에서 처음 사용하면서 널리 쓰이기 시작하였다. 그러나 엄밀한 의미에서 국민문학은 민족주의 문학보다는 오히려 민족문학을 가리키는 용어로 사용하는 것이 더 적절할 것이다.

김기림은 「신민족주의 문학 운동」에서 세계문학이 민족문학과는 떼려야 뗄 수 없을 만큼 깊이 관련되어 있다고 지적하였다. 세계문학은 민족문학의 좁은 테두리에서 완전히 벗어날 때 비로소 존재하는 것으로 흔히 생각하기 쉽다. 그러나 김기림은 참다운 세계문학의 집이란 반드시 민족문학의 굳건한 토대 위에 서야 한다고 주장하였다. 민족문학의 토대 없이 세운 세계문학이란 사상누각과 다름없기 때문이다. 그가 이 주장을 펴던 1930년대 초엽은 요한 볼프강 폰 괴테가 처음 언급한 세계문학의 개념이 동아시아에서 아직 널리 받아들여지기 전이었다. 특히 한반도가 일본 제국주의의 식민지 통치를 받던 상황에서 세계문학을 언급하기란 더더욱 어려웠다. 그런데도 김기림은 이러한 궁핍한 시대에 조선의 민족문학을 발전시켜 세계무대에 나아갈 것을 부르짖었다.

우리가 나아가 세계에 기여할 것은 세계의 어느 구석에서도 찾을 수 없는 독특한 조선적인 것이 아니면 아니 됩니다. 애란의 문학 운동의 세계적·문화사적 의의도 여기 있습니다. 세계도 또한 우리에게 그것을 기대합니다. 그러므로 라이암 오프라허티가 그의 풍부한 방랑 생활의 경험에도 불구하고 거칠은 아란의 해안을 그 작품의 무대로 가리는 것은 타당한 일인가 합니다. 우리는 이러한 반성 운동을 가정하고 그것을 신민족주의 문학 운동이라고 명명하고 싶습니다. (3: 228~229)

이 인용문에서 주목할 것은 김기림이 '세계'라는 낱말을 무려 네 번에 걸쳐 사용한다는 점이다. 처음 두 문장에서는 이 말을 빼고 나면 남는 말이 없다시피 하다. 그만큼 그는 '세계'를 향하는 열망이 무척 컸다. 위 인용문에서 또 한 가지 눈여겨볼 것은 '독특한 조선적인 것' 이라는 구절이다. 김기림은 조선 밖의 어느 국가에서도 전혀 찾아볼 수 없는 '조선'만의 꼬리표가 붙어 있는 것이라야 비로소 세계문학의 반열에 오를 자격이 있다고 밝힌다. 민족문학에 벗어난 문학은 세계 문학의 호수에 부평초처럼 떠돌아다니거나 세계문학의 도회에서 고 아처럼 방황할 것이기 때문이다.

괴테는 일찍이 프리드리히 슈톨베르크 백작에게 보낸 편지에서 "시란 코즈모폴리니즘적이고 흥미로운 작품일수록 민족성을 더욱 잘 보여 준다"[5]고 말하였다. 카를 마르크스와 프리드리히 엥겔스도 『공산당 선언』(1848)에서 "어느 한 국가의 창조물은 공동재산이 된 다. 민족의 일면성과 편협성은 이제 점점 더 불가능하게 되었고, 많은 민족문학과 지방문학으로부터 세계문학이 탄생되고 있다"[6]고 지적 하였다. 환경 문제와 관련하여 자주 듣게 되는 "세계적으로 생각하고 지방적으로 행동하라"는 구호도 이와 무관하지 않다.

---

5 Johann Wolfgang von Goethe, *Goethe's Collected Works*, Vol. 3: *Essays on Art and Literature*, ed. John Gearey (New York: Suhrkamp, 1986), p. 227.

6 Karl Marx and Friedrich Engels, *The Communist Manifesto* (London: Pengun Classics, 2002), p. 223. 괴테와 마르크스·엥겔스의 세계문학 개념에 대해서는 김욱동, 『세계문학이란 무엇인가』(서울: 소명출판, 2020), 13~37쪽 참고.

김기림이 신민족주의 문학 운동을 제창하면서 아일랜드 문학을 언급하는 것은 민족문학과 세계문학의 유기적 관계를 설명하기 위해서다. 그렇다면 그는 왜 '아일랜드 문예부흥'에서 주역을 맡은 윌리엄 버틀러 예이츠나 제임스 조이스 또는 존 밀링턴 싱을 언급하지 않는 대신 그 이름도 낯선 리엄 오플래허티를 언급하는 것일까? 예이츠는 조국 아일랜드에 파묻혀 살다시피 하였고, 조이스는 조국을 등지고 유럽 대륙에서 망명 생활을 하였다.

　그러나 단편소설과 장편소설을 주로 쓴 오플래허티는 예이츠처럼 아일랜드 사람으로 살면서도 동시에 조이스처럼 여러모로 세계를 호흡하려고 노력하였다. 오플래허티는 조국 아일랜드에 머물지 않고 김기림의 지적대로 "풍부한 방랑 생활의 경험"을 쌓았다. 1차 세계대전 중에는 서부전선에서 전투 중 부상을 입었고, 전쟁이 끝난 뒤에는 유럽 대륙과 러시아는 말할 것도 없고 북아메리카와 남아메리카 대륙을 두루 여행하였다. 이렇게 세계 여러 나라를 여행하고 고국에 돌아온 오플래허티는 그가 태어난 고향, 즉 "거칠은 아란의 해안"을 배경으로 주로 민중의 삶을 다루는 작품을 썼다. 아일랜드 사람들에게 골웨이군 서쪽 대서양에 위치한 아란 섬은 아직 문명의 손길이 뻗치지 않은 채 자연이 살아 숨 쉬는 곳이었다.

　더구나 아란 섬에서는 아직도 영어가 아닌 아일랜드어를 사용하고 옛날 생활 방식을 따르고 있어 아일랜드 사람들에게는 마음의 고향과 같은 곳이요 아일랜드 민족 운동의 심장 같은 곳이었다. 제임스 조이스는 『더블린 사람들』(1914)에 수록한 「죽은 사람들」에서 민족주의자 미스 아이보스의 입을 빌려 게이브리얼 콘로이의 코즈모폴리터니즘을 날카롭게 공격한다. 크리스마스 파티에서 게이브리얼과 함께 춤을 추던 미스 아이보스는 일행과 함께 아란 섬에 여행을 갈 예정인데 함께 가자고 제안한다. 그러자 콘로이는 친구들과 함께 유럽 대륙으로 자전거 여행을 가기로 되어 있어서 아란 섬에 갈 수 없다고 대답한다. 이 말을 들은 미스 아이보스는 그에게 "선생님은 자신의 나라말을 더 익혀야 하지 않나요? 아일랜드어 말이에요"라고 쏘아붙인다.

한마디로 김기림에게 오플래허티의 문학이야말로 민족문학을 발판으로 삼아 세계문학으로 도약할 수 있는 더할 나위 없이 좋은 본보기였다. 그래서 오플래허티의 문학에서 김기림은 식민지 조선에서 신민족주의 문학의 가능성을 발견하였다. 그는 오직 그 길만이 "창백하고 연약한 조선의 문학"에 활기를 불어넣어서 올바른 궤도로 다시 한 번 진입시킬 수 있다고 판단하였다.

「신민족주의 문학 운동」에서 또 한 가지 눈길을 끄는 것은 김기림이 조선문학에서 희곡과 연극의 중요성을 새삼 강조한다는 점이다. 물론 설문 중에 극문학에 대한 항목이 있기 때문일 터이지만 이 글에서 연극에 대한 그의 관심을 엿볼 수 있다. 김기림에 따르면 다른 문학 장르와 비교하여 사회적 기능이 떨어지는 시는 민중과는 거리가 있을 수밖에 없다. 민중이 요구하는 직접적이고 구체적인 행동과 밀접하게 관련되어 있는 문학 장르라면 뭐니 뭐니 해도 연극이다.

김기림은 극문학에 대한 관심을 두고 '연극의 승리'라고 불렀다. 그는 "신민족주의의 문학 운동이란 또한 조선 민족의 정신과 생활 속에서 연극성을 파악하려는 노력에 불과합니다. 그러함으로써만 조선

문학은 진정한 그 자신을 발휘할 것이며 세계의 한구석에서 빛나는 존재를 획득할 것이외다"라고 주장한다. 그러면서 김기림은 "조선적인 향내 나는 희곡을 많이 써 보렵니다"(3: 229)라고 포부를 밝히기도 하였다. 실제로 그는 1931년에 이미 「떠나가는 풍선」과 「천국에서 왔다는 사나이」와 「어머니를 울리는 자는 누구냐」의 세 편의 희곡을 썼고, 1933년에는 「미스터 불독」과 「바닷가의 하룻밤」을 썼다. 그러고 보니 리엄 오플래허티도 희곡에 관심이 적지 않아서 아일랜드어로 『어둠』이라는 희곡을 집필하였다. 이 작품은 1926년에 초연되었고 그가 사망한 뒤 2014년에 다시 공연되었다.

조선주의와 세계문학

세계문학에 대한 김기림의 태도는 「신민족주의 문학 운동」을 발표한 지 2년 뒤 1934년 11월 《조선일보》에 기고한 「장래할 조선문학은」에서 좀 더 뚜렷이 엿볼 수 있다. 어떤 의미에서 이 두 글은 내용에서 자매편에 해당한다. 그는 "세계의 문학은 번뇌하고 있다"는 문장으로 이 글을 시작한다. 그런데 문제는 '세계의 문학'이 '세계문학'과 어떠한 관계를 맺느냐 하는 데 있다. 더구나 김기림은 글 후반부에서 '세계적인 문학'과 '세계주의적 문학'이라는 용어를 사용하여 문제는 더욱 더 복잡해진다. 한마디로 그는 '세계의 문학'과 '세계문학'을 이렇다 하게 구분 짓지 않고 거의 동일한 개념으로 사용한다. 이와 마찬가지로 그는 '세계적인 문학'과 '세계주의적 문학'도 거의 같은 개

넘으로 사용한다.

앞에서 잠깐 언급했듯이 김기림이 이 글을 쓸 1930년대 중반에는 요한 볼프강 폰 괴테나 카를 마르크스와 프리드리히 엥겔스가 말하는 '세계문학'은 아직 동아시아에는 본격적으로 도입되지 않았다. 다만 동아시아에서 서구 문물의 교두보와 다름없던 일본의 도쿄와 그곳에서 그다지 멀지 않은 센다이(仙臺)에서 유학하던 김기림은 세계문학의 도래를 풍문으로나마 전해들을 수 있었다. 그는 여러 글에서 "내 귀는 소라껍질 / 바다 소리를 듣는다"는 장 콕토의 시 「귀」를 자주 인용하였다. 김기림은 이 작품의 시적 화자처럼 소라껍질 같은 귀를 활짝 열어놓고 서양에서 불어오는 세계문학의 소리에 귀를 기울이려고 하였다.

김기림은 '세계적인 문학'과 '세계주의적 문학'을 본격적인 '세계문학'을 맞이하기 위한 준비 단계로 보았다. 1929년 10월 뉴욕 증권시장의 붕괴가 불을 댕긴 세계 경제 대공황을 비롯하여 일본 관동군이 중국 침략을 위한 병참 기지로 삼으려고 일으킨 만주 사변, 아돌프 히틀러의 독일 총리 취임, 마오쩌둥(毛澤東)의 대장정 시작 등 1930년대에 들어서면서 세계정세는 한 치 앞도 내다보기 어려울 만큼 그야말로 숨 가쁘게 돌아가고 있었다.

이러한 역사적 위기 상황에서 문학도 생존의 길을 모색하지 않을 수 없었다. 김기림은 "민족 혹은 전통주의의 문학이냐, 세계적인 문학이냐. 다시 말하면 옛날로 다시 돌아가느냐, 새 길로 나아가느냐가 문제다"(3: 130)라고 진단한다. 비교적 역사가 짧고 식민지 시대라는 불리한 조건 아래에 놓인 조선문학이 갈림길에서 양자택일을 해야 하는 문제는 더더욱 절실할 수밖에 없다. 김기림은 침체에 놓인 조선문학이야말로 이제 새로운 출발을 해야 할 때가 되었다고 지적하였다.

여기서 '세계적인 문학'이란 '세계주의적 문학'처럼 전통적인 문학을 버리고 미래지향적으로 나아가려는 문학을 말한다. 김기림은 동양과 서양을 굳이 가르지 않고 어느 나라에서나 문학에 대한 태도가 크게 민족주의와 세계주의 두 갈래로 나뉘어 대립한다고 지적하였다. 그는 「신민족주의 문학 운동」에서처럼 아일랜드를 구체적인 실례로 들면서 윌리엄 버틀러 예이츠를 비롯한 문인들은 전자에 속하고 제임스 조이스를 비롯한 문인들은 후자에 속한다고 말하였다. 민족주의 문학이 극단으로 발전한 국가가 바로 나치즘의 지배를 받는 독일이다.

한편 김기림은 "조선적 특성을 가지고 세계문학에 참여하려는 강렬한 의지를 가졌을 때에만 우리는 그것을 허용한다. 그것은 구경(究竟)에 가서는 세계주의와 일치하는 건설적인 까닭이다"(3: 133)라고 밝힌다. 이를 달리 표현하면 세계문학의 대열에 참여하려는 의지가 없는 조선문학은 이렇다 할 의미가 없다는 말이 된다. 김기림은 식민지 시대 조선문학의 민족주의를 '조선주의'라고 불렀다.

김기림은 조선주의 같은 민족주의를 편협한 유형과 배타적 유형의 두 갈래로 크게 나누었다. 퇴행적 민족주의라고 할 전자는 "막연한 조선 정조(情調)를 기조로 한" 조선문학의 부흥 운동에서 쉽게 찾아볼 수 있다. 그는 시조처럼 선조로부터 물려받은 옛 노래 속에 담겨 있는 조선 정조에서는 정조 그 자체 이상의 것을 기대할 수 없다고 지적하였다. 다분히 소극적이고 편협한 조선주의는 센티멘털리즘의 아류를 만들어낼 뿐이다. 한편 김기림은 소극적이고 편협한 민족주의와 함께 배타적 민족주의라는 또 다른 민족주의가 있다고 주장하였다. 적극적 민족주의라고 부를 '배타적 민족주의'도 세계주의와 세계문학에 나아가는 데 걸림돌이 된다는 점에서 소극적이고 감상적인 민족주의와 마찬가지로 그다지 바람직하지 않다. 배타적 민족주의는 나치즘의 독일처럼 외부 세력에 포위되어 위협받고 고립되어 있을 때 흔히 나타나게 마련이다.

김기림은 조선문학이 세계문학을 향하여 나아가야 할 길은 소극적 감상적 조선주의도 아니고 그렇다고 배타적인 조선주의는 더더욱 아니라고 주장하였다. 그는 두 극단적인 조선주의의 태도에서 벗어날 때 비로소 세계문학의 대열에 합류할 수 있다고 생각하였다.

이른바 조선 정조를 고수하는 편협한 감상적 내셔널리즘을 부정하는 굳센 문학 정신은 이미 좌·우 양익의 문학 속에서 동시에 대두하고 있는 것을 우리는 쉽사리 간취할 수가 있다. (…중략…) 이러한 소극적 조선주의는 우리들의 '진보'의 흐름에 의하여 이윽고 깨끗하게 청산되고 말 것을 우리는 안심하고 예언해도 좋을 것이다.

또한 배타적 내셔널리즘은 오늘에 와서는 그것을 도도한 조수(潮水)의 앞에 작은 목책을 세우는 무모한 선언의 되풀이밖에는 아니 된다. 위대한 독일인 괴테의 머리에 세계문학이라는 관념이 떠오른 그때보다도 세계의 사정은 세계문학의 도래를 위하여 훨씬 유리하게 변해졌다. 문학은 이미 그것을 산출한 한 민족만을 영향함에 그치지 않는다. 사실 문학은 방금 급한 템포로 모든 국경을 넘으면서 있다. (3: 132)

위 인용문에서 김기림이 괴테의 세계문학을 직접 언급한다는 점을 눈여겨보아야 한다. 앞 장에서 이미 지적했듯이 1827년 1월 괴테는 비서 겸 제자인 요한 페터 에커만에게 "민족문학이란 이제 별다른 의미가 없어진 용어. 세계문학의 시대가 찾아왔으니 모든 사람이 함께 노력을 기울여 그 시대가 빨리 다가오도록 해야 한다"[7]고 말하였다. 그래서 1827년은 흔히 세계문학의 원년으로 일컫는다. 김기림이 「장래할 조선문학은」을 쓴 것은 1934년이므로 괴테가 세계문학의 도래를 선언한 지 100여 년이 지난 셈이다.

이렇게 한 세기 넘는 시간이 지난 지금 세계문학은 김기림의 말대로 상황이 "훨씬 유리하게 변해" 있었다. 다시 말해서 세계문학은 서유럽은 말할 것도 없고 심지어 동아시아에서도 뿌리 내릴 여건이 성숙해 있었다. 이렇게 유리한 조건이 무르익은 것은 두말할 나위 없이 20세기에 들어와 문명이 급격하게 발전했기 때문이다. 가령 라디오와 텔레비전을 비롯하여 통신 기술, 전파의 이용 등은 하루가 다르게 국가와 국가 사이의 거리를 좁히고 드넓은 세계를 촌락처럼 만들었다.

과학과 기술의 발전은 국가와 국가 사이의 지리적 간격을 좁혔을

---

7 Johann Wolfgang von Goethe, *Conversations with Johann Peter Eckermann (1823~1832)*, trans. John Oxenford (New York: North Point Pres, 1984), p. 175.

뿐 아니라 정신적으로도 서로 공유할 수 있는 분위기를 만들었다. 이러한 상황에서 한 민족의 문학은 다른 민족의 문학과 전보다 훨씬 더 활발하게 교류하면서 서로에게 영향을 주고받으며 발전하게 마련이다. 김기림은 "어떤 나라의 문학사든지 그것을 그 나라 단독으로 이해하려고 하는 것은 오늘날에 와서는 어떻게 진부한 방법론인가는 아무도 부정하지 못할 것이다"(3: 132~133)라고 지적한다.

김기림은 이러한 실례를 조선 문학사에서 신문학의 발전과 성장 과정에 찾았다. 신문학 형성기에 시인들과 작가들은 외국문학을 모방하면서 새로운 문학을 창작하였다. 김기림은 신문학기에 외국문학의 모방을 단순히 폄하하려는 태도를 못마땅하게 생각하였다. 한 민족의 문학이 성장하고 발전하는 과정에서 모방이 차지하는 몫이 무척 크기 때문이다. 그는 문화적 욕구가 있고 창조적 의욕이 있을 때 모방은 피해야 할 대상이 아니라 오히려 '창조의 어머니'로서 장려해야 한다고 지적하였다. 김기림은 "희랍 문화도 사실은 그 선주(先住) 민족의 문화와 소아시아를 거친 동방 문화와의 접촉 속에 은연 중 배태되었던 것이며, 헬레니즘은 사실에 있어서 혼혈 문화였고, 르네상스가 고전 문화의 자극에서 촉진된 것임은 이미 정립된 사실이다"(6: 49)라고 밝힌다. 그러면서 그는 조선 신문학사를 서양 르네상스의 모방과 추구의 과정에 빗대었다.

위 인용문에서 "문학은 이미 그것을 산출한 한 민족만을 영향함에 그치지 않는다"는 두 번째 단락의 마지막 문장도 좀 더 찬찬히 주목해 보아야 한다. 문학 작품은 일단 그것을 창작한 작가의 손에서 벗어나면 그것을 읽고 향유하고 평가하는 것은 독자와 비평가의 몫이듯이,

한 민족의 문학도 일단 태어나고 나면 해당 민족뿐 아니라 다른 민족의 문학에도 크고 작은 영향을 끼치게 마련이다. 김기림의 이 말에서는 여러모로 괴테가 에커만에게 한 말이 떠오른다. 괴테는 세계문학의 도래와 관련하여 앞에서 인용한 말을 언급하기에 바로 앞서 "나는 점점 더 시란 모든 인류의 공동재산으로 어느 시대나 어느 장소에서나 많은 사람에게 호소력을 지닌다고 확신한다"[8]고 밝혔던 것이다.

민족문학에서 세계문학으로

민족문학은 세계문학에 편입되면서 민족 고유의 특성은 점점 희석될 수밖에 없다. 물론 그렇다고 민족의 특성이 완전히 사라지는 것은 결코 아니다. 앞에서 이미 지적했듯이 김기림은 세계문학이란 오직 굳건한 민족문학의 토대 위에서만 성립할 수 있다고 주장해 왔다. 이 점과 관련하여 그는 "금후 세계의 문학은 더욱더욱 유사성을 많이 나타내는 반면에 어떤 민족의 독특한 문학적 성격 같은 것은 차츰 형성되면서 있는 세계문학 속에 해소되고 말지나 않을까"(3: 133)라고 조심스럽게 말한다. 여기서 '해소'라는 낱말이 부담스럽게 느껴질지도 모른다. 그러나 이 낱말은 어려운 일이나 문제를 해결하여 아주 없애 버린다는 의미보다는 한 민족의 고유한 특성을 지양하고 지구촌 주민이 좀 더 이해하기 쉽도록 세계화한다는 것을 의미한다.

---

8   Goethe, *Conversations with Johann Peter Eckermann*, p. 175.

세계가 공통하게 소유하고 이해할 수 있는 세계적 성격을 갖춘 세계문학의 시대를 우리들의 자손은 반드시 맞을 줄 믿는다. 내가 말하는 세계문학이라는 개념은 슈트릿히 등이 사용하는 그 것과는 내용이 다르다. 슈트릿히는 초국가적 타당성과 세계적 보편성을 가진 세계문학을 현실적으로 가능하며 이미 존재한다고 생각하는 모양이다. (3: 133)

김기림은 세계문학의 시대가 아직은 찾아오지 않았다고 생각하였다. 다만 그는 그러한 바람이 앞으로 다가올 새 세대에서는 반드시 이루어질 것이라고 굳게 믿었다. 그러면서 그는 그가 상정하는 세계문학은 슈트릿히가 말하는 세계문학과는 다르다고 천명하였다. 그가 여기서 언급하는 '슈트릿히'는 여러 정황으로 미루어보아 독일에서 태어나 스위스에서 활약한 문예 이론가 프리츠 슈트리히를 가리키는 것 같다. 『괴테와 세계문학』(1949)에서 슈트리히는 괴테의 세계문학을 '마술적 용어'로 부르면서 널리 알리는 데 크게 이바지하였다. 서유럽을 비롯한 전 세계 학자를 통틀어 슈트리히만큼 '세계문학의 사도'로서 괴테의 세계문학을 충실히 전파한 학자도 아마 찾아보기 어려울 것 같다. 슈트리히는 세계문학에서는 해방감, 즉 공간과 시간의 범위가 확장된 듯한 느낌이 든다고 지적하였다.

더구나 슈트리히는 괴테가 창간한 잡지《프로필레아》에 발표한 글에서 문학가들에게 될수록 애국적인 것을 배제하고 세계적인 것을 추구할 것을 주장했다고 상기시켰다. 괴테는 "바라건대 사람들은 이

제 곧 애국적 예술이나 애국적 과학 같은 것은 존재하지 않는다고 확신했으면 좋겠다. 이 두 가지는 다른 모든 좋은 것처럼 전 세계에 속하고 오직 동시대인들 사이의 자유로운 교류에 의해서만 장려될 수 있다"[9]고 역설하였다. 위 인용문의 마지막 문장에서 김기림이 슈트리히가 "초국가적 타당성과 세계적 보편성을 가진 세계문학을 현실적으로 가능하며 이미 존재한다고 생각하는 모양이다"라고 말하는 것은 바로 그 때문이다. 슈트리히는 괴테가 상정하는 이상적인 세계문학에서는 공간적 타당성 못지않게 시간적 타당성도 중요하다고 주장하였다. 다시 말해서 진정한 세계문학이라면 초공간성과 함께 초시간성의 특징을 지닌다. 슈트리히는 이러한 세계문학의 특징을 괴테의 『빌헬름 마이스터의 수업』(1795~1796)에서 찾았다.

그러나 김기림은 슈트리히가 세계문학을 바라보는 관점에 적잖이 이의를 제기하였다. 슈트리히는 민족문학의 구체성과 특수성을 간과한 채 지나치게 세계문학의 보편성과 일반성에 무게를 싣기 때문이다. 앞에서도 이미 밝혔듯이 김기림은 민족문학의 구체적인 토대가 없는 세계문학은 허상에 가깝다고 역설하였다. 슈트리히가 파악하는 세계문학과는 달리 김기림은 "세계적인 문학이나 세계주의적 문학이고 진정한 세계문학은 미래에 있어서의 역사적 어떤 발전 단계에 이르러 필연적으로 오래인 국민적 문학의 뒤를 받아 가지고 올 것인가 한다"고 말한다. 그러면서 김기림은 계속하여 "지금 이 세계적 영

---

9   Fritz Strich, *Goethe and World Literature*, trans. C. A. M. Sym (London: Routledge, 1949), p. 35.

향력을 가진 문학 내지 각 민족의 문학의 사이에 나타나고 있는 세계 의식·세계양식은 세계문학으로 향하는 과도기의 현상이 아닌가 생각한다"(3: 134)고 주장한다. 이렇게 세계문학에서 민족문학의 역할과 중요성을 역설한다는 점에서 김기림은 슈트리히뿐 아니라 김억을 비롯한 조선의 다른 문인들과도 적잖이 다르다.

　김기림의 「장래할 조선문학은」에서 마지막으로 주목할 것은 조선 문학의 세계문학 가능성을 탐색한다는 점이다. 혹독한 일제의 식민 주의를 지배를 받는 열악한 조건 속에서도 그는 조선문학이 세계문학의 대열에 합류할 수 있다는 희망의 끈을 좀처럼 놓지 않았다. 그는 "조금치도 세계에 대하여 비겁할 필요도 인색할 필요도" 없이 세계정신을 호흡해야 한다고 주장한다. 김기림은 "조선문학도 금후 더욱더욱 활발하게 그 자체 속에 세계의식·세계양식을 구비하면서 세계문학에 가까워질 것이 아닐까"라고 희망을 내비친다. 그러고 난 뒤 그는 "문을 넓게 열고 세계의 공기를 관대하게 탐욕스럽게 맞아들여도 좋을 게다. 그러함으로써 우리는 세계적 수순으로 향하여 성장할 수도 있고 또한 세계에 줄 우리의 특성이 무엇인가도 찾아낼 수가 있을 것이다"(3: 134)라고 천명하였다.

세계문학과 「문학개론」

　1940년 8월 일본 제국주의가 《조선일보》를 강제로 폐간하자 김기림은 함경북도 학성군(성진군)으로 낙향하였다. 그 뒤 고향에서 가까운 경성중학교에서 영어를 가르쳤고, 일제가 영어 과목마저 폐지하자 수학과 과학 과목을 가르쳤다. 그로부터 몇 해 뒤 조선이 일제의 식민주의에서 해방되자 뒤 김기림은 대학에서 문학을 강의하기 시작하였다. 당시 문학 교재로 사용할 만한 책이 없다고 판단한 그는 "현대 문학에 대한 간단하나마 개괄적인 향도서"를 집필할 필요성을 느꼈다. 그래서 서둘러 집필하여 문우인서관에서 출간한 책이 『문학개론』(1946)이었다. 대학의 문학개론 강의안으로 시작된 책은 1949년에 신문화연구소에서 5판까지 낼 정도로 당시 대학 교재로 널리 쓰였다.

전통적인 문학관에 적잖이 불만을 품던 김기림은 『문학개론』에서 '문학의 과학', 즉 문학 작품에 대한 과학적 인식을 주장하였다. 이러한 문학의 과학에 걸림돌이 되는 것은 상식적이거나 형이상학적이고 관념적인 종래의 문학론이다. 이 점과 관련하여 김기림은 이 책의 서문에서 "문학 현상을 시간·공간을 초월한 영원한 것으로서 취급하는 것은 전에 말한 것처럼 예를 들면 몰튼과 같은 관념적 문학사가들과 독일 류의 형이상학적 미학자들의 환각이었다"(3: 8)고 밝힌다. 그가 여기서 리처드 그린 몰턴 교수를 언급하는 것을 보면 이 무렵 문학개론서로 잘 알려진 『문학의 근대적 연구』(1915)를 염두에 둔 것 같다.

김기림은 "시간과 공간을 초월한 영원한 독자가 없는 것처럼 그런 작가도 없는 것이다"(3: 23~24)라고 잘라 말한다. 이러한 현상을 조선 신문학의 태동과 그 이후의 문학에서도 엿볼 수 있다고 지적한다. 가령 신문학은 일본을 통한 간접수입 방식이기는 하지만 서구문학의 이입에서 나온 것이다. 기미년 독립만세운동 직후 낭만주의와 상징주의 속에서 세기말적 퇴폐주의 문학이 나왔고, 그 뒤를 이어 사회주의에 뿌리를 둔 경향문학과 계급문학이 나왔으며, 1930년대 초엽 모더니즘 문학이 대두된 것은 식민지 조선의 역사적 상황과 사회적 현실을 반영한 것이었다. 이렇듯 문학이 역사적 시간과 사회적 공간에서 나온 산물이라는 것은 비단 조선문학에만 그치는 것은 아니다.

김기림은 이 점에서는 영국문학도 크게 다르지 않다고 지적하였다. 가령 인류 역사에서 그 유례를 찾을 수 없는 1차 세계 대전의 포화가 막 멈춘 1920년대 영국 문학은 T. S. 엘리엇의 『황무지』(1922)를 비롯한 작품에서 볼 수 있듯이 현대 문명에 대한 환멸과 절망과 함께 혼돈과 공허감으로 가득 차 있었다. 그러나 1차 세계 대전의 악몽에서 점차 깨어난 1930년대에 이르러 시인들은 파괴와 혼돈과 환멸을 딛고 다가올 새날을 노래하였다. 흔히 '뉴컨트리' 그룹으로 일컫는 오든과 스티븐 스펜더와 C. 데이루이스 등은 정신적 파산 상태를 청산하고 사회주의에 기반을 둔 새로운 세계를 건설하는 데 힘을 모았다.

좀 더 거시적으로 김기림은 1차 세계 대전 이후 대영제국의 영광이 시들면서 영문학이 점차 미국문학에 자리를 내어 준다고 지적하기도 하였다. 그는 미국 문학을 대표하는 문인들로 시 분야에서는 칼 샌드버그, 로버트 프로스트, 소설 분야에서는 시어도어 드라이저, 업튼 싱클레어, 싱클레어 루이스, 어니스트 헤밍웨이, 토머스 울프, 그리고 비평 분야에서는 어빙 배빗과 버넌 루이스 패링턴을 꼽았다. 김기림은 이러한 미국 문인들이 "다양다색한 풍광을 전개하여 대서양 건너 영국 문단을 오히려 무색하게 하는 감이 없지 않다"(3: 57)고 말한다.

김기림은 리처드 몰턴과는 달리 문학이 시대와 공간에 따라 그 의미가 얼마든지 달라질 수 있다고 지적하였다. 그는 이렇게 문학의 영구성을 부정하는 문학의 과학에 도움을 줄 수 있는 분야로 사회학, 심리학, 의의학(의미론) 등을 꼽는다. 그는 특히 사회학과 심리학이야말로 문학의 집을 떠받드는 2대 지주라고 주장하였다. 이렇게 김기림은 『문학개론』에서 최근 발전한 인문과학과 사회과학의 뒷받침을 받아 문학의 이해와 인식에 이르는 올바른 길을 제시하려고 하였다.

그런데 여기서 한 가지 눈여겨볼 것은 김기림이 『문학개론』에서 세계문학의 가능성을 제시한다는 점이다. '세계문학에 대한 조감도'를 작성하려는 것도 그가 이 책을 쓴 중요한 목표 중 하나였다. 김기림은 10개에 이르는 장(章) 중에서 두 장(6장과 7장)을 '세계문학의 분포'에 할애하고 '세계문학의 기초 서목'을 추가할 정도로 세계문학에 깊은 관심을 기울였다. 물론 우연한 일이기는 하지만 그가 언급하는 몰턴은 20세기 초엽 일찍이 『세계문학』(1911)을 출간하여 이 분야에서 선구자 역할을 하였다. 김기림이 이 책의 제사로 "내일은 청춘을 위하야 폭탄처럼 터지는 시인들"로 시작하는 W. H. 오든의 시를 인용하는 것도 여간 예사롭지 않다.

『문학개론』에서도 김기림은 민족문학의 토대 위에 세계문학을 건설할 것을 부르짖었다. 그가 말하는 민족문학은 반파시즘적이고 반제국주의적이어야 한다고 못 박아 말하였다. 그가 이렇게 반파시즘과 반제국주의를 언급하는 것은 조선이 혹독한 식민주의를 겪었기 때문이다. 그러면서 김기림은 "장래할 세계문화는 전 인류의 진정한 자유와 행복을 기초로 한 의식적인 세계성의 문학일 것이다. 우리 민족문학은 바로 거기 연결되어야 할 것이다"(3: 74)라고 역설한다. 여기서 김기림이 말하는 '세계성의 문학'이란 곧 세계문학을 가리킴은 두말할 나위가 없다. 그가 파악하는 세계문학은 시간과 공간의 제약에서 벗어나 인류 전체에게 자유와 행복을 안겨주는 데 목적이 있다.

이 점과 관련하여 김기림은 세계문학이 '산보의 길동무'가 되는 것으로는 부족하고 이보다 한 걸음 더 나아가 병원이 되기도 하고 교회가 되기도 해야 한다고 주장하였다. 다시 말해서 육체적 질병과 함께 정신적 질병을 치유해 줄 수 있는 문학이 진정한 세계문학이라는 것이다. 매슈 아널드는 그동안 서유럽을 지탱해 온 전통적인 종교가 그 역할을 맡을 수 없는 역사적 단계에 이른 만큼 이제 문학이 대신 그 일을 떠맡아야 한다고 말한 적이 있다. 영문학을 전공하면서 아널드에게서 크고 작은 영향을 받은 김기림은 정신적 치유와 사회적 치유의 수단을 세계문학의 임무와 목표로 삼으려고 하였다.

김기림은 『문학개론』의 마지막 장 '무엇을 읽을 것인가'에서 앞에서 언급한 '세계문학 기초 서목'을 제시하였다. 이 목록에서 그는 19세기 이전과 19세기 이후의 두 시기로 크게 나누었다. 목록이 조금 길지만 김기림이 생각하는 세계문학을 좀 더 쉽게 이해하기 위하여 목록 그대로 옮겨보기로 하자.

18세기 [19세기] 이전
　호메로스: 『일리아스』와 『오디세이아』
　구약성서

신약성서

『시경(詩經)』

『당시선(唐詩選)』

단테 알리기에리:『신곡』

윌리엄 셰익스피어:『햄릿』,『맥베스』,『오셀로』,『리어 왕』 기타, 소네트

미겔 데 세르반테스:『돈키호테』

몰리에르:『수전노』와『인간 혐오자』

볼테르:『캉디드』

요한 볼프강 폰 괴테:『파우스트』

19세기 이후

소설 작품

오노레 드 발자크:『고리오 영감』또는『외제니 그랑데』

스탕달:『적과 흑』또는『파르마의 승원』

귀스타브 플로베르:『보바리 부인』또는『감정교육』

에밀 졸라:『제르미나르』

레프 톨스토이:『부활』,『안나 카레니나』,『전쟁과 평화』중 한 작품

표도르 도스토옙스키:『죄와 벌』,『카라마조프가의 형제』,『악령』중 한 작품

이반 투르게네프:『처녀지』

막심 고리키:『어머니』

토마스 만:『마의 산』

마르셀 프루스트:『잃어버린 시간을 찾아서』

제임스 조이스:『율리시스』

앙드레 지드:『팔뤼드』와『전원 교향곡』

시어도어 드라이저:『아메리카의 비극』

싱클레어 루이스:『메인 스트리트』

어니스트 헤밍웨이:『무기여 잘 있어라』

미하일 숄로호프:『고요한 돈강』

루쉰(魯迅):『아Q정전』

한스 카롯사:『전쟁일기』

시 작품

샤를 보들레르:『악의 꽃』

폴 베를렌:『예지』

스테판 말라르메: 시집

월트 휘트먼:『풀잎』

칼 샌드버그: 시집

윌리엄 버틀러 예이츠: 시집

라빈드라나트 타고르:『기탄자리』

폴 발레리:『해변의 묘지』

라이너 마리아 릴케: 시집

T. S. 엘리엇:『황무지』

희곡 작품

　프리드리히 헵벨:『유디트』

　헨리크 입센:『인형의 집』과『바다의 부인』

　레프 톨스토이:『어둠의 힘』

　안톤 체홉:『벚꽃 동산』과『세 자매』

　후고 폰 호프만스탈:『엘렉트라』

　게르하르트 하웁트만:『일출 전』과『직공』

　존 밀링턴 싱:『바다로 가는 기사들』

　막심 고리키:『밤 주막』

　조지 버나드 쇼:『무기와 인간』

　존 골드워디:『은상자』

　유진 오닐:『동쪽 카디프로』와『존스 황제』

　엘머 라이스:『거리의 풍경』

문학 이론서

　아리스토텔레스:『시학』

　리샤르트 뮐러-프라엔펠스:『예술통론』

　빅토르 비노그라도프:『문학입문』

　I. A. 리처즈:『비평의 원리』와『시와 과학』

　니콜라이 부하린:『사적 유물론』(3: 80~82)

　문학 이론서 저자 중에서 뮐러-프라엔펠스와 비노그라도프는 오늘날의 독자들에게 조금 낯설다. 김기림이『예술통론』의 저자로 언급하는 뮐러-프라엔펠스는 독일 철학자이자 심리학자요 사회 비평가로 널리 알려져 있다. 특히 그는 경험 심리학 이론을 시학에 적용한 문예 비평가로 유명하다. 『예술통론』은 아마 그의 『시학』(1914)을 두고 말하는 것 같다. 한편 비노그라도프는 20세기 전반기에 활약한 러시아의 언어학자요 문예 이론가다. 그의 저서로 김기림이 언급하는 책은 1947년 선문사에서 출간한 『문학입문』을 말한다. 김기림은 이 책의 저자와 역자를 '비노그라돕흐 저, 김영석(金永錫) 역'으로 밝히지만 조선문예연구회가 번역한 것으로 되어 있다.

한편 김기림은 조선문학 작품 중에서 세계문학의 반열에 오를 만한 작품을 다음과 같이 제시하였다. 그는 세계문학의 필요조건으로 민족문학을 언급하는 만큼 그가 목록에 수록한 문학 작품은 조선의 토착 문화를 반영하는 것이 대부분이다.

저자 미상: 『원본 춘향전』

함화진 편: 『가곡원류』

홍명희: 『임거정전』

김동인: 단편집 『감자』

염상섭: 중편 소설 「만세전」

최서해: 단편소설 「탈출기」

이효석: 단편소설 「돈(豚)」

이기영: 『고향』

한설야: 『탑』

이태준: 단편집 『달밤』

박태원:『천변풍경』

김　억: 역시집『오뇌의 무도』

한용운: 시집『님의 침묵』

임　화: 시집『현해탄』

정지용: 시집

임화 편:『현대시선』

이하윤 편:『현대서정시선』

김광균: 시집『와사등』

오장환: 시집『헌사』(3: 83)

　위에 목록에서 눈에 띄는 것은 조선문학 작품이 조선시대를 넘어서지 못한 채 주로 근대와 현대 작품에 국한되어 있다는 점이다. 판소리계 소설의 대표적인 작품인『춘향전』은 고소설 작품이 흔히 그러하듯이 정확한 창작 시기와 작자가 알려져 있지 않다. 다만 조선시대 영조와 정조 때 설화가 만들어져 판소리 〈춘향가〉를 거쳐 소설로 정착되었다는 것이 학계의 정설이다. 한편 박효관과 안민영이 편찬한『가곡원류』는 1876년(고종 13)에 제작되었다. 그러나 김억이 간행한『오뇌의 무도』(1921, 1923)는 한국문학사에서 최초의 역시집으로 매우 중요하지만 세계문학으로 간주하는 데도 적잖이 무리가 따른다. 이 역시집보다는 차라리『해파리의 노래』(1923),『봄의 노래』(1925),『민요시집』(1948) 같은 창작 시집을 수록하는 것이 좋을 것이다.

조선문학의 가능성

'세계문학 기초 서목' 중 조선문학 항목에서 볼 수 있듯이 김기림은 앞으로 조선문학이 세계문학에 이바지할 가능성을 조심스럽게 탐색하였다. 조선의 신문학은 1차 세계 대전 이후 그의 말을 빌리자면 일본 제국주의의 '악마적 억압' 아래에서 자랐고, 2차 세계 대전이 일어나기 직전까지도 꽤 높은 수준을 쌓았다. 그래서 김기림은 조선문학에 더더욱 자부심을 느낀다.

단편소설에서는 김동인·이태준의 작품을 낳았으며, 최서해·이효석·김유정·이상의 몇 개 단편은 이 봉우리의 정상을 장식하는 상록수들이리라. 염상섭의 중편 「만세전」은 잊을 수 없는 한 산정을 이룬 작품일 것이다. 장편으로는 홍벽초의 대작 『임거정전』은 그 풍부한 어휘와 능란한 어법의 구사로 일제의 우리말 말살 정책 밑에서도 뒤에 오는 문학인들을 위한 뜻깊은 준비이었다. 여러 가지 불리한 출판 사정으로 해서 좀체로 발전 못한 장편으로서도 이기영의 『고향』은 농민소설의 한 고전이 되었고, 박태원의 『천변풍경』은 이 나라 사실주의 소설의 한 아름다운 결정이며, 한설야의 『탑』, 김남천의 『대하』는 우리의 사회소설의 전도에 한 큰 기대를 갖게 한다. (3: 58)

김기림은 세계문학에 내세울 만한 조선 작가로 12명을 언급하였다. 그들 모두 저마다의 장점이 있지만 그중에서도 특히 김기림이 이태준에게 보여 주는 관심은 무척 각별하다. 「스타일리스트 이태준 씨를 논함」에서 김기림은 "나는 순수문학에의 요구라고 하는 특권으로써 공통하게 착색된 세계문학의 일환으로서의 조선문학의 역시 그러한 극적인 분위기 속에서 우리들이 가진 가장 우수한 스타일리스트 이태준을 부조(浮彫)하고 싶었던 까닭이다"(3: 172)라고 밝힌다. 김기림의 평소 문장답지 않게 난삽하여 쉽게 이해하기 어렵지만, 조선문학과 세계문학은 문학의 순수성을 공유한다는 점, 우수한 문체를 구사하는 이태준은 이러한 조건에 잘 들어맞는 작가라는 점을 지적하는 것 같다. 이태준에 대하여 김기림은 계속하여 "그는 우리 문인 중에서 그 누구보다도 문장으로써 독자를 흡인하는 분이다. 그는 자연 혹은 인생을 평면적으로 서술하는 것을 즐기지 않는다"(3: 173)고 지적한다.

그런데 김기림은 순수문학과 낭만주의 문학, 순수한 문체와 낭만주의적 문체를 엄격히 구분 지었다. 그에 따르면 낭만주의적 문체는 오히려 감정을 헤프게 늘어놓는다는 점에서 '불순한' 문체라고 할 수 있다. 김기림의 이러한 태도는 "너무나 로맨틱한 문학의 홍수 속에서 [이태준은] 겨우 문학의 순수한 형태에 매우 가까운 것을 가지고 있다는 것을 말하고 싶었을 따름이다. (…중략…) 그가 어디까지든지 스타일리스토로서의 본령을 잃지 않고 새로운 소설 — 순수한 문학에의 길로 매진한다면 그에게 있어서 명일은 빛날 것일 것이다"(3: 174)라는 문장에서 쉽게 엿볼 수 있다. 미래에 빛난다는 말은 세계문학의 반열에 오를 수 있다는 말로 받아들여도 크게 틀리지 않을 것 같다.

김기림이 이태준을 이렇게 높이 평가하는 것은 두 사람 모두 프롤레타리아 문학에 맞서 순수문학을 지향하는 단체인 '구인회'의 창립 멤버였기 때문일 것으로 생각하기 쉽다. 실제로 김기림이《조선일보》에 「스타일리스트 이태준 씨를 논함」을 발표한 것은 1933년 6월 말이었고, 구인회가 결성된 것은 그로부터 두 달도 채 안 된 같은 해 8월이었다. 두 사람은 개인적으로도 친분이 두터운 것은 사실이지만 이태준에 대한 김기림의 평가는 단순히 친분 관계로만 돌릴 수 없다. 구인회는 "순연한 연구의 입장에서 상호의 작품을 비판하며 다독다작하는 것"을 목적으로 창립한 사교적 모임이기 때문이다.[10] 평소 문학 작품에서 문체의 중요성을 역설해 온 김기림은 이태준의 소설을 높이 평가했을 것이다.

　조선문학에 대한 김기림의 호의적인 평가는 비단 소설 분야에만 그치지 않고 시 분야에서도 엿볼 수 있다. 어떤 의미에서 그는 조선문학이 소설 분야보다는 오히려 시 분야에서 이룩한 업적을 더 높이 평가하였다.

　　시에 있어서는 이미 고인이 된 20년대 전기의 시인 이상화는 여러 가지 의미로 그 뒤에 온 시 운동에 가장 큰 영향을 준 분이며 민요시인 김소월, 『님의 침묵』의 한용운은 각각 우리 신시 운동 초기의 기복의 정점을 이루고 있다. 20년대 후반기 이후의 프로 시 운동은 임화의 『현해탄』에 집성되었고, 정지용은 우리말의 예술적 파악의 완미에 육박한 최초의 시인이었다. (3: 58~59)

10　"문단풍문",《동아일보》(1933. 9. 1), 3쪽.

김기림은 소설가로 이태준을 높이 평가했듯이 시인으로는 정지용(鄭芝溶)을 여간 높이 평가하지 않았다. 물론 정지용도 이태준처럼 김기림과 함께 구인회의 창립 멤버였지만 여기서도 개인적 친분 관계 때문만은 아니다. 김기림이 어떤 시인보다도 정지용을 높이 평가하는 것은 한국 문학사에서 시에 '현대의 호흡과 맥박'을 불어넣은 최초의 시인이기 때문이다.

더구나 김기림은 정지용의 시적 능력을 언어 구사력이 무척 뛰어나다는 데서 찾았다. 정지용에 대하여 그는 "시는 무엇보다도 우선 언어를 재료로 하고 성립되는 것이라는 것을 명확하게 인식하고 시의 유일한 매개인 이 언어에 대하여 주의한 최초의 시인이었다. 그래서 우리말의 각개의 단어가 가지고 있는 무게와 감촉과 광(光)과 음(陰)과 형(形)과 음(音)에 대하여 그처럼 적확한 식별을 가지고 구사하는 시인을 우리는 아직 알지 못한다"(2: 62~63)고 지적한다. 김기림에 따르면 정지용은 더 나아가 언어의 빛과 그림자, 소리와 모양을 표현하는 데 뛰어난 감각을 지닐 뿐 아니라 낱말과 낱말을 독특하게 결합하여 '언어의 향기'를 빚어내는 데도 솜씨가 뛰어나다.

위 두 인용문은 '세계문학 기초 서목' 조선문학 편에 대한 김기림의 부연 설명과 크게 다름없다. 그가 많은 조선문학 작품 중에서 하필이면 왜 특정 작가와 작품을 목록에 넣었는지 그 이유를 가늠해 볼 수 있다. 그의 말대로 그들 작품은 신문학 이후 조선문학이 소설과 시 분야에서 쌓아올린 "상당한 높이를 가진 봉만(峯巒)"이기 때문이다. 김기림은 이렇게 조선문학의 성과를 꼭대기가 뾰족뾰족하게 솟은 산

봉우리에 빗대었다.

조선문학에 거는 기대와 관련하여 김기림은 "세계의 인사로 하여 금 또다시 '원생고려국(願生高麗國)'을 탄원케 할 문학의 금강산이 이 나라에 찬란히 전개될 것도 결코 오랜 일은 아니리라"(3: 59)라고 밝 힌다. '원생고려국'이란 두말할 나위 없이 11세기 중국의 시인 소동 파(蘇東坡)가 금강산을 두고 읊었다는 시의 한 구절이다. 그는 "원생 고려국 일견금강산(願生高麗國 一見金剛山)", 즉 고려국에 태어나 금강 산을 한 번 보는 것이 소원이라고 노래하였다. 최남선은 일찍이 『금 강 예찬』에서 "금강산은 조선인에게 있어서는 풍경가려(風景佳麗)한 지문적(地文的)인 현상일 뿐이 아닙니다. 실상 조선심(朝鮮心)의 물적 표상, 조선 정신의 구체적 표상으로 조선인의 생활, 문화, 내지 역사 의 장구(長久)코 긴밀한 관계를 가지는 성적(聖的)일 존재입니다"[11]라 고 밝힌 적이 있다. 김기림이 조선문학을 '문학의 금강산'이라고 부 른다는 것은 그만큼 조선문학이 세계문학에서 맡아야 할 역할이 크 다는 것을 뜻한다.

김기림의 비평적 안목은 동양 문화와 서양 문화 또는 순수 예술 과 이념 예술을 함께 아우를 만큼 넓을 뿐 아니라 비교적 균형이 잡

---

11 최남선, 『육당 최남선 전집 6』(서울: 현암사, 1973), 161쪽. 이사벨라 버드 비숍은 1894년 조선을 방문하고 쓴 기행기인 『한국과 그 이웃 나라들』에서 "금강산의 아름다움은 세계 어느 명산의 아름다움도 초월한다. (…중략…) 아름다움의 모든 요소로 가득 찬 이 대규모의 협곡 은 너무도 황홀하여 사람을 마비시킬 지경이다"라고 하였다. 1926년 당시 스웨덴의 황태자 인 아돌프 구스타프 6세는 신혼여행으로 일본을 거쳐 조선을 방문하여 금강산의 비경을 보 고 "하느님이 천지 창조를 하신 엿새 중 마지막 하루는 오직 금강산을 만드는 데 보냈을 것 같 다"고 찬미하였다.

혀 있다. 전반기에 걸쳐 활약한 강점기 활약한 비평가 중에서 그처럼 넉넉한 비평안을 갖춘 사람도 아마 찾아보기 쉽지 않을 것 같다. 그는 한 나라의 문학은 섬처럼 홀로 설 수는 없고 대륙의 일부처럼 다른 나라의 문학과 유기적으로 관련을 맺으며 발전해야 한다고 늘 생각하였다. 이 점과 관련하여 그는 "오늘에 있어서는 벌써 한 나라의 문학은 세계적 교섭에서 전연 절연된 상태에서 존립할 수는 없다"(2: 96)고 잘라 말한다. 문학은 작가의 내부에서 시작하여 민족으로, 다시 민족을 넘어서 세계로 확대한다고 지적한다.

김기림의 이러한 문학관은 해방 후 순수문학에서 젖을 떼고 점차 정치적 이념을 표방하는 사회주의 문학으로 경도되면서도 조금도 달라지지 않았다. 1946년 2월 전국문학자대회에서 행한 강연에서 김기림은 시인이든 소설가든 모든 문학가는 하나같이 "인류의 높은 이상의 충실한 수직(守直)이 되어 자라가는 세계문화에 공헌함으로써만 [문학의] 책무를 이행할 수 있을 것이다"(2: 143)라고 천명한다.

더구나 김기림은 조선문학이 세계문학으로 나아가는 데 외국문학자의 역할이 무척 크다고 주장하였다. 최재서(崔載瑞)의 비평 활동과 시단에 끼치는 영향에 주목하며 그는 "우리는 현대에 관심하는 더 많은 독실한 외국문학자를 가지기를 원한다"(2: 362)고 밝힌다. 문화 상대주의를 기반으로 보편주의와 특수주의 사이에서 조화와 균형을 꾀하려는 외국문학자는 어느 누구보다도 자국문학과 외국문학 사이에서 교량 역할을 할 수 있기 때문이다. 더러 예외가 없는 것은 아니지만 외국문학 연구가의 대부분은 될수록 편협한 국수주의에서 벗어나 좀 더 열린 마음으로 세계정신을 호흡하려고 해 왔다.

김기림은 세계문학의 필요성을 역설하면서 자연스럽게 그동안 잠자고 있던 동양을 깨워 세계무대로 끌고 나오려고 하였다. 굳이 오스발트 슈펭글러의『서양의 몰락』(1918)을 예로 들지 않더라도 김기림은 인류 역사가 주류 문화와 주변 문화는 끊임없이 서로 접촉하고 교류하면서 발전해 왔다고 지적하였다. 동양이 노쇠하여 지쳐 있을 때 젊은 서양에서 힘을 얻었듯이 이제는 노쇠한 서양이 잠에서 막 깨어나 활기를 되찾은 동양에게서 새로운 힘을 얻어야 할 차례라고 지적하였다.

그런데 김기림은 이질적인 두 문화를 창조적으로 결합하는 것에서 그러한 활력을 되찾는 방법을 찾았다. 그는 "동양 문화와 서양 문화의 결혼 — 이윽고 세계사가 구경하여야 할 향연일 것이고 동시에 한 위대한 신문화 탄생의 서곡일 것이다"(6: 55)라고 밝힌다. 세계문학이 궁극적으로 추구하는 것도 동양 문학과 서양 문학의 행복한 결혼, 결혼식이 끝나고 벌어질 즐거운 향연, 그리고 두 부부 사이에서 태어날 새로운 생명체일 것이다.

제6장

한국문학과
세계문학과 번역

　고대 그리스의 도시국가 테베를 들어가려는 여행자는 반드시 스핑크스의 수수께끼를 풀어야 하듯이 민족문학이나 국민문학이 세계문학의 광장에 나서기 위해서도 반드시 번역이라는 관문을 통과해야한다. 한 국가나 문화권의 문학이 아무리 훌륭하다고 하여도 다른 외국어로 번역되지 않고서는 세계문학의 반열에 오를 수 없게 마련이다. 이렇듯 번역과 세계문학은 마치 샴쌍둥이처럼 서로 떼어서 생각할 수 없을 만큼 깊이 연관되어 있다. 1998년도 노벨 문학상을 받은 포르투갈 작가 주제 사라마구는 "작가들은 민족문학을 만들지만 번역가들은 세계문학을 만들어낸다"고 말한다.

　그동안 세계문학의 개념을 정립하고 그것을 널리 알리는 데 누구보다도 앞장선 미국 학자 데이비드 댐로쉬는 『세계문학이란 무엇인가?』(2003)에서 세계문학의 가장 핵심적인 특징 중 하나로 변화성, 즉 그 개념이 쉽게 변한다는 사실을 꼽는다. 독자들마다 서로 다른 '텍스트의 성군(星群)'에 매료될 뿐 아니라 새로운 세대의 독자들은 그들 나름대로 또 다른 텍스트의 성군을 찾게 마련이다. 댐로쉬는 이렇게 다양하고 변화무쌍한 세계문학 작품에도 '가족의 유사성' 같은 것이 있다고 믿는다. 그래서 그는 세계와 텍스트와 독자에 초점을 맞추어 세계문학의 성격을 크게 세 가지 관점에서 제시한다.

1. 세계문학은 민족문학의 타원 굴절이다.
2. 세계문학은 번역을 통하여 이득을 보는 글이다.
3. 세계문학은 텍스트의 정전(正典)이 아니라 독서의 한 유형, 즉 우리 자신의 장소와 시간을 넘어서는 세계와의 초연한 교섭의 한 형식이다.[1]

세계문학에 관련하여 댐로쉬가 제시한 세 정의 중에서 세 번째 정의는 이 책의 1장에서 이미 다루었다. 세계문학이 제1세계의 강대국 문학이 아니고 또한 '세계명작'이나 '세계걸작'으로 흔히 일컫는 작품도 아니듯이, 세계문학은 세계 각국의 고전이나 정전을 집대성해 놓은 작품도 아니다. 이와 관련하여 댐로쉬는 세계문학이란 자국을 벗어난 세계와의 교섭, 즉 '독서의 한 유형'이라고 부연하여 설명한다.

한편 세계문학에 관한 댐로쉬의 첫 번째 정의는 '타원'과 '굴절'이라는 기하학 또는 광학의 비유가 애매하여 그 의미를 알아차리기 쉽

---

1   David Damrosch, *What Is World Literature?* (Princeton: Princeton University Press, 2003), p. 281.

지 않다. 타원을 규정짓는 기준
이 되는 두 정점을 '타원의 초
점'이라고 부른다. 두 초점(F1과
F2)이 가까우면 가까울수록 타
원은 원에 가까워지고 두 초점
이 서로 일치할 때 타원은 곧 원
이 된다. 굴절이란 경계면에서
매질의 차이 때문에 방향을 바
꾸는 현상을 말한다. 댐로쉬가
'타원 굴절'의 비유를 드는 것은
아마 두 초점 때문일 것이다. 그
에 따르면 세계문학에 속한 한
작품은 서로 다른 두 문화, 즉 원

세계문학을 21세기 지배 담론으로 만드는 데 크게
이바지한 데이비드 댐로쉬의 저서.

천 문화(F1)와 목표 문화(F2) 사이에 이루어지는 협상의 공간이다. 세
계문학은 언제나 목표 문화의 가치와 필요에 관한 것이면서 동시에
원천 문화에 관한 것이기도 하다.

번역과 세계문학

데이비드 댐로쉬의 세계문학 정의 중에서도 두 번째 항목은 가장
눈길을 끈다. "세계문학은 번역을 통하여 이득을 본다"는 말은 도대
체 무슨 뜻인가? 번역을 통하여 '손해' 본다는 말은 자주 들어 왔어도

'이득'을 본다는 말은 좀처럼 듣지 못하였다. 댐로쉬의 이 말은 바로 미국의 국민시인으로 존경받는 로버트 프로스트가 한 말을 염두에 둔 것이다. 프로스트는 "시란 번역하는 과정에서 잃게 되는 그 무엇이다"[2]라는 유명한 말을 남겼다. 이 말을 쉽게 풀어서 설명하면 다른 나라 언어로 번역하고 난 뒤 도저히 번역할 수 없어 찌꺼기처럼 남아 있는 것이 곧 시라는 말이다. 프로스트는 시란 소설 같은 산문 문학과는 달라서 '소리'에서 운율과 소리의 조화나 부조화, 의성어와 의태어는 말할 것도 없고 '의미'에서도 낱말의 함축성과 말장난(편) 등은 도저히 옮길 수 없다는 사실을 역설적으로 말한다.

한편 댐로쉬는 프로스트처럼 시어의 순수성을 주창하는 또 다른 사람으로 미국의 모더니즘 시인 아치볼드 매클리시를 든다. 매클리시는 유명한 「시작법」이라는 작품에서 "시는 오직 존재할 뿐/무엇을 의미해서는 안 된다"[3]고 노래하였다. 시가 삶에 대한 어떤 의미를 전달해서는 안 된다는 것은 곧 작품의 내용보다는 그 내용을 전달하는 수단인 언어에 무게를 둔다는 말이다. 번역은 다른 문화권에 속한 작품의 내용을 자국어로 전달할 수는 있지만 그 전달 수단까지 고스란히 전달하기란 거의 불가능에 가깝다.

세계문학에서 번역의 역할을 강조하는 댐로쉬는 프로스트와 매클리시의 주장에 의문을 품는다. 물론 댐로쉬도 정보 전달을 주요 목적

---

2   Louis Untermeyer, *Robert Frost: A Backward Glance* (Washington, DC: Library of Congress, 1964), p. 18.

3   Archibald MacLeish, *Collected Poems, 1917~1982* (Boston: Houghton Mifflin, 1985), p. 106.

으로 삼는 텍스트와는 달라서 좁게는 시, 더 넓게는 문학 텍스트는 번역하는 과정에서 손해를 볼 수도 있다는 점을 인정한다. 다시 말해서 문학 작품의 번역을 천칭에 달아 보면 한 접시에 올려놓은 원천 텍스트와 다른 접시에 올려놓은 목표 텍스트 사이에는 어느 한쪽으로 기울 뿐 결코 평형을 유지할 수 없다. 그래서 댐로쉬는 프로스트의 말을 조금 수정하여 "어떤 작품들은 상당한 손실을 감수하지 않고서는 번역할 수 없다. 그래서 그러한 작품들은 지방이나 국가의 맥락 안에 머물러 있어서 세계문학으로서 효과적인 삶을 성취할 수 없다"[4]고 주장한다.

이렇게 원천 텍스트에서 목표 텍스트로 번역하는 과정에서 무엇인가가 손실되는 것을 막을 수 없다는 점에서 번역에서도 어쩔 수 없이 정보의 엔트로피 현상이 일어날 수밖에 없다. 번역 과정도 에너지의 이동과 크게 다르지 않아서 원천 언어에서 목표 언어로, 원천 텍스트에서 목표 텍스트로 옮겨가는 과정에서 스타일과 형식은 말할 것도 없고 의미와 내용도 달라진다. 그래서 미겔 데 세르반테스는 번역을 플랑드르 실오라기가 훤히 보이는 양탄자의 뒷면에 빗댔고, 움베르토 에코는 번역을 '실패의 예술'이라고 불렀다.

그러나 댐로쉬는 프로스트나 매클리시에 맞서 번역이 언제나 '손해'만 보는 것이 아니라 때로는 '이득'을 볼 수도 있다고 주장한다. 서양 격언에 "한 사람의 이득은 다른 사람의 손해"라는 말이 있듯이 댐로쉬는 '이득이 된다(gain)'는 낱말을 프로스트가 사용한 '잃게 된다

---

4   Damrosch, *What Is World Literature?*, p. 289.

(lose)'는 낱말과 뚜렷하게 대비시킨다. 그렇다면 댐로쉬는 도대체 왜 세계문학을 "번역을 통하여 이득을 보는 글"이라고 규정짓는 것일까? 이 질문에 답하기 위하여 그는 독일의 수용미학 이론가 볼프강 이저와 두 번역학자 조지 스타이너와 발터 벤야민의 이론을 끌어온다.

이저는 문학적 의사소통은 일방적 관계가 아니라 어디까지나 쌍방적 관계라고 주장한다. 그에 따르면 문학 텍스트란 어떤 고정불변한 정보를 전달하는 것이 아니라 독자의 상상력을 인도하여 텍스트의 틈을 메우고 여백을 채우는 것이다. 더구나 이저는 로만 잉가르덴과는 달리 서로 다른 독자가 서로 다른 방식으로 이러한 틈과 여백을 메우고 채운다고 지적한다. 한편 조지 스타이너는 『바벨 이후』(1975, 1998)에서 언어란 본질적으로 내향적으로 의사소통보다는 자기 보호적 성격이 강하다고 역설한다. 인간 사회가 많은 언어를 만들어낸 것은 의사소통을 위한 것 못지않게 그들의 비밀을 감추고 주위 세계에 맞서 개인의 정체성을 지키기 위한 노력이라고 주장한다. 발터 벤야민은 문학 텍스트와 번역이 서로 다르다고 지적한다. 번역은 언어의 숲 심장부에 들어가 있지 않고 그 밖에서 숲을 바라보고 선 채 원작의 메아리를 일깨워 번역어로 울려 퍼지게 하는 것이다. 다시 말해서 원작의 이질적 언어 마력에 걸려 꼼짝 못하고 있는 '순수언어'를 번역자 자신의 언어로써 해방시키는 것이다.

댐로쉬는 이렇게 이저와 스타이너와 벤야민의 이론에 기대어 프로스트와 매클리시의 언어 순수주의에 맞서 번역의 역동성을 주장한다. 세계문학과 관련한 번역에서는 좀 더 능동적이고 적극적인 역할이 필요하다. 댐로쉬는 번역에서 손실과 이득의 수지 계정을 민족문학과 세계문학을 구별 짓는 잣대로 삼기도 한다. 그는 "번역에서 흔히 손실이 일어나면 그 문학은 민족문학이나 지방문학으로 남아 있는 반면, 번역에서 이득이 생기면 세계문학이 된다"[5]고 지적한다. 그러면서 댐로쉬는 스타일의 손실을 범위를 넓히거나 깊이를 더하여 만회하는 실례를 고대 수메르의 서사시 『길가메시』나 세르비아 작가 밀로라드 파비치의 소설 『카자르의 사전』(1984)에서 찾는다.

세계문학과 관련한 번역에서 무엇보다도 중요한 것이 방향성이다. 외국어로 쓴 문학 작품을 모국어로 번역할 것인가, 아니면 이와는 반대로 모국어로 쓴 문학 작품을 외국어로 번역할 것인가 하는 문제가 바로 그것이다. 전자는 흔히 '내향적 번역' 또는 '인바운드(inbound) 번역'이라고 부르고, 후자는 '외향적 번역' 또는 '아웃바운드(outbound) 번역'이라고 부른다. 내향적 번역은 '직번역(直飜譯, direct translation)'이라고 일컫는 반면, 외향적 번역은 '역번역(逆飜譯, inverse translation)'이라고 일컫기도 한다. 그러나 직번역은 앞에서 언급한 '중역'이나 '복역(複譯)'의 반대 개념인 '직역'과 혼동할 우려가 커서 될 수 있으면 사용하지 않는 것이 좋다.

그런데 번역학이나 번역 연구에서는 외향적 번역 또는 역번역을 힘이 드는 도전적 번역 방식으로 간주한다. 또한 역번역의 '역'이라는 접두어 때문에 부정적인 인상을 주기도 한다. 이와는 달리 번역 연구가들은 내향적 번역 또는 직번역을 이상적이고 표준적이며 바람직한 번역 방식으로 간주한다. 역번역을 별로 좋아하지 않는 이론가 중

---

5   위의 책, 289쪽.

에서도 체코 출신으로 영어 문화권에서 번역 연구의 창시자 중 한 사람으로 평가받는 피터 뉴마크는 주목해 볼 만하다. 그는 번역자들에게 "습관적으로 사용하는 모국어로 번역해라. 그것만이 당신이 자연스럽고 정확하게 그리고 가장 효과적으로 번역할 수 있는 유일한 방법이다"[6]라고 지적한다. 뉴먼의 이론에 따른다면 가령 한국어가 모국어인 번역자는 셰익스피어 작품을 한국어로 번역하는 쪽이 더 좋다. 한편 『춘향전』을 영어나 프랑스어로 옮긴다면 한국인보다는 영어나 프랑스 원어민이 번역하는 쪽이 훨씬 더 적절하다.

세계문학이 발전하려면 자국의 문학 작품을 외국어로 번역하는 반면, 외국문학 작품을 자국어로 번역하는 작업이 함께 이루어져야 한다. 물이 높은 데서 낮은 곳으로 흐르듯이 문화도 먼저 발달된 국가의 문화가 후진국에 영향을 주게 마련이다. 그래서 신문학 초기에는 외국문학 작품을 먼저 번역하고 자국문학이 어느 정도 궤도에 오르게 되면 자국문학을 외국어로 번역한다. 외국어로 번역한 자국의 문학은 다시 자국문학에 직접 또는 간접 영향을 끼치게 된다. 그래서 번역학 연구가 루이스 켈리는 "서유럽은 그 문명을 번역가들에게 힘입고 있다"[7]고 잘라 말한다. 이러한 현상은 한국문학에서도 결코 예외가 아니다.

---

6   Peter Newmark, *A Textbook of Translation* (London: Prentice Hall, 1988), p. 3.

7   Louis G. Kelly, *The True Interpreter: A History of Translation Theory and Practice in the West* (New York: St. Martin's, 1979), p. 1.

김억의 『오뇌의 무도』

안서(岸曙) 김억(金億)이 한국 최초의 번역 시집 『오뇌의 무도』를 처음 출간한 것은 1921년 3월이었다. 한국 최초의 순수 문예동인지 《창조》의 창립 멤버인 김유방(金惟邦)의 장정과 서시를 비롯하여 장도빈(張道斌), 염상섭(廉想涉), 변영로(卞榮魯)의 서문과 김억 자신의 서문이라고 할 수 있는 글이 시집의 첫머리를 화려하게 장식하였다. 물론『오뇌의 무도』에 수록한 외국 시들은 김억이 서문에서 밝히듯이 그동안 여러 잡지와 신문에 발표했던 것들이다. 좀 더 자세히 말하자면 그는 1918년부터 1920년 사이에 《태서문예신보》, 《창조》, 《폐허》 등에 발표했던 작품들을 이 시집에 모았다. 폴 베를렌의 「가을의 노래」 등 21편, 레미 드 구르몽의 「가을의 따님」 등 10편, 알베르 사맹의 「반주(伴奏)」 등 8편, 샤를 보들레르의 「죽음의 즐거움」 등 7편, 윌리엄 버틀러 예이츠의 「꿈」 등 6편, '오뇌의 무도곡'라는 소제목 아래 그밖에 시인 작품으로 23편, '소곡(小曲)'의 소제목 아래 10편 등 모두 85편의 작품이 수록되었다.

김억은 2년 뒤 1923년 8월 재판본을 출간한 것을 보면『오뇌의 무도』는 이 무렵 상당한 관심을 받았음이 틀림없다. 당시 시인을 꿈꾸던 많은 문학청년들이 이 책을 애독했던 것으로 알려져 있다. 김억은 재판본을 출간하면서 9편을 추가하고 2편을 삭제하여 7편 정도가 많은 94편의 시를 수록하였다. 더구나 나머지 작품들도 그는 끊임없이 수정하고 보완하였다.

세계문학과 관련하여『오뇌의 무도』의 문학적 의미는 여러 문인들이 쓴 이 시집의 서문에서도 엿볼 수 있다. 예를 들어 언론인이요 국사학자인 장도빈은 『오뇌의 무도』의 서문에서 이 역시집의 문학사적 의미를 높이 평가한다. 지금까지 한국문학이 그동안 한시의 영향을 많이 받아왔다는 사실을 언급하며 "억지로 타인의 정(情)과 성(聲)과 언어문자를 가져 시를 지으랴면 그 엇지 잘될 수 있스리오"라고 한탄한다. 그러면서 그는 자신의 정과 목소리와 문자로 표현하여 시를 창작할 때 비로소 위대한 시인이 탄생될 수 있다고 말한다.

지금 우리는 만히 국시(國詩)를 요구할 째라. 이로써 우리의 일절(一切)을 발표할 수 잇스며 흥분할 수 잇스며 도야할 수 잇나니 그 엇지 심사(深思)할 바 아니리오. 그 한 방법으로 서양 시인의 작품을 만히 참고하야 시의 작법을 알고 겸하야 그네들의 사상 작용을 알아써 우리 조선시를 지음에 응용함이 매우 필요하니라.

이제 안서 형이 서양 명가의 시집을 우리말로 역출(譯出)하야 한 서(書)를 일우엇스니 서양 시집이 우리말로 출세되기는 아마 효시라. 이 저자의 고충을 해(解)하는 여러분은 아마 이 시집에서 소득이 만흘 줄로 아노라.[8]

여기서 장도빈이 말하는 '국시'란 좁게는 시조를 말하지만 넓게는 한국인이 모국어로 한국의 정서를 표현한 문학을 통틀어 일컫는다.

---

8   장도빈, '서', 『오뇌의 무도』(경성: 광익서관, 1921), 5쪽.

그런데 그는 '우리 조선 시'를 창작하는 데 외국 시인의 작품에서 배울 점이 적지 않다고 지적한다. 일차적으로는 그들의 '시의 작품'을 배우고 그 뒤로는 '그네들의 사상'을 배울 필요가 있다고 말한다. 그러면서 장도빈은 독자들이 이 번역 시집에서 얻을 '소득'이 많을 것이라고 밝힌다. 여기서 주목해볼 것은 '우리'와 '그네(그들)'의 관계다. 영어의 'us guys'와 'them guys'처럼 '우리'와 '그들'은 흔히 대척 관계에 있게 마련이다. 그러나 장도빈은 '우리'가 '그네'한테서 문학적 기법과 사상을 배움으로써 한국 문단을 더욱 발전시킬 것을 바라 마지 않는다.

이렇게 『오뇌의 무도』의 문학사적 의의를 높이 평가하는 것은 비단 장도빈 한 사람에 그치지 않고 염상섭과 변영로로 이어진다. 염상섭은 이 시집의 서문에서 유럽의 '주구옥운(珠句玉韻)'을 한곳에 모아 책을 출간했으니 "어[이] 엇지 한갓 우리 문단의 경사일 싸름이랴"라고 말한다. 그러면서 그는 계속하여 "우리의 영(靈)은 이로 말미암아, 지리(支離)한 조름을 깨우게 될 것이며, 우리의 고민은 이로 말미암아 그윽한 위무(慰撫)을[를] 밧으리로다"라고 역설한다.[9] 염상섭은 문단에 종사하는 사람들은 말할 것도 없고 일반 독자들도 이 역시집에서 받게 될 영향이 적지 않다고 지적한다.

그러나 염상섭의 이 말은 세계문학과 관련하여 생각해 보면 더욱 의미심장하게 들린다. 즉 외국문학 작품을 번역하여 출간하는 것은 자국문학을 풍요롭게 할 뿐 아니라 더 나아가 세계문학으로 나아가

---

9   염상섭, 「『오뇌의 무도』를 위하야」, 『오뇌의 무도』, 6쪽.

는 데 발판이 될 것이다. 염상섭이 서문의 끄트머리에 "황막한 폐허 우에 한 쑤리의 푸른엄의 넓고 깁흔 생명을 비노라"라고 말하는 것을 보면 더더욱 그러한 생각이 든다. 이 번역 시집은 '황막한 폐허'와 같은 조선문학을 생명을 간직한 '푸르름'의 세계문학으로 안내하는 촉매 역할을 할 수 있을 것이다.

한편 변영로는 『오뇌의 무도』야말로 "건조하고 적요(寂寥)한 우리 문단 — 특별히 시단에" 크나큰 경사가 아닐 수 없다고 말한다. 그는 자못 영탄조로 "아 군의 처녀 시집 — 안이 우리 문단의 처녀 시집! (…중략…) 군의 이 시집이야말로 우리 문단이 부르짖는 처음소리요 우리 문단이 것는 여음발자욱이며, 장래 우리 시단의 이룰 Prelude(序曲)이다"라고 지적한다.[10] 변영로는 이 서문에서 '처음'이니 '처녀'니 하는 낱말을 유난히 강조하여 사용한다. 그만큼 이 시집이 한국 문학 사에서 차지하는 몫이 무척 크다는 것을 알 수 있다.

그러나 『오뇌의 무도』의 번역과 관련하여 가장 눈길을 끄는 것은 역시 김억 자신의 서문이다. 그는 먼저 이 번역 시집이 "우리의 아직 눈을 쓰기 시작하는 문단에" 나왔다고 말한다. 변영로가 방금 앞에서 이 시집을 조선 문단이 부르짖는 '고고의 성'이니 조선 문단이 내디딘 '첫발자국'이니 하고 빗댔듯이 김억도 조선 문단을 이 세상에 태어나서 아직 눈을 뜨기 전의 갓난아이에 빗댄다. 그만큼 이 책은 한국 번역사에서 첫 번째 단행본 시집의 위치를 차지한다.

김억의 서문에서 무엇보다도 중요한 것은 그가 번역 방식을 직접

---

10 변영로, 「『오뇌의 무도』의 머리에」, 『오뇌의 무도』, 8쪽.

밝힌다는 점이다. 그는 "시가의 역문에는 축자(逐字), 직역(直譯)보다도 의역(意譯) 또는 창작적 무드를 가지고 할 수박게 업다는 것이 역자의 가난한 생각엣 주장임니다"[11]라고 말한다. 여기서 김억이 말하는 번역 방식을 잠깐 짚고 넘어가야 할 것 같다. '축역' 또는 '축자역'이란 원문의 자구와 문장에 얽매어 충실하게 옮기는 번역 방식을 말한다. '직역'은 흔히 '축역' 또는 '축자역'과 동의어로 사용하지만 엄밀한 의미에서는 서로 구분하여 사용하는 것이 좋다. 번역학이나 번역 연구에서 '직역'은 '중역(重譯)' 또는 '복역(複譯)'의 반대어로 다른 언어로 번역해 놓은 것에서 옮기는 대신 원천 텍스트에서 직접 옮기는 번역 방식을 가리키는 것이 보통이다. 한편 '의역'이란 자구나 문장에 얽매이지 않고 자유롭게 풀어서 의미를 전달하는 번역 방식을 말한다. 그래서 의역은 흔히 '자유역'이라고도 부른다.

김억은 다른 장르도 아니고 시를 번역하는 만큼 원문을 축자적으로 번역하지 않고 "창작적 무드를 가지고" 뜻을 살려 자유롭게 번역했다고 밝힌다. 즉 그는 축역이나 축자역이 아닌 의역이나 자유역의 방식을 선택했다는 말이다. 김억의 이러한 번역관은 아서 시먼스의 시를 번역한 『일허진 진주』(1924) 서문에서 좀 더 분명하게 엿볼 수 있다.

시의 번역이라는 것은 번역이 아닙니다. 창작입니다. 나는 창작보다 더한 정력 드는 일이라 하지 아니할 수가 업습니다. (…중략…) 원시(原詩)는 원시요 역시(譯詩)는 역시로 독립된 것임을

---

11   억생(김억), '역자의 인사 한 마듸', 『오뇌의 무도』, 10쪽.

생각하면 역자의 공죄(功罪)에 대하야는 서로 갓틀 줄 압니다. 웨 그러냐 하면 원시보다 죠흔 역시가 잇다 하면 그것은 원작자보다 큰 시상(詩想)이 역자에게 잇섯음이며 만일에 원시보다 못한 역시가 되엿다 하면 그것은 역자의 시상이 원작자만 못한 것이기 째문입니다. 이 의미에서 다른 작품보다 시의 역자 되기에는 만흔 난관이 잇습니다. 내가 첨에 시의 번역은 창작이며 가장 개성적 의미를 가진 것이라 하엿습니다. 그럿습니다. 아모리 역자가 원시의 여운을 옴겨오랴고 하여도 역시 역시는 역자 그 사람의 예술품이 되고 맙니다.[12]

김억은 시 번역이란 번역이 아니라 차라리 창작이라고 말하더니 곧바로 다시 말을 고쳐 "창작보다 더한 정력 드는 일"이라고 밝힌다. 그가 번역을 어떻게 생각하는지 알 수 있는 대목이다. 앞에서도 이미 지적했듯이 시를 번역하는 것은 소설 같은 산문을 번역하는 것보다 여러모로 훨씬 힘들다. 위 인용문의 마지막 문장을 보면 앞에서 언급한 로버트 프로스트의 말이 떠오른다. 그가 "시란 번역하는 과정에서 잃게 되는 그 무엇이다"라고 말한 것은 번역자가 가까스로 원시의 의미만을 전달할 뿐 '원시의 여운'을 옮길 수 없기 때문이다.

그러면 김억이 『오뇌의 무도』에서 과연 어떻게 "창작적 무드에 따라" 축자역을 지양하고 의역이나 자유역을 했는지 살펴볼 차례다.

---

12 김억, '『일허진 진주』 서문 대신에', 박경수 편, 『안서 김억 전집』(서울: 한국문화사, 1987), 447~448쪽. 아서 시몬스, 김억 역, 『일허진 진주』(경성: 평문관, 1924).

이 시집에서 프랑스 상징주의 시인 폴 베를렌의 작품 「가을의 노래 (Chanson d'automne)」를 한 예로 들어보기로 하자. 김억은 'A. S. 生'이 라는 필명으로 이 작품을 번역하여 《태서문예신보》에 처음 발표하였 다. 베를렌이 스물세 살 때 사랑하던 사촌누이를 잃고 써서 그런지 우 수와 비애가 짙게 묻어나는 작품이다.

가을의날
애오론의
느린오열(嗚咽)의
단조로운
애닯음에
내가슴앞하라.

우는종(鐘)소리에
가슴은 막키며
낫빗은 희멀금,
지내간넷날은
눈압혜 써돌아
아々 나는우노라

설어라, 내영(靈)은
모진바람결에
흐터져 써도는

여긔에저긔에

갈길도 몰으는

낙엽이어라.[13]

　김억이 이 작품을 번역한 지도 벌써 백 년이 지났지만 지금 읽어
도 표기법을 제외하고는 그렇게 낡았다는 느낌이 별로 들지 않는다.
다만 의역이나 자유역을 시도했다고 하지만 마지막 연의 번역이 원
문에서 조금 벗어나 있다. 3연의 첫 두 행 "Et je m'en vais / Au vent
mauvais"는 "그리고 나는 모진 바람결에 떠도누나" 정도로 번역할
수 있다. 김억이 "설어라, 내 영은"이라고 옮긴 것은 의역이나 자유역
보다는 차라리 '과잉 번역'에 가깝다.

　김김억이 베를렌의 이 작품을 번역하여 소개한 지 몇 달 뒤 '노촌
(鷺村)'이라는 번역자가 《학지광》에 「가을 노릐」라는 제목으로 번역
하여 소개하였다. 그런데 그는 이 작품의 마지막 연을 "비애(悲哀)에
스들닌 / 나의노혼(露魂)은 / 길버서진불행(不幸)한 '힘' / 모라치난바람
에날니난 / 낙엽과 갓도다[같도다]"[14]로 옮겼다. 이 시를 번역하면서
'노촌'은 솔직하게 "이난 불시인(佛詩人) 앨녜인의 작이니 영역된 자
로부터 복역(復譯)함"이라고 밝힌다. 당시 우에다 빈(上田敏)을 비롯
한 번역가들이 일본어로 번역한 것이 있는데도 노촌이 그것에 의존
하지 굳이 영역에서 중역한 것이 의외라면 의외다. 김억의 번역에는

13　『오뇌의 무도』, 15쪽.
14　노촌, 「가을 노릐」, 《학지광》 17호 (1919. 1), 77쪽.

우에다의 번역에서 영향을 받은 흔적이 눈에 띈다. 중역이어서 그런지는 몰라도 노촌의 번역은 제대로 의미가 통하지 않는다. 마지막 연의 첫 두 행 "비애에스들닌/나의노혼은"은 영어 번역 "And I go / In the ill wind / That carries me"에도 잘 들어맞지 않는다.

한편 이하윤(異河潤)은 『오뇌의 무도』가 출간된 지 6년 뒤《해외문학》에 이 작품을 번역하여 소개하였다. 그는 마지막 연을 "그래서이나는/사나운바람에/불니여다니는/낙엽도가치/여긔요쏘저긔로/ 써돌고잇다"[15]로 옮겼다. 축역과 의역을 떠나 이하윤이 번역이 훨씬더 원문의 리듬과 의미에 가까울 뿐 아니라 금방 마음에 와 닿는다.

이번에는 김억이 그토록 애정을 품고 여러 번 번역했던 윌리엄 버틀러 예이츠의 초기 작품 중 하나인 「그는 하늘의 옷감을 원하노라(He Wishes for the Cloths of Heaven)」를 한 예로 들어보기로 하자. 김억은 이 작품을 1918년 12월 한국 최초로 「꿈」이라는 제목으로 번역하여《태서문예신보》11호에 발표한 뒤 조금 고쳐 『오뇌의 무도』에 수록하였다.

내가 만일 광명(光明)의
황금(黃金), 백금(白金)으로 짜아내인
하늘의수(繡)노흔옷,
날과밤, 쏘는 저녁의
프르름, 어스럿함, 그리하고 어두움의

---

15 《해외문학》창간호(1927. 1), 111쪽.

물들인옷을 가젓슬지면,

그대의 발아레 페노흘려만,

아ゝ 가난하여라, 내소유(所有)란 쑴박게업서라,

그대의발아래 내쑴을 페노니,

나의생각가득한 쑴우를

그대여, 가만히 밟고지내라.[16]

김억은 이 작품을 번역하면서 원래 제목 「하늘의 옷감을 원하노라」를 무시하고 굳이 「쑴」이라고 붙였다. 물론 시적 화자 '나'는 "쑴박게업서라", "내쑴을 페노니", "쑴우를" 등 무려 세 번에 걸쳐 꿈을 언급하고 있어 이 작품은 꿈과 전혀 무관하지는 않다. 김억은 이 작품을 1923년 『오뇌의 무도』 개정본을 출간할 때도 또다시 조금 수정하였다. 그런데도 어찌된 영문인지 김억은 세 번 수정하는 동안에도 「쑴」이라는 제목을 고치지 않고 그대로 두었다.

더구나 김억은 3행 "하늘의수노흔옷"에서 '옷감'이라고 번역해야 할 것을 '옷'이라고 오역하였다. 영어 명사 중에는 분화복수라고 하여 단수일 때와 복수일 때 그 의미가 조금 달라지는 것이 더러 있다. 가령 'arm'은 팔을 뜻하지만 'arms'는 무기를 뜻하고, 'color'는 색깔을 뜻하지만 'colors'는 깃발을 뜻하며, 'glass'는 유리를 뜻하지만

---

16 『오뇌의 무도』, 119쪽. 김억이 『오뇌의 무도』에 수록하면서 수정한 부분은 작품의 후반부이다. "프름, 아득함 쏘는 어두움의 / 물들은 옷을 가젓다 하면 / 그대의 발아래 펼치나 / 아 가난하여라, 소유(所有)난 쑴뿐임에 / 그대여 발아래 펴노니 / 나의 생각 가득한 쑴위로 / 그대여 가만히 밟고 서라."

334

'glasses'는 안경을 뜻한다. 이와 조금 다르게 마찬가지로 'cloth'는 복수형이 'cloths'와 'clothes' 두 가지가 있다. 전자는 옷감의 복수형이지만 후자는 옷감으로 만든 제품인 옷을 가리킨다. 그런데도 김억은 '옷감' 대신 '옷'으로 번역하였다.

김억이 이러한 오류를 범한 것은 원천어인 영어에서 직접 번역하지 않고 일본어 번역에서 중역했기 때문이다. 그는 1918년(다이쇼 7) 일본의 두 번역가 고바야시 요시오(小林愛雄)와 사타케 린조(佐武林藏)가 공동으로 번역하여 출간한 『긴다이시카슈(近代詩歌集)』에 수록한 예이츠의 작품 「유메(夢)」에서 중역하였다. 김억이 제목을 「꿈」이라고 한 것은 바로 이 두 일본 번역가의 번역에 따른 것이다. 김억은 비단 제목뿐만 아니라 이번에는 일본 번역가가 오역한 것('天の衣')을 그대로 중역하여 '옷감'으로 번역해야 할 것을 '옷'으로 번역하기도 하였다.

요시오와 사타케보다 10여 년 앞서 일본 번역가 구리야가와 하쿠손(廚川白村)는 1905년(메이지 38) 예이츠의 이 작품을 「사랑과 꿈(戀と夢)」이라는 제목으로 번역하였다. 구리야가와는 '사랑'이라는 말을 덧붙이기는 했어도 역시 '꿈'이라는 제목을 달았다. 또한 김억은 고바야시와 사타케가 "하늘의 옷"이라고 번역한 것을 그대로 "하늘의 수놓은 옷('そらの繡衣')"으로 옮겼다. 김억이 이렇게 번역하는 것을 보면 제목은 고바야시 요시오와 사타케의 번역에서, 본문은 구리야가와의 번역에서 중역했음을 알 수 있다.[17] 김억의 번역과 관련하여

---

17 예이츠의 작품의 일본어 번역에 대해서는 김용권(金容權), 「예이츠 시 번(오)역 100년:

염상섭은 『오뇌의 무도』 서문에서 "나는 군의 건확(建確)한 역필(譯筆)로 쒸여멨즌 이 한 줄기의 주옥"이라고 평가한다. 변영로도 "나는 군의 사상과 감정과 필치가 그러한 것을 번역함에는 제1일의 적임자라 함을 단언하여 둔다"고 밝힌다.[18] 그러나 김억의 번역은 이 두 사람의 평가와는 조금 다르다는 것이 드러난 셈이다.

일제 강점기 식민지 조선의 번역자 중에서 김억처럼 번역에 자의식을 느낀 사람도 찾아보기 힘들다. 실제 번역 못지않게 그는 기회 있을 때마다 번역 이론을 언급하였다. 「역시론(譯詩論)」에서 그는 "만일 언어에 어혼(語魂)이라는 것이 잇다 하면 엄정한 의미로서의 번역이라는 것이 잇는가 없는가 하는 것이 문제외다"[19]라고 시 번역에 대한 의구심을 드러낸다. 그러면서도 그는 시를 번역하는 작업에 지칠 줄 모르는 관심과 정열을 보였다. 김억은 『오뇌의 무도』에서 언어 체계가 전혀 다른 서유럽의 언어로 쓴 작품을 번역하면서 될 수 있는 대로 모국어의 리듬을 살리려고 애쓴 흔적을 곳곳에서 찾을 수 있다.

이렇듯 세계문학과 관련하여 김억이 한국 근현대시에 끼친 영향은 생각보다 크다. 서유럽의 낭만주의를 비롯하여 상징주의와 세기말의 권태·절망·고뇌의 감정과 병적인 아름다움은 1920년대 초엽

"He wishes for the Cloths of Heaven"을 중심으로」,《한국 예이츠 저널》(한국예이츠학회) 40호(2013), 153~184쪽; 김욱동, 『번역의 미로』(서울: 글항아리, 2011), 125~127쪽; Wook-Dong Kim, "William Butler Yeats and Korean Connections," *ANQ* 32: 4 (2019): 244~247; Wook-Dong Kim, *Global Perspectives on Korea Literature* (London: Palgrave Macmillan, 2019), pp. 255~260 참고.

18 염상섭, '『오뇌의 무도』를 위하야', 10쪽; 변영로, '『오뇌의 무도』의 머리에', 13쪽.

19 김억, 「역시론(譯詩論) 상」,《대조(大潮)》6호(1930. 5).

식민지 조선 문단에 큰 영향을 끼쳤다. 더구나 최남선(崔南善)을 시작으로 그 뒤 끊임없이 모색되어 온 한국 자유시의 형태가 김억의 번역시를 통하여 조금씩 자리 잡혀 갔다. 신문학이 막 걸음을 떼기 시작한 시기에 출간된 김억의 역시집은 여러모로 의미가 컸다. 장도빈이 조선 시인들은 이 시집에 실린 외국 시인들의 작품을 읽고 시 작법뿐 아니라 문학사상에서도 배울 점이 많을 것이라고 지적한 것은 바로 그 때문이다.

이하윤의 『실향의 화원』

김억이 『오뇌의 무도』 개정판을 출간한 지 정확히 10년이 지난 뒤 이하윤은 역시 외국의 시를 번역하여 『실향의 화원』(1933)을 700부 한정판으로 출간하였다. 이 번역 시집에는 김억의 번역 시집과 비교하면 25편이 더 많이 수록되어 있다. 좀 더 자세히 살펴보면 영국 시인 32명을 비롯하여 아일랜드 시인 11명, 프랑스 시인 14명, 미국 시인 3명, 벨기에 시인 2명, 인도 시인 1명 등 모두 63명의 시인에 110편의 작품이 실려 있다. 국가로 보면 6개국에 이르지만 언어권으로 보면 영어와 프랑스어 두 언어에 지나지 않는다. 김억의 역시집과 마찬가지로 이 시집에서도 이하윤은 《해외문학》과 《시문학》을 비롯한 여러 잡지와 신문에 발표한 것을 조금 수정하여 수록하였다. 이하윤은 번역 작품을 선택하는 데 일정한 기준을 둔 것은 아니었지만 결과적으로는 김억의 번역처럼 비교적 길이가 짧은 서정시가 주류를 이룬다.

이하윤의 번역 시집 출간은 김억의 번역 시집 출간과 10년 넘게 차이가 난다. 10년이면 강산도 변한다는 말이 있지만 아마 번역에도 큰 변화가 일어날 것이다. 그동안 조선 문단에서 번역의 수준이 어떻게 달라졌는지 보기 위하여 앞에서 다룬 예이츠의 작품을 실례로 들어 보자.

> 금과 은의 밝은빛으로 짜내인
> 하눌나라의 수노흔옷을 내가 가젓스면
> 밤과 낮과 새벽과 황혼의
> 푸르고 어둡고 검은옷이 내게 잇섯스면
> 그옷을 그대발아레 싸라드리렷만
> 나는 구차한지라 오직 내쑴이 잇슬분
> 그대발밑에 이쑴을 싸라올니오니
> 고히 밟으소서 내쑴을 밟고가시는님이여[20]

이하윤의 번역에서 무엇보다도 먼저 눈을 끄는 것이 제목이다. 김억이 이 작품의 제목을 「쑴」으로 번역한 것과는 달리 이하윤은 원문 시에 비교적 충실하게 「하눌나라의옷이 잇섯스면」으로 번역하였다. 다만 이하윤도 김억처럼 'cloths'를 '옷감'으로 옮기지 않고 '옷'으로 옮겼다는 점이 아쉽다. 이 점을 제외하고 나면 이하윤의 번역이 김

---

20 이하윤, 『실향의 화원』(경성: 시문학사, 1933), 69쪽.

억의 번역보다 훨씬 뛰어나다. 첫 두세 행만 보아도 이하윤의 번역이 원문에 충실할 뿐 아니라 가독성이 높아 한국 독자들이 쉽게 이해할 수 있다. "Had I the heavens' embroidered cloths, / Enwrought with golden and silver light"를 두 번역과 비교해 보면 곧바로 알 수 있다. 김억의 번역 "내가 만일 광명의 / 황금, 백금으로 짜아내인 / 하늘의수 노흔옷"은 무슨 의미인지 쉽게 다가오지 않는다. 그러나 이하윤의 번역 "금과 은의 밝은빛으로 짜내인 / 하눌나라의 수노흔옷을 내가 가 젓스면"은 김억의 번역보다 훨씬 이해하기 쉽다.

　한편 변영만(卞榮晚)은 《동명(東明)》에 「천의 직물」이라는 제목으로 번역하였다. 그는 첫 행을 "내가, 만일 금(金)빗과, 은(銀)빗으로, 짜여진 / 하늘의 수(繡)노흔 직물(織物)만 가젓슬것가트면"[21]으로 옮겼다. 천을 뜻하는 '직물'이 '옷'보다는 훨씬 더 원문에 가깝다. 이양하(李敭河)는 이 작품의 첫 행을 "금빛 은빛으로 짜서 수놓은 천상(天上)의 비단"[22]이라고 옮겼다. '비단'이라는 말로 옮겼지만 옷감이나 직물을 가리키므로 옷보다는 훨씬 정확한 번역이다. 이양하의 "금빛 은 빛"도 변영만의 "금빗과, 은빗"과 마찬가지로 김억의 "광명의 황금, 백금"이나 이하윤의 "금과 은의 밝은 빛"보다 시각적 이미지가 훨씬 더 선명하다. 예이츠가 말하는 황금과 은으로 된 '천상의 수놓은 옷 감'은 어떤 의미에서 대낮 하늘에 떠 있는 해와 한밤 중 달과 별을 언급하는 것으로 해석할 수도 있다.

21　《동명》 2권 23호(1923. 6. 3).

22　이양하, 「소월의 진달래와 '예이츠'의 꿈」, 정병조 외 편, 『이양하 교수 추념문집』(서울: 민중서관, 1964), 63쪽.

마지막 두 행의 번역도 김억보다는 이하윤이 더 낫다. 김억은 "나의생각가득한 숨우를 / 그대여, 가만히 밟고지내라"라고 옮겼다. 그러나 이하윤은 "그대발밑에 이숨을 싸라올니오니 / 고히 밟으소서 내숨을 밟고가시는님이여"라고 옮긴다. 다만 "내숨을 밟고가시는님이여"는 사족과 같아서 이 구절을 삭제했더라면 오히려 시적 긴장이 더 높아졌을 것이다. 김억은 원문에도 없는 '나의 생각 가득한 꿈'이라고 '과잉 번역'을 시도한 반면, '발아래 꿈을 펼쳤다'는 구절을 생략하여 '축소 번역'을 시도하였다. 원문의 마지막 두 행 "I have spread my dreams under your feet; / Tread softly because you tread on my dreams"를 좀 더 정확하게 옮긴다면 "그대의 발아래 내 꿈을 펼쳤으니 / 내 꿈 위를 사뿐히 밟고 지나가소서" 정도가 될 것이다. 김억의 제자 김소월(金素月)은 「진달내꼿」의 3연 "가시는거름거름 / 노힌그꼿츨 / 삽분히즈려밟고 가시옵소서"를 쓰면서 예이츠의 작품에서 영향을 받은 것으로 알려져 있다.

이하윤의 『실향의 화원』은 번역과 세계문학과 관련하여 몇 가지 시사점을 던져준다. 첫째, 그는 번역이 앞으로 세계문학에 필수적이라는 사실을 깊이 깨닫고 있었다. 그러면서 그는 미약하게나마 자신의 번역이 세계문학 발전에 조금이라고 도움이 되기를 간절히 바란다고 말한다.

나는 이것이 조흔 번역품이라고는 결코 하고 싶지 안습니다. 시련에 시련을 가해야 할 한 과정을 밟는 데 지나지 안는 것이라고는 생각합니다만 그 사다리의 조고마한 못이라도 될 수 잇서서 장차 이런 일의 조흔 수확이 잇게 된다면 이 또한 세계문학과 맥을 통하게 되는 시대적 필수 사업의 하나가 되는 것이 아닐 수 업스니 우리 문학 건설기에 씨치는 공헌과 아울러 중대한 일 됨에 틀림업는 것이라 하겟습니다.[23]

김억이 시 번역의 어려움을 어떤 의미에서는 조금 지나치다 싶을 만큼 힘주어 피력하면서 자신의 번역 실력을 은근히 과시한다면 이하윤은 번역의 필요성을 역설하면서도 겸손함을 보여 준다. 가령 이하윤은 『실향의 화원』에서 시도한 번역이 세계문학이라는 지붕에 오르는 데 사용하는 사다리라면 자신은 그 "사다리의 조고마한 못"의 역할을 하는 것으로 만족할 것이라고 밝힌다. 작은 못 하나가 없어서 왕국을 잃어버렸다는 말이 있듯이, 사다리의 작은 못이 하찮게 보일지 모르지만 만약 그 못이 없다면 사다리는 제구실을 할 수 없을지도 모른다.

둘째, 이하윤은 외국 시 작품을 번역하면서 한국어의 율격을 살리려고 노력하였다. 그는 역시집의 서문에서 독자들에게 "우리 시로서의 율격을 내싼에는 힘껏 가초아 보려고 애쓴 것이 사실인 것만을 알아주시면 할 싸름이외다"[24]라고 밝힌다. 위에 인용한 예이츠의 작품만 보아도 이하윤은 2행의 "~내가 가젓스면"과 4행의 "내게 잇섯스면"처럼 비슷하거나 동일한 어구를 반복하여 사용한다. 또한 1행 "금

---

23 이하윤, '서', 『실향의 화원』, 4쪽.

24 위의 글, 3쪽.

과 은의 밝은빛으로 짜내인"에서는 모음 'ㅡ'와 'ㅏ'를, 2행 "하눌나라 의 수노흔옷을 내가 가젓스면"에서는 모음 'ㅗ'와 'ㅜ'와 'ㅏ'를 한껏 살려 음악적 효과를 자아내려고 노력한다.

셋째, 이하윤은 될수록 중역이나 복역을 피하고 원천 텍스트에서 직접 번역하려고 애썼다. 서문에서 밝히듯이 그는 중역한 작품은 『실향의 화원』을 출간할 때 이 책에서 제외하였다. 물론 아일랜드의 민족주의 시인 패드레이그(패트릭) 피어스가 게일어로 쓴 작품 「나는 아이를랜드이외다」를 번역할 때는 어쩔 수 없이 그레고리 부인이 영어로 번역한 것을 중역할 수밖에 없었다고 밝힌다. 그처럼 이하윤은 될수록 중역 방식을 피한 채 직역 방식을 고수하려고 노력하였다. 그러다 보니 아쉽게도 그가 번역할 수준의 문해력을 갖추지 못한 독일과 러시아의 작품이 빠져 있을 수밖에 없었다.

넷째, 이하윤은 번역자에게 외국어 못지않게 모국어의 역할이 아주 소중하다는 사실을 새삼 일깨워주었다. 적어도 이 점에서 그는 영국 문학사에서 가장 위대한 풍자 시인이요 번역가이자 문학 평론가로 평가받는 존 드라이든과 비슷하다. 앞 장에서 이미 언급했듯이 드라이든은 훌륭한 번역가란 모국어와 외국어에 모두 능통해야 하지만 둘 중 하나를 포기할 수밖에 없다면 외국어를 포기하겠다고 밝힌 적이 있다. 그만큼 그는 번역에서 모국어 구사력을 매우 중요하게 생각하였다. 이 점에서 이하윤도 드라이든과 크게 다르지 않아서 외국어 구사력과 함께 모국어 구사력이 절대적이라고 주장하는 반면, 이 두 가지 조건에 해당 작품에 대한 남다른 이해를 제3의 조건으로 덧붙인다.

역사가 길고 사상이 깁고 형식을 가촌 그들의 시가를 우리말로 옴기랴는 어려움도 심하거니와 그야말로 주옥 가튼 불후의 명편을 손상시켜 노앗스니 원작자에 대한 죄가 엇지 쏘한 허술하다고야 하겟사오릿가. 거기 대한 불만이 잇다 하면 말할 것도 업시 그 잘못은 이 역자가 저야 할 것이라 합니다. 더구나 우리 말조차 잘 알지 못하는 역자로서는 가튼 말을 쓰시는 여러분께 더욱 죄만스러운 생각이 만흐나 고르지 못한 세상이라 엇더케 하겟습닛가. 외국어와 자국어와 시가(詩歌) 이 세 가지에 조예가 다가치 기퍼야만 완성될 수 잇는 일이니까요"[25]

앞에서 이하윤이 번역가로서 겸손함을 보여 준다는 점을 지적했지만 위 인용문에서도 역자로서 부족하다는 점을 솔직히 고백한다. 그러면서 그는 "주옥같은 불후의 명편"이라고 할 원천 텍스트에 입힌 '손상'에 대하여 사죄한다. 이하윤은 비록 자신이 이렇게 '잘못'을 저지를망정 앞으로 후배 번역자들이 자신의 잘못을 거울삼아 좀 더 좋은 번역을 할 것을 바라 마지않는다.

다섯째, 이하윤은 일본 제국주의가 만주를 중국 침공을 위한 전쟁의 병참 기지로 삼으려고 9·18 만주 사변을 일으키고 독일과 함께 국제 연맹에서 탈퇴하는 등 전쟁 준비를 하던 무렵 비록 간접적이나마 번역 시를 통하여 민족주의를 강조하였다. 그가 그레고리 부인의 영

---

25 이하윤, '서', 『실향의 화원』, 5쪽.

어 번역에 의존하여 번역한 패드레이그 피어스의 작품 「나는 아이를 랜드이외다」에서는 영국 식민주의에 맞서 싸우는 아일랜드인의 독립정신과 민족주의를 읽을 수 있다. 2행 4연으로 모두 8행밖에 되지 않는 짧은 작품이지만 피어스는 조국을 빼앗긴 아일랜드인의 분노를 노래한다. "나는 베아라의 요파(妖婆)보다도 더늙은 / 아이를랜드이외다 (…중략…) 내 친자식들이 그어미를 죽엿스니 / 내 수치는 크듸크외다"[26]라고 노래한다. 이하윤은 아일랜드 시를 무려 15편 번역하여 실었고, 아일랜드처럼 영국의 식민지 지배를 받던 인도 시인 사로지니 나이두의 작품도 5편이나 수록하였다.

더구나 이하윤이 『실향의 화원』에서 간접적으로 내세운 민족주의는 순수문학에 대한 열망과 맞물려 있었다. 외국문학연구회에서 활약한 그는 1930년 김영랑(金永郞), 박용철(朴龍喆), 정지용(鄭芝溶), 정인보(鄭寅普) 등과 함께《시문학》을 창간하였다. 통권 3호로 종간되고 말았지만 이 잡지는 사회주의 계열의 카프문학이 내세우는 정치적 목적의식을 비롯하여 도식성과 획일성 등에 맞서 순수문학을 옹호하는 데 온 힘을 기울였다. 이하윤의 번역 시집은《시문학》의 문학정신을 계승하여 시를 언어예술로 자각함으로써 현대시의 발판을 마련하였다. 이해 8월 정지용, 이태준(李泰俊), 이효석(李孝石) 등이 중심이 되어 "순연한 연구의 입장에서 상호의 작품을 비판하며 다독 다작하는 것"을 목적으로 설립한 '구인회'의 정신과도 맞닿아 있었다. 이

---

26 『실향의 화원』, 83쪽. 이러한 작품을 수록한 시집이 조선총독부의 검열에 걸리지 않고 출간된 것이 조금 의외라면 의외다.

하윤은 비록 구인회의 회원은 아니었지만 문학적 이념에서는 그들과 태도가 거의 같았다.

최재서 편 『해외서정시집』

이하윤의 번역 시집 『실향의 화원』이 출간된 지 5년 뒤 최재서(崔載瑞)가 경영하던 인문사에서는 『해외서정시집』(1938)을 출간하였다. 1937년 최재서는 아버지가 폐렴으로 갑자기 사망하자 해주의 과수원 '태일원'을 매각한 대금의 일부와 광산업자 석진익(石鎭翼)의 투자로 합자회사로 출판사 인문사를 설립하였다. 이희승(李熙昇)이 엮은 『역대조선문학정화』 상권을 첫 단행본으로 출간하고 나서 두 달 뒤에 출간한 책이 바로 『해외서정시집』이다. 이 책에는 19세기 서양 시인 40여 명의 작품 127편이 수록되어 있다.

『해외서정시집』이 김억의 『오뇌의 무도』나 이하윤의 『실향의 화원』과 다른 점은 작품 선정보다는 번역자에 있다. 한 사람이 여러 문화권의 작품을 번역한 앞의 두 시집과는 달리, 최재서가 편집한 시집에는 번역자 11명이 전공 분야별로 나누어 번역을 맡았다. 그래서 중역을 피할 수 있었을 뿐 아니라 좀 더 여러 문화권의 작품을 두루 번역할 수 있다는 이점이 있었다. 이 번역 시집에는 ① 영국 편, ② 아일랜드 편, ③ 미국 편, ④ 프랑스 편, ⑤ 벨기에 편, ⑥ 독일 편, ⑦ 러시아 편으로 나뉜다. 이 점과 관련하여 최재서는 "우리 문단이 갖이고 있는 시인과 외국문학 연구가의 일류급이 한 목적 하에 한 책을 위하야 필진을 같이하였다는 것은 커다란 기쁨이다. 역자 제씨는 다년 애송하시든 주옥 편을 선출(選出)하였고 그들 여필(麗筆)은 원시의 향기를 전하야 유감이 없다"[27]고 밝힌다.

『해외서정시집』에 대한 서평에서 정인섭(鄭寅燮)은 무엇보다 먼저 "최고 권위"를 자랑하는 시인과 외국문학 전공자들이 번역에 참여한 것을 높이 평가하였다. 그는 "조선 출판계로서는 이 이상 더 조흔 '해외서정시집'을 꾸밀 수 없다"[28]고 단언한다. 1년도 채 되지 않아 재판을 출간한 것을 보아도 이 시집이 얼마나 큰 인기를 끌었는지 알 수 있다.

그런데 여기서 한 가지 흥미로운 것은 김억과 이하윤과 최재서 모두 번역한 외국문학 작품을 '주옥'이니 '주옥같은'이니 하고 말한다는 점이다. 그들이 골라 번역한 시들은 하나같이 각각의 문화권을 대표할 만한 보석처럼 소중한 작품이라는 것을 애써 강조한다. 『해외서정시집』에서 번역 작품을 선정하는 데는 편자 최재서보다는 역자들의 역할이 컸던 것 같다. "역자 제씨는 다년 애송하시든 주옥 편을 선출하였고……"라고 말하는 것을 보면 역자에게 작품 선정을 맡겼음을 알 수 있다. 이렇게 역자에게 작품 선정을 맡기다 보니 작품의 취사선택에 역자의 취향이 크게 작용했음은 두말할 나위가 없다. 국가나 문화권별로 시인과 번역 작품 그리고 역자의 명단은 다음과 같다.

---

27 최재서, '서', 『해외서정시집』(경성: 인문사, 1938), 쪽수 없음.
28 정인섭, 「뿍레뷰 『해외서정시집』」, 《동아일보》(1938. 6. 28).

영국 편

　월리엄 블레이크: 정지용 역

　월리엄 워즈워스: 이양하·김상용 공역

　조지 바이런: 김상용 역

　퍼시 비시 셸리: 최재서 역

　존 키츠: 임학수 역

　앨프리드 테니슨: 김상용 역

　로버트 브라우닝: 임학수 역

　엘리자베스 브라우닝: 임학수 역

　단테 게이브리얼 로제티: 임학수 역

　크리스티나 로제티: 임학수 역

　찰스 스윈번: 임학수 역

아일랜드 편

　월리엄 버틀러 예이츠: 임학수 역

미국 편

　에드거 앨런 포: 최재서 역

　헨리 워즈위스 롱펠로: 최재서 역

　월트 휘트먼: 정지용 역

프랑스 편

　알퐁스 드 라마르틴: 이원조 역

알프레드 드비니: 이원조 역

빅토르 위고: 이헌구 역

칼 뮈세: 손우성 역

샤를 보들레르: 이헌구 역

샤를 르콩트 드 릴: 손우성 역

폴 베를렌: 이원조 역

아르튀르 랭보: 이헌구 역

알베르 사맹: 손우성 역

벨기에 편

모리스 마테를링크: 이헌구 역

독일 편

요한 볼프강 폰 괴테: 서항석 역

노발리스: 김진섭 역

루트비히 울란트: 서항석 역

에두아르트 뫼리케: 서항석 역

레마우: 김진섭 역

하인리히 하이네: 서항석 역

리하르트 데멜: 서항석 역

리카르다 후흐: 서항석 역

카를 부세: 서항석 역

페터 로제커: 서항석 역

루돌프 슈레더: 서항석 역

에른스트 하르트: 서항석 역

고트프리트 켈러: 서항석 역

러시아 편

알렉산드르 푸슈킨: 함대훈 역

니콜라이 네크라소프: 함대훈 역

최재서의 지적대로 번역에 참여한 사람들은 하나같이 외국문학을 전공한 학자들이거나 시인들이다. 육사(陸史) 이원록(李源祿)의 친동생인 이원조(李源朝)는 당시《조선일보》학예부 기자로 근무하고 있었지만 일본 호세이대학에서 프랑스문학을 전공한 외국문학도였다. 또한 번역진에서 눈에 띄는 것은 이헌구(李軒求), 김진섭(金晉燮), 손우성(孫宇聲), 함대훈(咸大勳) 같은 외국문학연구회 회원이 유난히 많다는 점이다. 여기에 서항석(徐恒錫)과 김상용(金尙鎔) 같은 '동반자' 회원까지 넣는다면 절반 정도가 연구회와 관련 있는 인물들이다. 이하윤이 번역자로 참여하지 않은 것은 아마『실향의 화원』을 이미 출간했기 때문일 것이다.

『오뇌의 무도』나『실향의 화원』은 제목에서도 엿볼 수 있듯이 어딘지 모르게 삶의 고뇌를 비롯하여 권태와 상실감, 절망 같은 세기말적인 분위기를 짙게 풍긴다. 그러나『해외서정시집』에서는 좀 더 서정적이고 낭만적인 감정을 다루는 작품에 무게를 싣는다. 최재서는 서문에서 이 점을 분명히 한다.

영원히 생명 있는 것은 예술이고 그중에서 가장 방순(芳醇)한 것은 시이고 그중에서도 부절히 청신한 것은 19세기 낭만시이다. 낭만 시인의 어느 한 혈(頁)를[을] 들처보아도 거기엔 생명의 비약이 있고 인간성의 해방이 있고 예술의 향기가 새롭다. 우리는 훤조(喧噪)와 진애(塵埃) 속에서도 어머니와 자연으로 도라가듯이 낭만시로 도라가는 우리 자신을 발견한다.

그뿐만은 아니다. 교양으로서 보드래도 문학이 그 전통적 수단인 이상 19세기 낭만시가 그 관문이 아니 될 수 없다. 학교 교과서에 대표적 낭만시가 무수히 채용되야 있음을 말치 않으래도 다감한 일 시기를 순미(純美)하고 성결(聖潔)한 시적 교양에서 보낸다는 것은 그 사람 자체를 위하야 더없이 축복된 일이다.[29]

최재서가 1930년대 말엽 『해외서정시집』을 출간할 계획을 세운 것은 비단 낭만주의 시가 예술의 꽃으로 '생명의 비약'과 '인간성의 해방'과 '예술의 향기'의 작품이기 때문만은 아니었다. 일제가 군국주의로 치달으며 전쟁 준비를 하던 당시 식민지 조선 문단에는 오히려 시가 인기를 끌고 있었다. 최재서는 "때마침 문단엔 시문학의 부흥이 훤전(喧傳)되며 낭만 정신의 부활이 주장되고 있다. 이 시대적 대망(大望)에 호응키 위하여 이 역집(譯集)은 탄생된 것이다"[30]라고 밝힌다.

---

29 최재서, '서', 『해외서정시집』, 쪽수 없음.
30 위의 글.

어떤 의미에서는 궁핍한 시대일수록 오히려 낭만 정신이 되살아나면서 서정시가 더더욱 절실할지도 모른다. 아돌프 히틀러의 나치즘이 기승을 부리던 무렵 베르톨트 브레히트가 서정시를 쓰기가 얼마나 힘든 시대인지를 노래한 반면, 프리드리히 횔덜린은 "인간이란 이 세상에 시적으로 거주한다"고 노래하였다. 최재서가 서문 끄트머리에 "이 1권이 계절의 선물일 뿐 아니라 시대의 수확이 될 것을 굳게 믿고 기쁨과 자랑으로써 독자에게 드릴 수 있음을 행복으로 안다"[31]고 밝히는 것도 식민지 통치의 어두운 터널을 지나는 독자들에게 한 가닥 위안과 희망을 주려고 했기 때문일 것이다.

다양한 번역자들과 함께 『해외서정시집』에서 또 한 가지 눈에 띄는 것은 한두 쪽 남짓 시인들마다 간단한 전기적 사실과 작품 경향 등을 소개한다는 점이다. 영시의 경우는 끄트머리에 '최'라고 밝힌 것으로 보아 최재서가 쓴 것이 틀림없지만, 다른 문화권의 경우는 필자를 밝히지 않은 것으로 보아 아마 해당 번역자가 쓴 것 같다. 이렇듯 『해외서정시집』은 『오뇌의 무도』나 이하윤의 『실향의 화원』과는 달리 독자들이 서양 시에 접근하는 데 좀 더 친절한 안내자의 역할을 하려고 노력하였다.

『해외서정시집』 출간 이전에도 이하윤과 박용철이 함께 펴낸 『역시독본』이 출간되었다. 박용철이 사망한 뒤 출간된 『박용철 전집 2: 번역시편』(1939)과 임학수(林學洙)가 번역한 『현대영시선』(1939)도 주목해 보아야 한다. 1940년 임학수는 학예사에서 『일리아드』를 상

---

31 위의 글.

하 두 권으로 출간하였다. 또한 해방 뒤 변영로와 이하윤이 함께 엮어 펴낸『영시선집(English Poem)』(1948)도 외국의 시 작품을 조선 문단 에 소개한 책이다. 양주동(梁柱東)은 1948년 연교사에서『영시백선』 을, 수선사에서『현대영시선』을 출간하였다. 같은 해 이하윤은 수선 사에서『불란서시선』을 출간하였다.

지금까지는 주로 단행본으로 출간한 외국 시 번역을 언급했지만 일제 강점기에 소설이나 희곡 같은 산문 작품의 번역도 활발하게 이 루어졌다. 가령 이광수(李光洙)는 일찍이 1912년 해리엇 비처 스토 의『엉클 톰의 오두막』(1852)을『검둥의 셜음』으로 번역하여 신문 관에서 출간하였다. 1918년에는 박현환(朴賢煥)이 레프 톨스토이의 『부활』(1899)을『가주사(賈珠謝) 애화 해당화』라는 제목으로 번역하 여 역시 신문관에서 출간하였다. 현철(玄哲)이 1921년《개벽》에 번역 하여 발표한『하믈레트(햄릿)』를 1923년 박문서관에서 출간하였고, 1948년에는 설정식(薛貞植)이 이 작품을 다시 번역하여 주석본과 함 께 백양당에서 출간하였다. 1922년 '해아(海兒)'라는 필명의 번역자 가 존 밀링턴 싱의『바다로 가는 자들』(1904)을 번역하여《개벽》에 발 표하였다. '녹양생(綠洋生)'이 셰익스피어의『로미오와 줄리엣』전 5막을 완역하여《신천지》에 발표한 것도 1924년이었다.

특히 조선도서주식회사가 1924년 발행한『태서명작단편집』은 한 국 최초의 외국 단편소설을 번역한 선집으로 꼽힌다. 편집을 맡은 변 영로 말고도 염상섭, 진학문(秦學文), 홍명희(洪命憙)가 번역한 러시아 와 프랑스 작품 15편이 수록되어 있다. 이 책을 기획할 무렵에는 최 남선이 알퐁스 도데의「마지막 수업」을「만세」라는 제목으로 번역하여 1923년 4월 《동명》 31호에 발표한 「마지막 과정」을 수록할 예정이었다. 그러나 민족주의 정신을 고취하는 이 작품은 비록 제목을 바꾸었어도 조선총독부의 검열 과정에서 삭제되고 말았다.

변영태와 정인섭의 한국 시 번역

『오뇌의 무도』와 『실향의 화원』과 『해외서정시집』 등이 외국문학 작품을 한국어로 번역한 '내향적 번역' 또는 '인바운드 번역'이라면, 변영태와 정인섭의 번역은 '외향적 번역' 또는 '아웃바운드 번역'이다. 외무부 장관과 국무총리 등을 역임한 정치인이요 영문학자인 변영태는 1930년대 중엽 한국의 고전 시가를 영어로 번역하여 『한국의 노래(Songs from Korea)』라는 제목으로 출간하였다. 그가 중앙고등보통학교에서 영어 교사로 근무하던 무렵 번역한 이 시집은 단행본 규모로서는 한국인으로 처음 '외향적 번역' 또는 '아웃바운드 번역'을 시도한 책이다. 당시 출판사를 구하기 힘들었기 때문인지 1936년 그는 타자기와 등사 방법으로 원고를 작성한 뒤 제본소 맡겨 자가(自家) 출판하였다. 이 책이 마침내 단행본으로 정식 출간된 것은 해방 후 1948년으로 한국국제문화협회에서 간행하였다. 이미 변영태는 역시 1936년에 원고를 손수 제본하여 만든 『한국의 이야기(Tales from Korea)』(1946)를 2년 앞서 출간한 적도 있다. 이 두 번역서는 한국 시와 한국 설화를 엮은 일종의 자매서와 같았다.

『한국의 노래』는 1부와 2부로 구성되어 있다. 1부는 한국의 고전

시가를 번역한 것이고, 2부는 역자 자신의 작품을 옮긴 것이다. 고전 시가 편에는 14세기에서 17세기 사이에 쓴 작품이 수록되어 있다. 예를 들어 변영태는 송강(松江) 정철(鄭澈)의 가사 「사미인곡」을 비롯하여 조헌(趙憲)의 시조 "지당(池塘)에 비 뿌리고 양류(楊柳)에 내 끼인 제 / 사공은 어디 가고 빈 배만 매였난고. / 석양에 무심한 갈며기난 오락가락 하노매" 같은 작품을 번역하였다.[32]

한편 정인섭의 『대한 현대시 영역 대조집』(1948)은 한국 문단에서 '외향적 번역'을 시도한 가장 대표적인 번역 작품 중 한 하나로 꼽힌다. 이하윤과 함께 외국문학연구회에서 중심인물로 활약한 정인섭은 일찍이 와세다대학 재학 중 한국의 전래 민담을 엮고 일본어로 번역한 『온도루야화(溫突夜話)』(1927)를 일본에서 출간하였다. 그는 이 책을 바탕으로 한국 민담을 다시 영어로 번역하여 『Folk Tales from Korea』(1952)라는 제목으로 영국에서 출간하였다. 그밖에도 그는 『Modern Short Stories from Korea』(1958), 『A Pageant of Korean Poetry』(1963), 『Plays from Korea』(1968) 등을 잇달아 출간하여 한국문학을 세계 문단에 알리는 데 견인차 역할을 하였다. 그중에서도 『대한 현대시 영역 대조집』은 세계문학과 관련하여 특히 주목해 볼 만하다.

정인섭이 한국문학 작품을 처음 번역하여 외국에 소개한 것은 20여 년 전인 1936년으로 거슬러 올라간다. 연희전문학교 교수로 근무하던 무렵 그는 이해 8월 말 덴마크의 코펜하겐에서 열린 국제언

---

32 Yung-Tai Pyun, *Songs from Korea* (Seoul: International Cultural Association of Korea, 1948).

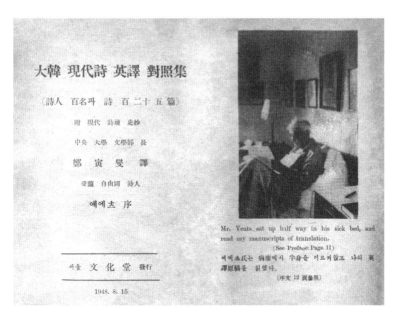

大韓 現代詩 英譯 對照集

〔詩人 百名과 詩 百二十五篇〕

附 現代 詩潮 東抄

中央 大學 文學部 長

鄭 寅 燮 譯

愛蘭 自由國 詩人

예에츠 序

서울 文化堂 發行

1948. 8. 15

Mr. Yeats sat up half way in his sick bed, and
read my manuscripts of translation.
(See Preface: Page 11)

예에츠氏는 病牀에서 半身을 이르켜앉고 나의 英
譯原稿를 읽었다.
(序文 12 頁參照)

정인섭의 『대한 현대시 영역 대조집』 속표지. 오른쪽 사진은 정인섭이 찍은 윌리엄 버틀러 예이츠.

어학자대회에 참석한 뒤 9월 초 영국과 아일랜드를 방문하였다. 정인섭은 런던의 영국시인협회를 방문하여 한국시를 영어로 번역한 작품을 프린트본으로 만든 것을 보여 주면서 런던 출판사에서 출간 여부를 모색하였다. 이 영문 프린트본은 정인섭이 강의하면서 틈틈이 시간을 내어 번역한 것으로 이 무렵 연희전문에서 가르치던 미국인 선교사 로스코 C. 코엔의 도움을 많이 받았다. '고언(高彦)'이라는 한국 이름을 사용하던 코엔은 연희전문학교에서 성서학을 비롯하여 음악을 가르쳤다.

또한 정인섭은 이 무렵 연희전문 졸업생 김병서(金炳瑞)가 창작한 영시 중 몇 편을 골라서 프린트본에 수록하기도 하였다. 런던대학교에 보관되어 있던 이 프린트본의 제목은 "Best Modern Korean Poems Selected by Living Authors"로 되어 있고, 역자로는 'R. C. Cohen', 'I. S. Jung', 'B. S. Kim' 세 사람으로 되어 있다. 비록 인쇄되지는 않았지만 발행 연도와 발행처는 1936년 'The Korean English Literature Society'로 기록되어 있다. 그런데 정인섭이 영국시인협회에 보여 준 원고 중 일부가 이 협회에서 발행하는 계간지 《영국시》에 발표되었다. 이 일과 관련하여 정인섭은 "한국 현대시가 조직적으로 해외의 문예지에 실린 것은 아마도 이것이 처음일 것으로 생각된다"[33]고 회고한 적이 있다.

그런데 1937년경 한국 번역가가 한국 시를 영어로 번역한 작품이 외국의 유수 잡지에 발표된 것은 이번이 처음이라는 정인섭의 주장은 조금 문제가 있다. 정인섭이 말하는 '조직적으로'라는 표현이 무엇을 뜻하는지 정확하지는 않지만, 미국에서 소설가로 활약한 강용흘(姜鏞訖)은 1920년대 말엽 한국 시를 중국 시와 일본 시와 함께 번역하여 타자본으로 만들어 친구들에게 돌렸다. 물론 그는 번역한 원고를 단행본으로 출간하려고 노력했지만 끝내 무산되고 말았다. 타자본 중 한 권은 현재 하버드대학교 와이드너 도서관에 소장되어 있다. 그러므로 강용흘의 서지에 나오는 "Younghill Kang, Translations of Oriental Poetry, Prentice-Hall, 1929"는 착오로 실제 사실과는 다르다.

---

33 정인섭, 「한국시를 영역 외국에 소개」, 『이제는 하고 싶은 이야기』(서울: 신원문화사, 1980), 85쪽; 김욱동, 『눈솔 정인섭 평전』(서울: 이숲, 2020), 212~213쪽.

강용흘은 이 타자본에 월산대군(月山大君)의 작품 "추강에 밤이 드니 물결이 차노매라"로 시작하는 시조와 계랑의 작품 "이화우 흩뿌릴 제 울며 잡고 이별한 님"으로 시작하는 시조를《한국학생불리틴》에 발표하였다. 그런가 하면 강용흘은 『초당』(1931) 곳곳에 「황조가」를 비롯하여 고산(孤山) 윤선도(尹善道)의 「어부사시사」 같은 고전 시가와 한용운(韓龍雲)의 현대시 등 무려 90편 가까운 시를 삽입하였다.

정인섭은 영국에 이어 이번에는 아일랜드와 스코틀랜드를 방문하였다. 식민지 지식인으로서 일본 유학 시절부터 아일랜드 문예부흥에 자못 큰 관심을 보인 그는 이 운동에서 큰 역할을 한 윌리엄 버틀러 예이츠를 방문하였다. 예이츠는 그에게 한국인으로 예이츠를 방문한 것은 그가 처음이라고 말하였다. 그러자 정인섭은 "선생께서 좋은 문학을 창조하셔서 먼 곳에 있는 우리들도 많은 영감을 얻게 되는 것을 무한히 감사하는 바 올씨다"[34]라고 대답하였다. 그는 이 자리에서 예이츠에게 방금 앞에서 언급한 한국 시 번역 프린트를 보여 주면서 서문을 써 줄 것을 부탁하였다. 그러자 예이츠는 한국 현대시 몇 편을 읽은 뒤 소감을 아내에게 타자기로 받아 치도록 하였다. 이 글에서 예이츠는 "나는 당신이 영역한 현대 조선 시인집을 보여 주신 데 대해 대단히 감사하는 바입니다. 출판해 줄 사람을 구하는 대 조금이라도 어려움이 있으리라고는 생각되지 않습니다. 소녀와 빗과 반지에 대해서 쓴 당신 자신의 자미(滋味) 있는 소곡이 있읍니다그려"[35]라

---

34 정인섭, 「아일랜드 여행」, 『이제는 하고 싶은 이야기』, 29쪽.

35 정인섭, 『대한 현대시 영역 대조집』(서울: 문화당, 1948), 4쪽. 이 시집의 영문 제목은 "An Anthology of Modern Poems in Korea (100 Poets & 125 Poems)"다. 위에 인용한 번역문은

고 적었다.

뒷날 정인섭은 자신이 영어로 번역한 한국 현대 시인들의 작품을 보충하여 출간한 책이 다름 아닌 『대한 현대시 영역 대조집』(1948)이다. 끝내 영국에서는 출간할 수 없었고 해방 후 한국에서 출간되어 나왔다. 정인섭에 따르면 이 대역 시집은 1944년에 삼천리사에서 출간될 예정으로 최후 교정까지 마친 상태였다. 그런데 일제가 태평양 전쟁 막바지에 치달으면서 식민지 조선의 학교에서 영어 교육을 금지시켰고, 삼천리사에서도 이 책이 부담스러웠는지 출간하지 않기로 결정하였다. 해방 후 정인섭은 민족주의적 또는 사회주의적 사상이 담겨 있다고 하여 조선총독부의 검열에 걸렸던 작품 몇 편을 추가하였다. 가령 이광수의 「님 네가 그리워」를 비롯하여 양주동의 「나는 이 나라 사람의 자손이외다」, 박종화(朴鍾和)의 「꿈에 노초를 보고」, 이상화의 「폭풍을 기다리는 마음」, 김해강(金海剛)의 「동방 여명의 노래」 등이 바로 그것이다. 그래서 이 책은 처음 계획보다 4년 뒤 일제 식민지에서 해방된 뒤에야 비로소 출간되어 나올 수 있었다.

『대한 현대시 영역 대조집』에는 제목 그대로 한국의 현대시 원문과 영어 번역이 양쪽에 나란히 대조해 놓은 책이다. 이 책에는 조선 문학에 신시를 창작하기 시작한 1907년부터 해방 직전 1944년까지

정인섭이 직접 번역한 것이다. 예이츠의 간략한 편지는 위의 책, 3~4쪽에 원문과 함께 번역문이 실려 있다. 예이츠가 편지에서 언급하는 작품은 정인섭의 「비밀」이라는 작품으로 "허트러진 머리를 / 곱게 빗은 후에는 / 보내주신 적은 빗을 / 꽂었읍니다"로 시작한다. Wook-Dong Kim, "William Butler Yeats and Korean Connections," *ANQ*, 32: 4 (2019): 244~247; Wook-Dong Kim, *Global Perspectives on Korean Literature* (London: Palgrave Macmillan, 2019), pp. 255~260 참고.

100명에 이르는 현대 시인들의 작품 125편이 실려 있다. 이 책의 서문에서 정인섭은 "이 책은 영어 독자에게 현대 조선 시를 소개하려는 것인 동시에 내가 연희전문학교에서 1929년부터 1945년까지 16년간 교수로 있었고 또 비평가요 언어학자요 또한 시인으로서 조선문학 운동에 여러 가지로 노력한 지내간 시절의 추억인 것이다"[36]라고 밝힌다. 이 책에 수록된 작품은 한일병탄 3년 전인 1907년부터 해방 직전인 1944년까지 "일정 검열 제도 하에서" 조선 시인들이 창작한 것을 번역한 것이다.

이 번역 시집은 1부~3부로 크게 세 부분으로 구성되어 있다. 1부에 수록된 작품은 정인섭이 기성 시인들에게 그들의 작품을 영어로 번역하고 싶으니 직접 추천해 달라는 부탁하자 시인들이 직접 골라준 것이다. 시인이 직접 선택한 만큼 시인 자신의 선호하는 작품이 어떤 것인지 알 수 있다는 점에서 좋은 자료가 된다. 여기에 수록된 작품 중에는 이광수의 「님 네가 그리워」와 「새벽」을 비롯하여 김억의 「해당화」와 「봄바람」, 주요한(朱耀翰)의 「빗 소리」, 김소월의 「진달래꽃」, 한용운의 「반비례」, 양주동의 「나는 이 나랏 사람의 자손이외다」, 정지용의 「불사조」와 「바다」, 임화(林和)의 「하늘」, 김기림(金起林)의 「유리창과 마음」 등이 수록되어 있다.

한편 2부에 수록한 작품들은 시인들에게 의뢰하지 않고 번역자 정인섭이 직접 선택한 것이다. 2부에서는 1부에서 누락된 기성 시인을 보충하는 반면, 주로 젊은 시인들의 작품에 초점을 맞추었다. 예를 들

---

36 정인섭, 『대한 현대시 영역 대조집』, 6쪽.

어 최남선의 「해에게서 소년에게」와 남궁벽(南宮璧)의 「풀」을 비롯하여 박세영(朴世永)의 「산제비」, 오장환(吳章煥)의 「상렬(喪列)」, 박화성(朴花城)의 「어린 나비」, 이육사(李陸史)의 「호수」, 서정주(徐廷柱)의 「대낮」, 윤곤강(尹崑崗)의 「폐원」, 장만영(張萬榮)의 「달, 포도, 잎사귀」 등이 실려 있다.

그런데 뒷날 시인보다는 소설가로 활약하는 박화성의 작품 「어린 나비」를 번역하는 것이 조금 의외라면 의외다. 정인섭이 박화성의 작품을 골라 번역한 데는 문학적 가치보다는 개인사에서 비롯한다. 이 작품에는 'Z에게'라는 부제가 붙어 있고 작품 끝에는 창작한 날짜를 정확하게 "1927, 6, 28일 새벽 여섯시에"라고 적혀 있다. 여기서 'Z'는 다름 아닌 정인섭 자신을 가리킨다. 와세다대학 재학 시절 그는 한때 메지로(目白)여자대학에서 영문학을 전공하던 박경순(朴景順)을 좋아한 적이 있다. 그런데 1927년 6월 말 여름방학을 이용하여 귀국한 뒤 그녀는 도쿄에 돌아오지 않았다. 그녀는 1925년 이광수의 추천으로 《조선문단》에 단편소설을 발표하여 이미 소설가로 데뷔하였고, 귀국하여 결혼한 뒤 유학을 포기하고 '박화성'이라는 필명으로 소설가로 활동하였다. 「어린 나비」는 그녀가 귀국하기 직전 정인섭에 써보낸 이별의 편지였고, 그는 이 편지를 고이 간직하고 있다가 이 번역 대조 시집에 수록하였다.

『대한 현대시 영역 대조집』 3부에는 정인섭이 한국전쟁 중 원문 원고 일부를 분실하는 바람에 원문 없이 번역만 실려 있다. 또한 일제의 검열에 걸려 제외해야 했던 작품도 여기에 함께 수록하였다. 가령 이희승의 「깨어진 피리」, 이상화의 「폭풍우를 기다리는 마음」, 김해강의 「동방 여명의 노래를 비롯하여 김종환(金鍾煥)의 「돌」, 이구조 (李龜祚)의 「어머니」, 이해문(李海文)의 「빛을 향해서」 등이 바로 그러하다.

물론 정인섭에 앞서 한국문학 작품을 영어를 비롯한 외국어로 번역하여 세계문단에 소개한 예가 더러 있었다. 예를 들어 한국인보다 더 한국을 사랑한 서양인으로 흔히 일컫는 캐나다 선교사 제임스 S. 게일(한국 이름 奇一)은 가장 대표적인 경우로 꼽을 만하다. 1894년 5월 그는 캐나다 선교본부에 보낸 편지에서 "우리 선교회와 감리교인들은 대부분 하나님이라는 순수한 조선 토착민들의 말을 사용하기 원합니다"라고 밝혔다. 게일은 성경을 한글로 번역하면서 서양인의 'God'에 해당하는 '하나님'이라는 낱말을 찾아 사용한 것으로도 유명하다. '하늘'과 '하나'를 동시에 뜻하는 하나님만큼 서양인의 유일신을 잘 보여 주는 낱말도 아마 없을 것이다. 그는 존 버니언의 『천로역정』을 한글로 번역함으로써 '외향적 번역'을 시도하기도 했지만, 『춘향전』, 『구운몽』, 『심청전』, 『홍길동전』, 『숙영낭자전』 같은 고전문학 작품을 영어로 번역하여 '내향적 번역'을 시도하기도 하였다. 또한 그는 한문소설을 비롯하여 시 장르에도 관심을 기울여 방각본 『남훈태평가(南薰太平歌)』에서 시조 30여 편을 뽑아 제시 매클래린과 함께 번역하였다. 고전 시가를 영어로 번역한 것은 게일이 아마 처음일 것이다. 그들의 영어 번역을 참고로 조운 S. 그릭스비가 1935년 일본 고베(神戶)에서 『난초의 문(The Orchid Door)』을 간행하였다. '난초의 문' 또는 '난규(蘭閨)'란 본디 왕비가 거처하는 곳을 일컫지만 흔히 여성의 방을 가리킨다. 이 시집에는 「공무도하가」와 「황조가」와 이규보의 한시 작품 고전 시가 73편이 수록되어 있다. 이 책의 맨 마지막에는 정철이 지었다고는 하지만 지은이가 정확히 알려져 있지 않은 시조 한 편이 번역되어 있다. 흔히 알려진 시조는 "물 아래 그림자 지니 다리 위에 중이 간다 / 저 중아 게 서거라 너 가는 데 물어보자 / 손으로 흰 구름 가리키고 말 아니코 간다"이다. 그러나 번역서에는 7행으로 되어 있어 위 시조와 비슷한 사설시조나「매화가」에 삽입된 사설을 번역한 것 같다.

그런데 이 책에 실린 한국 고전 시가는 그릭스비가 번역한 것이라기보다는 게일과 매클래런이 함께 번역한 것을 자신의 상상력을 펼쳐 재구성한 것이다. 그러므로 그릭스비의 번역이 정확하지 않다거나 오역이 많다고 주장하는 것은 옳지 않다. 한국인으로 귀화한 영국 출신의 번역가 앤터니 티그는 심지어 이 책을 그릭스비의 시집으로 간주하려고 한다.[37] 게일이 영어로 번역한 사본들은 출판될 날을 기다리며 현재 토론토대학교 도서관에 소장되어 있다.

아직 단행본으로 출간은 되지 않았지만 제임스 게일의 번역이 한국의 고전 시가를 번역했다면 정인섭의『대한 현대시 영역 대조집』은 한국 신문학 이후의 작품을 번역하였다. 두 번역은 세계문학과 관련하여 자못 중요한 의미가 있다. 정인섭의 작품은 한국인이 한국문학 작품을 최초로 외국어로 번역했다는 점에서 가히 획기적이라고 할 만하다. 한국문학 작품을 영어를 비롯한 외국어로 번역하는 가장

---

37 Brother Anthony, "Medievalism and Joan Grigsby's *The Orchid* Door,"《중세르네상스영문학(Medieval and Early Modern English Studies)》17: 1 (2009): 147~167; http://anthony.sogang.ac.kr/GrigsbyLament.htm.

이상적인 형태는 아마 자국인 번역자와 외국인 번역자가 함께 공동으로 작업하는 일일 것이다. 물론 번역 원고를 미국인 선교사로 연희전문학교 동료 교수였던 코엔에게 보여 자문을 받은 것은 사실이지만 자문의 형식을 넘어 공동 번역의 수준으로 나아갔더라면 지금보다 훨씬 더 훌륭한 번역이 되었을 것이다.

세계문학과 『진달래 숲』

해방 후 단순히 '내향적 번역'과 '외향적 번역'으로 분류할 수 없는 시집 『진달래 숲(Grove of Azalea)』(1947)이 출간되어 큰 관심을 끌었다. 이 시집은 방금 앞에서 언급한 변영태의 동생 변영로의 편집으로 1947년 8월 국제출판사에서 출간하였다. 일본 식민지에서 해방된 뒤 아직 대한민국 정부가 수립되기 전 어수선한 시기에 탄생한 이 영문 시집은 지금 기준으로 보면 오자와 탈자가 많은 데다 인쇄도 조잡하기 이를 데 없다.

그런데도 이 창작 및 번역 시집은 여러모로 관심을 끌기에 충분하다. 이 시집은 무엇보다도 한국 시인들이 영문으로 시를 창작하여 한국에서 간행한 최초의 영문 사화집이다. 'Dr. S. M. Lee'라는 사람이 멋들어진 영문 필기체로 제호를 썼다. 여러 정황으로 미루어보아 그는 아마 이승만(李承晩)임이 틀림없다. 'H. S. Lee'라는 사람이 표지 디자인을 맡았는데 그가 누구인지 지금으로서는 확인할 길이 없다.

『진달래 숲』은 맨 앞에 변영태가 번역가 「애국가」 1~4절을 번역한

한국 최초의 영문 앤솔로지 『진달래 숲』.

것이 실려 있고, 맨 마지막 쪽에는 변영로의 「진달래」가 번역되어 실려 있다. 시집의 제목은 아마 편집자 변영로의 작품에서 따온 것 같다. 에드너 M. 프롤렐은 이 책의 서문에서 "어린아이들이 말을 배우자마자 거의 동시에 노래를 배우는 한국에서 시는 동양과 서양 사이에 생각을 교환하는 논리적인 매개체다"[38]라고 밝힌다. 그러면서 프롤렐은 이 시집의 출간이 매우 시의적절하다고 지적한다. 일본 식민지에서 해방되어 신생 국가로 탄생하기 직전 영어권 국가들과 한국의 관계를 증진시킬 필요가 있기 때문이다. 영어를 해독하는 한국인은 많은 반면, 한국어를 해독할 줄 아는 외국인이 거의 없다시피 하는 상황에서 영문 시집이 출간된다는 것은 동서 교류에 큰 역할을 할 수 있을 것이다.

『진달래 숲』은 시인이 직접 창작한 작품과 시조 같은 고전 작품을 번역한 작품이 뒤섞여 있어 엄밀한 의미에서는 창작 시집이라고 보기는 힘들다. 또한 이 시집을 위하여 새로 쓴 작품도 있지만 이미 전에 발표한 작품도 더러 있다. 어찌 되었든 이 시집에 시를 발표한 시

---

38 Y. R. Pyun, ed., *Grove of Azalea* (Seoul: Kukje Publication, 1947), p. iii.

인은 모두 7명으로 이름과 작품은 다음과 같다.

(1) Kiusic Kimm(金奎植)

　　「To my M. P. Goodfellow」

(2) J. Kyuang Dunn(田耕武)

　　「Mother Korea」

(3) Ik Bong Chang(張翼鳳)

　　「Eden」

(4) In Soo Lee(李仁秀)

　　「Variations on the Theme of Despair Before and After August, 1945」

(5) Young-tai Pyun(변영태)

　　「To the Candle」

　　「To the Goat Living in a Street Corner」

　　「To Emily Dickinson」

　　Translations of Old Korean Songs

(6) Younghill Kang(강용흘)

　　Translations of Seven Old Korean Poems

(7) Young-ro Pyun(변영로)

　　「To Pseudo-Patriots」

　　「Hearing into Rain」

　　「To Phoenix」

　　「Pilgrimage to Mt. Paiktu」

「Love's Lament」

「Our Baby's First Birthday」

「COSMOS」

「Azalea」

Translations of Old Korean Songs

이승만의 시집 제호와 애국가 번역은 말할 것도 없고 시인들의 면면과 작품 내용으로 보아 문학적 특징 못지않게 정치적 색깔이 비교적 짙다. 김규식은 일제 강점기에 대한민국 임시정부 부주석을 지내면서 파리강화회의에서 임시정부 대표 명의의 탄원서를 제출한 독립운동가요 정치인이었다. 네 살 때 가족을 따라 하와이로 이민을 떠난 전경무는 뒷날 미국의 워싱턴에서 독립운동 활동을 하다가 조국이 광복되자 귀국하여 올림픽대책위원회의 부위원장으로 활약하였다. 흔히 '부평 삼변(三邊)'의 두 형제 변영태와 변영로는 해방 후 정치 일선에서 활약하였다. 특히 『진달래 숲』에는 변영태와 변영로의 작품이 시집의 절반 정도를 차지할 만큼 다른 시인들에 비하여 수록 작품 수가 아주 많다.

『진달래 숲』에 수록된 작품 중에는 세계문학과 관련하여 주목해 볼 만한 것들이 더러 있다. 첫째, 번역자들은 한국 고전문학의 대표적인 정형시인 평시조와 사설시조와 고려가요를 번역하여 소개하였다. 가령 변영태는 정몽주(鄭夢周)를 비롯하여 이황(李滉), 양사언(楊士彦), 황진이(黃眞伊), 선우협(鮮于浹) 등의 시조를 번역한다. 변영로도 "One Stanza Old Korean Lilts"라는 소제목 아래 이개, 월산대군,

우탁(禹倬), 이옥봉(李玉峰) 등의 한시와 시조 작품을 번역하여 소개한다. 강용흘은 아예 창작 시는 한 편도 싣지 않고 오직 번역 작품, 그것마저도 몇십 년 전 번역해 놓은 것을 그대로 실었다. 그가 번역한 작품 중에는 송강 정철, 고산 윤선도의 「오우가(五友歌)」 일부, 김묵수(金默壽) 등의 작품이 들어 있다. 다른 번역자들과는 달리 강용흘은 자신이 번역한 7편 작품이 저작권 보호를 받고 있다는 사실을 분명히 밝힌다는 점이 특이하다.

그런데 시조 번역에서 눈에 띄는 것은 변영태와 변영로와 강용흘 모두 초장·중장·종장의 3행으로 옮기지 않고 자유시처럼 4~6행으로 옮겼다는 점이다. 물론 "귓도리 져 귓도리"로 시작하는 사설시조는 어쩔 수 없이 3행으로 옮길 수 없을 것이다. 변영태와 변영로는 시 형식에 무게를 실어 각운을 살리려고 노력한 반면, 강용흘은 의미 전달에 무게를 둔 채 운율에는 비교적 무관심하였다. 바로 이 점에서 제임스 게일의 시조 번역과는 큰 차이가 난다. 게일은 되도록 원문의 형식을 살려 3행으로 번역하고 되도록 운율을 실어 번역하려고 노력하였다.

더구나 변영로는 고려가요 중 「서경별곡(西京別曲)」이나 「정석가(鄭石歌)」의 일부를 번역하여 소개하였다. 그가 번역한 부분은 후반부 "구스리 아즐가 구스리 바회예 디신들 / 긴히쭌 아즐가 긴히든 그츠리잇가 나는 / 즈믄히를 아즐가 즈믄히를 외오곰 녀신들 / 신(信)잇든 아즐가 신잇든 그즈리잇가 나는"이다.

Though th[e] beads on the rock and be scatter'd
The string that hold them will not snap in twain!

So I with thee by fate for aeons sunder'd,

Love like the string will unchanging remain.[39]

변영로는 고려가요의 고풍스런 맛을 살리려고 2인칭 대명사도 'you' 대신 'thee'를 사용하고, 'twain'과 'aeons' 같은 고어나 시어를 사용한다. 물론 이것만으로써는 고려가요의 예스러운 감칠맛을 충분히 살려낼 수는 없지만 그러한 분위기를 조금이라도 살리려고 노력한 흔적은 엿볼 수 있다.

둘째, 『진달래 숲』의 번역자들은 시조와 함께 한문으로 쓴 시를 번역함으로써 한문학도 한국문학으로 간주하였다. 예를 들어 변영로가 번역한 이옥봉의 작품은 본디 한문으로 쓴 작품이다. 그녀는 허난설헌(許蘭雪軒)처럼 널리 알려지지는 않았지만 난설헌 못지않게 뛰어난 시인이었다. 「몽혼(夢魂)」에서 이옥봉은 "近來安否問如何 / 月到紗窓 妾恨多 / 若使夢魂行有跡 / 門前石路半成沙"라고 노래한다. 변영로는 7언 절구 중 마지막 2행만 다음과 같이 번역한다.

If the road in the Land of Nod is,

　　Like the one in reality

Impressible, e'en the stone-paved walk

　　Under your window, of surrety [surety],

Wears out by my visitings

39　위의 책, p. 60.

That know no satiety!⁴⁰

변영로의 번역은 운율이 잘 맞지 않을뿐더러 의미도 충실하게 옮겼다고 보기 어렵다. 그의 번역은 "만약 꿈속의 넋이 발자취를 남긴다면"이라는 원문의 첫 두 행과 조금 거리가 멀다. "Land of Nod"는 구약성경 「창세기」에 나오는 구절이다. 아벨을 죽인 가인에 대하여 "가인은 주님 앞을 떠나서, 에덴의 동쪽 놋 땅에서 살았다"(4장 16절)고 기록한다. 기독교 문명의 독자들을 의식하여 자국화 번역을 시도했다고 볼 수 있을지 모른다. 변영로는 지명 '놋(Nod)'과 고개를 끄덕이며 조는 상태인 '노드(nod)', 즉 '수면 상태'를 가리키려고 이 구절을 사용했을 것이다. 영어에서는 일종의 말장난으로 18세기 중엽부터 '놋 땅'은 '수면 상태'라는 뜻으로 사용한다.

그러나 이옥봉이 이 작품을 쓸 16세기 후반에는 조선에 기독교가 아직 들어오지 않은 철저하게 유교 국가였다. 변영로는 그냥 '꿈속'이나 '꿈나라'라고 하면 될 터인데도 굳이 기독교를 언급하는 것이 잘 들어맞지 않는다. 김억이 즐겨 사용하던 비유를 빌려 말하자면 "양복 입고 조선 갓을 쓴" 모양새다. 또한 "문 앞의 돌길이 반쯤은 모래가 되었을 것을"이라는 마지막 두 행도 변영로의 번역으로써는 충분히 전달되지 않는다. 이옥봉의 작품에서는 연인의 발자취로 돌길이 모래로 변해 버렸을 것이라는 생생한 이미지가 영문 번역에서는 사라져 버리다시피 하였다.

---

40 위의 책, 55쪽.

셋째,『진달래 숲』에는 미국의 여성 시인 에밀리 디킨스를 예찬하는「To Emily Dickinson」이라는 작품도 실려 있다. 미국에서 학부와 대학원 과정을 밟은 강용흘도 아니고 변영태가 그녀의 작품 세계를 알고 그녀를 위하여 시를 쓴 것은 여간 놀라운 일이 아니다. 한국은커녕 그녀가 태어나 평생 산 미국에서조차 그녀는 사망할 때까지 별로 알려지지 않은 무명의 시인이었다. 디킨슨은 1,800편 가까운 많은 시를 썼지만 살아 있을 동안에는 겨우 10편이 발표되었을 뿐이다. 그녀가 사망한 지 4년 뒤 그녀의 여동생이 원고를 발견하여 출판하면서 세상에 조금 알려졌고, 토머스 존슨이 1955년『디킨슨 시 전집』을 출간하고 나서야 비로소 널리 알려지기 시작하였다.

변영태는「To Emily Dickinson」에서 "The songs are pearls, and what art thou? / The name is Purity! / O virgin singer, let me bow / In reverence to thee"[41]라고 노래하면서 디킨슨에게 그야말로 아낌없는 찬사를 보낸다. 그는 '진주'니 '순결'이니 온갖 미사여구를 사용하여 그녀를 칭송한다. 특히 "O virgin singer"라는 구절에서는 '순수한 시인'이라는 뜻 말고도 '처녀 시인'이라는 이중적 의미를 담고 있다. 실제로 디킨슨은 평생 독신으로 살면서 '뉴잉글랜드의 수녀'라는 별명을 얻었다.

놀라운 것은 변영태가 이 작품을 쓸 당시만 하여도 한국 문단에 디킨슨은 이름조차 알려져 있지 않았다. 하이쿠(俳句)와 와카(和歌) 같은 일본 전통 시가와 비슷한 탓도 있지만 그녀의 시는 쇼와 시대에

---

41 위의 책, 39쪽.

시인과 소설가로 활약한 타카미 준(高見順)이 번역하여 소개하면서 큰 인기를 끌었다. 그런데 식민지 조선에는 새러 티즈데일은 널리 알려져 있는데도 디킨슨은 거의 알려져 있지 않았다. 더욱 놀라운 것은 변영태가 영미문학의 쟁쟁한 시인 중에서도 디킨슨을 제프리 초서나 윌리엄 셰익스피어 또는 로버트 브라우닝보다도 더 '천사와 같은' 시인으로 높이 평가한다는 점이다.

> A courtier Chaucer is doubtless;
> Worldy looks Shakespeace[Shakespeare] e'en;
> What's Browning? Country parson yes,
> To thy angelic sheen."[42]

변영태는 디킨슨의 "천사 같은 광채"에 비하면 『캔터베리 이야기』의 시인 초서는 한낱 궁정 관리에 지나지 않았고, 초서에 이어 영문학을 본궤도에 올려놓은 셰익스피어는 세속적으로 보일 뿐이며, 브라우닝은 시골 목사일 따름이라고 노래한다. 미국 매사추세츠 주 시골에 파묻혀 은둔 생활을 하며 작품을 쓴 은둔 시인을 이렇게 위대한 시인으로 평가한다는 것이 여간 놀랍지 않다. 일본인들은 디킨슨의 시를 하이쿠나 와카와 비슷하다고 보았지만 시 형식과 내용으로 말하자면 그녀의 시는 하이쿠나 와카 같은 일본의 전통 시가보다는 한국의 전통 시조와 훨씬 더 닮아 있다.

---

42 위의 책, 41쪽.

넷째, 『진달래 숲』에 수록된 창작시에는 서구 작품에서 영향을 받은 작품도 더러 있다. 가령 이인수의 작품 「절망의 주제에 의한 변주곡」은 이러한 경우를 보여 주는 더할 나위 없이 좋은 예로 꼽을 만하다. 일찍이 런던대학교에서 영문학을 전공하고 귀국하여 고려대학교 교수로 재직하던 그는 1949년 『황무지』(1922) 전편을 번역할 정도로 T. S. 엘리엇의 작품에 관심이 많았을 뿐 아니라 그에게서 큰 영향을 받았다.

「절망에 의한 변주곡」은 ① '사막에서 드리는 아침기도(Morning Prayer in the Desert)', ② '산에서 내려오기(Descent from the Mountain)', ③ '한 여인의 백일몽에 나타나는 정령들의 합창(Chorus of the Spirits that Appear in a Woman's Day-dream)', ④ '허수아비의 독백(Monologue of a Scarecrow)' 등 모두 4부로 구성되어 있다. 이 작품은 얼핏 보더라도 ① '죽은 자의 매장', ② '체스 놀이', ③ '불의 설교', ④ '물에 의한 죽음', ⑤ '천둥이 하는 말'의 5부로 이루어진 『황무지』의 구성과 비슷하다. 심지어 숫자를 아라비아 숫자가 아닌 로마 숫자로 표기하는 방식도 서로 닮았다. 두 작품 모두 설의법을 자주 사용한다든지, 동일하거나 유사한 시어나 이미지나 은유 등을 즐겨 사용한다는 점에서 비슷하다. 예를 들어 '태양', '그늘', '흙', '돌', '기억' 등은 두 작품 모두에서 쉽게 찾아볼 수 있는 시어들이다. 씨앗을 뿌리고 거두는 경작과 추수, 모든 것이 폐허가 된 땅, 기독교의 이미지 등도 두 작품을 잇는 고리 역할을 한다.

엘리엇의 작품과 이인수의 작품이 서로 닮은 것은 비단 형식에 그치지 않고 주제에서도 비슷하다. 엘리엇은 제목에서도 엿볼 수 있듯이 『황무지』에서 서구 세계의 정신적 불모와 폐허를 다룬다. 인류 역사에서 그 유례를 찾아보기 힘든 1차 세계 대전을 겪은 뒤 서구인들은 공포, 공허, 소외, 절망의 늪에서 좀처럼 헤어날 수 없었다. 이러한 주제는 「죽은 자의 매장」에서 엘리엇이 "부서진 우상의 더미, 그곳에는 해가 내려 쪼이고, / 죽은 나무는 아무런 피난처도, 귀뚜라미는 아무런 위안도 주지 않고, / 메마른 돌에는 물소리조차 없다"[43]고 노래하는 구절에서 잘 드러난다. 서구 문명의 파산을 아마 이보다 더 생생하게 묘사하기는 힘들 것이다.

엘리엇이 1차 세계 대전 이후 서구 문명의 몰락을 노래한 반면, 이인수는 1945년 8월 광복을 전후하여 한국의 현실을 노래한다. 이인수는 1~3부('Before')에서는 일본 제국주의의 식민지 굴레로부터 벗어나기 이전의 암담한 현실을 다루는 반면, 4부('After')에서는 광복 이후 한국의 미래를 내다본다. 그는 시적 화자 '나'의 입을 빌려 과거의 고통과 슬픔으로만 시간을 보낼 것이 아니라 지친 몸을 추스르고 좀 더 밝은 미래를 건설하는 일에 매진하자고 권한다. 아픈 과거를 딛고 미래를 창조하는 일을 두고 이인수는 "창조적 비참함(creative misery)"이라고 부른다.

> To those we also come who know
> What creative misery is, who go

---

43 T. S. Eliot, *The Waste Land and Other Poems* (London: Faber and Faber, 2010), p. 30. 여기서 "a heap of broken images"의 'images'를 '우상'으로 옮겼지만 어떤 의미에서는 '이미지' 또는 '심상'으로 볼 수도 있다. 엘리엇은 이미지의 파편으로 이 작품을 구성하였다.

From mood to mood, snatching beauty,

As a famished soul its craven Deity.[44]

3부에서 인용한 위 구절은 한 여성의 백일몽에 세 정령이 나타나 예언하는 장면이다. 그런데 이 장면은 셰익스피어의 『맥베스』 1막에서 맥베스가 내전을 진압한 뒤 뱅쿠오와 함께 돌아오던 중 황야에서 마녀 세 명을 만나 예언을 듣는 것과 비슷하다. 첫 번째 정령은 '창조적 비참함'이 무엇인지 알고 있는 사람들에게 찾아와 희망의 메시지를 전한다.

지금까지는 주로 『진달래 숲』에 수록된 번역시를 다루었지만 이제는 영어로 쓴 창작시를 짚고 넘어갈 차례다. 김규식의 작품은 존 하지 미군 사령관의 정치고문이었던 밀러드 굿펠로가 한국을 떠나는 것을 기념하여 지은 것이다. 전경무의 작품도 조국이 식민지 굴레에서 벗어난 것을 축하하면서도 행여 또 다른 굴레에 다시 갇히지나 않을까 걱정하는 작품이다. 장익봉은 그의 작품에서 조국이 아담과 하와가 살던 에덴동산보다 더 좋은 낙원이 되기를 간절히 기원한다.

창작 시 중에서 가장 눈길을 끄는 것은 변영로의 작품이다. 그는 『진달래 숲』에 「To Pseudo-Patriots」, 「Hearing into Rain」, 「To Phoenix」, 「COSMOS」 같은 작품을 수록하였다. 그중에서도 「COSMOS」는 여러모로 중요하다. 변영로는 스무 살이던 1918년 '변영복'이라는 아명으로 《청춘》 14호에 영문 시 「COSMOS」를 발표하여 '천재 시인'이

---

44 Pyun, ed., *Grove of Azalea*, p. 15.

라는 찬사를 받았다.『진달래 숲』에서 그는 이 작품을 쓴 것이 열일곱 살이던 1914년이라고 밝힌다. 그렇다면 변영로는 그야말로 청춘 시절에 이 작품을 썼던 셈이다.

I strew the seed on a windy day in May
> Cosmos

When violets full bloomed prettily,
> Cosmos

It begins to bud and grows through sunny April's day
While blue-bells toll and dog-roses are gay,
> Cosmos

It merely grows, grows expecting late glory
> Cosmos

Under summer's hot noon, I cultivate
> Cosmos

While other trees sicken for their burden fruits,
> Cosmos

When summer roses lament their last,
It grows taller and higher, bright and stately
> Cosmos

"Flowerless weed," cried a hasty brute.
> Cosmos

At last, here comes the season of Cosmos.

Cosmos

While other flowers droop, ferns die.

Cosmos

Through cool Autumn days when white clouds flee

Through the pellucid frosty night when the cricket chirps,

Cosmos

The eight petals bloom and smile in the musical breeze

Cosmos

It hears the lark's allegro-carol, a fine tune,

And gazes on the golden field that lies under the harvest-
moon,

Cosmos

Dainty stately Cosmos with her silvery crown,

Smilingly invites the blooming bees into our garden.

Cosmos

Can earthly prince array beauty with Cosmos mine?

Oh! stately Cosmos![45]

변영로는 「COSMOS」를 『진달래 숲』에 수록하면서 잘못된 낱말
을 고쳐 실었다. 예를 들어 첫 행의 "in March"를 "in April"로 고쳤다.

---

45 Y. R. Pyun, "Cosmos," 《청춘》 14호 (1918. 6). 이 작품은 '현대명가시문서화(現代名家詩
文書畫)'를 모아놓은 특집 '만자천홍(萬紫千紅)', 그중에서도 '외교'라는 항목에 실려 있다.
Grove of Azalea, pp. 82~83쪽.

코스모스 씨를 뿌리는 달로는 아무래도 3월은 너무 이르고, 5행에서 "sunny April's day"로 언급했기 때문이다. 또한 원래 없던 오자와 탈자를 적잖이 만들어내기도 하였다. 그런가 하면 마지막 2행 "Cosmos mine"은 "Cosmos thine"이라고 수정해야 할 터인데도 고치지 않은 채《청춘》에 실린 그대로 두기도 하였다.

변영로가 열네 살 때 쓰고 스무 살 때 유명 잡지에 발표한 「COSMOS」는 시적 재능으로 보나 영어 구사력으로 보나 보기 드문 작품이다. 그러나 이 작품이 과연 문학적으로 형상화된 작품인가 하는 것은 또 다른 문제다. 물론 그의 초기 작품에서 흔히 볼 수 있듯이 그는 이 작품에서 음악성을 꾀하려고 노력한다. 첫 행만 보더라도 'windy-in'이나 'day-May'에서는 모운법을, 'strew-seed'에서는 두운법을 구사한다. 또한 'May-day-gay'나 'tune-moon-crown-garden'에서처럼 각운이나 유사 각운을 구사한다. 그런가 하면 행이 끝나는 곳마다 "Cosmos"라는 낱말을 반복하여 민요 후렴 같은 효과를 자아내려고 한다. 주제에서도 서정적 가락에 민족혼을 일깨우려는 변영로 초기 시의 특징을 충분히 읽을 수 있다. 원산지가 멕시코로 한국 고유어로 '살사리꽃'이라고 하는 한해살이풀 코스모스를 일본 제국주의한테 압박받는 식민지 조선을 상징하는 것으로 보아 크게 틀리지 않는다. 비록 '성급한 짐승'한테서 '꽃이 피지 않는 잡초'라고 멸시를 받으면서도 코스모스는 다른 꽃들이 모두 지고 난 가을에 홀로 피어나 아름다운 자태를 자랑한다.

그러나 아무래도 이 작품은 한국인이 영어로 창작한 최초의 작품이라는 사실에서 그 의의를 찾을 수 있을 뿐 문학적 의미는 그다지 크지 않다. 습작기의 작품 수준에서 크게 벗어나지 않는다. 이흥렬이 곡을 붙여 애창곡이 된 이기순의 시 「코스모스를 노래함」과 비교해 보면 변영로의 작품 수준을 쉽게 짐작할 수 있다. "달 밝은 하늘 밑 어여쁜 네 얼굴 / 달나라 처녀가 너의 입 맞추고 / 이슬에 목욕해 깨끗한 너의 몸 / 부드런 바람이 너를 껴안도다." 의인법을 구사하는 솜씨나 선명한 이미지를 드러내는 솜씨에서 이기순의 작품이 변영로의 작품보다 훨씬 뛰어나다.

변영로는 「COSMOS」를 발표한 지 4년 뒤, 그러니까 스물네 살 때 이 작품을 한국어로 번역하다시피 하여 「코스모스」를 다시 발표하였다. 스물네 살이라면 그가 중앙고등보통학교에서 영어 교사로 재직할 무렵이다.

춘삼월 바람 부는 날 씨앗 뿌렸네
    코스모스
제비꽃 예쁘게 만발했을 때
    코스모스
햇빛 찬란한 사월 싹이 터서 자났네
찔레나무 환히 피고 초롱초롱 피어날 때
    코스모스
영광스런 뒷날을 바라듯이 키만 커가네
    코스모스
뜨거운 여름 오후의 햇빛 아래에서 나는 꽃들을 심고 있다
    코스모스

변영로는 여기서 자신의 작품을 직접 번역한 일종의 '자기번역(自己飜譯)' 또는 '자가번역(自家飜譯)'을 시도하여 눈길을 끌었다. 「코스모스」는 자기번역 중에서도 '내향적 번역 자기번역'에 속한다. 적어도 이 점에서도 이 작품은 한국 문학사나 한국 번역사에서 독특한 위치를 차지한다. 서양 문학사에서 아일랜드 태생의 프랑스 극작가 사뮈엘 베케트가 이 유형의 번역을 처음 시도했다면 한국 문학사에서는 변영로가 최초로 시도했다고 볼 수 있다.

세계문학에서 번역이 차지하는 역할은 흔히 생각하는 것보다 훨씬 크다. 민족문학 또는 국민문학은 번역이라는 나룻배를 타고 강을 건너지 않고서는 세계문학에 도달할 수 없다. 나룻배는 강 양쪽을 오가며 문학이라는 짐을 실어 나른다. 외국어로 쓴 작품을 모국어로 옮기는 '내향적(인바운드) 번역'과 함께 모국어로 쓴 작품을 외국어로 옮기는 '외향적(아웃바운드) 번역'도 중요하다.

일제 강점기에 한국문학이 세계문학으로 나아가는 데 이 두 가지 번역의 역할이 컸다. 김억의 『오뇌의 무도』와 이하윤의 『실향의 화원』과 최재서가 엮어낸 『해외서정시집』이 내향적 번역의 대표적인 작품이라면, 변영태의 『한국의 노래』와 정인섭의 『대한 현대시 영역 대조』 같은 번역서들은 외향적 번역의 대표적인 작품이다. 한편 변영로가 편집하여 출간한 『진달래 숲』은 한국인들이 창작한 영문 시를 최초로 수록했다는 점에서 독특한 위치를 차지한다. 언어 구조가 전혀 다른 한국어와 서양어 사이에서 이루어진 번역은 번역자들에게 크나큰 도전인 만큼 세계문학에 주는 의미도 무척 크다고 할 것이다.

참고문헌

I. 잡지 및 신문

《소년(少年)》　　　　　　　　　《청춘(靑春)》

《우라키(The Rocky)》　　　　　《학지광(學之光)》

《해외문학(海外文學)》　　　　　《태서문예신보(泰西文藝新報)》

《근대사조(近代思潮)》　　　　　《대조(大潮)》

《삼천리(三千里)》　　　　　　　《민성(民聲)》

《조선지광(朝鮮之光)》　　　　　《조선문단(朝鮮文壇)》

《국민문학(國民文學)》　　　　　《현대평론(現代評論)》

《조선중앙일보(朝鮮中央日報)》　《신한민보(新韓民報)》

《조선일보(朝鮮日報)》　　　　　《동아일보(東亞日報)》

II. 국내 단행본 문헌

김기림, 김학동·김세환 공편. 『김기림 전집』. 1~6권. 서울: 심설당, 1988.

김남천. 『김남천 전집』. 서울: 박이정, 2000.

김억, 박경수 편. 『안서 김억 전집』. 서울: 한국문화사, 1987.

_____ 편역. 『오뇌의 무도』. 경성: 광익서관, 1921.

김욱동. 『대화적 상상력: 미하일 바흐친의 문학 이론』. 서울: 문학과지성사,
　　　 1988.

_____.『번역의 미로』. 서울: 글항아리, 2011.

_____.『부조리의 포도주와 무관심의 빵』. 서울 소명출판: 2013.

_____.『세계문학이란 무엇인가』. 서울: 소명출판, 2020.

_____.『외국문학연구회와《해외문학》』. 서울: 소명출판, 2020.

_____.『아메리카로 떠난 조선의 지식인들』. 서울: 이숲출판, 2020.

_____.『눈솔 정인섭 평전』. 서울: 이숲출판, 2020.

_____.『《우라키》와 한국 근대문학』. 서울: 소명출판, 2022.

_____.『이양하: 그의 삶과 문학』서울: 삼인출판, 2022.

_____.『비평의 변증법: 김환태·김동석·김기림의 문학비평』. 서울: 이숲출판, 2022.

_____.『최재서: 그의 삶과 문학』. 서울: 민음사, 2023.

김준현 편.『이헌구 선집』. 서울: 현대문학사, 2011.

김진섭.『교양의 문학』. 서울: 진문사, 1955.

문제안, 대한언론인회 편.『한국 언론인물 사화(상): 8.15 전편』. 서울: 대한언론인회, 1992.

박성민 역.『어느 바보의 일생』. 서울: 시와서, 2021.

박진영.『번역가의 탄생과 동아시아의 세계문학』. 서울: 소명출판, 2019.

이광수.『이광수 전집 1』. 서울: 삼중당, 1971.

_____.『무정』. 서울: 문학과지성사, 2005.

이양하, 송명희 편.『이양하 수필전집』. 서울: 현대문학, 2009.

이태준, 상허학회 편,『이태준 전집 2: 돌다리 외』. 서울: 소명출판, 2015.

_____.『이태준 전집 5: 무서록 외』. 서울: 소명출판, 1915.

이하윤, 서울대학교 사범대학 국어과·동문회 편.『이하윤 선집 2: 평론·수필』. 서울: 한샘, 1982.

이하윤 편역.『실향의 화원』. 경성: 시문학사, 1933.

이헌구.『문화와 자유』. 서울: 청춘사, 1958.

임노월, 박정수 편.『춘희 외』. 서울: 범우사, 2005.

정병조 외 편.『이양하 교수 추념문집』. 서울: 민중서관, 1964.

정인섭.『한국문단논고』. 서울: 신흥출판사, 1959.

_____.『세계문학 산고』. 서울: 동국문화사, 1960.

_____.『못 다한 이야기』. 서울: 휘문출판사, 1989.

_____.『이제는 하고 싶은 이야기』. 서울: 신원문화사, 1980.

최남선.『육당 최남선 전집 6』. 서울: 현암사, 1973.

최재서.『문학과 지성』. 서울: 인문사, 1938.

_____.『최재서 평론집』. 서울: 청운출판사, 1961.

_____. 노상래 역,『전환기의 조선문학』. 경산: 영남대학교 출판부, 2006.

최재선 편.『해외서정시집』. 경성: 인문사, 1938.

III. 외국어 단행본 문헌

崔載瑞.『轉換期の朝鮮文學』. 人文社, 1943.

新潮社 編.『新潮社七十年』. 東京: 新潮社, 1966.

芥川龍之介.『芥川龍之介全集 6』. 東京: 筑摩書房, 1987.

野網摩利子 編.『世界文學と日本近代文學』. 東京: 東京大學出版會, 2019.

佐藤清,「京城帝大文科の傳統と學風」,『佐藤清全集 3』. 東京: 詩聲社, 1963.

Blotner, Joseph, ed. *Selected Letters of William Faulkner*. New York: Random House, 1977.

Damrosch, David. *What Is World Literature?* Princeton: Princeton University Press, 2003.

Dorsey, James. *Critical Aesthetics: Kobayashi Hideo, Modernity, and Wartime Japan*. Cambridge: Harvard University Press, 2009.

Eliot, T. S. *Selected Essays: 1917~1932*. New York: Harcourt, Brace, 1950.

_____. *The Waste Land and Other Poems*. London: Faber and Faber, 2010.

Goethe, Johann Wolfgang von. *Conversations of Goethe with Johann Peter*

Eckermann (1823~1832). Trans. John Oxenford. New York: North Point Press, 1984.

_____. *Essays on Art and Literature* (Collected Works, Vol. 3). Ed. John Gearey. New York: Suhrkamp, 1986.

Gross, John. *The Rise and Fall of the Man of Letters: A Study of the Idiosyncratic and the Humane in Modern Literature*. New York: Macmillan, 1969.

Guillén, Claudio. *The Challenge of Comparative Literature*. Trans. Cola Franzen. Cambridge: Harvard University Press, 1993.

Hayot, Eric. *On Literary Worlds*. Oxford: Oxford University Press, 2012.

Kelly, Louis G. *The True Interpreter: A History of Translation Theory and Practice in the West*. New York: St. Martin's, 1979.

Kim, Wook-Dong. *Translations in Korea: Theory and Practice*. London: Palgrave Macmillan, 2019.

_____. *Global Perspectives on Korean Literature*. London: Palgrave Macmillan, 2019.

Küpper, Joachim, ed. *Approaches to World Literature*. Berlin: Akademie Verlag, 2013.

Lippit, Seiji. *Topographies of Japanese Modernism*. New York: Columbia University Press, 2002.

Liu, Lydia H. *Translingual Practice: Literature, National Culture, and Translated Modernity—China, 1900-1937*. Stanford: Stanford University Press, 1995.

MacLeish, Archibald. *Collected Poems, 1917~1982*. Boston: Houghton Mifflin, 1985.

Marx, Karl. *Grundrisse: Foundations of the Critique of Political Economy*, trans. Martin Nicolaus. New York: Penguin Classics, 1993.

Marx, Karl, and Friedrich Engels. *Selected Works*, Vol. One. Trans. Samuel

Moore. Moscow: Progress Publishers, 1969.

_____. *The Communist Manifesto*. Ed. Gareth Stedman Jones. London: Penguin Classics 2002.

Moretti, Franco. *Distant Reading*. London: Verso, 2013.

Moulton, Richard Green. *World Literature and Its Place in General Culture*. London: Nabu Press, 2010.

Newmark, Peter. *A Textbook of Translation*. London: Prentice Hall, 1988.

Pyun, Yung-Tai. *Songs from Korea*. Seoul: International Cultural Association of Korea, 1948.

Pyun, Y. R., ed. *Grove of Azalea*. Seoul: Kukje Publication, 1947.

Schulte, Rainer, and John Biguenet, eds. *Theories of Translation: An Anthology of Essays from Dryden to Derrida*. Chicago: University of Chicago Press, 1992.

Strich, Fritz. *Goethe and World Literature*. Trans. C. A. M. Sym. London: Routledge, 1949.

Thomsen, Mads Rosendahl. *Mapping World Literature: International Canonization and Transnational Literatures*. New York: Continuum, 2008.

Untermeyer, Louis. *Robert Frost: A Backward Glace*. Washington, DC: Library of Congress, 1964.

https://ja.wikipedia.org/wiki/%E4%B8%96%E7%95%8C%E6%96%87%E5%AD%A6%E5%85%A8%E9%9B%86.

http://www.gutenberg.org/ebooks/12628.

https://www.marxists.org/archive/marx/works/1848/communist-manifesto/.

https://www.marxists.org/archive/marx/works/1857/grundrisse/.